1940 年，攝於香港
（19 歲）。

1946 年 10 月，攝於
葫蘆島（遼寧）。

1970 年，攝於香港。

1970 年代初，作者夫婦
攝於香港大會堂。

1977 年冬，作者與國際作家同行攝於美國愛荷華。

舒巷城部份作品

1984 年 12 月 15 日，攝於香港。左起：海辛、諶容、舒巷城。

香港當代作家作品選集

舒巷城卷

梅子編

「香港當代作家作品選集」顧問委員會：

劉以鬯教授
鍾　玲教授
鄭培凱教授
陳思和教授
陳國球教授
許子東教授
黃子平教授

「香港當代作家作品選集」編輯委員會：

目錄

小說

短篇小說

微型小說

故事新編

散文

專欄散文

報刊散章

書信

散文詩

詩歌

新詩

舊體詩詞

附錄

導讀：我想起了瀑布——悅讀舒巷城

梅子

人的足音各異，一如每首樂曲的旋律不同。
你的動人的足音，是你以全部的力量、用自己的風格在地上寫下的旋律。

——舒巷城《浪花集．足音》

誰說對自己熱愛的工作全力以赴會有一天形枯力竭呢？
我想起了瀑布……
誰說對人傾心而談會有一天把所有的傾盡呢？
我想起了瀑布……

——舒巷城《浪花集．瀑布》

編完本卷，油然記起這兩首散文詩，憶及作者筆下風格獨特的旋律和才氣洋溢的辛勤，欽敬之情，盪漾於心。

舒巷城（王深泉，一九二一年九月十二日—一九九九年四月十五日）「十六七歲時開始發表一些習作」[1]，此後視寫作為安身立命、「艱苦而又永遠吸引人的事業」[2]，一發不可收拾，以逾一甲子默默不輟的創作實踐，貢獻了豐厚的小說、詩歌、散文、文論、外國文學名篇中譯和經典縮寫等作品，為步履艱難的香港文壇增彩添色。他逝世不久，蜚聲國際的經濟學者張五常（一九三五—）教授與詩人眾親友，在西灣河舊太寧街附近海面，參加完海葬儀式之後，隨即決定由自己剛創辦的花千樹出版有限公司，系統地將這位少時鄰居、一生知交的舊著重排付梓並整理出版軼作[3]，迄今面世的已有：長篇小說五部，中短微型小說八集，詩作（包括舊體詩詞）五冊，散文（包括專欄小品、談文學語言專著、書信）八本，與《紅樓夢》節寫本一種。除零星日記和尚待發現的文函外，舒巷城畢生筆耕的成果，幾已蒐羅在內。

---

1 《舒巷城自傳》，見秋明編《香港文叢．舒巷城卷》頁三零七，三聯書店（香港）有限公司，一九八九年十二月出版。

2 一九六六年五月四日致舒樺（李怡）信：《它寫得很真實》，原刊香港《文藝伴侶》第二期，頁三零。一九六六年五月二十五日出版。

3 一九九九年十月，花千樹出版有限公司一口氣首批重排推出舒巷城五部長篇時，張五常在每部書封底摺邊上寫下如是一段話：「可以這樣說吧：花千樹出版社是關心的朋友為了要再出版舒巷城的遺作而辦的，所以他的作品先拔頭籌。這樣，編排、設計、印刷、定價，全由朋友作主。賣不出去就送出去，沒有誰管得着。『花千樹』這個名字，是取自舒巷城喜愛的辛棄疾的《青玉案》（東風夜放花千樹）。」後與王夫人談話，也常有同樣表示。

編者藉這套作品集為底本，必要時參照早先已付梓的相應版本，並獲王夫人陳月明（祖籍廣東台山，一九四零年生於檳城，一九七二年與舒巷城結婚）女士慨然提供新發現的資料補充，抉剔爬梳，反覆斟酌，編成此卷。竊思已盡可能甄選恰當，精彩無遺。唯願如此。

茲以往昔接目所得，此番重溫所感，略述舒巷城的品性和詩文創作的成就。

人品：狷介而極富情性

王夫人給我看過巷城先生一篇無題短製，全文如下：

王某囑余寫《記》有年，事在知交，勉而為之。

其本名英譯為S C，知之鮮矣。昔居灣畔西寧屋，故有「西寧屋人」之稱；今寓魚涌之巷城居，遂有「巷城居主」之號。雅不欲與達官遊，遑論題詞矣；卻常同小民交，茶敍相聊焉。誠狷介之士也。看電影無數，買書不計錢，偶有所得，欣然而煙而啡。與談得來者巧遇，共聚一堂，説之唱之，彷若到了桃源；反是，則華筵折柬來招，虛位以待仍空也。嘗業會計，在公司則頭頭是道，歸家則對銀碼一塌糊塗。豈赤子之心使然？人如此類，最好寫不賣錢之東西若詩之類也。余為之護亦為之惜焉。但王某不改其樂，常拿一疊不能賣錢之東西與知交共享。其行稍怪，然亦怪得有人情味也。

九二年四月三日・港大・室中（半小時內）

文中「王某」誰是？王深泉本人是也。自寫自《記》，似「煞有介事」，實乃戲玩，自娛而已。茲予披露，蓋因作者僅以二百九十八字，就把動筆之緣由、本名之英譯、居所之變遷、個性之狷介、興趣之多元、待人之分明、謀生之職業、理財之異態、返身之自估、行止之鑑定、作文之時地、成文之迅速等清晰、周詳地交待妥貼。其毫不含糊，彰顯自知甚明；而其幽默瀟灑、惜墨如金，也正好透露文風之致，這一點，有各類作品充份的實例可作腳註。

余生有幸，上世紀七十年代後期起，即與之結識，直至他往生，彼此交遊不算頻密，卻如水長流。我心目中對他曾有這樣幾點概括：

舒先生做人有風標。他絕不盛氣凌人，但執着而有自信；他從不看風使舵，但隨和、虛懷、擇善而處；他不屑於爭名奪利，但像愛護眼睛似的愛惜自己的名譽；他鄙棄結黨營私，但極看重友情；他不懂勢利，但對假惡醜的人事始終心中有數；他不搞低級趣味，但也不自命清高；作為創作者，他不信鑽營、走捷徑可以登入文藝的堂奧而得人尊重；而對於創作本身，創作所賴以發芽成長的生活、土壤（乃至母土），文藝作品藉以扣人心弦的語言、思想和形式，創新時無不渴望的交流和惺惺相惜的同道，他的熱愛可謂一貫而專注。這一切，融合起來，塑就了一個單純、真誠、樂觀、追求和理想之火永不熄滅的舒巷城。別說如今，即便是在他活着的那個年代，像他這樣的詩人和作家也是香港文學界不可多遇的。

這是二零零九年，舒先生逝世十週年時寫下的話[4]。迄今，過了整整八個年頭，我的看法，還真絲毫未變。

這裏有許許多多相關軼事，篇幅只許說說幾件。

關於他的「執着而有自信」。張五常教授在金鐘香格里拉酒店餐廳，談到這位香港文壇「異數」，「我最喜愛、最尊敬的朋友」[5]時，曾說他「內心是自傲的」[6]，諒指的就是這一心性，並不是自高自大。他們倆相識「整整半個世紀」，此語之真實性毋庸置疑。權當旁證，我還記得，某次，有評論者對《鯉魚門的霧》開頭大段霧的描寫不以為然，覺得冗贅，他獲悉只是莞爾，認為無須改動。有熟稔那霧景的友人說，非親歷者不能體會，那氛圍正與小說主角當時心情合拍。

提起他的「擇善而處」，我不由想到他的「宅心仁厚」。作家離世後，王夫人說了這樣一些事：王先生處世周至，玻璃杯瓶破碎，必親手把碎屑執拾乾淨，總擔心傷了別人。有一天交待，以後別再買燕窩給他了。問以何故，答曰：「那是毀了金絲燕的家掠來的啊！大家都杯葛的話，多少燕子就有家可歸

4 梅子〈與友談舒巷城先生〉，原刊香港《城市文藝》第四卷第三期（總第三十九期）。二零零九年四月十六日出版。
5 張五常〈悼深泉〉，原刊香港《壹週刊》第一七八期。一九九九年四月二十三日出版。
6 梅子〈舒巷城之所以為舒巷城——讀《夜闌瑣記》札記〉，原刊香港《文學世紀》創刊號，二零零零年四月出版。

了。」[7]為了支持環境保護，他贊成海葬，對夫人表示，自己的後事也要這樣辦。

「看重友情」的例子不少。讀讀本卷附錄一那篇「自述」〈放下包袱，談談自己〉就會了解：他年少時即樂與家中小店裏的各色客人打交道，博聞強記，學得各種書外知識，跟有些人終身有情誼。但我印象很深、常受感動的是：每次約會見面，甫坐下，劈頭就問：「今天可以傾偈多久？」一聽說隨意無妨，便喜上眉梢，然後話題如泉，興致一上，又說普通話又唱粵曲，甚麼馬腔、薛腔、女腔、芳腔、小明星腔等等，如數家珍，隨口哼來……把個「文靜」的茶聚「調度」得熱鬧起來。一九九八年冬，他心臟術後漸漸康復，約他做訪問，他聞訊來者皆熟友，欣然答應。在康蘭酒店重逢，覺他清減些，但精神不錯，席間話語生風如常；大家怕他過累，未敢縱情，時間到了，陪他走回不遠的家，途中他稍歇喘氣，談興依舊。其時，距他逝世，半年左右。跟他也有半世紀友情的散文家、詩人、資深語文教師黎歌（伍國才，祖籍廣東肇慶，生於廣州。一九三一——二零零七）指出：他「喜歡以普通人自居，不想讓人家知道他是『作家』而處處設防。他要無拘無束地交朋友，真摯地待人。這樣，我們雖才具、年齡都有距離，卻也可以談文論藝，暢談甚歡了。」[8]

至於「不信鑽營、走捷徑可以登入文藝的堂奧而得人尊重」，可舉寫序的事。據我所知，他對某些

7 梅子〈舒巷城之所以為舒巷城——讀《夜闌瑣記》札記〉，原刊香港《文學世紀》創刊號，二零零零年四月出版。
8 黎歌〈四十九年〉，原刊香港作聯《作家通訊》第三期，一九九九年五月一日出版。

初入文壇的青年，時興千方百計攀求名家為自己尚未成熟的作品寫序，以逞虛榮的行為，頗不欣賞，有時也會間接好心婉勸，堅稱這樣有害無益；而自己也不肯推波助瀾（早年為新馬個別文友所撰算是特例）。

我思之再三，決定再加說他看待文情世事的態度分明。作家海辛（鄭雄，祖籍廣東中山。一九三零—二零一一）回憶過一件往事：當年，此地有些青年文友崇尚喬也斯（愛爾蘭人。一八八二—一九四一）、普魯斯特（法國人。一八七一—一九二二）、福克納（美國人。一八九七—一九六二）、吳爾芙（英國人。一八八二—一九四一）等現代派和沙特（一九零五—一九八零）、卡繆（一九一三—一九六零）等法國荒謬主義大師，舒巷城對此早有涉獵，中譯了一些他們的作品，給大家傳閱，不謀發表，「他對好些現代文學作品是稱許的，但認為立足香港寫作的朋友、千萬不可走該等作品刻意艱深澀僻的道路，這等於謝絕讀者進入自己的創作世界」。海辛說，多少年來，他也曾閱讀許多這類著作，但「沒有泥足深陷」，就因「耳邊經常響起大哥的幾句話」。[9]

一九七六年十月，「四人幫」垮台，舉國歡騰，普天同慶。舒巷城，儘管平日着墨多冷觀靜思，少激昂踔厲，「但對假惡醜的人事始終心中有數」，妖魔鬼怪一朝覆滅，心中的澎湃，不禁洶湧於字裏行間，

9 海辛〈我們的文藝大哥走了〉，原刊香港作聯《作家通訊》第三期，一九九九年五月一日出版。

也讓我們領略了一派富有正義感詩人的氣質和情懷。

一九九九年六月二十七日，朋友們乘遊艇到鯉魚門，送舒巷城最後一程。坐在我右手邊的黎歌幽幽談起作家往事，語調難掩哀傷。「他是真正的文人。」我說，黎深有同感。[10]是的，是真正意義上的文人。迄今，過了整整十八個年頭，我的看法，不僅絲毫沒有改變，還因歲月的淬磨增添了層次。

文品：平易裏思藝雙絕

上世紀八十年代末，香港三聯書店編輯部在書店經理兼編輯部主任蕭滋先生領導主持下，責成我策劃了一套《香港文叢》。其中的《舒巷城卷》一九八九年二月面世，編者「秋明」即舒巷城先生。我在此卷封底文字裏有以下説明：

（舒巷城）抗戰時期就讀於香港英文書院時，開始文學創作。經過半個世紀的耕耘，他發表了大量小説、詩歌和散文作品，以前二者飲譽文壇。他的小説注目於底層小人物的際遇和命運，絕大部份為光怪陸離而變動不居的香港社會造影，即使是以異邦為背景的作品，反映的也是社會的不合理所引

10 梅子〈舒巷城之所以為舒巷城——讀《夜闌瑣記》札記〉，原刊香港《文學世紀》創刊號，二零零零年四月出版。

致的種種扭曲。他的詩，新體、舊體都不乏佳構，選材寬泛，制式翻新，情美和音美並重，頗得力於兼備的繪畫與音樂才具。至於散文、隨筆，更是素材俯仰拈來，涉筆斐然成章，言文有盡而意趣無窮，熏着溢着的是一股親切的都市風。

本卷所選作品大別為小說、散文、散文詩、詩歌四輯。其中的散文詩篇數不多，單獨成輯。餘下三輯，小說再分短篇、微型、故事新編三類；散文再分專欄散文、報刊散章、遊記、文藝漫筆、書信五類；詩歌再分新詩、舊體詩詞兩類（後者包括詩集、詞集、偷閒雜寫三組），各輯作品悉依創作或發表先後排序。論創作成就，舒詩可與小說比肩，但排在書後，實有與小說遙相呼應且殿後壓陣之意。

世情豐厚、人性洋溢的小說

舒巷城的小說長、中、短、微（極短）四類都有，共已結集十三冊，內容同以「世情豐厚、人性洋溢」為特點。由國族的命運，到社會的變化，至個體的成長際遇，時在心中醞釀，幾經獨具機杼的構思和跌宕有致的想像，在他筆底都有生動細緻的反映，彰顯作者豐滿敏感的赤子之心，令讀者印象深刻。其中的五部長篇，就有《太陽下山了》、《巴黎兩岸》、《艱苦的行程》三部成了香港現代文學經典，至今口碑不減。唯因篇幅所限，且考慮到這些長篇曾多次重印，坊間不難覓得，故卷中小說輯側重選擇了短製：〈倫敦的八月〉一萬八千字左右，餘二十題則二千至八千字不等，全是一般短篇小說（二千至二萬字）的規模；八題微型小說，均為五百至一千五百字的精品；四題故事新編，看字數，有短篇也有微型。

世上虔誠關注、熱愛生活的小說家，無一不在生活面前敞開胸襟、放盡眼量、好奇篤學、勇吐心聲，舒巷城亦非例外。他處身重金輕情的溷濁塵世，心眼並沒有閉塞，良知也沒有昏昧，可以說，自毅然決定以業餘文學創作為職志後，他數十年如一日，民胞物與，高瞻遠矚。請看選出的佔總數約一成四的二十一題短篇。它們分別關乎生存狀態、人文關懷、愛海悲歌、家庭風波、鄉土感念、親人情牽、世間冷暖、創作苦甘、塵事妙連、成長歷練等等，大抵從具體世相切入，演繹的肌理脈相、表達的言詞態度，清晰自然，既不煽不掩，也不亢不卑，更不兜轉無由、忸怩造作。或曰這境界是腳踏實地、對周遭人事有長期細緻觀察和冷靜獨思、對尋常百姓的喜怒哀樂耳清目明、感同身受的人，方可達致；自這境界出發，方可在缺少直接心得時進而藉助間接（閱或聞）經驗，實現獨特創造，信然。

以下謹舉數例，管窺書中短篇小說的風貌。

〈三才子〉是他十九歲少作，用心寫了自覺「懷才不遇」者的境遇和抱怨（「運滯」「不好讀那麼多書」「不尊重讀書人」「『文學』眼見也就漸漸……」等）。筆墨多方揮灑，刻畫得立體、精簡、生動；一些小細節如首尾提及方先生與母親吵架，含蓄幾許生存苦況，富閱歷者不難想像，顯見作者比較早熟。

〈賣歌人〉，三十二歲寫成，秦琴錦和小生聰這對彈唱「拍檔」，落拓無計，卻善心未泯，通宵營業茶館的小夥計阿六也有求相應，底層貧民間「相濡以沫」的感人場景透露人間依然有情。文末那段對白，隱情裏暗示小人物求生的頑強。

〈倫敦的八月〉作於三十七歲，描述英商萬噸貨輪幫車王君，出海工作，船泊倫敦結識當地姑娘蘇珊，獲悉她與另一王姓港青中斷了的羅曼史。詎料男主角竟是他兩年半前病逝船上已然海葬的胞兄。舒氏涉外小說不多（另有長篇《巴黎兩岸》），據悉靈感來自跨國「旅行」和「閱讀」，但格調滿溢本民族文化特色。以「拓闊題材」展示不羈創作心，乃「有為」的標誌。作者可謂前輩傑出代表之一。

〈吵架〉問世，作者四十九歲，尚未結婚。但就小說末句看，他卻似過來人；對年青夫妻相處的微妙心態和膚淺言語，把握到位，諒也得力於日常觀察思考。

〈鯉魚門的霧〉和〈雪〉，創作時間相距二十四年：一九五零年和一九七四年；二十九歲和五十三歲。兩文反映主角的去向剛好相反，但眷戀母土鄉親的深情如一，扣人心弦。

前者寫雙親早逝、二十五歲飄泊在外，年屆不惑的老海員梁大貴，三月杪某晨悄然歸來，化不開的濃霧像沉沉記憶，往跡一幕幕浮起，景物無大異，人事竟全非。他喜歡的會搖櫓、撐船、做飯、唱一口動聽鹹水歌的十九歲小姑娘木群，音訊杳然；而眼前與木群有幾分相似、也唱鹹水歌、正問他是否過海的「水上」小女孩覺他陌生，羞澀地「把腦袋縮進艇篷裏」，讓他倍感失落，「嘴唇在微微的顫抖着」，迷惘地喃喃自語：「嗯。我是剛來的……」先前有一細節：向他問路的老婦也是「剛來的」，不啻神來之筆，隱示久違的家鄉，雖在心中念想聯翩，但已逐漸生疏起來，一時融入無方，留下淡淡哀傷。尤值一說的是，上文提過的對「霧」不厭其詳的反覆描繪，是香港小說中融情於景、情景相生的範例。

後者寫鄉間「農業凋零，『官地』漲價」，早歲失怙，為脱貧赴英謀生的新界青年余華，對自己步哥哥後塵離鄉背井，老母將失去依靠，內疚沉重、放心不下。小說描述主角臨別依依，鄉戀一路縈心，耳聞目睹別人甜蜜念家、相繼抵家而自己去家越發迢遙，備感孤獨等情，都不乏貼切的心理描寫與實景、虛影、憶象的交錯呈現，格外細膩真實。近尾聲時，烏雲、狂風的奔至，彷彿暗示前途坎坷；末了，雪花從先前「隔窗而看」變為「鋪頭蓋臉」，無疑促使余華「夢」醒，回到現實（「不覺得興奮了」），不無怵惕地面對新生活的開張。此作人物不多、情節極簡，要演繹得絲絲入扣，須有綿密思路，周至安排，而作者駕輕就熟，處理得天衣無縫。小說多年來一直口碑纍纍，寧非對其創作功力的讚賞？

〈鞦韆〉，五十二歲的成品。藉小女孩玉玲暑假到淺水灣附近「望海廬」別墅，在打富家工的阿姨那裏小住的遭遇，平心靜氣、扎實雄辯地揭露了貴婦人（綺蓮母親）的虛偽，淋漓盡致地諷刺了等級社會裏的所謂「都市文明」。特別值得關注的是，那外表溫文爾雅，心底趨炎附勢、貴富賤貧的為人母者，居然可任職與「保護兒童甚麼有關」的單位、還被校長譽為「最喜歡孩子」的人。正是她，竟「理直氣壯」當着女兒的面彰顯了自己的「勢利眼」，着實令人不能不為她女兒人格的成長乃至她服務兒童的誠意無限擔憂、疑慮。另外，佈局的多用伏線，也堪稱亮點。要玉玲作客時自知身份、莫越雷池一步，是媽媽、阿姨、綺蓮、梁嬸都先後提醒過的，終於仍得貴婦人嚴肅教訓一番，貧富間的鴻溝，難填可見。

〈幽默的苦惱〉，五十三歲寫就。把題中「幽默」易為「創作」，那新命題其實也道出了這篇小說的主旨，要之，這是關乎構思小說的小說，反映了此地不少同行筆耕維生的情況，庶幾也兜出一些寫作「規條」：時空要合理真實，不能想當然；細節要新鮮有趣，不能炒冷飯；「幽默」須有生活，不興想像；一時沒有頭緒，並非「江郎才盡」，出門透氣「充電」、面向社會，會激活想像力；即便貓在屋裏，也得避煩躁、換腦筋、學會發展現成「橋段」，甚或突破原訂主題的桎梏……

〈一個平淡的故事〉，六十二歲披露。小說點破俗世際會的斷線重逢，看似巧遇偶合，實乃冥冥中有股莫名流風，逐之相接，給如夢如戲的人生作個腳註、留下佳話，也算是詮釋了現代科技使「地球村越來越小」的現實。

〈方振強和他的朋友〉，六十二歲推出。關注對象是少年人。十一歲的小五學生方振強已學會自我照顧，他有兩位最合得來、形影不離的同窗。某日上課時，方忽然餓了，下午一時，放課鈴響，三位好友結伴，急忙找地方「醫肚」。小說自此展開，寫了三人的互相照顧和飯餘活動。三人分手後，作者聚焦於方的身上，敘述了他的警覺性高、粗心大意、節儉和純真引出的小故事，使我們在那些得失之間看到一個孩子成長的軌跡。

上述末尾兩篇，題材罕見於舒巷城前此的創作，是否中年過後，他內心也已躍動着更深邃的文學理念，漸漸轉注更大更長時空內的「人類存在之致」，有志向中外文壇更高的峰巒挺進？尚待研討。

舒巷城的微型小說和故事新編數量都不多。前者，迄今所見未逾四十篇，本輯甄選的各是一九三九年三月—一九四一年四月香港《立報・言林》版刊發和一九五四年四至八月香港《大公報・小說天地》版刊發的四題；後者，僅見本輯納入的一九八八年三月、一九九二年三至八月在香港報刊發表的四題。

八題微型，除一題寫賣淫勾當外，均描畫本地社會中人在特定時空裏的面目、心理和下場：或城府高深、混淆視聽；或老成倨傲、虛偽兩面；或明明窘迫、死充胖子；或蠻橫無禮、高拜低踩；或虛情假意、騙得令名；或以為得計、反被算計；或自吹逞能、欺人被欺等等。構思時或注重聽言觀行、由表及裏，或來個驚奇結局；表達上，有一部份機智、鬼馬、詼諧、幽默，善用粵語口語，具現與你促膝海侃的風格，這些作品生動顯示他鄉土作家的本色。

至於四題故事新編，涉及人物包括唐朝李白（七零一—七六二）、杜甫（七一二—七七零）、清朝曹雪芹（一七一五—一七六三）、楊志（《水滸》中人）與唐朝柳宗元（七七三—八一九）。罕見的篇幅中，有的即興的意趣、遄飛的想像、獨特的修辭，常在字裏行間，倒不妨作詩看，譬如〈電話與長繩——一個不依史實的即興故事〉、〈風箏〉；有的經典的故實、高超的武功、嫻熟的行話，也處處吐露尖角，權且也可作俠部野史觀，譬如〈楊志——水滸故事新編之一〉、〈吳鉤〉。

新舊皆佳、情韻兼美的詩歌

舒巷城的詩，已結集的有新詩四種，共收三百七十六首，連同散佈在選集的，合計約四百首，大多為十幾二十行的短詩；舊體詩詞一種，收三百六十二首。兩類總計七百六十二首。他是感情豐富，才氣洋溢，靈感湧至，隨時隨地可命筆的人。估計還有些因種種原因不曾公開發表、尚未發現或結集的兩類詩，唯有留諸來日。本卷詩歌輯有新詩九十七首，佔這詩體已知總數的兩成四；舊體詩詞七十五首，佔這詩體已知總數的將近兩成一。由此足見，兩類詩體的入選率，或說是為讀者所推崇的百分比，相當接近，進而表明，詩人在這兩體的業績旗鼓相當。

整體說，他的新詩有這樣幾個重要特點。

輕柔親切地傾訴諸般生活感受。陶融（何達，本名何孝達。祖籍福建閩侯，生於北京。一九一五—一九九四）說：「他（舒巷城），應該說是一位舉重若輕的詩人吧。」[11] 重，指的是情感的厚重、思想的豐贍，膚淺者不勝荷負，浮躁者不能承載；輕，指的是態度的親切、語氣的柔和，驕慢者不能理會，魯莽者不懂細嚼。我愛他《十年片斷》裏的〈雨中的信〉。想那應是一封情信，你聽，詩如是吟：雨中傷

11 陶融〈舉重若輕的詩人〉，原刊香港《海洋文藝》第一卷第二期，一九七四年六月號。

別離，你我淚雙流，你依依望着我，堅要我披上雨衣走；我銘記這份情：這麼多年來，還不曾有誰如此為我送行！何必那樣為我擔心，我已不是少年郎，早慣了獨在風雨寒暑裏闖蕩；假如後會有期，我在一個晴日裏重返，那可真好啊，我將放下傘空出手來，帶上你寄我的一疊相思回來再與你共享。感恩情與長相憶，如此柔婉表述，該會「精誠所至，金石為開」吧，更何況，兩造似已分實相連，只能是「經了考驗，不可動搖」了。你讀罷能無動於衷？

無微不至地觀照周遭人事面相。無微不至即無所不至，是一種主人翁的情懷。他以大膽的實驗，帶起了願意步武的同道，給生於斯、長於斯、創造於斯的這座國際大城，破天荒照出了一系列「詩情畫意」或「污泥濁水」，為歷史作索引和見證。我愛他《都市詩鈔》裏的〈山頂纜車〉。這車喻人，環境迫使「它羈泊於山上／戴着鋼纜的腳鐐」，不能如空中鐵鳥高飛，唯有順命，上上下下都馴服爬行、爬行，且是傾斜地爬行。惟其傾斜，所以面對的一切皆不正，人事也皆失衡：「在傾斜的歲月間／看腳下的滄桑」，滄桑須另作一番考量；「在十里的紅塵邊／看摩天樓上的斜陽」，這斜陽也當是另一副模樣。其中的蘊含，人人自可說端詳。

短小精悍屬居多，用語明朗是常態，甚麼體裁均可入詩合流。《我的抒情詩》的〈這一家〉四段九行，敍說子、母、父一家人緊相思：頭段，四歲兒燈下睡，穿着去年父買的衣裳；說明父愛子。次段，母燈下笑望睡兒，想兒是夢着父走在岸上；說明三人意相連。三段，母頓聞似有熟人敲門，兒也忽醒要父親；

說明母子分別與夫父靈相通。末段，迢迢重洋外，父這兩晚也都在想妻兒；說明這家人無時不相念。注意此詩所安排的時空和各段情節，三人情感的發展、交錯，頗近小說。《回聲集》的〈書枱〉僅四行，以擬人法言說另類「物是人非」，富哲學意味。《長街短笛》的〈隔壁有個小寶寶〉七十九行，屬作者並不多見的長製，描述忙着寫情信的大人與前來尋伴的鄰居四歲小孩的對話。孩子淘氣執着，大人愛幼忍耐，成就了這場因緣。全詩語白句短、活潑明快、問答輕鬆有趣，像極童劇小品。以我陋見，中外優秀詩人也有相似前例，唯舒巷城的這些實踐，花鮮果碩，有過之而無不及。

情韻、節奏、旋律動人，可感可看可讀可誦可聽。《我的抒情詩》的〈黃昏星〉，是首深情的短歌，呈現「我」對「你」無微不至的關顧。每次詠唱都覺迴返往復、婉轉美妙、餘音嫋嫋，何以至此？我以為和詞句的屢屢反覆、頓數的參差有致、韻腳的間隔呼應、場景氛圍的詩意濃郁等等脫不了干係。詩人須懂音樂懂繪畫，方能成好詩。這首詩就是明證。

當然，還可再多列幾點多舉數例，但讀者睿智，不難有自己的心得。

順便說一下，舒巷城也欣賞有個性和真實感的「現代詩」，雖然自己終未轉向於此。他不喜歡的只是「偽現代詩」。這類「詩」的特徵何在？詩集《長街短笛》第二三四——二三五頁有篇附錄專談他這方面的見解，文本易得，茲就一筆帶過。

至於舊體詩詞，詩人原只是興之所至、以之會友，沒有專項投入的意思，後來偶而披露，頗受歡迎鼓勵甚至慫恿，便陸續公開發表，終於欲罷不能，也蔚為大觀，可說是「無心栽柳柳成蔭」了。舊新兩體，本出同心，特色大同小異，觸類容易旁通。他此體唯一集子《詩國巷城》編者黎歌為書作序〈平凡出異彩〉，對此論析詳確，舉例豐美，足供參考。我只想重申，詩人在以「舊瓶裝新酒」時，其實遠不孜孜於形式的恪守，倘有發明也不憚有所跨越，如賦詩填詞本各有制式，但他浸淫多年，悟及詞乃詩之餘，「為何不學知音鳥，各有花陰一片天」[12]，遂嘗試推陳出新，以詞化詩，亦別具一格；而在內容上，他尤盡情馳騁才氣，發揮識見，挖掘新意，創出華章，如〈卜算子慢．曹雪芹〉，引起更多讀者共鳴。

因了性質介乎詩與散文之間，這裏宜於插說舒先生的散文詩。《小流集》三十七首、《浪花集》十九題是他僅有、故格外珍愛的兩組作品，首次，曾由他親自收入一九七三年三月，香港文學研究社出版的《中國現代文選叢書．舒巷城選集》。本卷於四十四年後再納入，作者已故去十八年。五十六首飽滿雋永的情思，固然飄動着泰戈爾（印度人。一八六一——一九四一）的異族影響，但更蕩漾着詩人心中那現代中國香港的獨有經驗和意緒：《小流集》的第十四首（「我們相逢，我們分別，我們長相憶。／——我們曾同地同時為同一事物笑過哭過呢。」）和第二十七首（「早晨！／我們歡呼，迎接今天到來。／

12 舒巷城〈以詞化詩後記四首〉，見黎歌編校《詩國巷城——舒巷城詩詞集》頁二六六，花千樹出版有限公司，二零零六年十月初版。

我們向更美好的明天走去。」），《浪花集》的〈樹和根〉（「脫離了那深植在泥土中的根，樹還有甚麼可恃的呢？／——即使高大，是再也不能獨立的了。」）和〈源與流〉（「源知道河流一去是永不回顧它的了，但還是給河流以生命和流動的力量。」），今天的讀後感，想會比過去任何時候更深刻也更令人感慨。

還有〈船及其他〉，還有〈無題夜記〉，都應作如是觀。

我曾想，詩人昔日為甚麼不多寫點散文詩呢？沒有誰給過我好答案，所以，不再這樣想，唯願自己也拿起筆來。

俯仰取材、理趣盎然的散文

舒巷城的散文，真正借助了這一文體形式的多樣化，花開數枝，各自精彩。其間成書入冊的包括了龐博的專欄小品約一千四百則（本卷選五十則，不到半成）、星羅棋佈的報刊文章逾一百一十題（遊記五題在內。本卷選二十二題，即兩成）、專精的文藝漫筆十八題（本卷選三題，逾一成半）、無拘的親友書信一百二十二通（本卷選六通，即半成）等。

專欄小品大抵以三五百字通俗文字（特例有信函摘要，日記片頁，詩詞初稿等）是非不爽、愛憎分明地展示謀生、交際、旅行之所見所聞，閱讀、寫作、娛樂之所思所感，回顧、自省、展望之所憶所發等，指涉世情、國事、人性、物象、史地、哲教、文學、藝術、語言、文字、科技、民俗……之話題，俯仰即取，皆上筆端，記敘有之，抒情有之，描繪有之，議論有之；冷肅有之，熱烈有之，諧趣有之，幽默有之，時或專一單純，時或並雜多姿，但凡機智充沛、創意豐盈者喜聞樂見的格局，一一嘗試。卷中《小點集》的〈經驗與時光〉，把瞬間與永恒、逝水與回流點撥得那麼富有哲理；《無拘界》的〈口哨〉，從目下談到歷史、自人類扯到鳥雀，時空轉換裏洋溢着嚼不完的詩意；《水泥邊》的〈地北天南〉，趣味盎然，是另一抹人文風景，逶迤着志同道合者的性情和品位。

報刊散章篇幅在千言以上，揮灑空間更大，滔滔揚揚，五光十色，雪泥鴻爪，各得其所。〈冬天的故事〉燃起記憶，翻開老曆尋尋覓覓，卻覺昔日的顛躓、辛酸，暗夜跋涉，遭風遇雪，如今卻成平生奮鬥起伏的點綴。〈石九仔〉記童年朋友，這小子過目不忘、過耳牢記，眼快如電，能說會道，專打「我」口袋的主意，但「我」愛聽他的故事，心甘情願。小說家的散文善攫人心，讀罷方覺此言不虛。

遊記和文藝漫筆，不是作者的創作主流，僅聊備一格耳。然則其中《淺談文學語言》第十五章〈奧·亨利的「短篇小說風格」和語言——並談感情〉及〈漫談海明威的風格與寫作態度〉、〈淺談魯迅小說的藝術〉等文，無一不是創作的金針，端出於此，俱見舒巷城向賢的虛懷和秉承傳統提攜後秀的熱誠。

書信寫給至親好友，真情實意，無虛無假，流露不遺。幸蒙　王夫人提供新發現兩通為馬輝洪編《舒巷城書信集》未及收入者，使我們有更多資料，了解舒先生創作心路的履痕，明白他的成就是怎樣得來的，進而有所效法，大步前行。

《小流集》第十三首云：「假如你去了，我將找尋一個和你有同樣思想、面貌的人。／但，那個人呀，我將往何處尋？」結束這篇編後感的時候，我想藉這首精緻的散文詩獻給讀者，願諸君把這本選集當作好友，寶愛它，珍惜它。

二零一七年八月十日，於香港。

小說

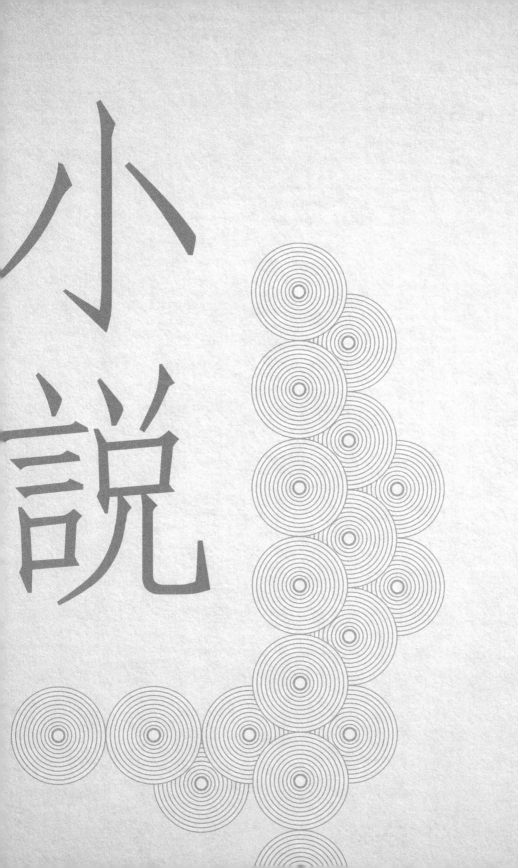

短篇小說

三才子

下午。

在理髮店的門前，方先生和他的母親又吵鬧起來。

「你越老越糊塗。」

「你你你——」那個做母親的睜着一雙細小的眼睛，很吃力的將說話吐出來：「你——讀書讀塞你的心肝……要怎呃？早，你說早，遲，你說遲……那麼丟了它啦！」她就將盛着飯餸的鐵罐做一下手勢！

方先生一下就搶過來，放在相命攤子底下。

「去去去！你曉得甚麼——你曉得吃。……」

直到那婆子去了以後，他還是那麼喃喃的罵着。他正等着一些甚麼東西。

「滿肚草……哼，曉得怎樣才賺得人家兩個錢？……」

他，人人都這樣稱呼他「方先生」的。「三才子」那個名倒沒有幾多個唸得上口。

事實上，這個尊稱，他不是白白得來的。你知道，他不單懂得看相嘛——嗄！他懂得的，才多哩——當然不算排八字，批命，搖下龜殼裏三個銅錢……

比方寫字，不論正書，楷書，隸書，仿宋，一切大小的他都來得一手。說到寫信，寫契約呀，單據呀……就算你會寫，你就沒有方先生那麼精通，會下筆。那，有時冰室裏很精細的畫上了一小點，一個圈一條線的美術價目表，他都敢承接。他就這樣把身子更移近一點枱子去，腦袋垂得低低的，瞇着一雙近視眼。作勢的盯着紙上，那麼慢慢的一摸一摸就做得好。

有時人家讚他：「方先生你真利害，樣樣都懂得。」

「那——唉，費了很多心血，金錢，才學會這一點——不中用不中用啦……」接着，他就苦痛地輕輕的搖一下頭。

有時，有些跟方先生合得來的，懂得他的脾氣的，他就很歡喜的彷彿得了甚麼，掀動着嘴唇跟人談得起勁。

如果有人這樣說：「方先生，真是難得咯。出來街邊擺檔口的，有幾多個跟得上你呀。哎，滿肚才學，只是輸了運氣……」

你想，他心裏是怎樣的歡喜呀——在這裏，面前賣笠衫那個粗魯的小子，不給烏氣他受，就好了。還有，那個霎眼弄鼻、掛起「精通六壬相命」招牌的傢伙，因為地盤問題，就常常惡狠狠的對着他——難得有人賞識他方三才的本事。

「是嘛——唉，那只是輸了運氣……」

這樣，他就感到很滿足的了。

方先生對人說今年三十八歲。聽說兩年前，他本來還有一個老婆的。後來不知為了甚麼，跑了。

這一點，他和我談話，總沒有聽過提到。三十八歲那倒證實。

我是這樣跟他認識的。一次，無意中的站在他的枱子邊看他寫字，向他隨口的問了一句：「先生好生意吧？」

「唔，」他打鼻孔裏哼出一聲來。他知道我不會幫襯他甚麼的。

但我不客氣一屁股就坐下他那張給客人坐的竹櫈子。

這樣一次，兩次……我給他的好意，多少使他感到了甚麼。有一回他這樣問我：「你念過書的吧？」

「不怎麼多。」我爽直地回答。

以後，他就常常跟我講好些東西，一大堆的，我聽得不太懂。

一直，他用另外一種態度對待我了。

這樣隔了很久。有一次，我又是那樣坐在他的旁邊的——

「唉，一個人運滯起來，就算你有大的本領，博古通今，也不見得……」他皺着眉。

這些我聽過不止一次了。「嗯，真的。」我隨便的應了一句。

「喂，你以為一個人——嘖，講起來又是罪過的。」忽然頓一頓。他把腦袋更湊近了我，壓着嗓子：「真的，本來不應該講的——你說嘛……唉！——我以為一個人隻字也不識，是盲牛一隻呢，但是讀書讀得太多——我說，又是窮死一世的！」

「窮死一世？」我故意提高了嗓子。

「嘖，唉！將來教子教孫，也不好叫他讀那麼多書。半知半解就好了。一讀得太過精通呢，唉，好像我現在那樣。你所幹的，一定喇，要合乎道德的。如果跟聖人的道理，背道而馳呢，做些掩沒良心的事，自己又不想。那麼你說……」

我並不做聲，看他那副神氣，我有點好笑。

「而且現在世界，更不尊重讀書人。唉，『文學』眼見也就漸漸——唉，哪還能好像從前一樣……」他左邊的嘴角掀了一下，還要說甚麼的——但喉嚨裏好像有甚麼作怪……

這一個月來我又漸漸地少到方先生的攤子前了。

近來方先生不知為了甚麼，老是歡喜跟他送飯來的母親吵鬧。常常因為一點小事，方先生就繃起頸子來。好像他受了誰的氣，應該發洩一下的。

一九四零年九月

鯉魚門的霧

日出東山——啊
雲開霧又散
但你唱歌人仔
幾時還呢？……

霧喘着氣，在憤懣地吐着一口口煙把自身包圍着。……那包圍的網像有目的地又像漫無目的地循着一個大的渾圓體拋開去，擴展着，纏結着，或者來來去去的在低沉的灰色的天空下打滾，一秒一秒鐘地把自身編成一個更大更密的網。偶爾碰上了大浪灣外向上噴射的浪花時，它，霧的網，便會無可奈何似的，稍一迴避，似乎讓開一條路來了；但很快地，等那兀突而來毅然而退的浪花由白色的飽和點——那顆顆向上濺起的水點——隨着一陣嘩啦的哀鳴而敗退下來還原成海的一部份——藍——的時候，霧，喘着一口口氣的霧，又慢慢的向海的平面處降落，伸出，開展……

從四面八方，霧是重重疊疊地滾來的呀——

從清水灣，從將軍澳，從大浪灣，從柴灣，從九龍的山的那一邊，霧來了；霧集中在鯉魚門海峽上，然後向筲箕灣的海面拋放出它的密密的網。——它包圍着每一隻古老的木船，每一隻身經百戰滿身創痕的捕魚船，每一面因沒有出海而已垂下來破舊了幾經補綴但只要扯起來時仍能禦風抗雨的帆；它包圍着每一隻上了年紀而癱瘓在水淺的地方的可憐的小艇，連同那原不屬於筲箕灣海面的僅有的幾隻外來的舢舨……

霧包圍着埗頭。

霧包圍着坐在埗頭邊的一個石級上的梁大貴。

霧也彷彿包圍着這個十五年來生活在海洋上的老海員這時候那份異樣的心境。

載着太重的記憶，現在，他，四十歲的梁大貴底心在向下沉，向下沉……

這是一個三月尾的早晨。四周的魚腥味沒有十五年前（和梁大貴連結在一起的那些歡快或痛苦的往日）那樣濃厚和可愛。那時候，埗頭周年都熱鬧，四季都「熱烘烘」來往着各種各樣的人。那時候，埗頭上的厚石板永遠響着穿着木屐，穿着鞋的，更多的是赤着腳的人底腳步聲。那毫不單調也永不乏味的聲音，混和着小輪行前的汽笛叫鳴，混和着出海的漁船上夥計們起錨扯帆時的呼嚷，混和着埗頭上扛夫們的「杭唷」或吆喝，衝擊着，鬥爭着——一任潮水漲，潮水落——它，那份十五年前的埗頭所不能缺少的聲音，此起彼落，是永無休止的……

梁大貴就是那些赤着腳有着壯健的身體的粗漢子中的一個。他工作着，忙碌着，喘着氣，在這埗頭上。這埗頭，他記得，十五年前還有一個熱熱鬧鬧的碼頭。那時候，每天有幾班小輪開出，到海的那邊紅磡去。小輪從這兒帶去了人，大擔小擔的魚，和其他貨物，又從那邊帶回來人，都是熟悉，純樸，可親的臉——更帶回來大籮小籮的瓜菜……。他大貴，就曾經有過一個時期來來去去的，替別人「帶貨」，上上落落在這樣的渡海小輪上。他記得那時候，小輪是沒有「樓上」「樓下」的：各種不同的人，買着同一票價的船票。沒有誰看不起誰。他記得太和居（茶居）的老闆就常常拍着他大貴的寬闊的肩膊說：「大貴，你有出息的！」說完又常常硬拉着他回到太和居裏，叫他坐下，拿剛出籠的大包給他吃。在這樣的情形下，他總是紅着臉說：「呃，那麼點小事，算得甚麼……」因為他覺得就算有時替他們太和居帶點茶居要用的甚麼回來，也不一定要那樣客氣的招待的。還有，船排廠背後那家山貨店的德叔就常常請他帶點貨物來往，給他一點報酬，但他總是拍拍胸膛說：「德叔，我大貴要賺錢，也不賺你德叔的。」德叔也就更看得起他。他就曾經親耳聽過德叔在他身旁對別人說過：「大貴將來一定大富大貴！這小夥子不怕吃虧！」

是的，梁大貴從來吃別人的虧，但都不計較。誰都喜歡有這麼一個夥計。找事做，他一點也不愁。東家不着西家有。憑一副粗大胳膊，氣力大，脾氣好，到哪家換不到口飯吃？到哪裏，隨便哪裏，會掙不到點錢？——是的，那時廿五歲的梁大貴就是那樣有自信心的一條好漢。他想，有一天，有機會出去，一定會掙到大把錢回來。

十五年彷彿很容易，又彷彿很困難的過去，像鯉魚門來來去去的三月早晨的霧。

十五年了，他並沒有大富大貴地回來，還是同樣的梁大貴。在外邊他常常給別人看不起過；人笑他是「疍家佬」（水上人）；連他自己也不知道為甚麼：他的「水上」音調到現在還是改不了。還是同樣的梁大貴，但老了，老得多了，那紫銅色的健康的臉，現在是那樣蒼白，瘦削。

才個把鐘頭前。一輛向東行的電車把他帶到那個像往常一樣的筲箕灣電車總站。他看也沒多看一眼總站旁邊的舖戶，雖然它們有了很大的改變。他擦過還是老樣子的街市，直走進鄉鎮式的又狹又長又古老的東大街去。那街還不是他要停留的街。那街上的洋貨店，金舖，從來不曾在他的記憶裏留下過甚麼。甚至現在他對它們還是陌生的，正如它們十五年前就同他陌生一樣。他從來沒有進去過一次，雖然他從前曾經夢想過進去的。——現在他更不會進去了。

當他跑到大貴里的巷口時，很快地，他停下來。他的心不知怎的竟然跳了一下。身子有點哆嗦。他想，他這一回真的到了他隔別十五年的地方了。再走廿來步，他便會看見他所熟悉的一切：那有篷沒篷的小艇。在巷的盡頭那處，他將看見他童年和少年時看慣了的那又黃又黑的海水，他將聽到那一份他祖母說過，他母親說過，而現在應該是他的「水上」姐妹們說的「阿佬，叫艇！過海呀。」的熟悉的聲音。在巷的盡頭那處，他記得那樣清楚，靠一家醬園屋後的圍牆下，埗頭旁的另一邊，污黑的泥灘上，有幾隻再不能下海而被遺棄在陸地上——泥灘上——的破舊不堪的小艇，他的出生的地方。他的家——如果說他也有過家的話——就是在那樣的一隻小艇裏。在巷的盡頭那處——呵，只要他一露面！……他將聽見那些從前是年青而現在是老了的但仍熟悉的聲音。他們將會親切地，或者嘆息，或者同情的說——

「大貴！你回來了！……」

可是大貴沒有聽到。在大貴里的盡頭處——可以望見那軟而無力躺在灰白的霧下的又黃又黑的海水的地方——埗頭的旁邊，他站定了。他回來了。但沒有人向他招呼。生活在大貴里的人們，彷彿沒誰知道，也不認識，他就是和「大貴里」同名的梁大貴。

那些人，從前叫着「大貴，大貴」的人，都去了哪兒？常常和他隔着小艇唱鹹水歌的木群呢？她……他梁大貴從前自己的家呢？……哦？也不見了！他家旁邊的別人的家——其他幾隻破舊的陸地上的小艇呢？也都不見了！只有幾個拾荒的野孩子在污泥上彎着身子在尋找甚麼。他記起小孩子時赤着身子和別人一起在泥灘上掘蜆子的事來了；有時為了搶奪一隻蜆子，還和對方扭作一團在污泥潭裏打滾。那泥灘上，現在除了一堆廢料，被棄的空罐子，一些斷木破片外，甚麼也沒有。在那泥灘上（他怎能忘記呢？）他的守寡的母親在他出世之前，曾為他安排過一個避風擋雨的家。縱然是那樣一隻破舊，齷齪的小艇，它仍然是他和他媽媽的家呀。聽媽說，他出世以前，爸是在一隻捕魚船上工作的；有一次，爸出海，才第二天，滿海都是霧，她的心就有點放不下，第三天，鯉魚門山上天文台扯起黑色風球，她慌了，發急了，整個晚上，大風大浪，她眼巴巴盼望天亮，盼望爸爸回來。

但是爸到底消失在大霧中，和颶風一齊離開鯉魚門海峽。

大霧去了會再來。颶風去了會再來。但爸去了不會再回來啦——任憑媽日日夜夜在埗頭等候。

「我那時候真想死。」媽把這告訴他的時候，他才十歲。

「媽！我將來大了，會大富大貴的！」十歲的他，抱着媽哭了。

「大貴，我沒有死，我不肯死，都因為我還有你。」

十五歲的時候，他的媽到底也死了。

這樣又過了十年。十年，污泥中的日子，他一步步的走過來，又一步步的走過去——直至廿五歲別人說他是個好漢子，直至他離開那永遠看不見「藍」的又黃又黑的海水，離開那永遠沒有海鷗飛繞的埗頭和埗頭下的小艇，直至他坐上一隻大洋船衝破鯉魚門的霧，到霧以外的有時藍有時白茫茫一片的更大的海去，直至——

唉！四十歲的人了。現在才回來看望一下。

這埗頭上的太和居已經換了手。剛才問人，人對他說的。山貨店的德叔也不知搬到哪裏去了。

從前，啊，常常稱呼他「貴哥，貴哥」的木群，那個一年到尾梳着一條烏油油的大鬆辮子、十九歲、會搖櫓、會撐船、煮一手香噴噴的飯、又唱得一口好聽的鹹水歌的小姑娘，也不知嫁了人或者，唉，或者……

「木群！」他默默的唸着這兩個字，心裏有點說不出的味道——好似有點點苦澀，好似有點點辛酸，又好似有點點甜……

他記得有一年的大熱天——是他廿四歲那一年吧？他和一個叫牛記的「岸上人」一同租了一隻小艇合夥在晚上做小生意。賣的是「艇仔粥」。那時候，七姊妹[1]那邊有好幾家游泳棚，熱天晚上，那一帶才熱鬧呢。他和牛記常常把小艇搖到那邊做生意。有一個晚上，差不多十二點鐘了，海面很靜，響着三幾聲的鹹水歌，他們的小艇回到埗頭下時，他看見木群獨個兒坐在石級上，低着頭像在想心事，又像等候誰的。他向岸上叫了一聲：「木群！」

「咦！你回來啦。」木群馬上跳起來，掠一掠頭髮，高興地說：「貴哥！我等了你個把鐘頭啦！我肚子餓得要命。」

「幹嗎不買點東西吃？——鮮記球記還沒收市呢。」牛記這傢伙！他故意提高嗓子說。

木群怎樣回答呢？她真——呵——她真好！她說：

「我要幫襯貴哥的『艇仔粥』，怎麼樣？鮮記球記的我不高興吃！……」

廿四歲的他，——「貴哥」笑了。

---

1 香港北角的舊名。

四十歲的他——梁大貴現在也笑了。

「那時候……」梁大貴想着，坐在埗頭上。「我……」

他覺得肩膀上給誰輕輕的拍了一下。他抬起頭來。

一個帶着客家口音的老婦人問他：「老哥，去茶果嶺的電船在哪地泊岸的？」

哦？現在這埗頭已經有電船去茶果嶺了麼？——他疑惑地望了望那老婦人：「阿娘，我也不知道哩。我是剛來的……」

「哦？這麼巧！你也是剛來的……」老婦人咕嚕着離開他。

唔，十五年啦！

梁大貴想着，站起來。走了幾步，他開始覺得有點熱烘烘的甚麼貼着身子。

三月尾的暖氣，不知從甚麼時候起，暗暗的在埗頭上流動着。

埗頭上的人開始多了。有幾個挑着生果、菜蔬的小販匆匆的走過。有一個兩個男女挑着擔鮮魚去「趕市」……梁大貴望着他們。他們卻都沒有望他。誰認識他呢？

不遠處的海上，霧漸漸散開了。

一隻兩隻木船開始在他眼前露出個全身。船桅一根，兩根……在晃呀晃的，彷彿在向他招手。陽光懶洋洋的帶着淡淡的一點十五年前的魚腥味，投到埗頭下又黃又黑的海水上。……他深深的吸了一口氣，人覺得舒服了許多。

但是——梁大貴這時才想起——他要走了。正待他打算離開埗頭的當兒，他意外地聽到一段他以前常常從木群那兒聽到的鹹水歌。那歌也是她母親唱過的。

這一刹那，他彷彿甚麼也忘了——他感到一陣子快樂。他低聲地，但激動地跟着那歌聲唱：

日出東山——啊
雲開霧又散
但你唱歌人仔
幾時還呢？……

帶着一點依戀的心情，他又在另一個石級上坐下來。他緊緊的盯着埗頭下邊小艇上那個剛才在唱那段歌的小姑娘。像木群一樣——也是一條烏油油的辮子哩！……

那小姑娘大聲喊道：

「先生過海呀？」

梁大貴彷彿從她的聲音裏聽到十五年前木群的聲音！

他搖搖頭，喃喃道：「我也是水上人！……」

那「水上」的小姑娘怔怔的望着他；忽然眼珠子一轉，把腦袋縮進艇篷裏。

這一下——梁大貴心裏感到失落了甚麼似的站起來。他怏怏的拖着他那雙笨重的皮鞋，一拐一拐地從這埗頭走開去。

還沒走上十來步，突然，他回轉身來——又一次在埗頭上站住。

他把頭抬得高高。他做夢似的望着遠處鯉魚門海峽上那還沒完全散去的霧。

……呵，霧。去了又來，來了又去的——唔，十五年啦。

「嗯。我是剛來的……」他迷惘地自己和自己說。他的嘴唇在微微的顫抖着。

一九五零年四月十七日，海濱

香港仔的月亮

「八月十五」晚上那個又大又圓的月亮，要等明年才會再來咯。阿木嫂剛才說：一年就只有那麼一次……

十三歲的月好呆呆的望了一陣海水，問：「阿木嫂，為甚麼一年才有一個『八月十五』吶？」艇身晃了幾晃，坐在艇頭上的月好那頭黑色的濃髮，也在阿木嫂的眼前晃了幾晃——特別是那條亂蓬蓬的長辮子，那是阿木嫂沒嫁阿木哥以前也有過的！

「為甚麼？我也不知道。」阿木嫂說：「大概——說你吧，月好，你今年十三歲，出年十四歲，你出年會大一歲，但一年就只有一歲……」她確實不知道怎樣對月好說好；她跑進篷子裏，曲着身子，用塊舊布片，抹了抹艇上那兩張毫無光彩像給炊煙薰過似的藤椅——黯黃黃的。

一切都顯得黯黃黃。

暮色漸近，香港仔的海面像一面很大很大的捕魚網——它網着阿木嫂，網着阿月好……網着每一個「水上人」像船錨一樣沉重的心。

暮色從黯黃到黯黑，夜來了，稍遠處岸上和水上那幾家酒家的燈火首先亮起來，似乎企圖燃燒起這寂寞的香港仔之夜；但沒有用——秋夜像一個垂死的老人，落在海面上，隱隱的發出一陣陣輕微的嘆息……。

月亮不知甚麼時候掛在顯得比往晚更遼闊更空蕩的天空上，彎彎的，像一面艇篷。

阿木嫂劃了根火柴正打算點亮吊在篷下那盞風燈時，她聽見月好怪叫了一聲「哇——」，回過頭，她看見月好正把自己的一隻濕淋淋的腳從水裏提出來。

月好用手抹了抹腿子，又醒了醒鼻子，說：「水這麼凍嘔！」

「不凍？——快到冬啦？」阿木嫂說着，把風燈點亮。

又聽見月好叫了一聲。「快，快——木嫂！」她興奮的尖着嗓子：「群娣艇仔有客啦——」

這時候埗頭下靠近石級的水淺處，群娣的艇仔轉了個身掉頭而去，阿木嫂和月好倆「拍手」（夥計）櫓一搖，竹篙一撐，就把艇仔擠進前面的艇群裏去補了那個空缺。

埗頭四周好像是漸漸熱鬧起來了。甚麼地方斷斷續續一陣陣艇家的大小姐妹們向岸上人爭搶生意的騷動的聲音。——「先生，『遊河』還是過鴨脷洲呀？」「兩塊錢一個鐘頭——先生，這兒這兒，我的艇乾淨……」——和這同時，岸上響起三兩聲汽車喇叭的叫喊。

阿木嫂正待叫月好趕快上岸兜生意去，但發現月好已離開了她，坐在一個石級上，兩手支着下巴，沒精打采的。

「月好！」木嫂叫了一聲。

月好卻好像沒聽見，眼睛出神地望着海面上的天空——

「木嫂！」她忽地向艇這邊問起話來：「今晚為甚麼這個樣子的？」

木嫂怔了一下：「吓，甚麼樣子？」

「不圓的？」月好說。「今晚的月亮——你看！」

「你這傻女——」木嫂也禁不住抬頭望了望天空。「這叫做初三初四娥眉月，十五十六月團圓嘛。」說着盯了月好一眼：「你又想甚麼，又想阿爸啦？——月好，快上岸去兜一個兩個『客仔』吧，時候不早囉。」

「哦。」月好應着，站起身。「爸說，我是『八月十五』出世的。」好一會兒，才懶洋洋拖着雙赤腳一級級向上走去。

阿木嫂望着月好的背影，心裏又好氣又好笑：這「蝦女」雖然有點傻氣，但搶生意倒有兩下傻勁的——這樣的好「拍手」是不能少的呀；日子過得真快，她們倆做「拍手」不覺又做了兩個多夏天。

艇仔本來是阿木哥的——自然也就是阿木嫂的了。十幾年來，阿木哥流了不少血汗冒過無數生命的危險，才「裝」了這麼一隻艇仔，可是像其他很多男人一樣，阿木哥仍然不能生活在這海面上，不能常常跟阿木嫂在一起——在自己的家，這隻艇仔上。

像其他很多身壯力健的男人一樣，阿木哥在一隻「大拖」（捕魚船）上工作。大拖出了海還沒有回來。——有時候一水船，三頭幾日或者一頭半個月，但有時候一水船卻要兩三個月。「八月十五」那天是個大日子，阿木哥也沒有回來過節喲。那天晚上，月好的爸卻曾經回來過，而且帶了兩盒月餅回來，一盒給月好，一盒送給她木嫂的哩！

月好的爸，身體沒有阿木哥那樣壯健，捱不得風浪，去年有一次出海回來生病，給「事頭」開除了。但人家現在在岸上有辦法呢。聽説，是在灣仔一家大茶樓裏面做甚麼的；工錢雖然不多，但有食有住，平平安安——過節還有月餅買回來，不是比阿木哥還強？

幾時叫月好爸在岸上替阿木哥找份事，如果成了，她以後不是不用替阿木哥今天愁明天的？

想着，阿木嫂心頭寬了一陣，鑽進篷裏去，又抹了幾抹那兩張給「遊河」的客人們坐的藤椅。這當兒，她聽見群娣的歌聲飄在海面上——那是她所熟悉的一節淒涼的「鹹水歌」：

南風去，北風翻，問哥出路幾時還？
快者離嬌三兩晚，遲者離嬌半個月間。
哥呀，你出到埠頭錢財唔好盡散；錢財盡散實覺艱難……

錢財散盡？今時今日，哪個水上人家有錢散呢？哪個「水上人」不覺艱難——除了那些「大拖」、「晒家寮」（晒魚場），放高利息的大「事頭」們以外？

皺了一下眉頭，阿木嫂心裏重重的又感到一種甚麼在壓迫着；她隱隱的聽見群娣的笑聲；在她的記憶中，群娣是個賣笑的姑娘——她的命比海水還苦：嫁了個男人，才大半年，出海去，以後就不見回來；八九歲就沒有媽像阿月好；爹年老，患了一身「風濕」症；弟弟年紀細，掙不到錢；這一家她不養，誰養？是的，誰養？阿木嫂想着，眼前有點模糊，她彷彿看見在月亮照不到的海面上甚麼地方，很多個群娣現在正賣着笑，賣着身體給「岸上人」，像賤價出賣快要斷氣的魚兒一樣……

想着魚兒。想到「水上人」一輩子的顛簸，她便想到阿木哥，更想到阿木哥和自己的命運，那不可預測的明天的命運……

「阿木嫂！」月好的聲音突然響在她耳邊。

她抬頭看見月好同一個穿短衫褲的年青漢子出現在埗頭上。

沒等阿木嫂說甚麼，那年青漢子走下石級來：「你就是阿木嫂——我是來找你的。」

阿木嫂聽了嚇一跳——找我？眼看那漢子跳進艇來了，她慌得一句話也說不出。好半天才問：「你找我甚麼事？」

那年青漢子回頭望了望此時已站在埗頭下石級上的月好，然後放低了聲音對阿木嫂說：「我是阿勝叔的夥計。我叫做阿強。勝叔今天晚上給抓進差館去了。他跟我是最要好的。他臨行時千吩咐萬吩咐我來找你。叫你替他照料阿月好。他將來忘不了你和阿木哥的恩典。」

聽着，阿木嫂直挺挺的呆在那兒，像一根不曾搖動的艇上的櫓。隔了好一會，她才沉着聲問：「勝叔犯了甚麼事？」

「聽說是——」停了一下，阿強說：「是偷了兩盒月餅……」

阿木嫂極力忍住眼淚說：「阿月好曉得不？」

「是的——」阿強說：「阿勝叔吩咐，最好不要叫阿月好知道！」

這時月好高聲的在那邊嚷着：「阿木嫂，阿強哥說阿爸幾時回來哪？」

——這沒有媽媽，「八月十五」出世的月好！

顫動着嘴唇，望着站在黯淡的月光中步頭下石級上的阿月好，阿木嫂哭了。

喇叭

想當年在上海，人家叫吃舞場音樂飯的我們這一行做「洋琴鬼」。香港人可又背地裏在「洋」字下替我們換上了那個「八叉佬」——「洋八叉」，唔，就是香港人心目中的我們，真氣人！但，這還不算挺氣人，老兄，我同你講——

我是個喇叭手。不是送殯穿着制服走在馬路上的那一種。喇叭的洋名就是「吐林必」。吐林必這個現代爵士音樂之靈魂的樂器，呃，我應該怎樣同你講。一個現代的樂隊，尤其是「夜總會型」樂隊，可以沒有鋼琴，可以沒有小提琴，但決不能沒有一把吐林必。你常常看好來塢的音樂片的是不是？你大概總知道那邊有個馳名「世界」的爵士大樂師夏利占士吧？這高鼻「八叉佬」幹嗎名氣那樣大？唉，說起來嘛，還不是因為他吹得一口好的吐林必！吐林必呀，用我們中國話，就是喇叭。（老兄，這一下，你可總不會瞧不起吹喇叭這門玩藝兒吧？）

嗯，對了，我就是吹喇叭的。在紅的綠的電光管交映下的音樂台上，日與夜，我鼓着腮幫子都的都的吹。

茶舞從下午四時到七時，晚舞從九時到一時。——那些「歐西流行歌曲」呀、「時代曲」呀，洋製的「愛呀愛」啦、土製的「郎呀郎」啦，就需要我手上的那把閃着銅光的喇叭替它傳送到遠遠——到舞廳的每一個角落裏去，到烏天黑地的每一個角落裏去。

我工作的那家舞場叫做「納斯神舞廳」，不算是第一流，但若說它是第三，或甚至第二流吧，也就未免有點冤枉。因為當年上海「洋琴」界無人不識的白魯東——我，是在那兒「候教」：場場吹那叫人「心靈」輕鬆、肺腑動情的「嗚的嗚的」啊。我想，人家舞客尋開心的，不認「納斯神」的招牌，但總認我白魯東的老字號吧？可是呀，真氣人，就偏有人不把我看在眼裏，不知「藝術」為何物！這人不是舞客，但卻真是來尋開心——尋我的開心的。

她的名字叫做莫鈴音。「納斯神」一共有兩個女歌手，如果莫鈴音也可以算得上是個女歌手的話。老兄，我同你講，我不敢說我自己是個喇叭聖手——倘若是為了偏見，你可以貶我為喇叭劣手，你可以站在老遠叫我「喂，吹喇叭的」，但你總不會當着我面直叫我「喇叭東」的吧，只因我白魯東這藝名中有個「東」字！但——「喇叭東，喇叭東！」莫鈴音就是這樣稱呼我的。……

我第一次跟莫鈴音「同場」是個半月前的事了。

無可否認，她第一晚登台給我的印象就很深：因為在十五年吹喇叭的生涯裏，我從沒碰過一個「歌女」像她那樣傲慢對我。我畢竟是個樂師呀。

那天晚上，她唱「時代名曲」《桃李爭春》，珠光寶氣，左手金器，右手鑽石，唱就唱吧，但她莫鈴音站在麥克風前，幾次回頭，眼厲厲的望着我。我起初不知道她在望我，也不敢想她在望我！第二天，茶舞還沒開始，我在宿舍裏跟人家賭十三張，拉小提琴的小梁打外邊回來，把我拉到附近的一家咖啡館坐下，「喂，」他說。「白魯東，我剛才聽來的：胡老闆說你昨天晚上《桃李爭春》吹得不對勁！」

「怎麼，我不是跟平常一樣賣力吹麼？」

「莫鈴音向胡老闆告你一狀呢。她說你「和」得不好。──你跟平常一樣吹就不對。」

我氣得跳起來。「要我怎麼吹啦？哼，這姓莫的！──當年我白魯東在上海，在第一流的大舞廳吹過，萬代公司也灌過唱片！」我向空大罵：「那時候，她莫鈴音還不知道躲在哪家裏頭一把鼻涕，一把眼淚學曲藝！……」

「你先別生氣嘛。人家的過往，你管它做甚麼。我們要管的是我們現在的飯碗。吃人家飯，就要受人家指揮的囉。」小梁說着，突然把聲調放低問我：「你知道莫鈴音是誰，是怎樣的一個『歌女』？」

我說：「說她是個歌女吧，起碼的拍子也搞不清，又走音。說她本來是個紅舞女吧，臉圓，臂圓，腰圓，甚麼都是圓的，像個喇叭筒口。我就不明白，胡老闆幹嗎要選上她？難道納斯神舞廳就找不到一個──」

「我告訴你，」小梁打斷我的話。「她──莫鈴音是我們胡老闆的一位新『太太』。聽說，這莫鈴音的來頭可不小。很有個錢。從前她嫁的那個老頭子死了，還剩下間甚麼百貨商店給她。唔，聽說，將來納斯神舞廳要擴充了，未來的幕後大老闆就是這莫鈴音！」

「那……那她幹嗎拋頭露面到舞廳裏去唱？」

「哎，你真是！人家是時代曲票友嘛。愛個名，就客串登場囉。聽說，她以後打算每晚客串下去的！」

「甚麼？」我吃驚地望着小梁。「那怎麼辦？」

小梁笑了笑。「總之你要好好的『和』她，胡老闆的意思是：她唱錯，你音樂跟着錯就是！」

這就是說：她無緣無故「變音」，我的喇叭也得跟着變音？這怎麼成？我說：「小梁，我不幹——幾百塊錢一個月，把我十五年的喇叭聲名出賣！」

「不幹？」小梁在提醒我。「白魯東，你忘了嗎，你的合約到年底才滿期，那天晚上賭沙蟹（撲克牌），你簽了字！」

哎，有甚麼好說，兩個月前跟胡老闆賭「沙蟹」，我輸了「六個月」的一張吹喇叭的合約。那「合約」是這樣的：在這期間內，我不能「另尋高就」，納斯神舞廳存在一天，我白魯東得吹喇叭一天——

老兄，我同你講，如果我手上有個錢，這場官司我一定要打的！這些天，納斯神舞廳是在改裝門面擴充了，別的同事都休息下來，可是我還得「工作」下去。

現在，我的胸口發脹，我的雙手發抖，唉，我的喇叭，剛吹出那《秋的懷念》一曲，莫鈴音就跑來嚷着：

「喇叭東，你真是個追不上時代的喇叭筒！你這叫做吹喇叭麼？嗶哩巴啦，吹得一點『情緒』也沒有！」

情緒？我他媽的情緒——我現在正坐在莫鈴音那家百貨商店的舖面上；吹的是「秋季大減價」的喇叭呀！

聽，我的喇叭又在啤哩巴啦哪……

一九五三年十月二十日

賣歌人

阿錦哥把門一推，就衝出屋子；下樓梯的時候，聽到老婆還在哭哭啼啼。「阿錦嫂，三更半夜你怎麼讓他出去？叫他回來吧……」是同屋二嬸的聲音。

阿錦哥雙腳在木樓梯上停了一下，但終於怒沖沖地奔落街上。

要過兩三個鐘頭天才亮呢。狹長的荷李活道在疏落的街燈下顯得冷冷清清。一路上就似乎還沒碰過一個路人；經過文武廟，他摸摸口袋：不錯，還有兩毫子！他磨磨蹭蹭地走上一條斜坡，到了「三十間」[1]那家潮州人開的小茶館去。

這間茶館做通宵生意，熟客們是知道這個的。阿錦哥推開虛掩的舖門，閃身進內，不覺愕了一下。——跟他「拍檔」的小生聽這時候在裏面哩。

1　香港中區一條頗為有名的窮街。

小生聰閉着眼睛坐在一張圓櫈子上，胳臂靠着牆，歪着身子，右腿擱在左腿上，腦袋點呀點的。

「喂，小生聰！」阿錦哥叫了他一聲。

他睜開雙眼用手揉了揉，打了個呵欠。「哦哦——秦琴錦！」

「你在度新曲嗎——點頭點腦的？」

「哪裏！剛才在家裏沒睡好。」他喃喃地說。「今晚倒霉。躺在床上一直給人家催租催出來。」

阿錦哥在他對面坐下。「怎麼，包租婆不睡覺的嗎？」

「她老人家大概也是睡不着吧。你呢？」

阿錦哥討了根香煙點上；苦笑了一下，咕噥道：「跟老婆吵架。」

「又吵架？為甚麼？」小生聰做了個手勢問。

「還不是——瞎！……」阿錦哥把那根廉價的煙捲狠狠地吸了一口。嗆了一下。

「還不是為了窮？」他說。他望着對方，似乎心裏有許多話要說，卻說不上口。

有兩個多月了吧，他跟小生聰一彈一唱地在酒樓、茶室、街頭……賣唱。說起來嗎，他八歲就跟彈三弦的父親學藝，十五歲就隨父親出「燈籠局」了：在辦喜事的人家、宴會中，他一邊彈琴，一邊拍和同行唱歌的「姐妹」，一邊聽客人們的歡呼、「飲勝」（「乾杯」）、猜枚。彈了一輩子三弦的爸爸，死了，連名字也沒留一個在人家的嘴上，卻留下把三弦給他阿錦。但有一年，媽生病，他窮得要命——唉，可真是！——

他五塊錢就把那把三弦賣給了班子裏的師傅。廿二歲了，他落了個「落鄉班」，「擔」的是二胡。戲棚上，他第一晚發現有個跟自己歲數差不多的「戲子」，扮相不錯，嗓子不壞，那就是眼下跟他一塊的小生聰。

小生聰當年真的是個小生，不算挺好，但如果世界不是那樣艱難，他一定能夠唱得起，好好的生活在舞台上的。既然世界艱難，舞台窄，食戲飯的人多，像別行一樣，做戲這一行，就變成你搶我奪，花樣百出了。任你嗓子能拉得多沉，拔得多高；任你身段、出手怎樣中看；沒有「披頭」（靚戲服），沒有亮閃閃的「膠片」，單憑真實功夫，你就休想站得住腳。何況現在老倌們個個都是「萬能」的「文武生」；而小生聰只能是小生，獨沽一味嘛，又有甚麼辦法不栽下來呢！

唉，他今年的歲數……，阿錦哥尋思着又望了他的「拍檔」一眼。小生聰起勁地在抽着煙，盤算着甚麼，乾澀的嘴唇在抖呀抖的。

茶館裏靜悄悄。櫃枱上，一個睡熟了的十三四歲的小夥計偶然在打打鼻鼾。忽然之間，舖子後廂甚麼地方傳來一陣「絲絲」的聲音。

這時，一直伏在櫃枱旁小桌上打盹的那個年青的潮州夥計阿六站起來。他走進廚房去，一會兒，提着水煲出來，走近他們，往茶盅上沖那熱騰騰的開水，說了句甚麼，正待轉身走開的當兒，卻給小生聰一把拉住：

「阿六，我想跟你商量一下……」

阿六一怔。「甚麼事？」

「我想跟你借兩塊錢，最遲後天就還給你……」

「兩塊錢？」阿六望了這熟客一眼。「用來幹甚麼？」

「你不問這個好不好？」小生聽摸了摸稀疏的頭髮，煩躁地說，「總之急用！你肯借，就請借！」

聽着小生聽這樣的借錢口吻，阿錦哥心裏說不出是甚麼味道。他咬了咬嘴唇尋思道，小生聽是在發「窮惡」嘛！誰迫到他這樣子的？那個催租的包租婆？還是……小生聽要是有氣有力，他會去……會去搶麼？

阿六把水煲擱在一邊之後，忽然盯着他們問：「我真不明白，你們那樣得閒……」

「你這是甚麼意思？」小生聽不耐煩說。

「我們不是想閒的。」阿錦哥插嘴道。

「可不是！我們本來嘛，是在戲班裏！現在失業嘛……救濟又不容易輪到我們身上。」小生聽嘀咕着說。

「我也這樣想過，」阿六瞥了他一眼。「你們一定閒得發慌，要不然，怎麼會來幫襯，一坐就是半天！」

「那你不借了？」小生聽皺着眉說。

阿六瞅了他一下，打甚麼地方弄了兩張一元面額的鈔票來，一聲不響地把它擱在桌子上。

「阿六，我最遲後天……賣床板也還給你！」小生聽給懊惱繃緊了的臉寬了下來。他感激地望着對方。

阿六笑了笑。

曙光打門縫漏進來，天開始亮了。茶館開舖做生意了。茶客一個兩個的走進來。街上開始響起了清脆的木屐聲。

阿錦哥和小生聰離開了茶館。兩人從「三十間」落到荷李活道，在文武廟附近停下來，小生聰突然拍了拍阿錦哥的肩膊道：

「秦琴錦，你回家去！」

「回家去？」阿錦哥的眼睛盯着一擔白粥檔。

「嗯，回家去見阿錦嫂。」

「不。我……」

「哎，你！」小生聰搖了搖頭。「阿錦嫂本來就沒甚麼，脾氣也好，可這些日子，這樣的生活！……」

他説着嘆了口氣，把剛才從阿六借來的兩塊錢掏出來。「這個，拿去！」

「這，這怎麼可以？」

「怎麼不可以？」小生聰生氣地説。「我們昨天晚上才發了一塊錢市。」他把錢塞進阿錦哥的口袋裏。「連這個也沒有，阿錦嫂和孩子今天真要『吃』西北風了。」

「那麼，你，你自己呢？」

小生聰沒答他的話，逕自走向嚤囉街去，下了幾步石級，他猛地又回身過來，追上阿錦哥。「秦琴錦，秦琴錦，」他喘着氣説，「你的秦琴沒賣掉吧？」

「沒，沒賣呀。」阿錦哥說着，忽然感到鼻腔裏一陣子酸。

「那麼，」小生聰盯着他的瘦削的臉，說：「我們今晚再到街上去碰碰運氣吧。」

一九五三年十一月三日

倫敦的八月

巴得號是英商辦的M輪船公司旗下的一艘一萬二千噸、用蒸汽輪機開動的貨船，附設八個客位，經常來往澳洲與英國之間。船上的機房部，除大車（輪機長），二、三、四車外，一共有六個幫車；我是唯一的中國籍幫車。一年多前，我考取到這個月入九百塊錢的位置，簽的是兩年的合約，從香港飛出，飛了二十四個多鐘頭，在澳洲北部的湯士威爾港口上了這巴得號。現在，兩年就只剩下幾個月了。啊，我不是很快就可以回家了嗎！

大多數海員都有這樣的經驗：想家。

但回到岸，回到家，失業，往往是長期的失業。又想起海，想起船。海沒有感情，船沒有感情，人卻有感情。但又有甚麼辦法呢？岸上的工作不需要你。你是個桐油桶，只好裝桐油——望着那片白茫茫的大海，有時悶得發慌，我就只好這樣開解自己。我知道有許多船員都用這樣或那樣的方法排走心裏的憂愁。

對於我，九百塊錢到底是一個很大的誘惑。

這回是八月裏的一天，我們的巴得號又載滿了羊毛、錫、糖等等貨物從雪梨開到倫敦來了。

船緩緩地駛進泰晤士河時，我正站在船舷甲板上出神地望着遠處那幅夕陽殘照的自然圖畫。

「喂，王，」那穿着「蛤皮」套的蘇格蘭幫車占士跑來。他遞給我一根煙，自己也點上了一根。「我們的二車又到了家啦。」我們的二車是倫敦人。「嗯。」我答。

占士笑了笑告訴我一個消息：二車今天情緒特別好。「你呆在這兒幹嗎？沒有甚麼好看嘛。倫敦市還遠着呢。還不吃飯去？」說完，他咕嚕着走了。

是沒有甚麼好看。兩岸的煙囱在青灰色的暮靄中兀立着像一根根豎起的杉木，看不到甚麼怡人的風景。河水越來越黯，一座橋的影子也沒有。倫敦有名的塔橋還遠遠在視線外呢。我把煙蒂頭往船舷外一彈，吸了口氣。空氣裏突然夾雜着一陣強烈的臭味。附近多工廠，我猜想那是甚麼化學原料的臭味。船進了水閘，讓拖船曳進有名的 Surrey 塢去了。我走進飯堂時，船已泊岸，完全停下來了。

那紅光滿面的英籍二車正放下刀叉，喝着茶。我一坐下他就說：「王先生，我剛才到你房間去過——」

「哦。我看風景呀。到了倫敦啦。甚麼事呢？」

「唔，到了……」他突然板着臉孔說：「我告訴你一個壞消息。」我心裏一驚。「是關於——」

「是關於你的工作。」

我心想，難道我的工作出了毛病？我盯着他。

二車突然哈哈的笑起來：「我是在跟你開玩笑。」他快要看到他的老婆孩子了，他自然有心情跟任何人開玩笑。「我剛才到你房間找你，是的，從明天起你的『到埠值班』（Port Watch）時間是早上六時到中午十二時。」他說，「今晚沒有你的班，好好的上岸，看看這城市的風光吧。」他抹抹嘴站起來。「這次我們停十五天，最少十五天。」他拍拍我的肩膊，壓低嗓子彷彿怕別的幫車聽見似的，「你知道我特別照顧你呢。你離家遠呀。」他向我擠擠眼睛走了。

兩個多月來我第一次看見他那樣開心。我這回的時間倒的確是個好時間，每天十二點鐘後就是我自己的了。嗯，今晚到那熱鬧的畢克特萊圓場去逛一下，消遣一下吧。

但洗完一個噴浴，穿好乾淨的衣裳正待上岸時，天空突然灑下一陣毛毛雨，我要去逛逛的念頭也就打消了。我穿上件乾濕褸跑到水塢附近冷清清的街上，在一家酒吧裏坐下來喝酒。占士也在那兒，我覺得有點意外。前一回我們的船到這兒來，碰上霧季（倫敦的霧季是在十月和三月之間）。我記得那一次，在最大霧的一個晚上，占士也跑到市區去。

「嗯，幹嗎不找你的小姐去？怕雨？」我打趣地說。

他搖搖頭：「吵了架。」

「怎麼，你已經見過她啦？」

「剛才，電話裏。我說我來了。『我馬上到你家來，莉莉。』我說。」占士呷了口蘇格蘭威士忌，「她說，她母親不歡迎我去。你知道，她母親一直不喜歡我。她是個『保守黨』。她不喜歡她的女兒跟我來往。」

「為甚麼？」我喝了口啤酒。

「因為我是個海員。」

我自己也是海員。我心裏替占士難過。「你約過她出來嗎？」

「莉莉？約過。她今晚也是個『保守黨』。她說她頭痛。我知道她沒有頭痛。頭痛的是我。我們吵起來了。你知道這些日子在海上我多想念她。」

占士的瘦削的臉上那雙深褐色的眼睛彷彿突然變得黑起來。他顯得很憂鬱。我們沒說話。酒吧間一陣煙霧。甚麼時候又來了幾個海員。他們在高談闊論娘兒們的事，那幾個海員顯然是到過西德的——也許他們剛從那邊來。其中有一個在大談漢堡奇遇。這叫我想起好幾年前我在漢堡的一次「奇遇」。

「你要不要聽一個有趣的故事？」我問占士。

占士點點頭，噴了口煙。

我說有一天晚上我們跑進漢堡的一家小型夜總會裏。那夜總會很別致，每一張枱子設有一個電話。起初我們不明白它的用意，後來——電話突然響起來，我的同伴拿起一聽，放下：「電話攪錯了！」電話又響。我帶着好奇心拿起來問：「甚麼事？」那邊，一個操着不純正英語的女人的聲音：「先生，姑娘，第八號枱子，喜歡嗎？第八號，記住！」放下電話，我告訴同伴們，大家這才發現我們的枱子上寫的是六號，我們一數——抬頭一望，第八號那兒正坐着個女人向我們傻笑！

「你們過去，還是她過來？」占士插嘴道。

「我們誰也不敢過去。因為她的身體太壯健呀，壯健得能夠隨時用手把我們兩個舉起來。」我說，「到現在我還不知道她是個姑娘還是個女角力家。」

「聽說戰後的西德，女人很——」

「唔，很可憐，她們用種種方法搶你口袋裏的錢。第二天晚上，在漢堡，我們經過一家甚麼房子。門前，有個男人堅持請我們上二樓去，他用相當漂亮的英語說，『世界上最美麗的、最神秘的地方就是這兒！』我們沿着那曲形的梯子，上得二樓，那男人在門前敲了幾下暗號，門上的小窗開了，一個異常美麗的金髮女郎的臉孔出現，小窗又關上。我們說：這有甚麼神秘，美麗的女人，世界上到處都有！那男人說：不不，先生！不只女人！還有別的最好的東西！我們說：究竟甚麼東西？他說：到了裏面就知道，一次，只要一次，到裏面坐坐，包管你們以後永世難忘。我們到底進裏面去了。你知道，『永世難忘』是太動人的字眼哪！咳，裏面有好漂亮的幾位姑娘，但除了這個，除了幾張梳化、幾張小枱子以外，甚麼也沒有！」

「甚麼也沒有？」占士的眉毛一揚。

「自然還有酒。我們喝一杯，她們陪一杯（也許是茶，現在我想，那一定是茶）。就這樣坐在那兒喝了個把鐘頭。那傢伙倒說得對：我們真是永世難忘！一喝，就喝了我們一個禮拜的薪水！」

占士咯咯的笑：「永世難忘的一次，老襯（傻瓜）啊？」

「占士，我勸你還是別跟你那位小姐鬧翻，免得你將來做老襯。」

十點鐘，占士說要回船睡一覺，十二點到六點是他的班。

我們走出酒吧，雨早停了。倫敦的八月，該是天朗氣清的日子。夜空上有點點星光，雲漸散，隱隱地看到市區上空霓虹燈的光亮。水塢碼頭上一片人聲、機器聲。在我們船上的一片燦爛的燈光下，起貨機和開夜工的卸貨工人們正在忙碌地活動着。

回到船上，我和占士道過晚安，各自回到房間。我們幫車算是船上的Officer（高級職員）呢，所以每人各佔一房間。房間是在第二層（那八個客艙也在那一層）。在我們的上層住着船長、大副、大車等人。在我們的下層（即船面的第一層）是幾個飯堂和廚房等。再下去，就是我們現在當值的地方——機房。

圓窗外，天還沒亮，占士就跑來叫醒我接班。起床，看看腕錶是五點四十五分，我照例問下邊一切如何。

「一切很好。」占士說，「不過九點鐘的時候，會有幾個管子匠上船來修理汽管。」他打了個呵欠走出去。

「哦——知道。」我說着開了床邊那磁盆上的水龍頭。機房裏的「特別」事情是上一班交帶給下一班的。譬如說，假如占士不預先交代一聲，等會兒管子匠來時，我就會覺得很突兀，或者不讓他們「闖」進機房裏去的了。

洗完臉，穿上「蛤皮」，習慣地拿上根手電筒，我就走下機房去。機房裏一切顯得很安靜，只有那部發電機在開動着。汽鍋和機器之間，有一根汽管是損壞了，趁這停船之便，正好修理一下。九點鐘，有四個帶着工具箱的倫敦管子匠跑來了。

四人中，有個紅頭髮的英國小夥子，十八九歲，人挺活潑、壯健，他一邊工作，一邊在跟我們那個「加油」（做加油工作的）搭訕着，兩人在嘰哩咕嚕，彷佛談得很投機。我們這「加油」是個四十歲左右的山東人，以前聽說在香港幹過一陣子交通警察，姓張，船上人人叫他做「加油張」。他對這雅號一點也不覺得甚麼。他人很好，常常笑容滿面。有一次他偶然跟我談起——香港家裏每月寄給他一捲報紙，他說他喜歡讀副刊上的武俠小說。又有一回，天氣熱，他赤着上身工作。他跟我談起「武林舊事」來，談到興奮處，他禁不住叫我看看他身上的那隻「老鼠仔」——不知怎的，他身上一運氣，就把肚皮上的肌肉往胸膛上一擠，跟着那突出來的一塊肉就老鼠仔似的在他身上跳來跳去，看得我前仰後合的笑起來。我說：「老張，這算是咱們中國功夫的一種，可是？」他笑了笑說：「王先生，這算不了甚麼，小玩意兒，逗人家笑笑罷了。」

加油老張的英語只能說幾句最起碼的會話。可是現在他跟那英國小夥子在那蒸氣輪機旁邊談得頭頭是道呢。突然，我遠遠的看見那小夥子從後袋裏掏出張報紙來，老張看了一陣，手指了他一下，小夥子點點頭，又比比手勢，接着老張向他伸出個大拇指。小夥子又點點頭，之後，把衣袖往臂上一捋，把那粗壯的手臂往裏一彎，彷佛在説：你看看我這上面的肌肉！

好奇心驅使我跑到他們身邊去——

「王先生，你，看看這個！」老張把那張報紙（其實是只得半張的「剪報」）遞給我看。那是倫敦出版的英文報。

原來報紙的一角上，赫然有那英國小夥子的短褲、赤膊上陣的「玉照」。玉照之旁是一段×年會舉辦的羽量級或蚊量級的西洋拳擊比賽之類的報道。咦？那小夥子竟然是個人物呢？我一邊讀着那報紙一邊問那英國小夥子：「昨天晚上八時……十九歲的威廉．比爾……你就是冠軍的威廉．比爾？」

小夥子點點頭，做了個打拳擊的手勢。「我這麼樣一拳，就把那傢伙打倒。」

「他是個冠軍！」我對老張說。「西洋拳。初級的。這小夥子倒也……」

「拳賽冠軍？我還以為他是甚麼健身冠軍呢……」老張說。

「他說甚麼？」小夥子比爾問我。

「他不相信你真的是拳賽冠軍。」我有意逗着他說。

「不相信？」小夥子的臉突然漲紅着。

「他不相信你這樣一拳就能夠打倒對方。」我說。

「有此為證！」他把那半張報紙一拍，摺好，往後袋裏一塞，衝着老張說：「不相信，你可以跟我試試！」

他簡直惱羞成怒了。

老張聽懂「試試」。「你——我——試試？」老張用英語說。

小夥子大概是屬於初出茅廬，「打通街」那一類吧？他驕傲地點點頭，站起來：「來，我們較量一下。」他的身子左搖右擺，左一拳右一拳的在老張面前晃來晃去。

「開玩笑！開玩笑！」老張這時站起來。他用生硬的英語說。

「開玩笑？我同你說正經的！」小夥子顯然是誤會老張的意思了。

老張本來是想說「剛才跟你鬧着玩的」，卻表錯情。

「真的開玩笑呀。」老張笑着擺擺手用英語說。

小夥子誤會加誤會了。他咆哮着，要跟老張試試。他說老張傷了他「冠軍」的自尊心。這時其餘的三個英國管子匠都停下工作，跑來看熱鬧。我向小夥子解釋，小夥子儘是搖頭。三個管子匠中的一人說道：「先生，你就讓他們來個 fair play（公平賽）吧。」

「老張，」我說，「沒辦法哪！」我把管子匠的話向老張轉述。

老張搖搖頭笑了笑。「好吧，如果大家想看熱鬧，我就獻醜！」說着他連身上那件笠衫背心也脫下來。

他跟我說了幾句話後，就身一低，運氣，紥了個馬等小夥子來。

「他叫你先打他一拳試試？」我對小夥子說，「先打肚皮。」

「這打得不公道呀。」小夥子比爾嚷道。

「他說這就是『公平賽』，你不打，他不跟你試！」我加了一句，「他說要是他打你，你就得進醫院囉。」

小夥子一拳，往老張的肚皮上打去。老張動也不一動的站在那兒。比爾的拳頭彷彿打在一個沒有上足氣的汽車輪胎上，使人有給甚麼「貼住」的感覺。

老張指了指自己的肚皮說：「來吧，這兒，再來一拳！多用點力啊！」

「他叫你多用點勁。他說你的拳頭太輕。」我對小夥子說。

小夥子又一拳。這次倒像打在一個上足氣的輪胎，拳頭給老張的肚皮彈回來。小夥子光火了。他出盡平生之力往老張的肚皮再一拳又一拳的打過去，到第六七拳時，小夥子突然把手一縮，「喲」了一聲，起勁地左手搓右手，他顯然讓老張「撞」得很痛了。

「啊……」旁邊那三個倫敦管子匠，看得目瞪口呆了。

小夥子突然向老張咧嘴笑道：「你怎麼攪的？你的身體簡直是一塊鐵板！這一手，怎麼練？」他輕輕的摸了摸老張的肚皮。

我把小夥子的話翻譯給老張聽。老張說：「王先生，請你對他說這是氣功！」

老張的「氣功」真難倒我。我想起老張身上那隻走動的「老鼠仔」，便誇張地對小夥子說：「他說，他能夠隨意控制他身上任何的一部份肌肉，要它軟，就軟到像棉，要它硬，就比鐵板還硬——你已經試過了，可是？」

小夥子點點頭。

「你還沒有看過他更大的表演呢。」我又說。「我那天用鐵錘往他的肚皮上撞！」

「用鐵錘撞？你要他的命嗎？」

「鐵錘。是他叫我撞的！表演嘛。你猜結果怎麼樣？」

「怎麼樣？」

「我連人連錘給它彈回來。」

「它是甚麼？」

「就是他老張的肚皮呀。」

「你給彈回來？」

「彈了一丈遠。」我故意誇張地說。

小夥子比爾吐了吐舌，「你們中國功夫真了不起！請問他肯不肯收我做徒弟。」

我對老張說了。老張說：「有空不妨大家研究一下。」

「他說甚麼？」比爾着急地問。

「他答應跟你做朋友。」我說。

比爾歡天喜地的說：「那麼你呢？」他突然問道，「你除了幹翻譯還幹別的甚麼？」

「我不是翻譯。我是船上的幫車。」

「哦？我還以為——呃，你們中國人真了不起，真平等。」他舐了舐嘴唇，「先生，等下可不可以替我們弄點紅茶來？」

「可以！」我跑到上邊喝了我的「上午茶」後，就悄悄的跑到沖茶室裏帶了壺紅茶和幾隻杯子下來。

喝着茶的當兒，小夥子說：「你要知道，先生，我只是個學徒，第一次到這樣的船上來，我甚麼都不懂。不過，今年是第三年，後年我就滿師了。」

「我早知道你是個學徒。」我說。

「他們告訴了你？」比爾說。

「他們沒告訴我。可我告訴我自己，哪裏有十九歲的大師傅！」

他笑了笑，「後年我滿師就是個大師傅。」

「後年你是個師傅仔！」我一笑道。

「現在，他是個少爺學徒呀，先生。」其中的一個管子匠插嘴道。「我們真沒他的辦法，從專門學校出來的少爺。」

「我想請我的師傅到家裏坐坐。」比爾說。

「哪個師傅？」

「張師傅，中國拳術師傅。你也去，你貴姓？」比爾說。

「王。你要我當翻譯。」我說。

「王先生。」他笑了笑。「請你對張先生說。問他肯不肯賞面。今天星期五，我們發薪，明天星期六，我們休息。明天，好不好？……」

小夥子比爾和我們「加油」老張這回真是「不打不相識」了，他們一老一少，竟然成為朋友，自然我也算是比爾的朋友。老張的英語不行，我和比爾之間的會話，算是「通行無阻」的；然而，在感情上，比起我和比爾來，老張和比爾之間的距離卻又短得多了。他們顯然很談得來。有時候，會講話是於事無補的，因為我不懂任何一種拳術、技擊。我想，兩個懂拳術的人聚在一起，一個手勢，就是「通行無阻」的最好的世界語吧？星期六那天下午，我陪老張按址到了東區比爾的家。那是一幢紅磚房子，毫不漂亮，但也不算太壞的普通住宅。從 Surrey 塢到比爾住的那條街，是一段相當遠的路程。先坐地下電車過河，後搭雙層巴士，我們「跑」了近一個多鐘頭的路，四點多鐘我們出現在比爾家裏。樓共三層，比爾的一家住在二樓上。他和母親、父親住在一起。兩個老人家對我們甚表歡迎。

我們還沒坐下，比爾就拿出他的甚麼甚麼的「冠軍」杯讓我們欣賞一番。做父親的大讚中國人好，中國偉大。我說我們中國會一天比一天好。

坐在那小客廳上喝着比爾母親親自到廚房弄來的「下午茶」，我突然想起昨天船上我替比爾弄的「上午茶」了。晚上在比爾家裏吃晚飯，閒談中，我們知道這房子的二房東是個中國女人。她是個姓彼得遜的英國人的太太。那英國人在第二次世界大戰中德機轟炸倫敦的某一天喪生的。

飯後比爾帶我們到樓下那中國女房東的家裏坐。她姓唐，說起來她還是我的廣東同鄉呢。她說她年紀很小的時候就離開家鄉隨父親到倫敦來，現在她父親、丈夫都死了，只有一個獨生女兒。當我們正要告辭，說改天再會的時候，她的女兒回來了。

坐在梳化上的比爾這時站起來嚷道：「看，我們的皇后回來了。」

「比爾！」那皇后說。她盯了比爾一眼，看來她和比爾是相當熟的了。她望望她的中國母親，又望望我們。突然，她直瞧着我。想開口說甚麼，陡的又停下來。

我一怔，心裏想：我在甚麼地方見過她？

彼得遜太太替我們用英語介紹道：「這是我的女兒蘇珊。這是王先生。這是——」

「張先生。」我接上去。老張站在那兒有點窘。

蘇珊有一頭棕色的頭髮，挺直的鼻子，眼睛是深藍色的。驟然一看，這個廿歲左右的英國少女跟普通的倫敦少女沒有甚麼兩樣。老實說，一般倫敦小姐並不漂亮；但蘇珊是個例外。我現在想起來了，我的確見過她一次。為甚麼那一次卻在我腦中留下那樣深的印象呢？我現在明白了，這位英國小姐有着中國少女特有的那種溫柔與嫻靜。

「王先生在船上做事。」彼得遜太太對她的女兒說。

「我想他一定是。」蘇珊答。

「你幹嗎會那樣想呢?」做母親的不以為然的說。

「我好像是見過王先生呀——」

「人家才第一回到這兒來嘛。」她母親說。

跟老張坐在一起指手畫腳地談着甚麼的比爾這時加進來說:「蘇珊,王先生和張先生是我帶來的朋友呀。」接着他又別過臉去跟老張嘰哩咕嚕了。蘇珊笑了笑。

「彼得遜太太,」我對中國女房東說,「你女兒是見過我一趟。她在畢克特萊那兒的一家百貨公司做事,對不對?」

「是呀?你怎麼知道?」

「我幫襯過她買了一件羊毛衣呢。」我瞟了蘇珊一眼。

「是真的?甚麼時候?」彼得遜太太說。

「前一水船。」

「冬天。」蘇珊說:「價錢兩鎊。」

「春天。一鎊十八個先令。你的記性真好,還記得我。」

「因為我有一個中國母親,而你是個中國顧客呀。」說着她向她母親一笑。

「彼得遜小姐，我看還有別的原因吧：為了一件稱心合意的羊毛衣，我那天麻煩你找了好半天。你當然記得我！」

說得彼得遜太太笑起來。她說她們還沒吃飯，叫我們隨便坐坐。原來百貨商店今日星期六照常工作，明天才關門休息，蘇珊剛下班回來。我們覺得不好打擾人家，便起身告辭了，哪知他們母女倆堅留我們待下來，這一晚，大家談得很愉快，因為我是蘇珊母親的廣東同鄉啊。

九點多鐘，比爾送我和老張到巴士站。我說：「彼得遜小姐是你的房東小姐又是女朋友，可是？」

「蘇珊嗎，她一直把我看作個小弟弟，雖然她不過比我大兩歲。」

「二十一。」

「嗯。」

「她很好。」

「你說她長得好看。」

「也好看。」

「所以我們叫她皇后。」

「你們？」

「從小到現在，她一直是我們那條街的皇后。再沒誰比她更漂亮的啦。」

「坦白說，何止你們那條街。走遍倫敦，我覺得還是她最漂亮。」

「倫敦八百萬人口呀。」小夥子比爾抗議地說，「也許是你的『人結人緣』吧？」

老張問比爾明天到不到船上去。他說到。原來倫敦工人往往爭取星期六休息、星期日工作，為的是星期日工資雙倍。一輛雙層巴士來了。老張用那山東口音的英語對比爾說了聲「晚安」就同我一起跳上去。

倫敦的雙層巴士有這樣的一條規例：樓下禁止吸煙。我和老張在樓上各分據一個臨窗的位子，既可以抽煙，又可以瀏覽倫敦市的街道和夜景，藉以消磨那「長程」的時光。我問老張這下午可覺得高興？出乎我的意料之外，老張答道：「王先生，不瞞你說，我有一小半高興，有一大半是活受罪！」

「活受罪？」我詫異地說。

「我講一句，你得翻一句。不麻煩你嘛，我就得做個啞巴。」

我恍然了。他今晚真夠麻煩自己那雙手（指手勢語）了，我後悔不該在蘇珊家待那樣久。老張說：明天休息，他打算逃避比爾，跟船上的夥記們到市裏玩個痛快去。

第二天我如常在機房裏當班。比爾，這個第三年的管子匠學徒，跟前天那三個大師傅一道來繼續修理汽管。比爾一見我面就沒頭沒腦地說：「王先生，你可知道柴發加廣場在哪兒？」

「倫敦名勝，怎麼不知道！」我見他問得出奇，便說道：「甚麼事，比爾？」

「蘇珊今早交代我給你的。」他遞了一張字條給我。

「王先生，」蘇珊這樣寫，「今天星期日下午二時，極望能到柴發加廣場紀念碑附近一行，先到先等。」

蘇珊約我到那兒去！我心裏又高興又納罕：究竟甚麼事呢？我對比爾說：「你沒弄錯吧？是叫我先到她家裏去，然後才一同到柴發加——」

「不。」比爾搖頭。「明明寫着『先到先等』呀。」

「她母親知道這個嗎？」

「知道甚麼。」

「約我，和這張字條。」

「大概不知道吧。蘇珊交代我的時候倒有點神神秘秘的樣子呢。」比爾向我眨了眨眼笑道：「誰知道呢，說不定是『人結人緣』！」

「我突然想起了一件事，比爾，」我說：「昨天晚上我私下裏對你說的『走遍倫敦，我覺得還是她最漂亮。』你都對彼得遜小姐說了。」

「說了。」比爾若無其事的答。

唉！我盯着他，「寫字條之前，還是之後。」

「之前。」比爾答。他倒答得老實。他說昨天晚上在巴士站和我們分手後，回到家裏，父親睡不着，在廳裏看書，叫母親替他弄紅茶，碰巧糖沒有了，母親便叫比爾到樓下借點方糖。開門的是蘇珊，比爾直跟着她到廚房去，不知怎的談起我們來，就連帶把我那句「她最漂亮」的話也向她吐出來了。這是很自然的事。

我想，蘇珊之約我跟她單獨在外邊見面，可能是這三個理由：一，我讚過她漂亮。二，她母親是中國人，她對中國人好感。三，我是中國人，但不是倫敦的華僑，而是一個中國的遊子、離家很遠的海員。她知道思家是一種甚麼味兒。

這是可能的嗎？——一切都是不可能，但一切又都是可能的。

差五分鐘才到兩點，我已經出現在那有名的柴發加廣場上了。這是倫敦的中心。汽車、巴士必經之道。特別是星期日，人們熙來攘往地走在那幾條大街上，顯得相當熱鬧。然而這也算是個鬧中有靜的地方。附近有較高的樓宇，但也不乏林蔭路。納爾遜紀念碑就在那廣場上。那高達一百八十呎的柱（碑）上站着納爾遜的雕像，現在它望着近處遠處的藍天。

這是一個可愛的星期日，倫敦八月裏的一個大好晴天，連柱下各據一方靜靜地盯着遊人的那四隻座獅也自得其樂地在曬太陽。不遠處，那給綠樹紅花點綴着的噴水池上的飄珠在陽光下閃爍着。數不清的鴿子在噴水池的上空飛翔着或者在碑下的四方停下來。這是這廣場上常見的景象：閒散的人們坐在碑下歇息、談話；一個小孩子在輕輕的撫着那鴿子的羽毛，一個寂寞的老頭子一邊在餵那誰也不會傷害的鴿子，一邊跟牠談話。兩點鐘了，蘇珊還沒有來。

我在納爾遜紀念碑前踱了一回，兩點零五分了，蘇珊還是沒有來。我跑到噴水池旁邊呆了一陣，向樹下那幾張椅子那兒走去。椅子上坐滿了人：打毛線衣的老太婆、讀報的漢子、在打瞌睡的流浪漢。但沒有蘇珊的影子。我踅回來，一個中年人突然跑到我面前咕嚕着：「先生，今天天氣好。祝你好運氣。你好心……」我給了一個先令打發斯文乞丐走後，看看腕錶，五分鐘又過去了，抬頭，看見穿着棕色裙的蘇珊不知甚麼時候出現在碑下的一隻座獅旁邊。我正待奔過去，驀然一愣；眼看着有個穿着衫長到膝的「大禮服」的青年在向蘇珊說甚麼，我心裏不禁一跳。心想她約了我，同時又約了別人？不，不是！那青年人在晃頭動腦的說甚麼，但蘇珊顯然沒理睬他。蘇珊在東張西望的找人——是找我啊。我跑前去。蘇珊高興得叫起來：「你到了好久啦，怎麼沒看見你！」

「剛到的。」我說。

那青年人一下就閃了出去，走了。

「他是誰？」我問。

「Teddy boy（倫敦的阿飛）！管他！……」

我真想問她幹嗎約我到這兒來，但又怕那「約我」的字眼會傷害了一個少女的自尊心。——我想，假如這個混血的倫敦小姐真是對我好感呢？那豈不是……，我們彼此盯着笑了一下，好半晌，一句話也沒說。陽光閃耀，在那淺棕色的衣裙和那棕色的頭髮的襯托下，她的膚色顯得更白皙了；她的臉孔是那樣開朗、天真，而她底藍色的眼睛又那樣明媚動人。我該怎樣開始沉默後我的第一句話呢？我簡直碰到了難題。幸而這些年，我也算是個走慣碼頭的人，多多少少學會了應付這樣的「局面」。這城市不是你長留之地，你只是個過路客，機緣使你和一個異國的少女相逢，大家以前不曾認識，以後也難得相見；今天你快樂，她快樂，分手了，你將會忘記她，她也將會忘記你，因為你到底是個陌生人，是個海員，船一去你就不知何年何日再來。你不能認真，你就像別人一樣「逢場作戲」一番吧。我心裏這樣一想，人就馬上活潑、輕鬆起來了。

「你真美！」我對蘇珊說。「美極了。」

她把那頭在微風裏飄逸有致的秀髮一掠，瞟了我一眼：「還有甚麼？」她含蓄地一笑，彷彿在說：比爾已經告訴了我。

我俏皮地說，「在倫敦，你是主，我是客。你太有資格做我的嚮導了，恕我這樣說，彼得遜小姐。」

「可是倫敦很大呀。」蘇珊說。

「你的意思是——」

「我們該到甚麼地方去呢？」

「隨便你帶我到天涯海角去。只要今晚我能回到船上，明天能夠當班。」

她挪動着腳步。我也挪動着腳步。

「塔橋、白金漢宮、西敏寺……我想你以前一定到過。」她停了下來。

我也停下來。「海員們初到貴境少不免去一趟。」我點點頭：「都去過。不過今天你要我陪你去一趟，我也樂意陪你去呢。」我一下子「反客為主」了。

「去過沒甚麼意思。」她說。輕輕的用手拍了拍她那挽在肩上的手袋。

「那麼，彼得遜小姐，」我說：「我們就在這兒望望納爾遜先生吧。要不就坐下來跟『獅子』先生（指那四隻座獅）或者鴿子姑娘聊聊天吧。你知道，我們巴得號（船）還有兩個星期逗留，觀光的日子還長呢。」

「兩個星期不是太少了麼？」她若有所思地說。

「你看，那邊噴水池也不錯呀。」

她的嘴角掀起一個淡淡的微笑。正待跟我說甚麼的時候，有個肩膊上挽着個攝影機的職業「拍友」跑來兜生意。他操着很重的倫敦方言口音說：「先生，你也知道，這是倫敦有名的地方。對了，柴發加廣場是世界聞名的地方，你是個遊客，可不是？就在這兒拍張照片留念吧。過後難逢，在這獅子旁邊，正好！」他瞅了蘇珊一眼，又回頭望着我，「還是那邊噴泉？隨你們便！」

我望了蘇珊一眼，對那拍友說：「就在這兒吧。」

蘇珊既然約我到這廣場來，我想她一定不會拒絕同我一起拍照留念的吧。老實說，我全沒有把它看作「天長地久」的意思，只有那樣簡單的一個念頭在作祟：我到倫敦時，美人為伴，有此為證，異日回到船上好以此「炫耀」一番，如此而已。可是我真料不到，蘇珊卻婉謝我的「好意」了。怎麼辦呢？價錢已經講好，而且先前我又那樣興致勃勃要拍的，現在「騎虎難下」，我只好解嘲地對那拍友說：「我想跟鴿子拍一張留紀念。這兒的鴿子真多、真和氣。」

「那位小姐呢？」拍友說。

「哦。我們以前拍過不少哪。我想拍一張單人照——和鴿子的。好寄回家去。」

「哦，哦，」那拍友自作聰明地說，「我明白了，先生。鴿子嗎，容易辦！」

「就讓鶴子『擺』在我這兒肩上吧。你一定有粟米帶在身上吧？」

那拍友驚異地瞧着我：「先生，你也懂得這一手？」

「怎麼不懂？」我向那拍友撒了個謊。「我以前在家養了多年鴿子……」

「哦，原來是這樣。」他喃喃地說着，就從褲袋裏掏出一撮粟米來，放了點在我肩上，撒了點在地上，然後唸唸有詞：「加力——咕——咕。加力——咕——咕」的把附近的一隻鴿子引到我的肩上去。之後，就拿着那攝影機往後退了幾步，叫我準備：「先生，笑笑吧。」

我不笑。蘇珊望着我那毫無表情的臉孔，卻忍不住笑起來。

拍完這「單人和鴿子」照，那倫敦職業拍友收了我的錢照例留下一張門牌地址的咭片，説過聲謝謝，就向別人兜生意去了。這張照片，我算是白花錢哪，因為在我的皮箱裏，還有好幾張在這納爾遜紀念碑前拍的「人和鴿子」照片呢！不同的只是我身旁多了個船上的占士或者旁的幫車同事罷了。

望着蘇珊，我心裏又好氣又好笑。有好幾分鐘，我心裏覺得不舒服，但一想，逢場作戲嘛，我就半開玩笑半嘲諷地說：「彼得遜小姐，有時候鴿子比人還好，還可愛，還——」

「王先生，你生氣了，可是？」她解釋地說，「假如我跟你一起拍照，有一天，你回到家裏，太太發覺，誤會了，又怎麼辦？」

她這一說叫我完全破怒為笑。「我沒有太太——我還沒有結婚。」我說。

「男人在外，我想多半是這樣說的。」

這時我們正從柴發加廣場前緩步向西前行。「是『想』，還是你的經驗？」說出了口，我覺得言重了，因為她畢竟是個少女呀。我隨即加了一句：「你為甚麼會有這樣的想法呢？」

「那不是可以想像的嗎？」蘇珊說。

「你不相信男人。」我瞅着她。

「我不知道。」她避重就輕地答。

談話中，我提過她母親一次。她說她老人家在家裏跟隔壁的老先生、老太太還有比爾的母親玩橋牌正玩得入了迷。關於她今天的與我同行，她母親是否知道……這事我始終不提不問，我怕那樣做，還是那句話，會傷了她蘇珊的自尊心。

我們已穿過那 Admiralty 拱門了。「彼得遜小姐，」我突然興沖沖的說，「對了，我今天請你吃中國菜。到畢克特萊圓場去。」

這時我們走在那寬闊而又恬靜的馬爾大道上。「畢克特萊得要往回路走啦。」她說：「你還沒吃中飯？」

「在船上吃過。我說的是今晚。」

「今晚——這會兒時間還早呢。」她歇了歇，說：「王先生，我們到『聖瓊斯』裏面坐坐吧。我——我想請問你一件事。」

我一怔。暗忖道：這就是蘇珊特意約我「同遊」的理由？

在綠樹成蔭的聖瓊斯公園的椅子上坐下來，蘇珊說，在我之前，她也認識一個姓王的。我說那王也許不是我那王。也許姓黃。蘇珊問我：中國人是不是有許多王？我答不是。

「那是一個『四劃』的方塊字，他寫過給我看。」她說。

「我的『王』！」我說。

「他也是一個海員，在船上幹你們這一行。說起來他有一點點像你呢。」

「哦？大概他有一個純粹的中國人臉孔，我也有一個純粹的中國人臉孔吧？」

她想了想，「我不知道是不是這原因。……那一年我剛讀完中學，進了畢克特萊現在這家百貨公司裏做事。有一天，他到我們那兒買襪子。」她回憶地說。「那是三年前的事了。」

「三年，到現在你還記得他。」我心裏有種異樣的感覺，不知是羨慕還是嫉妒。

「怎麼不記得！」蘇珊抬頭望着不遠處那平淡無奇的白金漢宮的屋頂。「他說他一定會回到我的身邊來。

我們在一起有過很多快樂的時光。我記得一個星期三的下午，我休息，我們第一次在柴發加廣場相約會面。以後船一到倫敦，他就到畢克特萊找我。星期日，我們一次又一次的走過白金漢宮、西敏寺。有時，我們手挽着手，從這聖瓊斯公園走到熱鬧的海德公園。下午，坐上遊艇來往在塔橋和倫敦橋之間的泰晤士河上。黃昏，我們站在倫敦橋上看倫敦。」

「但後來那一次，他一去就再沒來找你。」

「嗯。到現在我還常常想起他。」蘇珊說。

「你母親知道你一直想念着這樣的一個中國海員嗎？」

「不知道。」

我想，他一定是蘇珊的初戀的人。「假如有一天他回到倫敦來。你確信他會來找你嗎？」

「他說過他愛我。假如這一次他再來，我會對母親說：『我和這個人結婚。』」

「這不是很天真的想法嗎，彼得遜小姐？」我說：「你還幻想他有一天會回到你的身邊來。我現在才明白你不肯跟我一起拍照留念的真正原因。……」

蘇珊突然打開她的手袋，「你看，這是他，這是我。」

那是一張「雙人」照片。背景就是柴發加廣場上的噴水池「這……這是他！」我盯着那照片好一陣，把它交還給蘇珊。我嘆息地說：「你問的就是這件事？我認不認識這個人？我有沒有跟他做過同事？他會不會湊巧也在我們那船上工作？」我搖搖頭。

蘇珊失望地把照片放回手袋裏。「算了吧。我只是問問。」

「你不知道他家裏的地址嗎？」我說。

「不知道。」蘇珊搖頭，「只知道是在香港。其實那時候我想，知道不知道沒關係。因為最後那次，他去的時候說，幾個月後他就回來，一定回來。」

我能夠說甚麼呢？「蘇珊，我也姓王，」我說。「我可以叫你做蘇珊嗎？」

「叫吧。蘇珊比彼得遜小姐好叫得多，可是？」

我點點頭，「我抽根煙，行嗎，蘇珊？」

「抽吧，王。」她笑了笑。「老實說，你那次到我們那兒買羊毛衣，有好半分鐘，我還以為你是他呢。」

今天就讓我暫代替他吧，我想。我的感情在十五分鐘裏變得很快，我想我不再是「逢場作戲」的了。我說的是誠懇的話，我同情她。「蘇珊，你將來會找到你的真正的愛人。但願如此。現在我們是朋友，不涉及男女之情的朋友。我們是朋友嗎？」

「我們是朋友。」

黃昏，我們由地下電車車站的自動電梯上跑出來，走在畢克特萊圓場的街上。這是倫敦市最熱鬧的地方，飯店、百貨商店、戲院都集中在這一帶。車輛往來不絕。我們在一家著名的中國飯店吃完飯，之後，看了一場隨時排隊購票入場不限時間的電影；打電影場跑出來後，蘇珊說星期三下午她休息。

這一晚分手前，她說道：「王，我今天玩得很高興！你高興嗎？」我笑笑點頭。她說：「星期三，下午兩點鐘在柴發加廣場老地方見面。好不好？」「好。」我說。

這夜回到船上，躺在房間床上，睡不着。他的影子出現在我的腦海裏，然後是蘇珊，然後是柴發加廣場。我起床，抽煙，站起來。圓窗外有一個蒼白得叫人傷感的月亮。如果是「逢場作戲」，我是可以讓我這一段泊岸的日子美麗一點、「幸福」一點的；但我能夠這樣做嗎？倫敦不是我的家。假如蘇珊和我之間的友情發展下去，其結果會怎樣？她會不會愛我，像曾經愛過「他」一樣？我不能夠讓它發展，不能夠，就讓這倫敦的八月過去吧。

到了星期三，我沒有到柴發加廣場，卻獨自跑去看電影了。我一直沒再去找蘇珊。

巴得號又離開倫敦了。這天我在甲板上碰到占士。他說他和他那位倫敦小姐莉莉已和好如初，他說將來有機會他會向她求婚。晚上，我在房間裏寫了一封給蘇珊的信，預備一到雪梨就把它寄出。

「蘇珊，」我在信上說：「那天我爽約，你沒託比爾來問罪，想你一定生氣了吧。聖瓊斯公園裏，你給我照片看，我差點哭出來了。因為我知道他，那姓王的，不會再見你了。兩年半前，他患急性肺炎，死於船上；按照船例，海葬了。他是我的哥哥！時間會沖淡一切，你將會忘記他。祝你幸福。遲早我要回到我生活的地方去，我是個中國人。……」

一九五八年秋天

彈《月光曲》的女人

一

我和陳陵吃罷晚飯，從朋友家出來，在半山區的般含道上走着。四周很靜，天上有皎潔的月亮。是一個春天的晚上。

暖風忽然送來一陣鋼琴聲。

陳陵說：「聽到沒有？」

「聽到，」我說。「曲很熟。」

「貝多芬的《月光奏鳴曲》。別忙着走呀……」

「我們還得過海回家。」

「慢着，」他側耳細聽。月光下，那雙明朗的眼睛忽然變得深沉起來。他如醉如癡地喃喃着甚麼。

我不大懂音樂。但我知道一個音樂家往往有「突如其來」的靈感。也許他從琴聲悟出點甚麼來吧？

陳陵從小接近音樂；目前以教授小提琴為職業，有時也寫些短曲子。

「想到個旋律？」

「不是！」

「那——現在九點多鐘了。」我提醒他道。

「很熟的琴音！」他說。「來，來……」他説着把我拉着走。

琴聲發自路旁一座孤零零的舊式二層樓的平房，房子給一堵短牆圍着。樓上有一面窗透出燈光。彈《月光曲》的人大概就坐在那窗下吧？

我們在鐵柵面前站住。

「是她！」陳陵喊起來。

「誰？」

「彈《月光曲》的那個女人。」

「你怎麼知道一定是個女人？」

「認得出她的琴音。我從前……」

忽然一條黑影在鐵柵裏面向我們撲來。

「汪，汪，汪……」一陣狗吠聲蓋過琴聲。

我嚇了一跳——

這回是我拉着陳陵走。

默默地下到堅道的時候，我忽然覺得口渴。「剛才喝了不少酒。找個地方喝杯茶如何？」

「好，」陳陵說。「我給你點小說資料。那個彈琴的女人，真是一個可憐的女人……」

我們在一家小冰室坐下。

「你講吧，」我催促他說。

「六年前，那時候我還沒跟你做成朋友呢。」陳陵抽着煙開始講下去——

二

算起來，那時候我才二十七歲。白天在一家小學當一名窮教員，晚上教小提琴作為副業。說起來真可笑，那時我只有三個學生；每星期教三晚，每晚一個學生，一個鐘頭，每月的教琴收入總共才不過七十五塊錢——我收的是廿五塊錢的便宜學費呀。

教三個學生教了半年，到第七個月，我試試打開出路，登報賣了段小廣告招生，果然生效。廣告登出後的第二天晚上，我記得是星期二，沒有學生上課。我在拉琴自娛，拉的是西班牙提琴聖手薩拉薩提的《流浪之音》。（為甚麼我特別提起這隻曲子呢？因為它和後來的事有關。）拉着，拉着，聽到門鈴響，我放下小提琴跑去開門。

「教小提琴的陳陵先生是住在這兒嗎？」

我一怔，來人是位年輕小姐，看來不過十九歲左右，很文靜的樣子。我告訴她我正是陳陵。

「請進來……」

「沒想到你這樣年青。」她說。

「你以為我是個老頭子？」我說。

她望着我忽然笑起來。笑得那樣朗爽。她先前的文靜，也許只是我的錯覺，我想。

我望着自己身上那套睡衣，感到一陣狼狽。我說：

「我的學生都是男的。沒想到——」我越解釋，她越笑得厲害。嗯，我那時住的地方可沒現在那樣寬敞，只是租個小房間罷了。怎麼辦呢？我能夠請她進裏面去嗎？

「不是我學琴。是我的弟弟！」她說。

在五分鐘裏，我們一切「條件」講好了——順利得出乎我的意料之外。她說，她的弟弟叫梁仲德，今年才九歲。

送她到門口的時候，我說：「梁小姐，你真的相信我有資格做令弟的教師嗎？」

「我對你有信心！我聽你拉《流浪之音》拉了好半天才按門鈴。按門鈴好半天，你才開門呢。」

「哦？……我拉得不好。」我臉紅着説。

「Sarasate 的《流浪之音》非常複雜、快速，但你——實在拉得不錯呀！」

她向我笑了笑就鑽進汽車裏。我這時才發現她是坐着汽車來的。

巷城，告訴你，在這一分鐘裏，我覺得這晚的遭遇是可遇而不可求的奇遇。我對她一下子發生了好感，你也許會問：為甚麼？你想想，有那樣的一位年輕小姐是你的知音人，你不感動嗎？其實梁小姐並不喜歡《流浪之音》，這個我到後來才知道。實不相瞞，有許多比《流浪之音》易拉的曲子，但我未必拉得更好；理由是，我從小就學拉這隻曲子的了。

隔了一天是星期四，晚上八點鐘的時候，梁小姐送她的弟弟仲德來。她陪仲德坐了一會，就先自開車走了，到了九點鐘左右，又來接仲德回去。

以後每個星期四晚都是同等情形。見面時，我們的話題離不開音樂。有一次我問：「梁小姐，我猜想，你一定彈鋼琴吧？」

「你憑甚麼這樣猜想呢？」

「你的音樂修養，」我説。

「我沒有音樂修養。我不過聽音樂唱片聽得多罷了。」

「你還沒回答我呀。你彈鋼琴的是不是？」

「我學過，但學不上。」

我想，那只是她的自謙之詞。「你彈過甚麼？譬如說……」我試探地問。

「彈過貝多芬的《月光曲》，」她不客氣地說。

她不在場的時候，我問仲德：「你姐姐的鋼琴彈得很好是不是？」

「我不喜歡她彈的東西！」

「為甚麼呢？」

「我媽說她彈的只是爵士音樂。」

他這句話倒真出乎我意料外。這樣說來，梁小姐學古典音樂學不上，就轉而彈爵士音樂了。

「你母親喜歡音樂？」我問。

「她彈得很好。」

「她不喜歡你姐姐彈爵士音樂？」

仲德點頭。

仲德的小提琴倒是很快上手。三個月過去，「霍曼小提琴基本課程」第一部拉完，這期間他告訴我他姊姊叫做梁婉明。從梁婉明那裏我約略知道，她父親是個大商家，兩年前去世，留下一筆可觀的財產，一座房子；母親是個沉默寡言的音樂愛好者；仲德還在讀小學，他之所以學起小提琴來，完全是母親的主意。

到了第四個月的一天，梁婉明告訴我，說她母親很想見我。這消息使我感到興奮。

我記得那是個星期六的下午，我出現在她母親梁太太的面前。

她是個四十來歲的中年女人；像她的女兒一樣，有一雙大而黑的眼睛，兩片薄薄的嘴唇；但鼻子較女兒的挺直。我想，年青時，梁太太一定比梁婉明更漂亮。

「陳先生，你真是教導有方，」她說。「仲德好像進步得很快。」

「他的音樂天分高。那才是實情。」

她聽了很高興。「小提琴可真不容易學得好呀，」她說。「如果說鋼琴易學難精，那麼小提琴是難學難精了，是不是？」

「不，」我笑了笑。「對我來說，鋼琴和小提琴同樣難學難精。我沒有音樂天才，只不過一直將勤補拙罷了。我一邊教人，一邊自修。老實說，到現在我還是個小提琴的小學生呢。」

「你真客氣，也真會說話。」她笑了。

梁婉明說她母親沉默寡言。但我覺得，她說話滔滔不絕。——也許是因為我們談的是彼此喜愛的音樂吧。

我們從各個大師的風格談到他們的作品。她懂得真多，比我多。

「婉明說你的《流浪之音》拉得很好，」她忽然說。

「哪裏！」

她沉默了一陣，若有所思地說：「我希望有一天仲德也會拉這隻曲子。」

「他將來一定比我拉得好！」我說。

這時，傭人捧了茶點來。

喝着茶的時候，梁太太問我以後可否到她家裏教仲德，我答應了。

從此每個星期四晚，我帶着小提琴親自上門授課了。這個轉變，使我後來有個時期陷進似是而非的愛情中。對象是梁婉明。因為每次是她開車子接我去、送我回，我們見面機會較多了。

有一次梁太太告訴我說，婉明最近不再彈爵士音樂，卻從頭再練《月光曲》了。「這大概是受了你的影響吧？」她笑笑說。

我當時心裏很欣慰。心想，婉明一定對我好感，才「肯」接受我的影響吧。

這樣又過了幾個月（這時仲德已經拉「霍曼」第三部了），我開始覺得有愛上婉明的傾向。我見不到她時，心裏感到寂寞。授課之外，我常常藉故跑到梁家去。碰巧她外出，我就和仲德談小提琴，和梁太太談音樂，直等到她回來。

有一回梁太太說：「陳先生，你為甚麼不同婉明到外邊玩玩去呢？」

作為婉明的母親，她這句話真是給我很大的鼓勵。

以後呢——

一連幾個星期日，我約婉明看電影，到郊外旅行……那段日子我是快樂的。但快樂很快就過去。我的入息有限，和一個富家小姐同遊，實在應付不了。

不知為甚麼，不上一個月，婉明沒再繼續練琴了；她彈《月光曲》彈厭了吧。聽說，她常常到外面交際，應酬……

我感到苦惱。

眼望着她和別的男朋友在一起，我也無能為力。我似乎連競爭的資格也沒有哩。

夜裏躺在床上睡不着。心情很複雜。

我問自己，究竟愛她甚麼呢？她遠不是我最初想像那樣可愛的人。她過慣了舒舒服服的生活，要住得好，吃得好，穿得好，而我呢……難道要我轉而為商，……賺銀紙，追求她？……這算是真正的愛情嗎？……多可怕！離開了音樂，一切對於我，又有甚麼意義？

我漸漸又自動和婉明疏遠了。

三個月又過去。

有一天我到琴行買琴譜，剛巧碰到梁太太。她請我到中環一家餐室吃飯。

「陳先生，你最近不常和婉明在一起吧？」她說。

「除了每星期一次她開車接我上課之外，我簡直沒見過她……」

「嗯，我也是這樣想。她近來一天到晚在外邊走動嘛。將來，唉……」梁太太沒說下去。

「陳先生，像婉明那樣的小姐，你不會真正愛上她吧？」她忽然問。

「不會。」我答。

「謝謝你的坦白——這樣我放心了。」她說。「聽說婉明最近有了愛人。」

「哦？」

「他是個年青的商行經理。」

「那你應該高興了。」

「叫我怎麼說呢？」她淡然一笑。「說真的，理想和現實常常背道而馳。許多年前，我曾經夢想過做一個鋼琴家。有了婉明之後，我卻一心盼望婉明成為鋼琴家了……但有甚麼辦法呢？現在……夢想……希望……完了。」

梁太太不知怎的，突然傷感起來。她說了一些我似懂非懂的話。

幾天後，一個星期四的晚上，我在住所裏照常等婉明的車子來接我。

八點半了，她還沒有來。

不用說，梁家是有電話的，但我從來沒有打過電話去。還是親自走一趟吧，我想。

趕到梁家時，已經九點多鐘了。

巷城，對了，我説了半天，還沒告訴你這個——這梁家的所在，就是我們剛才在般含道看見的那座房子。

哦，你已經早就想到哪?……

傭人開了鐵柵。我聽到一陣鋼琴聲。彈的正是貝多芬那首《月光奏鳴曲》。我穿過小園子上樓，《月光曲》第一樂章「慢板」完了，但沒有轉到第二樂章去，卻回頭由第一章再次彈起。（今晚我們聽到的也正是這樣啊。）

我進了客廳，看見梁太太正陶醉在自己的琴聲中。我沒有打擾她。這是第一次聽到她彈奏這隻鋼琴曲。她不知道我坐在梳化上靜靜地欣賞。那時窗外有月亮，就像今晚。她的靈活的指頭輕輕的點着點着，琴音如夢如幻，彷彿月光真的從琴鍵上灑下來了；她彈得很動人，只見她不時抬頭望着窗外遠處甚麼地方，我當時看不到她的臉，但可以想像得到，她一邊彈一邊回憶那些閃爍的青春的日子，愛情，幸福。那些東西，現在是一去不復返了。

我突然想到一個從未想到過的問題：梁先生在世的時候，欣賞她的琴音嗎?

我想，一定欣賞吧?

「但梁先生是個大商家呀，」我又想。

「梁先生要是不喜歡音樂，那麼梁太太怎會跟他結合呢?……是為了金錢?為了……不!梁太太不會是這樣的人！」

琴聲停下來，她回過頭「啊」了一聲：

「陳先生，是你？你來了好久哪？」

我笑笑說：「你彈得真好！我一直坐在這兒聽你演奏！」

她離開鋼琴坐到我對面的梳化上。「想不到你會跑來的呀。」

「婉明今晚沒來。我擔心仲德出甚麼事，所以——」

「哦——沒有甚麼。仲德跟婉明一起在她的愛人家裏。剛才婉明打電話回來說，今晚要很晚才回來……」

她說着忽然問：「我彈的《月光曲》回頭又回頭，……你覺得奇怪吧？」

「嗯。」我說。

「那是很多年前的事了，那時候他還是個單身漢，我呢，是個少女。我記得他第一次到我家裏去，我彈的就是這《月光曲》。」梁太太回憶地說。「現在想起來真甜。他特別喜歡那曲子的第一樂章，我彈了又彈……」

「你是說梁先生？」

「不。我說的是另外的一個人。」

「你到現在還在想念着這個人？」

「是的，我心裏發愁的時候想起他；難過的時候想起他；後悔的時候想起他。」

「那你當時為甚麼不跟他結合呢？」

「他是個窮音樂家，一輩子東漂西泊。我愛他，但我要過安定的生活，我恨貧窮。叫我怎麼辦呢？」

「所以你到底離開他，嫁給梁先生了？」

「嗯。我丈夫是一個完全不欣賞音樂的人。」

「你是說完全不欣賞你的琴音？」

「他說我的鋼琴吵耳。『你最好不彈，做個好太太。』他說。」

「做個好太太？」

「他叫我幫助他打理生意。」她說着想起甚麼。「婉明受我的丈夫影響很深，她崇拜她的父親。他精明能幹……」

我沒說話。

「陳先生，你可以拉隻《流浪之音》給我聽一次嗎？」

梁太太很寂寞，我想。

「我沒帶小提琴來啊。」我說。

她走進仲德的臥室一轉，回來，把仲德的小提琴送到我手上。

「這琴比較小一點，也許不習慣——但請你隨便拉拉吧。」她用懇求的聲調說。

我拉了，她靜靜地望着我說：

「他……他就常常拉這隻曲子。」

「那窮音樂家——他叫甚麼名字呢？」我問。

她對我說了之後，忽然傷感地哭起來。

以後，我搬家了，從香港搬到九龍。我找了個藉口，說有事遠行，再沒有做仲德的小提琴教師。我怕見到梁太太的面。

事實上我也不願意再見到她。

三

陳陵說到這兒，我問道：「究竟為甚麼呢？」

「唉，她告訴我那個喜歡拉《流浪之音》的窮音樂家叫做陳望平。」陳陵嘆了口氣說。「而陳望平就是我的父親！」

「啊？你的父親？」我驚異地說。

「嗯。他去世多年了。這不是很可怕的嗎?」

「甚麼可怕?」

「那樣的感情……」陳陵噴了口煙説。「嫁的是梁先生,愛的是我父親的影子。那不是很可怕的嗎?」

沉默。我想了想説:「那麼她的女兒呢?」

「大概現在正過着少奶奶的生活吧。」

「你以為她的兒子能夠成功為一個小提琴手嗎?」

「仲德?但願他能夠!……」

陳陵還想説甚麼,但沒説下去。

離開堅道那家小冰室,踏上尖沙咀渡船的時候,我忽然想起他説過的那句話——

「陳陵,你不是説她是個可憐的女人嗎?」

「是呀,音樂修養再好,又有甚麼用?沒有理想,個性……嫁給金錢,那還不可憐?」

陳陵説得對。現在,這個彈《月光曲》的女人只能緬懷過去,向月影琴聲中找尋那不可再得的愛情、幸福了。

船泊岸,回頭望着半山上的點點鑽石似的燈光,我彷彿隱隱地聽到那個女人的悲哀的琴音……

一九六零年春天

流浪的貓

一

朋友，我講的這個「貓」的故事是個平凡的故事。

倘若我從貓的身上看見了人的影子，那也是很自然的事，因為我是人。

二

某戶人家有一隻褐色的母貓，產下了六隻小貓，過不了幾天，這母貓知道事情不妙——

「怎麼？這幾天不見那隻大肚貓？」第一個人說。

「這衰貓一定又生了？」第二個人說。

「你們看看牠躲在甚麼地方——想想辦法把牠們弄走吧。……」第三個人說。

接着響着腳步聲。

一道強烈的電筒光向暗處射來。母貓緊抱着牠的小兒女們踡伏一角，連大氣也不敢哼一下。六隻小貓也不做聲——彷彿知道這時候不是叫喊的時候。到了深夜，人睡的床上響着呼嚕呼嚕的鼻鼾聲，於是母貓心中起了「遷地為良」的念頭。牠知道後面天井那堆廢物中有個藏身的地方……

六隻小畜牲吃了頓可口的貓奶之後，肚皮一起一落地睡着了。母貓在黑暗中閃着那綠色的眼睛把兒女們看了一會，從心裏笑出來了——沒有人知道牠這時心裏有多驕傲！牠忍不住把最後出世的那隻小花貓多看了幾眼，這小弟弟的毛色和其他兄弟姊妹不同，牠的雪白的身上有黃色的斑紋。母貓在牠的身上溫柔地舐呀舐的，牠突然睜開眼裂着嘴笑了。

母貓打算將牠們一次一隻地搬走。牠決定先把小花貓叼在口裏，然後從窗口那邊跳到天井去。小花貓給叼在口裏不明白母親為甚麼那樣做，眼前一黑，就在牙縫裏睡着了。天亮，醒過來，發現自己躺在味道不同的小天地裏，牠看見兄弟姊妹們靠在母親的身上爪呀爪的，牠頑皮地把牠的一個全身褐色的姐姐推開，拚命鑽到母親的懷裏去……

中午，那邊屋子裏有人敲着空碗子，發出清脆悅耳的叮呤叮呤——這聲音對於母貓是「來吃飯吧，來吃飯吧」的信號。牠幾天沒真正吃過甚麼，實在也肚子餓了。躊躇了好一陣之後，牠終於跳進屋子裏去。

一大堆的食物放在一張舊報紙上。牠望了望主人有點不大相信這就是牠今天的午飯。

「吃吧，這是給你的！」主人說。

牠吃了。啃着地上最後那根魚骨頭，牠驀地裏停下來，想起了那六隻小貓。太遲了。回到天井去的時候，那六隻小貓不見了。

一連好多天，尤其是深夜，母貓在屋子裏、天井裏來回的走着哀號着。

「要不是這隻衰貓治鼠，我連牠也不留……你再叫，我就把你踢死！」

三

是初冬的一天，在一個已經停工數月的建築地盤上，上面提及的那隻小花貓悄悄地躲在一角曬太陽。牠顯得很沉默憂鬱，雙目失神，滿身污泥，骯髒得像一隻「溝渠鴨」。雖然牠到這世界上來只不過四個月光景，但是牠知道自己是一隻無家可歸的小貓。自從那天一隻粗大的手往牠的頸上一揑一抽一扔之後，牠就和兄弟姊妹們分散了，再也見不到牠那溫柔的母親了。

小花貓之能活到今天，也算是大難不死。離開母貓之後，牠的經歷大致是這樣——在一家小餐室的後門那裏，一隻毛色和牠大同小異的老雌貓常常把得來的食物與牠分甘同味。但老雌貓後來失蹤了。又一隻手從這小貓的頸子上一揑一抽——牠又流落街頭了。這期間牠碰過各種各樣的人；但誰也不知道世界上有這可憐的小貓。

有一天牠偶然闖進一個單身漢的家裏作客，那人把牠收留下來，算是暫時有個棲身之所了。

這第一個主人喜歡吃乾糧，倒楣，在他家裏，牠吃一頓沒吃一頓地過日子。

有一回牠三天三夜沒見過主人的面——那人把門關着乒乓乒乓地彈琴。一個早上，小花貓找到個機會溜進去，暗暗地躲在高處看他究竟做甚麼，只見他滿臉鬍鬚（比任何貓臉的「鬍鬚」更多）在那黑的白的東西上彈。黃昏來了，他在彈。夜來了，他在彈。小花貓一連打了幾個呵欠，忍不住叫起來。那人霍的站起氣鼓鼓的說：「這是誰家的貓？」他簡直忘了這是他自己的貓了。

小花貓給扔到門外去。牠餓得發慌。有甚麼辦法呢，主人可以一天一夜坐在那裏不吃飯！

牠寧可到街上「乞食」去。

卻碰上第二個主人了。在他那裏待了十五天光景，新主人抱歉地望着牠：

「我們要搬家了。徙置區是不許養貓的……」

小花貓又居無定所了。

以後運氣越來越壞：牠碰到的不是食物，而是一隻隻可怕的手，可怕的腳……

從此牠晝伏夜動——白天躲在人不容易發現牠的行藏的地方，夜裏幹着偷吃的勾當，像一隻可恥的老鼠。

貓的職責是捉老鼠。但為了肚皮，那裏還能做捕鼠英雄！

建築地盤的旁邊是一座二十層高的大廈，這時大廈的一角露出來的蒼穹堆了幾大片灰色的雲，雲越來越厚，黑壓壓地彷彿要往這邊壓下來。小花貓抬頭一看，本能地把瞳孔擴大，太陽不見了，身上的暖烘烘的感覺沒有了；天色越來越暗，經驗告訴牠，大陣大陣的水滴遲早會從頭頂上落下來。

牠從地盤的「圍街板」的一條縫子裏鑽出來，蹣跚地走進旁邊那座大廈去。這時升降機的門打開。牠嚇了一跳，不敢走進那大缺口去，因為那裏面走出一雙一雙的長腿。人！——牠想。牠掉頭向着另外一個缺口奔去。那是樓梯。牠用前足摸了摸第一個石級，發覺那是很堅硬的東西；緩緩地爬了幾步試試，放心了，便連爬帶跳地往上面走去。

忽然一陣人聲。

「怎麼攪的？——」

「啊，升降機又不行了！……」

牠把天生靈敏的雙耳一轉，聽見堅硬的東西上響着笨重的腳步聲；聲音分兩路而來，有由上而下、也有由下而上的；一時間牠不知道怎麼辦好。

突然，牠屏息靜氣地伏在那裏一動不動。人們忙着上樓下樓，誰也沒留意梯級上有隻小貓。

一雙一雙的腳過去了，牠暗自高興沒有碰上一隻粗大的手。但牠隨後想，要是走上去，牠遲早會碰到的……

牠從大廈走出來。

四

晚上下着大雨。

牠走了不少地方，總是找不到一個藏身避雨之所；牠無論跑到哪裏，也碰見一雙雙長腿；幾乎無路可走，貓毛讓雨水濕透，「溝渠鴨」變成「落湯雞」了，好容易才找到一個地方立腳。是山邊一家石屋的簷下。

夜深了，單調的沙沙雨聲總算停下來。小花貓覺得又冷又餓，直打哆嗦。想起了那溫柔的褐色的母貓，牠抖着聲音嗚咪嗚咪的叫起來了。

牠的淒涼而微弱的聲音驚醒了屋子裏的一個孩子。在漆黑中，他起來扭開了電燈把母親推醒。

「媽，你聽見了沒有？外邊有貓哭，」孩子說。

「我聽不見，」母親嘟噥着。

「你聽！……」

「你這是做夢。你做夢也看見貓。看你！睡吧。」

「不，不。你再聽！不是我們的阿銀回來吧？」

「傻孩子，阿銀躺在泥土下，怎麼會回來？」

阿銀是一隻銀灰色的老貓。不久前孩子在山邊的一棵榕樹下掘了個小土坑，流着眼淚親手把牠埋葬。死了的貓不會再叫，這是真的。這可能是另外一隻沒有主人的貓兒，流浪街頭，像阿銀生前沒有人收留的那時候一樣。

孩子暗忖着對母親說：

「媽，我出去看看！」

母親這時也隱隱地聽見門外的小貓哀叫。

小花貓哆嗦着聽見一陣軋軋的聲響。牠眼睛一閃，一個很大的缺口透出了黃橙橙的光來，牠本能地把瞳孔一縮，瞇着雙眼看跟前站着的兩條腿。

孩子在門口蹲下來伸手向牠摸去——

剎那間，牠想起那一隻隻可怕的手。牠要掙扎着起來，但覺得全身發麻，伏在那兒連移動一下爪子的氣力也沒有，不要說逃跑了。

但是，牠怎麼樣也料不到，那隻手順着牠的頸子往背脊上慢慢地燙着，使牠感到又溫暖又舒服。牠不禁抬頭望着那個陌生的臉孔。那是一個小小的圓臉。牠的母親——那隻褐色的母貓——有個更小的圓臉，但唇上有兩撮鬍子。而這小小的圓臉上卻沒有。倒有一雙溫和的眼睛。

「小貓貓，你怎麼啦？你的家呢？」孩子一面捋着貓毛一面說。「啊，你沒有家是不是？」

他把小貓抱起來向裏面走去。

牠默默地躺在「人」的懷抱裏，以感激的眼光望着孩子。

你在外邊流浪多年，受人冷落，忽然有一天碰上了一個對自己關懷體貼的朋友。小花貓如果會對人說話，牠這時一定會說出這同樣的感覺來。

開着的門關上了。孩子對母親說：

「媽，你來看，這小貓多可憐！」

母親走來一看，忙叫兒子找一塊大毛巾來。

孩子把小貓的身體抹乾之後，小花貓側臥在桌子上一件舊絨衫上，忽然把腰一挺、脖子一伸——嗚咪嗚咪的叫起來了。

「媽，牠一定餓了。」

母親笑笑點頭。「牠剛才連叫的氣力也沒有哩。」說着走進廚房裏去看看有甚麼可以給牠吃的。

小花貓狼吞虎嚥地吃着那頓豐富的晚餐（一碟魚撈飯）的時候，孩子對母親說：「媽，我們把牠收留下來吧。」

母親想了想，說：「也好，叫屋子裏的老鼠將來不要那樣神氣。」

五

約莫一個月後的一天下午，屋子裏來了一位女客，看見那隻跳跳蹦蹦、毛色光澤、精神奕奕的小花貓，便問孩子的母親道：

「這小貓可真漂亮！……『爛寶』嗎？」（「爛寶」——在屋子裏隨處撒尿拉矢。）

女主人搖頭笑了笑。

對方那一搖頭，卻引來了客人的牢騷：

「哎，我們那隻可真氣人啦！神枱貓屎——乞人憎！牠呀，把尾巴一翹，往牆上一靠，你要阻嘛，也阻不住牠那泡臭氣熏天的貓尿了。」

這天這女人在回家的路上碰到一位街坊。她向他訴苦，把剛才說過那番話重述一遍，問對方可有甚麼辦法——

沒辦法。一隻「爛寶」貓永遠是一隻「爛寶」貓；貓的嗅覺很厲害，牠會聞其味而思舊地——回到舊地撒尿拉矢的。這是對方的回答。

女人聽了生氣地說，準備幾天內把牠撤職。

「為甚麼不馬上呢？」那街坊說。

「我先得找一隻好貓呀。」

「我家裏剛來了一隻——」

「啊？」

「你知道我是愛貓的嘛——」

「那你——」

「我已經把牠收了好幾天哪！」愛貓的街坊說。「我們掉換怎麼樣？」

女人詫異地問：「那你倒有辦法對付我們那隻了？」

「哎。俗語說：『老貓嫩狗』——我們那隻太嫩！」

「怎麼？你要——」

「可不是！」他說着，左手一握成拳，右手往下一「劏」。「這季節最合時……」

跟着，他吞了一下口水，這個愛貓的人，不，這個愛貓肉的人！

六

這天客人走後不久，孩子放學回來，書包還沒放下，小花貓就晃着尾巴纏着他玩了。

孩子把書包往床上一擱，坐下來，雙手一拍，說：

「來，花花！」

小花貓跳進他的懷裏去，心裏很高興。——人類叫牠們做貓，這小主人叫牠做花花。牠有了自己的名字，不高興才怪！

孩子把臉貼在牠的臉上，隨後將牠舉了幾下，放在膝頭上。「花花，你知道嗎？」他說。「你初來的時候，又瘦又髒，滿身虱子，你舐也舐不完。看你！現在多胖，多乾淨！今晚上你要跟我睡在一起嗎？唔——不過，你可不能床頭跳到床尾的呀。還有，我做功課的時候，你不能打攪我。答應不答應？花花，答應我你就點頭！」

母親打廚房走進來，說：「貓不會點頭的。」

「誰說不會！我看過花花點頭。」

「那你一定做夢看見牠點頭。」

「不，花花還會笑會講話呢——不過牠不講我們講的話罷了。」

「好了，好了，你快洗手。馬上就要開飯哪。」母親說着正待到廚房去，忽然想起昨天那面鏡子不小心打破了，回過頭來對孩子說：「小山，我叫你順路買的鏡子，買到了沒有？」

「哦！在書包裏……」

母親去後，他忽然想起了個玩意。他把花花放在床上，拿出新買的那面有腳的圓鏡來擱在牠的面前。

小花貓看見閃光的大圓臉裏面有個長着鬍子的小圓臉，自己動一下，對方又動一下。牠覺得這閃光的東西很新奇。裏面的小圓臉張開了嘴巴，露出了上下一共十二隻門牙。這臉，這鬍子，這牙齒，在甚麼地方見過。牠拚命地想。

淡忘了很久的母貓的影子忽然在牠腦中亮了一下。（如果花花是人，牠也許會這樣想吧？——那隻褐色的母貓的遭遇現在怎樣？牠是不是到處流浪，或者……）

「花花，」孩子指着鏡子說，「你知道這是誰嗎？是花花你自己！」

牠不知道。但又彷彿記起來，在那些漂泊的日子裏，有一回牠經過沙地上一個水窪，口渴，走近去，低頭伸舌，正待喝水，牠嚇了一跳，看見裏面有個東西向牠撲來。（不久前，牠看見過一隻流浪的貓和狗打架，打不過，隨後躲在一角舐傷口。跟着，牠自己在一條後巷裏碰上一隻毛茸茸的甚麼狗，那狗張牙舞爪地撲過來，牠沒命地飛奔，差點沒給咬了一口……這是一種可怕的經驗。）然而，說也奇怪，這一回定神一看，卻沒有甚麼撲過來。牠回身過去站着——那東西卻動也不動哩。後來，站在那裏很久，覺得喉乾舌燥，太口渴了，牠不顧一切骨碌骨碌地喝它幾口，那東西散了，到牠喝個夠時，那東西又在那裏出現。往後牠習慣了，牠一飲水，那東西就來了，它有時清晰，有時朦朧，但並不傷害牠。

那閃光的東西……那異常清晰的影子！牠爪了它一下！它也爪了牠一下，但並不傷害牠。對了，喝它一口，那東西就散的了。

花花驀地裏把舌頭伸出來——那有鬍子的小圓臉卻不散開，而自己的舌尖卻給彈回來了。

「媽，快點來，快點來！看花花照鏡子！」孩子大聲喊起來。

花花不服氣，背脊一拱，貓毛直豎。半晌，牠往圓鏡上舔呀舔的，卻發覺那閃光的東西很滑，但卻不軟。牠知道那東西是不可以「喝」的。牠伸了伸腰，無可奈何地盯着鏡子裏面的貓臉，呲着門牙笑了。

母親走進來，搖搖頭：「唉，小山，你！」

「媽，你看，花花照鏡——牠真的又點頭又笑呀。」

母親當然不相信他的話。「馬上把鏡子收起來！洗手，吃飯！」她說。「下個月你爹『放船』回來，看你這樣子跟貓玩，不罵你才怪呢！」

「不。爹小時候比我更喜歡貓……」

七

這小花貓算是幸運了，牠碰上一個真正愛貓的孩子，牠落在一個喜歡有貓的人家。

但是，其他那五隻小貓——牠們的命運會怎麼樣呢，誰知道？……

一九六六年四月

第一次

是這小夥子吧？我的心跳了一下——對，就是照片上的那個人，二十四五歲年紀，長得眉清目秀。

他一進來就向掌櫃笑了笑，露出排潔白的牙齒：

「早晨！」

「哦，早晨，張先生。」掌櫃點頭應着。

他姓張！我暗道，百分之百是他了。

他坐下來向企堂叫了杯咖啡和別的甚麼，這當兒我一面抽煙一面盯着他。這家叫做「樹記」的餐室，像大康所說的一樣，生意的確不大好。十幾張枱子這時候也不過坐着六個人，連掌櫃和我這個顧客在內。姓張的是這「樹記」的熟客，而我卻是第一次光顧。

二十分鐘過去。他付賬走了，我也跟着離去。

這時走在後面打量着他，身體沒我那樣結實，高度比我最少差三吋，我更加放心了。

到了巴士站，看看腕錶，大康借給我的腕錶，已經九點十分。等了一會，那姓張的和我先後擠上一輛巴士，裏面位子上坐滿了人。我們兩個都站着——我就站在他身邊。我不時偷眼看他的側面，可他並沒注意到有我這樣的一個熟客。即使他看到我了，也不知道我是誰，因為他根本不認識我。

五顏六色的招牌在車窗外掠過。不知怎的，我彷彿看見澳門的石板路，巷仔，三輪車，碼頭。

「炳光，到了那邊，記得多寫幾封信……」

我記得。但是我能寫些甚麼呢？

妻子的蒼白的臉和孩子無神的眼睛在我眼前打轉。

「爸，禮拜天回來帶我去飲一次茶，好嗎？」小永這樣說。但我一直沒回去過。

我不能想這些事情，我心裏說。要是我想得太多，這件事我就做不好。要是這件事做不好，我就……

我瞥了他一眼。

那姓張的不知在想些甚麼。他把嘴唇微微一掀傻笑着。看樣子他心裏很高興。一定很高興吧？要不然，他為甚麼滿面笑容？

巴士停下，有人下車。他往跟前那個空位坐下來。而我還是站在原處不動。我盯着他的腦袋，頭髮又黑又濃。我想，要是小永將來有這樣的頭髮倒不錯……

車子拐彎的當兒，冷不防嘎吱一聲煞掣，我站不牢，身子往前一衝，差點倒下來。人沒倒，而皮鞋卻不識相地踩在他的皮鞋上了。這一下，他一愣，我也一愣——很快地我和對方差不多同時把腳抽回來。

「喂！」車頭的司機向街上大叫，「你嫌命長嗎？」

就在這時候，我本能地望着姓張的說：「對不起！」

他抬起頭：「沒，沒關係。人擠——又不是有意的！」他向我笑了笑。還是那個笑容。

我不知道這時候我臉上的表情怎麼樣。這個意外叫我感到尷尬，笑又不是，不笑又不是。我心裏想哭。要是在家裏，我真會抱着我的小永痛痛快快地哭一場。但是——我不能就這樣子空手回家的呀。

但願姓張的剛才對我怒目而視，為的是踩了他一下，這樣我心裏便會好過一點……

而他竟然向我笑了笑。

說甚麼也好，我不能感情用事。心腸要硬——我對自己說。我們之間沒有甚麼好說的了。

到了尖沙咀彌敦道的一個站上，我跟着他下車。那小夥子是在一家戲院附近一家百貨商店裏當賣貨員的。直到再也看不見他了，我才在馬路上兜了一會，然後坐渡船回香港那邊去。即使在渡船上，我腦子裏還是想着那姓張的和那宗買賣。人家稱讚香港的風景迷人，可我甚麼迷人的風景也看不見哩。

船泊岸，我離開了碼頭，決不定到哪兒去。大康叫我下午兩點鐘打電話給他。但現在時間還早得很呢。我信步走到大會堂前面海濱的一張長椅上坐下。我忽然感到無聊。從口袋裏掏出包香煙來，看看只剩兩根，我便又把它塞回口袋裏去。我實在忍得好難受。——越無聊越心煩，越心煩就越想抽煙。我從澳門到香港來，兩個多月了，工作還是沒有着落。也許我來得不是時候，許多建築地盤停工了，我連一份雜工也找不到。我是沒資格抽甚麼煙的。但末了，我還是點上火柴抽它一根。

我望着九龍那邊的重重疊疊的大廈噴了口煙，心想一連下了兩天雨，今天陽光露面了。——我好像這一下才看見今天的陽光似的。

但願這件事今晚就完。今天天氣好。今晚一定不會下雨。下雨就糟了。那就要等明天，後天……誰知道要等到甚麼時候呢？

我走上荷李活道的時候，時間也差不多了。兩點鐘，我向一家店子借了個電話打——應電話的是一個女人的聲音。我說了半天，她才弄清楚我要找誰；又去了半天，大康的聲音才響在那邊。

大康是我在澳門結識的朋友。我們是朋友又是師兄弟，少年時我們同在一家武館裏學過「功夫」。他現在還沒討老婆，跟另外兩個單身漢租住了一個房間。

「大康，剛才那女人是誰？」我生氣的說。「她聾的嗎？」

「包租婆的姐姐，她的耳朵是有毛病。」

「你跟我約好兩點鐘的，那你幹嗎不坐在那兒等我電話？」

「我去了廁所，你還說？——我這下子褲帶還沒縛好！」

我一肚子氣笑不出來。

他問我此刻在甚麼地方。我說在一家雜貨店。他說我應該在電話亭裏打電話給他，關上門可以大聲講話。我說我要「慳番」三毫子電話費。他罵我笨蛋。

「別罵了。聽着！」我壓低嗓子說。「我已經看見他了。」

「甚麼？」

「我今天早上看見他——姓張的。」

「啊？真的？你沒認錯人吧？」

「沒有！我今晚就去！今天我們不用碰頭了吧？」

「不用了。明天吧……」

十分鐘後，我踏上一道又窄又暗的木樓梯回到我的住處——我的「床位」。我想事前我得好好地休息一下，睡它一覺。要是精神不好，今晚就會「累事」，說不定還會栽在人家手裏呢。

但一時間我怎麼樣也睡不着。不識字的妻子最近託人（我們家隔壁那窮教員）寫了封信來，信上的字句這時在我腦子裏跳呀跳的——「小永的身體越來越差……」

我彷彿聽見妻子的聲音在耳邊響着。「小永常常問我：爸爸甚麼時候回來？……」

板房那邊忽然傳來一陣刺耳的收音機聲。我更加沒辦法睡得着了。心裏很煩躁，真想跑到半山去，走到筋疲力倦才回來躺下，然後……

我跑到街上去。我朦朦朧朧地看見澳門的街道。昨天晚上為了「那件事」，翻來覆去，睡得不好，這時我實在也有點累了。我隱隱地聽到收音機上的粵曲。外邊很大的雨。小永一個人在大雨中走着，走着。雨停了。一個茶杯，一個像桶一樣大的閃光的茶杯。小永在飲着茶。陽光。很好看的花。亮閃閃的天。大海。碼頭。妻子和小永向我跑來。我袋裏有了錢。我們笑得很開心。三個人手牽手的走着。然後是一片黑暗。我甚麼也看不見了。

醒來的時候，看看錶，是六點多鐘了。

晚上，我到大牌檔吃了一碗「加底」的叉燒飯，之後，到碼頭附近踱了一會，坐了一會……

十點鐘光景，我在「樹記」叫了一杯牛奶紅茶——等機會，這是最好的地方了。我知道姓張的每天下班回來多半會在這裏歇一歇，喝喝茶看看晚報的；即使他不進來，他也一定打這裏經過。

大康早已把對方的住處、上班下班時間等等，說得一清二楚的了。我記得三天前我看了那張照片之後，大康問我：「你來嗎？」

「讓我想一想，」我說。「我一個人幹？」

他點頭。

「我……我有點怕。」

「怕甚麼？這不是挺簡單的事嗎？一下子就解決。」

「可我……」

「還有甚麼問題呢？」

我當時的確想起一個問題。「大康，」我說。「我有點不明白，既然這樣簡單，你自己幹嗎不來？」

「你比我還窮嘛。……好吧，老實告訴你，他認識我。他是我的表弟。」

這是甚麼樣的世界？——大康是那姓張的表哥！想着，我把最後那根香煙放在嘴唇上。哎！我對自己說：這個我再也不能想下去了。我現在走投無路，要幹，管他是誰的表弟！

我目不轉睛地盯着街上。

過了一會，那小夥子露面了。但他沒有進來。這時我才發覺他跟女朋友走在一道。我突然想起那小夥子今天的笑容。他有女朋友。他此刻在「拍拖」。為甚麼大康一直沒有告訴我他有女朋友，沒有告訴我他可能會在晚上跟她「拍拖」——那多礙事呀。也許大康不知道對方有女朋友。也許他知道了不告訴我！

我該怎麼辦呢？盯着他們等機會吧，我想。

我把煙蒂頭往地上一扔，從「樹記」匆匆地走出來。

走了十來步，出乎我的意料外，兩人踏進一家賣雲吞麵的店子去。

我耐心地在附近暗處等了約莫二十分鐘，姓張的和他的女朋友走來了。我可以看見燈光下她的正面。她是一個十八九歲的年輕姑娘。他們走了一段路，停下來，說了幾句甚麼，擺擺手，看樣子是各自回家了。這使我想起自己和妻子在澳門的大街小巷「拍拖」的那些日子。我們也常吃雲吞麵。

「這時候想這些幹嗎？這是機會！這是唯一的機會！」我心裏說。

現在那姓張的離我約莫二丈遠。這早上我已經在路上在巴士上「摸熟」他的背影和輪廓了，無論他走到哪兒去，只要看得見他，我就認得他。

他向一條相當僻靜的橫街走去。我尾隨着他，奇怪，我心裏撲通撲通地跳起來了。

「鎮靜！鎮靜！一切很簡單……」我對自己說。

很簡單：只要把他膊頭一拍，他就會回身過來，嚇了一跳，或者問我：「甚麼事？」

我隨便找個理由——「我不喜歡你的頭髮！」或者：「喂！你今天在巴士裏踩了我一腳！」

他也許記得——「甚麼？是你踩了我！」他會說。

就是這樣簡單：我也可以甚麼理由也不說就把他揍一頓。

甚麼理由？把他揍了一頓之後，明天那人（那個我不知道他是誰的傢伙）就會給我們錢——大康動口的五十塊，我動手的一百五十塊！

尋思着，我眼見他穿過橫街，向那條回家的唯一捷徑走去——那是一條燈光朦朧的長巷。我悄沒聲的跟他走進去。

長巷裏這時甚麼人也沒有，只有他和我。這是最好的機會！很容易解決的，我想。甚麼也不用說，一拳，他準會倒下來……

不！不！我不能下手！這種買賣，你做了一次，就會做第二次，第三次……這是第一次！

要不幹，就第一次也不幹！

不幹？我又想。孩子病了……你只要一拳——你就可以拿到錢。

現在我只不過離他五六步遠。我……我打了個冷戰。不！我一輩子也不幹，不幹！這是第一次！想着我咬了咬嘴唇，突然停下來。我那撲通撲通的心也彷彿停下來了。我迷迷糊糊地站在那兒，直到對方的背影在巷口那邊消失了，我才清醒過來似的問自己：這個人跟你有甚麼過不去呀？炳光，你瘋了，你瘋了，是不是？這種見不得光——見不得人的買賣，算是甚麼買賣？

嗯，大康不是人，我也不是人……這世界呀，算是甚麼樣的世界？暗忖間，甚麼地方傳來一陣狗吠聲，我一鬆手，把剛才緊握着的拳頭放開。我軟而無力地挨在巷中暗暗一角的牆上。想着家裏的妻子和小永，我哭了，我這一回真的哭了。

一九六六年四月

吵架

這天是夫妻倆的結婚三週年紀念日，碰巧是星期日。
下午，他陪她走進銅鑼灣的維多利亞公園去。説陪，因為他早已失去了大冷天時和她逛公園的豪情了。
天氣的確是冷的。遊人少得可憐。除了他們這雙夫婦外，只有兩三對年青的愛侶。
她堅持要在一張長椅上坐下來。「就坐十分鐘也好。」她説。
十分鐘？可真要我的命！他想。
「你不覺得冷嗎？」兩分鐘後，他終於忍不住説。
她搖頭，出神地望着灰暗的天空。
「很美。」她幽幽地説。
「很美？」他摸不着頭腦。「看樣子要下雨呢。」他咕噥道。
她根本沒注意到他臉上的神色，眼睛霎了幾霎在回憶甚麼。「仲恩，」她説。「你記得那天微風細雨，我們在這兒散步嗎？——就在這公園裏。」

「哪天？」

「五年前我們第一次到這兒來那天。我們散步，後來還在這兒坐了好半個鐘頭。」

「哦，」他心不在焉地説。

她旋過臉，看見他臉色蒼白——「你，怎麼哪，仲恩？冷嗎？幹嗎不戴手套？」

「我根本沒有手套。」

「我記得你有一雙！」

「嗯，前年有一雙。早丟了。」

「既然冷，我們就走吧。」她有點不高興地説。

他很高興地站起來。

到了公園外面行人道上，他説：「玉芬，我們去看兩點半場電影好不好？」

「個個星期日都看電影，有甚麼意思？——咦？你不是該買一雙手套的嗎？」

他只好陪她走進一家百貨商店去，説陪，因為他已經失去了當年每個星期日和她逛百貨商店那種興趣了。——那時她是小姐。現在她是他的太太。

進了商店，她根本忘了甚麼手套的事。他對她説要買手套。她「哦」了一聲，搶着付錢，算是買了一雙送給他。然後在女裝部賣手袋的那個玻璃櫃前，碰見了熟朋友何太太。

「怎麼，你一個人嗎？」她說。

何太太點頭。

「何先生呢？」他禮貌地問。

「他才不肯陪我一道來呢。」何太太笑道。「玉芬，你真好福氣……」

「甚麼福氣，我費了多少唇舌，才請得他來！」她說着瞟了丈夫一眼。

何太太走後，他陪妻子到衣料部買了一件衣料送給她。她樂得連眼眉毛也笑起來了。要是這時候是在家裏，她準會像電影裏的女主角把他擁抱起來——「仲恩，太『破費』了。」她站在衣料部那裏說。他笑了一下，表示算不得甚麼。「我才謝謝你的手套呢。」之後，半個鐘頭過去了。她還是在女裝部轉了一圈又一圈；好容易才在賣化妝品的地方揀到了一盒冷霜。她對他說，還想買點甚麼。既然來了，就多看一會吧。於是半個鐘頭又過去了。他心裏有點生氣，後來終於嘰哩咕嚕用英語埋怨起來。

離開百貨商店之後，他悶聲不響，她的臉也緊繃着；在附近的一家咖啡店坐下來的時候，兩人已經開始怒目相對了。

「你這個人很自私！」她終於按捺不住了。「你一年才送給我這樣的一件兩件禮物，就以為很了不起！」

「我自私？一個星期我工作五天半，為誰，究竟為誰？還不是為『我們的幸福』！我自私？剛才在公園裏——唉，不說了。我不明白當初——當初為甚麼會跟你結婚？」

「我不明白當初為甚麼會嫁給你？」

跟着是大家不哼不響。

這樣子過了好幾個鐘頭，直到晚上在家裏——他看電視，正欣賞着熒光屏上那個甚麼女歌星唱時代曲的當兒，她突然把那著名傷感派女小說家的小說放下，跑過去把電視關掉。「你，你瘋了！」他直着嗓子叫起來。

「你回答我！」她抖着聲說。「在咖啡店的時候，你那一句是甚麼意思？」

「哪一句？」

「你說當初不明白為甚麼會跟我結婚！你的意思是後悔了。是不是？那就離婚吧！」

「離婚？唔——這是你說的，不是我說的！」

「那你說，你那句話是甚麼意思？」

「你不是也說過你後悔嫁給我嗎？」

「這因為你先說——先後悔，我當時才那樣說的！」

「我當時不過一時，一時之氣嘛。好！我不後悔。你就讓我看電視，你看你的小說，好不好？」

「不。我今天一定要跟你弄個一清二楚。你愛的是你的表妹，不是我，是不是？」

「表妹已經死了四年了。我怎麼會愛一個死人呢？」

「我說的是你心裏頭。」

「我一點也不明白你的意思。」他茫然地望着她。他真的不明白。

「我想，你心裏要不是另有別人，你一定不會這樣子對我的。去年今天，我們——我們也是吵架的。你記得嗎？」

他心裏的確沒有「別人」。「嗯，我們為甚麼一定要吵架呢？」他停下來想了一陣，說：「玉芬，也許我們活得太無聊……」

深夜，她睡着了。他靜靜地想：假如他和她不吵架，生活會更加平淡、無聊吧？

一九七零年二月

熱

十呎乘十呎。怎麼樣計算也不過一百平方呎。擠着一家大小五個人。他覺得身體在膨脹着，家具也在膨脹着。房間彷彿越來越小越窄了。他站也不是坐也不是，也不知道究竟是今晚悶熱的天氣使他覺得煩躁，還是煩躁使他覺得今晚天氣悶熱。他問妻子今天是不是入夏以來最熱的一天。她想了想回答：「大概是吧？」「怎麼大概是？你沒有感覺的嗎？」妻子這回沒理睬他，靜靜地握着年紀最小的那個男孩的手，教他習毛筆字。另外兩個在低頭做功課。他一邊用一條濕面巾抹臉上的汗珠，一邊對妻子喃喃道：「風扇呢？幹嗎不開風扇？」彷彿這時他才記起風扇。

「壞了。」

「好端端怎麼壞了的？」

「跌壞了，你也知道。」

他記起來了，去年冬天搬家的時候——「壞了為甚麼不拿去修理？」

「問你自己吧。你當時說，我們的風扇反正太舊了，要買一把新的。」過幾天是發薪日。他沒把握買一把新的——除非光顧「分期付款」的店子。房租從上個月起加了三十塊錢；再說，甚麼也漲價了，但寫字樓的薪水還是照舊。

「怎麼？你真的不覺得熱？——對！『心靜』——這是你的藥方。」

三個孩子都偷偷地望了父親一眼。他往椅子上一坐，又忽地站起來，把濕面巾往椅背上一搭。妻子回過頭來：「甚麼藥方，你說？」

「我說，我可不能像你那樣『心靜自然涼』。」

「好吧。我也像你那樣覺得熱！難道熱——我就要找一個人來出氣？」

他不哼不響了。他知道自己沒道理。望了妻子一眼，苦笑一下，穿上襯衣、長褲、皮鞋，他說到外面去找同事阿梁聊天。「你去吧，」妻子說，「希望你別跟人家吵架。」

幽默、健談的阿梁或者可以使他忘熱，同時醫治他的煩躁。但他很失望，阿梁不在家。阿梁的母親說兒子出去、回來過，但因為天氣熱，又出去了。「你請坐一下，喝杯茶吧。」他站在那兒，說了句「不，謝謝哪」，就馬上離開同事那個看來挺多也是「十乘十」的梗房，像逃避甚麼似的走到街上去。

街上一點風也沒有。即使有，也早給那一幢幢面目猙獰的大廈擋住。在喧鬧的人聲車聲裏，遠處近處的霓虹燈氣鼓鼓似的，看來熱得快要爆炸了。

他買了兩份晚報，打算找一家有冷氣設備的餐室坐下來喝茶看報，度過這個悶熱的晚上。找了幾家，都坐滿人，一個空位也沒有。回家去嗎？這種鬼天氣會使他發瘋的。他不想回到那小房間跟妻子毫無道理地吵架。

他走到街尾的海傍。同樣沒有一點涼意，雖然堤上坐滿了「納涼」的人。在路燈照射到的地方，找到個空角坐下來時，汗已經涔涔而下了。他狠狠地打開報紙，把精神集中在鉛印字上頭，把那些個天氣、生活、苦惱暫時拋開。約莫過了十五分鐘，他從兩份報紙中的一頁上，偶然看到一大段「訃聞」——報喪的廣告。死者「杜進財……享壽六十三……」。名字很熟！他不知道這個此刻躺在××殯儀館裏的杜進財，是否他從前認識的那個人。「習俗」上，人死了，加三歲——所謂「天」一歲，「地」一歲，「人」一歲。對，那個人今年該是六十左右，跟我父親的歲數差不多。暗想着，他忽然回到現實中。他活着。但一輩子過着貧困的生活的父親已經死了好些年哪。他回到現實中。前面渡海船上的燈——白灼灼的熱燈。甚麼地方吹來一點點風，但卻是熱風。他把報紙摺起來拚命的搧着，越搧，身上就越覺得熱，心裏就越覺得不好受。他站起來沿着海傍的街道信步走去，看到××殯儀館那個藍色的光管招牌。也不知由於好奇心還是甚麼，他彎到它的面前去。在那龐大的建築物的樓下，他看見佔地甚廣的大堂的門前豎着一面牌子，黃紙黑字寫着「杜府治喪處」的字樣。忽然之間，有一種莫名的力量驅使他向前移動。這時有人叫他一聲「先生」。他停下來。入口處寫字枱後面「主家」的一位辦事員請他在賓客留名簿上簽名。迷糊間，他胡亂地簽過後，抬頭，只見分站兩旁、身佩「知賓」襟章的死者的朋友或者親戚或者職員在向他點頭為禮、招呼請進。下一分鐘，他聽見一身白色的「堂倌」的「有客到」的叫嚷。跟着，他發現自己站在「靈台」的前面。遺像上的杜進財，正是那個杜進財。他當然不會忘記這人的眼耳嘴鼻，雖然這人此刻從鏡框裏伸出頭來作慈祥的微笑狀。他怎會忘記呢？從前父親給這個杜進財吃過多少高利貸的利息！……跟着，是那個身穿白袍子的堂倌的機械的叫聲：「一鞠躬，二鞠躬……回禮！」他只見披麻戴孝的男男女女在向他鞠躬「回禮」。沒有一個「孝子」「孝女」認識他的。他也不跟他們任何人相熟。他悄悄地退到嘉賓座那兒去，往一張空椅上坐下來抽煙……

深夜，回到家裏，一進門，妻子就問：

「跟梁先生喝了一晚茶是不是？」

「不。我到殯儀館去——」

「甚麼？你說甚麼？」

「阿梁不在家。沒地方可去。殯儀館——有冷氣設備。……」

半夜裏，暗黑中，做妻子的醒過來，聽見給惡劣的環境與天氣熱昏了頭的丈夫在發夢囈。他喃喃道：

「很熱。很熱。我要到殯儀館避暑。很熱。很熱。……」

她噙着眼淚，輕輕地摸了一下他的額角。

一九七零年五月

漲

剛才有人告訴他說，這是本地最好的大酒店，今年是一九××年，現在是春天，今天是星期日。星期日是應該休息的。對。他甚麼也不應該想，即使是股票，即使是一九七三年那個美麗的春天，和當年燦爛得像杜鵑花一樣的股票市場。

他此刻坐在園子裏一叢杜鵑花旁邊的椅子上，一動不動，連腦筋也不開動一下。

但不行。這是遍地金錢的世界。怎能讓靈活的腦子休息呢？他深深地吸了一口清新的上午空氣之後，望着遠處白色的雲，藍色的天。藍，亮閃閃的。……「藍籌股的市道好！」……「獲利回吐」……「偏高」，「偏低」，股價跌了一陣又起……漲，漲。電話聲，收音機聲，電視機聲……一陣比一陣響，從鬧市那邊傳過來。他的回憶又在腦中出現了，像雲層裏的太陽，有時清晰，有時朦朧。他不明白為甚麼他的回憶時時中斷。譬如他剛才記得自己姓孟，曾經是一家貿易公司的中英文秘書，可又一時間忘了自己的名字。明明在幾分鐘前記得自己一度很喜歡文學，可又想不起來為甚麼後來對股票那樣熱烈擁護。嗯，對了，他買進的那些背景好、實力厚的藍籌股比甚麼濃煙都升得快，當工廠的煙囱不冒煙的時候。他買得合時。他是個幸運兒。嘻嘻。誰說不是！他想。銀行裏工業貸款的數字早給別的貸款數字拋得遠遠了。許多人把自己的房屋抵押，為的是買創土有限公司和奇蹟實業有限公司的股票，這是對的。……前不久，創土和奇蹟不是在那幅原是菜地的土地上合作發展建金錢大樓的計劃嗎？嚇，那幅地二十萬零九千呎呢。將來人家會有多少高級住宅，高級商店！哦，又有多少入息！金錢大樓將是本地最高的大樓，三百層。起，應該起的，這兩隻股票。他買對了。嘻嘻。

他笑出聲來了。這當兒發現有人望了他一眼。

孟秘書連忙把嘴唇掩住，跟着拿手帕抹了抹鼻尖上的汗，然後一臉嚴肅地把擱在左腿上的右腿搖呀搖的暗想：當然也有好些人買的股票跌了一次又一次，血本無歸——不過，咳，誰叫你沒眼光。那些蚊股，垃圾股。嗯，那些日子，太平證券交易所，大家都叫它做「金魚缸」的，一萬個一萬個電話響個不停，搶購潮洶洶湧湧。嘻嘻，真傻。他才不買一堆廢紙！前些時候——是去年，上個月還是昨天，他想不起來了，總之他知道市面上新出了一隻專治股票輸家的「怨氣」之特效藥，叫做「滅怨氣」，許多輸家都爭着到藥房去買了。可他是贏家，無氣可「怨」，一瓶「滅怨氣」也沒吃過啊。想着想着，他聽見誰在叫他——

「你……你閣下是孟秘書！」

孟秘書別過臉去，望着身旁那個看來比自己年輕一點的中年人。「你是？」

「在下是陳有鴻，在東通亞貿易公司和你做過同事。」彬彬有禮的説着，加了一句：「當時在採購部做，做主任的。」

「哦，陳主任。你也到這裏來享受享受？」

「聽説這是最理想的酒店嘛。我剛才差點認不出來——孟秘書你瘦了許多啦。想股票想得瘦了吧。該好好休息一下囉。哈哈。」

「他們也是這樣勸我。這些日子，誰不朝思暮想股票呢？」

「有道理，有道理。記得嗎，一九六八年在東通亞的時候，你向湯經理建議，把我們職員的公積金全部拿去投資買股票——」

「誰？」

「孟秘書，你！」

「哦，嘻嘻。對了，對了，」他得意洋洋道。

「當時，第一個贊成你的建議的，就是我。我對你的眼光有信心！」孟秘書樂得合不攏嘴。他又遇見知音了。「可不是！」這回他真的記起來了。「那時候我的建議替大家賺了錢。」

「賺了大錢！一九六八年你主張買進大氣、天光、創土、奇蹟……公積金的三十二萬本錢，到了一九七三年三月結賬，我們大家一共賺了三百二十八萬多！後來的進賬還沒有算。」

「嘻嘻！」「哈哈！」

孟秘書聽完對方的「哈哈」後，驀然又想起一件事來，說道：「我一九七三年夏天就離開東通亞自立門戶。你呢，陳主任？」

「我，一九七五年離開的。」

「這些年一定收穫不少吧？」

陳主任一口氣說出了自己目前擁有的十六隻藍籌股，以及他將會獲得的天文數字的豐收。然後他反問孟秘書的成績比起自己的又如何。後者不甘示弱的說出更大的數字。陳主任的臉紅了一下，眨眨眼睛想了一會，指出對方買入的那隻鹹水實業，不是真正的實力股，是虛有其表的「水皮」貨。

這樣一來，孟秘書就不客氣了。「我說你那隻杜鵑花還沒有上市。你以為我是傻瓜嗎？是你看到這兒的杜鵑花臨時編造出來騙我的。」

「你甚麼時候到這裏來住的？我問你。」陳主任突發奇招。

「是……上個月。」

「我前兩天才來。上個月！你怎麼知道外邊最近的市況？」

「你真傻，」孟秘書反駁道，「我們這兒的內幕消息比外邊靈通幾倍。誰不知道這酒店住的都是大闊佬！」

「我不跟你談下去。」

「你剛來，是新丁，沒有資格跟我談。」

兩個人差點動起武來。有人把他們勸住：「來，來，大家是好朋友，拉拉手。」

陳主任覺得拉手是難為情的事。小學生講和才拉手。於是他向孟秘書禮貌地點點頭，便跨過草坪回到後面那漂亮的建築物去了。

孟秘書仍然坐在園中椅子上沉思。

過了一陣，他喃喃地說着甚麼，一面在數着手指：「一千股，一萬股……」

一個三十七八歲的胖女人走到他的面前來。

「他們告訴我你在這裏看風景。」她說。「這是你喜歡吃的金山橙。你今天的氣色很好嘛。」

「當然，」他若無其事的答道，「我昨天託人買了一萬股鹹水，一萬股金山，都漲了，漲了。你有看報紙嗎？」

胖女人點頭。「看到了。」

「支票簿帶來了沒有？」

「帶來了，」說着女人在他身旁的一張椅子上坐下，打開手袋拿出支票簿和原子筆來。

孟秘書運筆如飛，在支票簿上寫了一個很大的銀碼。然後壓低嗓子說：「我靜靜的告訴你：我剛才得到內幕消息。」他的回憶又忽然中斷了。皺着眉頭想呀想的，忽然想起來了：「對，杜鵑花一定上漲！趕快替我買進十萬股。」

「哦，好的。」女人應着。

他以那個橫擱在膝頭上的手袋作寫字枱，又低頭寫起另一張支票來。「這一萬股是買——買『求安』的！」

胖女人答應一回到市區裏就替他辦理，正待離去的當兒，他忽然把她叫住。「等一等，我還沒簽上我的名字。你真糊塗，支票不簽名字是不發生效力的！」他說。

「那就簽上吧。」

糟了，他想。怎麼想了半天也想不起自己的名字來的？迷糊間，他腦子裏一亮，心生一計，煞有介事地對胖女人道：

「哼，難道你不知道我是誰嗎？」

「我當然知道你是誰。」女人忍住氣說。

「那我叫甚麼名字，你說？」

「孟求安——就是你剛才要買的『求安』。」

「嘻嘻，對了，求安。我怎麼一下子這樣沒記性的呢？」他想。

他把兩張支票補簽上孟求安這名字。之後，瞅了女人一眼，翻翻眼睛，問：「那麼，你是誰？」我是誰？你可憐的老婆！女人暗忖着，差點忍不住叫起來：你瘋了嗎？但是，她一想：說這幹嗎？他根本就是瘋了。這是本地設備最好、最新型的一家精神病院。從一九七三年春天到現在一九××年的春天，據報紙上所登的已知記錄，她丈夫是……也不知道是發股市狂的第幾個病號了。

「我是你的老婆，」她對孟秘書說。「姓周，叫做綺梅。你還有一個兒子，叫做孟文中。」

「嘻嘻，我還有兒子的嗎？」

下午，吃過這家精神病院特製的「降股熱」餐之後，他在大廳裏和陳主任、東通亞貿易公司的湯經理等人用手指在桌子上簽支票鬥買股票，大家忽然又吵得面紅耳熱起來了。

陳主任說，要看好地皮有限公司，它將會收購潛質甚大的杜鵑花，這是誰也忽略了的。只有他一直留意這個事實。他進一步證實：地皮將來把杜鵑花併吞之後，會拆細股，兩股送一股，那時候地皮價一定火箭式上升的。……湯經理糾正他的錯誤，認為地皮有限公司只不過擁有一堆石頭，不知道要何年何日才能開發，買這隻股票太不化算，本大利小。他說，別看四層汽車股這兩天牛皮軟勢，據他本人所知，S洲和M地的「熱錢」三天後會滾滾而來，那時候市道一定會出奇的好。接着他以來自白雲寺的、天真純潔、足穿雲鞋白襪的和尚大師為例，說：「連他們也看好四層汽車股呢。」

「就因為和尚大師天真純潔，入世得不夠深——他們的看法靠不住。我看坐四層汽車嘛，倒不如腳踏芒鞋！」有人沒頭沒腦的說。

這時，孟秘書肚子裏的「降股熱」餐漸漸消化了，驀地裏站起來，指手畫腳宣佈自己的看法。他說，最新的「管制證券法提出首讀」後，這些大小新股可能大幅度下降。

「你這樣說——是何居心？」陳主任嚷道。「你自己買的地下老鼠呢？」

「這是我私人的事。這是個自由社會！」

「但地下老鼠已經漲到極峰，不可能再漲！」

「漲！」

「誰說的？」

「我的眼光！」

「你有甚麼根據？」

「地下工程還要進展呢。哼，不漲的話，我拿人頭保證！」說着，孟秘書股氣上衝，起勁地拍着自己的腦袋，做起一個不尋常的動作來。跟着，他目露兇光，向曾是同事的陳主任撲過去。說時遲那時快，兩個孔武有力的男護士連忙跑過來把他攔住，然後把他帶進「股票心理室」去了。

兩天後，照過股光透視鏡、坐過股氣電療機的孟秘書，由於專家偶然發現他的身上有某種特別的自由輻射塵，便給隔離起來——另行安置了。於是，他獨個兒住在一個甚麼實驗室似的奇怪的房間裏，四邊是塗滿了甚麼畫的、軟綿綿的、沙發似的牆。在許多次的煩惱中，無論他孟秘書怎樣把腦袋撞在軟牆上，他還是活下來，而且繼續以「人頭」保證他買的地下老鼠股一定上漲。他整天喃喃自語：「一百萬股，一千萬股，漲，漲，漲……」

一九七三年二月，寫於股票狂潮中

「記住，不要賭！」

從香港搭水翼船到了澳門的那個下午，潘文和彩薇在南灣花園附近的一家別墅式的旅館安頓下來，休息了一陣之後，便帶着新買的照相機出門。

彩薇是第一次到這小城來。這天是星期日兼耶穌誕假期，香港來的遊客不少，但不論怎樣，這裏比香港寧靜得多了，加上天氣暖和陽光好，因此心情就覺得特別暢快。三個月前她和表哥潘文結婚，筵席是大排了，但沒機會旅行，這次到澳門來算是補度蜜月呢。旅館房間是潘文事先託這裏的一個朋友定好住兩夜的。彩薇今年二十六歲，在香港中區一家商行裏做事，婚後也一樣。比她大八歲的潘文卻是子承父業，在北角菜市附近開了家出售紙筆墨兼賣元寶蠟燭的紙紮店。父親去世後，兩年來，他難得抽空到澳門來玩一次，因此也很珍惜這兩天自放的耶穌誕「假期」了。

從旅館走出來就看到一排綠葉滿枝的、高大的老榕樹。彩薇時而停下來，興奮地說：「阿文，這裏，替我拍一張。」

「啊，這一棵多好看，來！」

潘文咧着大嘴巴笑。「澳門的榕樹多着。這棵拍那棵拍，一百卷菲林也不夠用啦。」

彩薇掠了掠頭髮擺好姿勢，說：

「好，拍完這一張，聽你的！……」

抬頭，只見榕樹背後的不遠處，矗立着一大堆又圓又方的金黃色的建築物。她眼睛一亮。「這家就是——？」

潘文點頭。

約莫再走五分鐘路，就到了那家佔地甚廣、漂亮壯觀的葡萄牙式建築物——L大酒店。這酒店附設的那個規模宏大的「娛樂場」，彩薇沒看過，卻早聞大名了。這麼着，它成為夫婦倆此來的觀光勝地之一，是很自然的事了。

在大門前拍了兩張照片留念之後，進入那極具氣派、鋪着厚地氈的大堂。在華麗的天花板上，那白花花的琉璃大吊燈射着奪目的光芒。彩薇仰首愣了一陣，丈夫在旁解釋道：「聽說單是這盞大吊燈，就值一百多萬。世界沒有幾盞呢。」她吐了吐舌頭，再看幾眼，便隨丈夫走進樓下那家裝飾別致的咖啡廳去。

「等會我們到那邊去看看，」喝咖啡吃蛋糕的時候，潘文說。

「記住，只看一下，不要賭！」

「當然，當然。我們是來遊覽不是賭錢。」

所謂「娛樂場」就是賭場。吃角子老虎，彩票，輪盤，二十一點，骰仔……任君選擇。潘文的確能夠忍得住，沒有下手玩任何一種「娛樂」。

從L大酒店的橫門（也就是「娛樂場」的大門）出來後，他站在那兒對妻子說：「你看，這賭場門口上邊那一根根的『石柱』——」

「是新潮的甚麼裝飾吧。」

「不。是一把把的石刀，石『鬬刀』！」

「刀？」彩薇摸不着頭腦。

「從前『大檔』（賭場）有這樣的一句話——『大殺三方』。」

「哦，」彩薇伸長脖子望。「我現在看清楚了，真是一把把的石鬬刀。」

「可不是！開賭的迷信，有意這樣設計的。」

「所以說我們賭不過……」彩薇挽着丈夫的手臂。

做丈夫的笑了笑，往前走去的時候說：「不過，最聰明的人賭起來也會變得糊塗的。」接着，他們坐上一輛三輪車從南灣、西灣兜一個大圈子到市區去，價錢是八塊錢，條件呢，看海看樹看風景之外，路上時時得停下來拍照。

下午兩點多鐘。在新馬路附近橫街上一家酒家坐定後，潘文打電話叫代定房間的老劉出來一塊吃中飯。飯罷，夫婦倆沿着新馬路看熱鬧，慢慢地走到南灣街，想起彩色菲林用完了，便到當舖鄰近的一家照相館去買。從裏面出來經過賽狗會的入門券預售處時，潘文心中一動，對彩薇說：

「晚上這裏沒有甚麼街景可看的，今晚到賽狗場觀光一下怎麼樣？」

既然來澳門了，也該見識見識一下。彩薇暗忖着，答道：

「好吧。不過到時不要賭，記住！看看就好了。」

「行。頂多看兩三場就走。明天我們得早點起來，到松山、大三巴那些地方去呢。」

晚上九時過後，兩人吃完晚飯坐的士到了賽狗場，第六場剛剛賽完。萬頭鑽動，人聲像油鑊裏爆豆子那樣從一個個看台上升起。屹立於跑欄後面遠處那個燈光閃閃的巨型電算機，一下子向潘文發出很大的吸引力。啊，六號狗，真「好分」。冷門跑出：「獨贏派彩」，二十元。要是下注十元，也有兩百塊錢呢。他站在鐵欄旁，向彩薇指指點點，解釋電算機上出賽狗的號碼、場數、賠率等等。彩薇連連點頭。第七場準備開始了，六名場工各牽出賽狗在欄內緩緩而行——這樣做，是讓穿着號衣的狗隻在賽前上場「亮相」，使觀眾對牠們的狀態一目了然，以便臨場決定取捨、下注。各售票處的人龍由短而長。電算機上的數字在跳動着，變換着。多人下注的熱門狗，「中」的話錢賠得少，相反的冷門賠得多，潘文向妻子逐一解釋，她越聽越明白，也越來越感興趣了。「來！」他把她拉到公眾看台上居高臨下地欣賞起來。群狗中有一隻汪汪的吠了一聲，眼看龍爭虎鬥的一幕就快上演了。

「這一場，如果我買就買一號和四號，」彩薇突然說。

「為甚麼呢？」潘文點上根香煙問。

「我也不知道。」跟着添了一句：「隨便說的，你可不要相信我的話。」

「我馬上趕注，『撞口卦』。」

「不，不，阿文。坐下來吧。」

「跟你說着玩的——我當然不相信你的話，」婚前一度常常賭外圍狗馬的潘文揚了揚報紙笑笑道，「你連狗經貼士也沒看過。」

不久後，只見列陣的六隻猛狗衝着飛奔的電兔繞場疾跑，二十四條腿子絕塵而去，狗影由大而小又由小變大，號衣上那些阿拉伯字一個個在如同白晝的燈光下看得分明了，人們的打氣聲，吆喝聲，歡呼聲，罵粗話聲同時爆發。天！跑出來的竟然真是與「一、四」有關。是四號第一，一號第二！

「你怎麼想到這兩個號碼的？」潘文瞪着眼問。

「哦？」彩薇這時想起來。「對了，我們家的門牌十四號！」

潘文唉嘆連聲「錯過」之後，望着電算機上的燈光，說：「你猜，假如我們剛才買二十元一號搭四號，會分多少錢？」說着他在報紙上用原子筆畫呀畫的。

彩薇掠了掠圓臉上的頭髮，咯咯的笑着。「難道免費遊澳門——可是？」

「何止免費遊澳門。兩隻都是大冷門，『連贏位派彩』，二十八元七角，那麼買二十元就是——五百七十四元！」

彩薇聽他那樣一說，也有點後悔起來了。「早知道，就買它二十塊錢玩玩……」

「看情形，今晚專爆冷門。賭錢是有邪的。一不離二，二不離三……」

結果呢，這一夜，他們不止「看」，而且賭。而且直到第十四場完場之後才離開賽狗場。回到南灣街消夜的時候，已經是午夜過後了。夫妻倆彼此安慰說：玩了一個痛痛快快的晚上，才輸去一百二十多塊錢，也算不了甚麼。難得來澳門玩一次嘛。明天晚上不去就是了。

但不知怎的，他們吃完雲吞麵之後，在回旅館的途中，卻「順路」到L大酒店的「娛樂場」去瞧瞧，裏面比白天顯得更加熱鬧而有生氣。這一看，卻不肯立即離去，認為既然來了，就該趁趁這兒賭場的熱鬧。末了，在圍着賭客的骰枱旁邊站下來，研究了一會，彩薇悄聲對丈夫說：「這種『大小』，不是比賭狗簡單嗎？」潘文說：「不買點數就簡單。不是開大就開小。」彩薇的靈感突來，說：「兩隻『狗』嘛。我猜，這回會開大。」

當然，不是小就是大。

潘文一聲不響，把一張五十元面額鈔票往枱上一擱，押在「大」字上面，彩薇要攔也攔不住了。只見那個「打荷」的妙齡女郎把骰盅的蓋子輕輕地揭開，枱上的燈亮了，一、五、五，十一點剛好是「大」。彩薇高興得把丈夫的衣袖扯了一下。下一場，他沒徵求她的同意，連本帶利，把一百元鈔票押在同樣的地方。彩薇目不轉睛地盯着枱上的骰盅，心在噗噗的跳着。跟着又一次燈亮——開出來的，三、五、六、十四點，也是「大」。彩薇算一算，連賭狗輸的在內，現在倒反敗為勝，贏了二十多元呢。於是馬上拉着潘文走。

回到旅館，洗完熱水澡，已經是凌晨三時了，潘文還是興沖沖的說個不停：「幸虧我抓着時機買它一個『孖寶』。你看，多簡單，不過兩手就贏回來。買骰仔要講『注碼』嘛，有些人應贏不贏，所以輸錢，別的我不知道，麻雀、骰仔……總之賭錢是有邪的，『跟紅頂白』就對，你沒看到嗎，剛才那個四眼佬買『大』老是贏，我就跟着他。你也說『大』，我就更加有信心了。我知道你沒膽買的，所以就不動聲色——哈哈！俗語說，『入門買孖寶，勝過開當舖。』」

「夠了，夠了，不要吹牛，快點休息。明天一早就要去松山、大三巴……」

但第二天他們去不成了，十二時多才醒過來，夫婦倆趕到新馬路那邊，和老劉一塊飲茶，那是昨天約好的。跟着，老劉帶他們去俗名觀音廟的普濟禪院去看難得一見的連理樹，以及書法甚佳的木刻對聯，等等。潘文本人的毛筆字寫得挺漂亮、端正，他的紙紮店，常常有人跑來求他寫娶新娘或「嫁女」之類的對聯，甚或招牌字。說起來，他那手柳公權體字是從前他的嚴父迫出來的。「記着，阿文，我們開紙紮店，一定要寫一手好字。字為人之衣冠！」但說也奇怪，他以前有一段日子雖然常常來澳門，但卻從來沒進過這座禪院看書法，大概那時陸上和海上的「娛樂場」佔去了他的大部份時間吧。

那是一個迴廊曲折、樹木扶疏的清幽所在。這天中西遊客不少，有些人在那幾棵高大的連理樹下拍照，潘文夫婦自然也在此留影了。轉出來時，經過一個涼亭，亭上有一副對聯，寫道：

月殿倦遊君夢醒
中天飛渡我重來

潘文停下來琢磨。他從禪院想到禪，從禪想到輪迴，再而輪盤，從輪盤忽地想到昨天晚上「娛樂場」的骰寶。對，「中天飛渡我重來」，我應該再去的。一定能夠贏，這回為甚麼要放棄免費遊澳門的機會呢？

他的思路轉着，轉着，直搭向賭桌上。於是「月殿」竟然變成他度「蜜月」的澳門，而「夢醒」也就是他的「恍然而悟」了。對，應該贏一次大大的。機不可失！

這天晚上他勸彩薇一塊再去「娛樂」。但出乎他的意料外，他買大的時候開小，買小的時候開大，輸得他滿頭大汗。不過，幸虧彩薇玩吃角子老虎時，有輸有贏，其間幸運地搖了一次二百枚，一次「全中」——三百枚。這樣「抵銷」一下，才不至損失慘重，但畢竟還是輸了一百多元。

於是第三天，也就是耶穌誕假期最末的一天，臨下船回港之前的幾個鐘頭，兩人甚麼地方也沒去，甚麼澳門土產也買不成，帶着「翻本」的念頭，一心一意的賭了。潘文決定採取「靈活」的賭法，時而輪盤，時而骰仔，但使他更着迷的還是骰仔。但結果還是輸了。

直到後來在水翼船坐下來之後，他才舒了一口氣，以開玩笑的口氣對妻子說：

「彩薇，這回總算安全了。再也沒機會輸啦。」

「怕甚麼？反正早就買了來回船票！」她生氣地說。

他抽了一口煙，瞥了太太一眼。「我們身上帶來的也有限嘛。算了，算了，難得到澳門來一次，連船票、住宿在內，就當花幾百塊錢度蜜月好了。」

「幾百——老實說，你輸了多少？」

他慢吞吞答道：「大概——四百左右吧。」

她終於忍不住說：「何止幾百？我呢，我也輸了。」

「甚麼？」

她沒有正面回答，卻喃喃道：「誰叫你賭得昏頭昏腦，老婆在賭甚麼也不知道。五毫銀幣一次餵『老虎』，一個鐘頭兩個鐘頭，不搖中一次，你想想要餵多少！昨天贏的全輸回去，連帶來的也輸得七七八八了，我就去買『大小』，打算翻本——」

潘文打岔道：「怎麼，你也賭起骰仔來？沒見你的！」

「『跟紅頂白』，你說過的。你是輸家，我才不『跟白頂紅』跟你一道。裏面不是東一張西一張的骰枱嗎？再說，你說我沒膽量，唔，我不是有了嗎？」

潘文還是嘻皮笑臉的道：「看你這神情——身上那兩百塊錢都輸光了吧？」

「兩百塊錢，唔——」

「怎麼『唔』？」

她一聲不響。

「算了，算了。」潘文說。

「你倒大方。告訴你，一千四百多，總共！」

「哪來的錢，啊？」潘文簡直吃了一驚。「一千四百多塊錢？」

「唔，輸剩了一塊錢之後，我自己也昏頭昏腦了。到南灣街那裏吃了碗麵，順便就在那通宵營業的當舖把鑽石戒指當了，心裏不甘就回頭再去搏過……」

潘文這才發現：彩薇的手指上真的沒有戒指了，那是結婚時他相贈的禮物啊。

抬頭，他漲紅着臉，跟着，臉色一沉，像苦瓜乾似的，瞅着妻子，不知道該安慰一句還是罵一聲。過了一會，船離開澳門越來越遠了，他暗暗的想道：下一次「重來」時，大概有機會「翻本」贖回那隻鑽石戒指的吧？

一九七三年三月

波比的生日

一

波比原先並不叫做波比。

「他」是一隻貴族的番狗。只要嗅到一點點的窮氣，牠就會掉頭而去，豎尾而行的，這是因為貴族的本能與嗅覺不容許牠踏進貧窮之門去。

在投奔范公館之前，牠的名字是「地仙巴」——因為此狗是某年十二月間出生的。那時候，男主人是一家獨資經營的商行的老闆，女主人過着養尊處優的生活，幸運的地仙巴當然也是養尊處優的了。牠餓時吃牛扒、狗罐頭，病時到獸醫診所去檢查身體，累時往沙發閉目養神。

地仙巴的脾氣相當好。但也有例外的時候。譬如有一回，牠跟女主人從汽車鑽出來之後，沿着草坪旁邊的一條人行道緩緩地散步時，一隻無主的落難狗（看樣子沒吃過牛扒似的）向牠虎視眈眈，惹得牠勃然大怒吠起來。這一吠不打緊，卻險些送了狗命！只見那隻落難狗窮兇極惡地向牠身上頸上猛噬。對於牠，這一戰並非光榮的一役，因為當時雖是兩雄相遇，但地仙巴只有招架之功，並無還咬之力。牠的女主人呢，要攔也攔不住，要護也護不來；於是牠身受創傷，倒地不起。跟着下來的是手術枱、打針、敷藥、甚麼甚麼的……

地仙巴傷癒之後，有好一大段日子不敢往那人行道走去。黃昏散步時，牠另尋別的去處了。

除了那次之外，牠的日子過得挺寫意。地仙巴的「時間感」很強，每天不用看鐘，到時到候，牠就站在大門前等女主人帶牠上街去。然而說也奇怪，過了一段日子之後牠感到情形不對：幾經汪汪而「叫」，女主人才勉強開門帶牠同行。牠更知道這樣的一件事：「食住行」的享受一天比一天差。牛扒從有到無，室內可以運動的地方越來越少，汽車呢，不知甚麼時候失蹤了。

地仙巴變得很煩躁。終於有一天趁着外出撒野的時候，一去不回頭。之後，經過幾天的努力，終於找到理想的人家。那就是門牆高大、房子新型的范公館。

范先生夫婦開頭叫牠波比，牠有點不習慣，但不消一個禮拜的工夫，牠連地仙巴這個名字也忘記了。還有甚麼地方比這范公館更令牠滿意的呢。大廳裏的地板亮閃閃。很多的沙發。很多的牛扒。床很闊大，很軟綿綿的。牠喜歡躺在那兒就躺在那兒。房子前面有草地有花。鐵柵旁那兩隻看門狗——嗶哩與約克是不敢欺侮牠的。牠們缺少牠那份高貴的氣質。據范先生的一位狗種學家朋友的判斷，波比是著名的洋格斯種貴族狗的後代。此一狗種的特點是：善良、忠實、聰明、善解人意，嗅覺特別靈敏。生活習慣是：喜歡高級的一切。結論是：要好好地珍視牠，養牠。

這麼着，腹大如桶的范董事長從洋行下班回來之後，第一件事就是同波比握腿、「談天」等等，使得嗶哩與約克敢怒而不敢吠了。胖胖的、四十來歲、穿喇叭褲的范太太呢，則對牠寵愛有加，馬上寫信告訴在外國留學的少爺、小姐——

「……開頭牠在我們家的鐵閘外徘徊又徘徊，引起了我們的注意。後來終於把牠收留了。那時牠頸上扣着皮帶，銀牌上刻着一行細字：地仙巴，××年十二月三日出生。我們不喜歡地仙巴這個怪名。……啊，波比真是一隻了不起的狗。現在你爸一回來，牠就替他『拿』拖鞋，等等。波比是我們養過的大小狗隻裏最可愛最有靈氣的一隻。牠此刻正坐在我的身邊望着我寫信呢，靜靜的。真是了不起！……」

波比好像是認識字的——從此牠對嗶哩和約克牠們更加不放在眼裏了。

二

這年十二月三日，正是波比的五歲生辰。這天范先生下午不回洋行去，范太太邀請了幾位太太來慶祝一番。范先生的那位狗種學家朋友杜博士也和夫人同來分享波比的快樂了。

三點鐘一過，客人們都先後來了，但是波比正在書房裏的沙發上睡午覺還沒起來。

「先別驚動牠，讓牠養足精神才慶祝吧。」杜博士口啣煙斗，咕嚕咕嚕的說。「今天是波比的大日子嘛。」

「對，別忙……」杜夫人望着范太太說。

「狗也像人一樣。睡眠不足會發脾氣的。」金太太拍了拍自己帶來的那隻「梅花點」狗笑笑說。

「但我們波比的脾氣很好。」范太太答道。

跟着，另外兩位女客大讚波比的脾氣好。

只有一個年約三十，臉孔瘦削的女人在沉默着。她是馮太太，第一次到范公館來的生客。

馮太太是臨時給金太太拉來湊熱鬧的。她剛才登門拜訪金太太，目的是借錢，但好幾回都沒勇氣開口，現在更難於啟齒了。

望着范公館這個豪華大客廳裏的鏡一樣閃光的柚木地板、名貴的波斯地氈以及壁上的大幅新派油畫，她忽然覺得自卑起來，即使在她最闊氣的時候，家裏的客廳跟這個一比，簡直算不得甚麼了。眼光從油畫上那些圈圈點點落到金太太腳下的「梅花點」時，她聽見杜博士在講故事。

杜博士把煙斗放進外衣的口袋裏，聲音不再咕嚕咕嚕了。他說，從前有一隻甚麼洋格斯種的狗，在巴黎的一個商人家裏出生，四歲那年給歹徒拐走。巴里斯——那隻狗的名字——設法逃出來，但不幸又落在另一人手上，跟着，牠先後在幾個不同的家庭裏待過。牠曾經到過比利時、荷蘭，北上瑞典，南歸德國。後來，巴里斯從柏林出發，千里迢迢，歷盡風霜，憑着洋格斯種那種靈敏的嗅覺，終於有一天「摸」回到那個巴黎商人的家裏去。那時牠已經七歲了。

「那巴黎商人高興得哭起來了。」杜博士說。

女客們靜靜地聽着，有人感動得要抹眼淚了。

「我認為，洋格斯狗是人類最忠實的伴侶。波比是洋格斯種，所以……」杜博士說着，又掏出煙斗來放在嘴上了。

這時波比已經睡完午覺，從書房裏走出來，伸了伸懶腰，看見廳上的人眾，先是一怔，繼而定了定神，起勁地搖着尾巴，倏地撲到范先生的懷裏，然後跳下來馴服地伏在范太太的腳下。

范太太拿起今早那封及時趕到的、少爺小姐拍來的電報宣讀：「聽着，波比，我們的佐治和比蒂祝你生日快樂！」

波比抬頭，聽見一陣熱烈的掌聲。

然後——杜博士領頭——是一陣歌聲。

「祝你誕辰快樂，祝你誕辰快樂！」

但馮太太唱不出聲來。自從丈夫生意失敗，把房子汽車賣掉還債之後，她連對自己的「馮先生」也沒唱過「祝你誕辰快樂」啊。

望着望着波比，她的心跳一下。這隻棕毛扁鼻的波比不會是我們那隻失蹤的地仙巴吧？不，地仙巴雖然也肥頭垂耳，但沒有這樣胖的。不會——嗳，誰說不會？生活好，人會胖。狗也是一樣嘛。哦，今天是十二月三日嗎？我真糊塗，對了，今天⋯⋯

她記得那回的事。地仙巴傷癒後，頸上有一道難看的疤痕，她當時定製了一條皮帶連飾物給牠遮掩⋯⋯人們正鬧哄哄地唱着「生日」歌。馮太太趁勢走到波比的身邊，一看，呆住了。雖然已經沒有皮帶、飾物的「記認」了，但狗頸上那道疤痕已經説明一切了。牠正是地仙巴！

「不過⋯⋯」馮太太暗道。「我不能説出來，免得大家尷尬⋯⋯」

但是，這隻「忠實的洋格斯」，為甚麼一點也不認得原來的主人呢？我們養了牠四年多！才離開八個月啊。馮太太暗忖着，差點掉下眼淚來了。

當然，地仙巴——現在的波比——即使認得馮太太吧，牠也不會向她搖尾相認的，因為八個月前，馮家破產的時候，牠並非給歹徒拐走，而是「自行失蹤」投奔富戶的。

主客吃着蛋糕、喝着紅茶的時候，波比連眼尾也不瞧馮太太一下，兀自低頭享受雙份的牛扒。「梅花點」叨了波比的光，也在大嚼特嚼。忽然之間，不知由於嫉妒還是甚麼，吠聲響處，在外邊看門的嘩哩與約克從園子裏衝進來。男女主人要喝也喝不住。説時遲那時快，只見客廳上狗影翻騰，演出狗打狗的一幕來了。

但高貴的波比連忙棄牛扒碟而逃，鑽進另一角落裏的沙發底下去避難了。

戰事平息後，杜博士鬆了口氣，咬了一陣煙斗，然後對狗心理加以分析，説，嘩哩與約克剛才之所以突然離開崗位，並非為了爭食，而是為了面子。至於波比呢，牠是不屑於為了一兩片牛扒而打起架來的，這隻有教養的聰明的貴族狗！

於是在愉快的氣氛中，大家又為波比唱起「祝你誕辰快樂」之歌來。不知怎的，這一回連心事重重的馮太太也不自覺地掀動着嘴唇，眼睛潤濕地唱起來了。

一九七三年五月三十一日

鞦韆

巴士穿過灣仔鬧哄哄的街道拐了個大彎在斜坡路上爬行。

沒有多久，眼看半山的景物靜靜地向後移動，下面人來車往擠擁不堪的城市越來越遠了，玉玲心裏有説不出的興奮。這小姑娘向敞開着的車窗外東張西望，簡直坐不牢了。媽媽瞥了她一眼説：「這回可還心願了吧？」

她點點頭。是的，嚷着到阿姨那裏去已經有好些日子。這回總算如願——去度假兩天呢。她想像，那將是她的暑假中最得意的兩天。

巴士停了一陣落了幾個乘客，晃了晃又向前行，連山上那疏疏落落的建築物也過去了，一陣難得的清風從綠油油的小叢林那邊吹過來。她摸了摸頸邊肩上的雙辮子——辮子上的絲帶飄呀飄的。

「媽，你今晚也住在那裏吧。」

「這怎麼可以！」

「不是說地方很大嗎？」

「再大也是人家的。你阿姨不過在那裏打工，傻孩子！」

玉玲好像想通了，笑笑沒說甚麼。

過了一段時間，巴士到了淺水灣附近，母女倆下車走了一程，經過坐落在山腰上的甚麼別墅和野花盛開的一處草坡，碧綠叢中閃現了幾座顏色不同的漂亮的洋房。媽媽帶着玉玲到了前面找到其中的一座。米黃色的圍牆。雕花的鐵欄柵。鐵欄柵右側的一塊石上刻着三個字。

玉玲抬頭唸着：「『望海——』媽，這是——」

「『望海廬』——這是個『廬』字。」媽媽睨了她一眼。

玉玲聽見一陣狗吠聲。鐵欄柵後面草坪上有一隻高大的狼狗跳起來。

「特尼！特尼！」有人把牠喝住。

身穿白短衫黑褲的阿姨出現了。瓜子臉、細長的眉毛，樣子有幾分像玉玲，但更像玉玲的媽媽——不過皮膚較為白皙；而說話的聲調也較為溫柔而低沉，那是幾年來在大戶人家打「住家工」養成的習慣。

「巴士不容易搭吧，禮拜天。」阿姨哂笑着說，開了鐵欄柵。「來，這邊走……他們一家去了新界還沒回來。」

在紅色黃色紫色的甚麼花朵的掩映中，前面是一幢兩層高的獨立洋房，大門前有白色的石圓柱、台階。

一切在燦爛的陽光下顯得光潔可愛。最使玉玲動心的，是大洋房對過草坪一角大樹下那架鞦韆。空蕩蕩的，沒有人在玩。多可惜！

她停下來出神地望着，不自覺地往前跨了幾步，卻聽到阿姨的聲音——

「阿玲，不是那邊。……」

玉玲只好讓媽媽拉着跟阿姨往另一邊走去了。那隻高大的狼狗又忽地吠起來。這當兒，一個古銅色臉、着「背心笠衫」的男人——阿姨説他是花王（園丁）方伯——離開花壇把那隻狗喝住。狼狗望了望玉玲便回到樹蔭下歇息去了。

拿着剪子的方伯笑笑招呼道：「阿彩，這是你説的外甥女？」阿姨點頭。「阿玲，叫方伯！」

「方伯！」

「乖……乖……」

跨過通向車房去的汽車跑道，沿着圍牆下小石子鋪的一條小徑走去，轉彎抹角就到了後面的小屋子——工人宿舍。

阿姨住的女「工人房」擺着兩張上下格的鐵床，一共四個床位。阿姨睡床的上鋪空着，因為有個女傭最近辭工走了。

「今晚阿玲就睡在上面。」阿姨説。

「習慣吧?」媽媽瞅着玉玲。

她不吱聲,抿了抿嘴笑。她想着圍牆內那許多可以玩的空地,和草坪上那架鞦韆。

阿姨把媽媽帶來放着玉玲的衣物的那個手提袋擱在空床上。

兩張鐵床之間是一條狹窄的過道。門旁的窗子下放着一張小桌,幾張摺椅。再過去,大衣櫃挨着小衣櫃。

母親坐下來吹電風扇,和阿姨談了一陣喝了杯冰水,之後,望望壁上那個圓掛鐘,便說要趕回市區去了。

於是玉玲跟着阿姨送媽媽出去。

但這回走的是後門。

回到屋子裏,阿姨要幹活去,囑咐玉玲等會不要隨便到前面的園子去玩,因為「事頭」一家隨時會回來的。

「他們坐汽車回來,給碰見不好,是不是?」玉玲望着阿姨很懂事似的說。

天氣熱,在宿舍外邊的空地上吃晚飯;圓枱是臨時擺在樹蔭下的。玉玲坐在阿姨身旁,花王方伯和當保姆的梁嬸逗着她開玩笑。

「阿玲,」方伯說,「我們今天破例提早吃——是慶祝你來呢。」

「我們這裏你打扮得最漂亮,嗯。」梁嬸夾了一箸餸給她說。

「可不是，她這是來度假嘛。」阿姨笑笑道。

可不是！玉玲暗想。今天穿的花格子衫裙是她最好的一套。媽說到這裏來要穿得光鮮一點嘛。

吃罷晚飯，阿姨把碗筷收拾，說要到「前廳」準備開飯去了。她叫玉玲跟方伯到外邊去走走。

「方伯，阿玲喜歡看海，你就帶她去吹吹海風吧。」

夏季的白晝長。方伯換上了夏威夷短袖衫帶她出了後門，沿着石級走下去的時候，七點多鐘了，遠處的海面上還亮亮的閃着黃昏的霞光。水裏好些人在游泳呢。

落到沙灘上，玉玲真想把鞋子脱掉蹦它一個痛快的，但怕方伯笑話她，便只好不緩不急的走着。突然停下來指着一排小屋子問道：

「它們用來做甚麼的，方伯？」

「那是有錢人的私家泳棚——游水換衫的。」

「哦，這是淺水灣？」

「不，這是南灣。」

「那麼淺水灣呢？」

「那邊，不遠。怎麼你想去看看嗎？」

「當然想！」她重重的點了一下頭。

淺水灣比南灣熱鬧，而且有名得多。玉玲心想，嗯，將來可以對同學們說：我也到過淺水灣呢！

沙灘上五顏六色的遮陽傘襯着天邊的又金又黃又紫的晚霞，是喜歡畫「顏色畫」的玉玲不曾想像過的。她跟方伯悉悉嗦嗦的踩着那幼細的沙子，一面好奇地望着沙灘上海水裏那些穿着各種款式泳衣的男女。她隱隱的記得，四歲那年家在海邊，熱天黃昏的時候，爸爸常常帶她到碼頭看人家游水，來來去去也不過五六個人罷了。但此刻——啊，她從來沒看過那麼多人擠在一起游水的！說給媽媽聽，她也不會相信吧。

天色漸漸暗了，方伯帶着玉玲順着柏油路的邊沿蹓回去。駛向市區的汽車群射出一陣陣的燈光。十分鐘後，踏着石級往「望海廬」的後門走去，玉玲抬頭看見靜靜的藍天上撒滿了耀眼的星星，這樣的星星也是這個小姑娘幾年來在鬧市中霓虹燈的上面不曾看到過的。

這天晚上她躺在鐵床的上鋪，在遠處傳來的輕輕的海浪聲中做了一個愉快的夢。她夢見沙灘、花園，和星光下的鞦韆。跟着，她在那上面飄呀飄的。而且和陳小娥她們跳繩。

第二天，玉玲在工人房吃過早點之後，保姆梁嬸抱着「事頭」的幼子占美進來對阿姨說：

「阿玲要不要去玩玩？」

玉玲望着阿姨。阿姨說：「你去吧。反正我這時候不能陪你……」少了一個人手之後，她每天的工作更忙了：幫做廚的弄菜，到飯廳開飯，之外還洗衣服晾衫等等。

占美兩歲多，會走路，目前在學講話。梁嬸同玉玲帶他到前面園子裏去。他不肯在草坪上坐下來，嚷着：

「抱我，抱我，外邊。」忽然嘟着小嘴，哇哇的哭起來了。

梁嬸明白他的意思：要到沙灘去。

「好吧好吧這就去。」

小孩馬上嘻嘻嘻的直笑着。

「等一等，我也去！」一個女孩的聲音在後面響起來。

玉玲回過頭去，只見一個跟自己年紀差不多的小姑娘扶了扶臉上的眼鏡盯着她。

那小姑娘是這裏的三小姐。玉玲昨天晚上聽阿姨她們提起過的。

連大連小四個人到了沙灘上。梁嬸帶着占美，同另一帶着孩子的保姆在蔭涼的地方坐下來「閒話家常」。

玉玲則望着三小姐——那個叫做綺蓮的小姑娘——好一陣子都沒有出聲，直到後者向她招手說：「來吧，我們到那邊去。」這才打開了話匣子。

玉玲隨她爬到一塊岩石上坐下來。

「你知道這兒叫甚麼地方？」對方有意考問她似的。

「南灣。」

「我們有私家泳棚在這兒。」

「游水換衫的地方，我知道！」玉玲不甘示弱地說。

「你們家也有私家泳棚在這兒嗎？」

「沒有。」玉玲說着，矜持地補了一句：「我到過那邊淺水灣。」

「唔，那邊人太多，我們不喜歡去。」

這一下，玉玲發窘——不知道怎樣答下去了。沉默。海面上流着白灼灼的日光。望着幾個游早泳的人在舢舨上插水，她聽到綺蓮在耳邊說：

「我們把鞋子脫掉到那邊去玩，好不好？」玉玲這才變得活潑起來。「好哇！」說着，細長的眉毛下，那雙烏溜溜的眼睛在閃爍發光了。

半晌，她們拉着手蹦跳着跑到前面去。遠處，搖晃着舢舨的那邊，慢騰騰地推過來一排細浪，到了海灘的邊沿時，它有一小段在海邊的岩石上濺起點點的水花，而有一大段則在黃沙上輕輕地翻了翻退回去，白花花的在淺水中蕩漾。跟着，另一些彎彎曲曲的波紋又來了，簌簌的響着。然後她們跑到濕漉漉的沙上提起腳來，一次又一次地踢那緩緩而來的潮水了。

「當心！當心！」梁嬸在那邊大聲叫着。

「放心！放心！」綺蓮應着，和玉玲光着腳轉身在乾沙上賽跑。

當兩個小姑娘喘着氣坐下來，你指着我我指着你的時候，一齊格格的笑起來。歇了一會，綺蓮望着玉玲神秘地說：「我告訴你一件事，可別對人家說——」

「甚麼事？」

綺蓮翻了翻眼睛，唸唸有詞道：「An apple a day——keeps the doctor away——」頓了頓，說：「知道嗎？」

玉玲一愣，答道：「我不懂。我是唸中文的。」

「哦？意思大概是：每天吃一個蘋果，你就不會生病啦。我媽咪每天要我吃一個蘋果。有一天，嘻嘻，我把蘋果咬了幾口就帶進廁所去，不吃了。你猜後來怎麼樣？」

「怎麼樣？」玉玲很感興趣地問。

綺蓮說，她偷偷地把蘋果丟進抽水馬桶裏用水沖走，但第二天出了毛病：抽水馬桶給塞住，水抽不去，要管子匠來修理了。「你爹哋媽咪每天要不要你吃蘋果的？」

聽也沒聽說過嘛——每天要吃一個蘋果？「不，」玉玲說。「阿爸阿媽要我多吃點飯。……」

下午，「望海廬」的園子裏靜悄悄的。躺在樹蔭下的特尼——那隻狼狗——肚皮一起一伏地在睡牠的午覺。連米黃色圍牆內的紫羅蘭、百合、木槿、金盞花……也彷彿睡着了，只有綠草坪一角樹下那架鞦韆在搖呀搖的。玉玲終於有機會接近它，而且攀上去玩了。不知為甚麼，她這時又想起前些日子同她吵過架的陳小娥來。

「告訴你，我打過私家鞦韆。你有沒有打過？」她尋思，有一天自己會對陳小娥那樣說的。

藍空上的雲朵這時彷彿上下翻飛，盪下來時又盪回去。而那鞦韆越來越快地昇着，昇着，有一回她聽見她的小同伴驚叫起來。玉玲緩緩地飄着，飄着，終於又落下來了……

然後她抹了抹臉上的汗珠在草坪上綺蓮的身旁坐下來說：「好玩極了。」

綺蓮望着她。「打得不錯啊。你以前打過很多鞦韆？」

「在公園裏打的。可沒打過私家鞦韆呢，」玉玲坦白說。

「那為甚麼不叫你媽咪在家裏安一架？」

「家裏？」玉玲天真地瞪了對方一眼。「我們哪裏有錢！再說，要多少地方啊。」停下來，思索了一下。

「你會不會跳繩？」

「不會。」

「我教你。繩子我帶了來，在我阿姨那裏……來，我們一塊去……」

綺蓮聳了聳肩說：「我爹吔吩咐過，不許到『工人房』去的。」

玉玲站起來，過了一會手裏拿着一根白色的繩子跑來了。特尼突然醒過來想吠，但看見這外來的小姑娘是和三小姐在一道的，也就閉上眼睛繼續睡牠的午覺了。

玉玲轉着繩子一時雙腳一時單腳地跳了一會，然後停下來教綺蓮怎樣打圈、怎樣起步。綺蓮擦了擦穿着

「熱褲」（短褲）的腿子，學了一陣覺得學不來了，便扶扶滑下來的眼鏡噘着嘴說：「跳繩沒甚麼意思，不好玩。很熱，到裏面吹吹冷氣吧。」

「我可以進去嗎？」玉玲問。

「當然。我請你去就可以。」

玉玲盯着那邊白色的圓柱、台階……她從來沒有進過那樣漂亮的洋房去，裏面究竟是怎個樣子的呢？她實在也想去瞧瞧。「可是，」她遲疑着說，「要是你媽知道呢？」

「傻——我媽咪最喜歡孩子的，」綺蓮驕傲地說。「她非常愛我，愛占美……而且媽咪在外邊的工作，是和保護——保護兒童甚麼有關的。我們校長也說她最喜歡孩子呢。」

於是玉玲放心地隨着這位三小姐踏上台階跨進洋房裏去。那闊大的廳堂和厚地氈上各種各樣的擺設看得她張着嘴說不出話來了。只一會工夫，她覺得渾身涼快。喝完了冰凍的汽水之後，綺蓮有意賣弄自己的見識，便帶玉玲欣賞壁上的幾幅名畫，說這一幅是甚麼國人畫的、那一幅是媽咪甚麼時候買回來的；跟着又帶她到爹哋的書房門外附近，欣賞木架子上那一件件像牛像馬、似羊又似鹿的大人的「小玩意」。

末了，小主人帶小客人上樓去參觀自己的臥室。這時保姆梁嬸剛把睡着了的占美安置好從裏邊走出來，在通道上碰見兩位小姑娘，笑笑道：「阿玲，記住不要隨便動人家的東西……」

她點點頭，跟綺蓮進了一個花花綠綠的房間。小客人的第一個反應是：「嘩，你一個人住這麼大的房間！」

綺蓮「嗯」了一聲把窗子關上，攀了攀小型冷氣的開關，然後把她的洋娃娃以及各式各樣的名貴玩具拿出來放在床上和樓板上展覽。比起那些多采多姿的玩具來，玉玲帶來的那根白繩子簡直太單調了。

她挨在軟綿綿的沙發上看着、聽着……打了幾個呵欠之後竟然睡着了。由於剛才打過鞦韆跳過繩有點疲倦，這一睡，睡得很舒暢。這麼着，外邊園子裏響過的汽車聲也聽不見了。

突然，她給甚麼驚動了一下，醒過來，發現綺蓮也在對面的床上睡着。抬頭——門旁站着一個穿得整整齊齊的陌生的女人。

女人掀了掀紅色的薄嘴唇，微笑問：

「你是綺蓮的同學嗎？」

玉玲怯怯的搖頭。

這時綺蓮也醒過來了，揉揉眼睛微感意外地說：

「媽咪，你今天這樣早就回來啦？」

「她是誰？」

「阿彩的親戚。」

「阿彩？哦！」女人轉身盯了一眼那根擱在沙發靠手上的白繩子，瞅着玉玲皺了皺眉頭，一臉嚴肅的說：

「這兒不能隨便進來的，知道嗎？」

玉玲瞥了綺蓮一下，鼓着勇氣回答：

「她『請』我來的。」

「媽咪，她……」綺蓮說。

「她甚麼？」女人說。「瞧，她還在這兒睡覺呢。」

「媽咪，我……」綺蓮停下來——再也沒有說下去。她的眼光有意避開玉玲的。玉玲覺得，這個一同在沙灘上踢過潮水、在花園裏盪過鞦韆的小遊伴一下子變得生疏，完全不是她所能理解的了。

「綺蓮，你——」那女人說，「你懂得甚麼？外邊人能隨便到這兒來的嗎？我回頭問問阿彩……」

玉玲一聲不響，站起身來大步走出去。到了門外的通道上，那女人追上了幾步把她叫住。

「喂！」她繃着臉，冷冷的說：「這是你的繩子，拿去拿去！」

玉玲憋着一肚子氣下樓梯，差點哭了。她心裏有一種奇怪的難受的感覺，像剛從一架向高處昇起盪呀盪的鞦韆上摔下來似的感覺。

「我為甚麼跑到這裏來呢？」她想。這裏再大也是人家的地方！媽對她說過的……

現在，她巴不得一下子就能看見自己的親人和她所熟悉的一切——包括同她跳過繩而又吵過架的那個隔壁窮家的小姑娘。

對於玉玲，真的，再也沒有甚麼時候比這個時候更想念家的了，雖然住着阿爸阿媽和她三人的家，只不過是丁方八十呎的一個小房間啊。

當她噙着眼淚，跨過樓梯口大廳上最後的那厚地氈，越過大門前的圓石柱從那光潔的台階走下來時，她心裏說：

「我不喜歡這裏！我不喜歡這裏！」

是的，剎那間，「望海廬」這座漂亮的大洋房連同它白天的花園和夜晚的星星，在玉玲的心目中再也不新奇可愛了，甚至圍牆內那鞦韆。

一九七三年九月

雪

在啟德機場大廈的蒼白的夜燈下，他感到有點迷惘。

他哥哥把他的大皮箱挽在手裏，陪他到航空公司辦事處的一個長櫃枱前辦理行李過磅和登機的手續。手續辦妥之後，他哥哥拍了拍他的左上角的衣袋，說：「阿華記住，登機卡插在這裏，失掉了很麻煩的……」然後一同彎到另一邊去會母親、嫂子她們。

靜靜的機場大廈漸漸熱鬧起來。各種打扮的旅客和送行人的聲音混在一起，像滚水似的嗡嗡地響着。他和家人坐在一角，心裏有許多話要說，但一時間又不知道怎樣開口。望着人家的照相機一次又一次的亮着鎂光燈，他暗忖，事前好些該要準備的東西都想到了，連羊毛內衣褲都買了，可就沒想到在機場拍照留念——買它一個照相機。也許他想過但當時沒有心情買；也許他當時問過價錢，但是……

擴音器的聲浪蕩過來。「……第八零三號班機搭客注意……請由六號閘登機。」要準備了。他心裏禁不住跳着，跳着。

到擴音器再一次報告的時候，他穿上大褸挽着一個隨身的小皮篋隨着人們到了六號閘口，忽然停下，回過頭來，再一次和家人道別。

「阿華，」他母親用客家話說，「千祈愛記得——到了那邊不要學人家賭錢。」

她老人家聽人說過：有些新界青年到了那邊，悶得發慌就染上「賭癮」，其中有人連回家的「水腳」也輸掉了。

「媽，你放心。」他笑了笑回答。

「常常寫信回來啊。」

「我會的，我會的……」

他望着眼含淚水的母親想說句安慰的甚麼，但不知怎樣說下去。而事實上也沒有時間再說甚麼了，因為別人催促着他進去。

旅行證件檢查、蓋印之後，他和同機的搭客們跟着一個穿制服留小鬍子的人到了露天的地方。抬頭，他看見上面的「送機」台上，在眾多搖動的手臂間，身材高大的哥哥正向他揮着手叫阿華阿華甚麼的，嫂子也做着同樣的手勢。哥哥向母親指指點點。母親也在揮手。他想，隔得那樣遠，而且又在黑夜裏，母親這時是不可能看到他的，因為她的眼睛已不比從前了。今天晚上很冷。二月的風很冷。她不該到這兒來送行的。他和哥哥都不讓她來，但是她不肯，一定要來。

余華向一架塗着「英航」字樣的噴射機走去，正待踏級而上時，心想：「讓母親多看一眼吧。」於是他有意放慢腳步，留在後邊讓別人先上。然後他停在梯級上面，朝看「送機」台那邊緩緩地晃動着手。他相信在哥哥的指點下，母親這回會看見他的影子的，雖然隔得那樣遠，而且在黑夜裏。

但是，他不能永遠地站在那兒望着親人啊。他畢竟還是要跨步上去的。進了機艙，一種前所未有的感覺向心上襲來了，他說不出那是興奮還是辛酸。這當兒，一個滿面笑容的金髮碧眼的空中小姐招呼着，看過他的登機卡後，領他沿着一條鋪地氈的狹長的通道走去——兩邊是三個一排的座位，看來是差不多「客滿」了。

他哥哥是個飽經風浪的海員，過去由於多次飛到異國落船工作，很有坐機的經驗。於是他憑哥哥說過的經驗，老老實實告訴空中小姐自己這回是初次遠行，請她「指導一切」。簡單的英語會話他是勉強應付得來的。

對方替他找到編號的座位、安排妥當之後，忙着照應其他搭客去了。在這英航客機的「經濟客位」的機艙裏，余華的「21號」是一個臨窗的座位。窗，是緊閉的窗。這時他可以望到從前面左方橫伸出來的龐大的機翼，但再也望不見那「送機」台和送行的人群了。九時十五分，飛機依時起航，馬達聲響的同時，機上的擴音器也響着：「請各位扣上安全帶……祝旅途愉快。」

啟德機場和九龍城的燈火漸漸消失，人已在天空上，但他的心驀然沉下來。這一下，他真的是離開家人和生活了多年的香港了。

轉眼間，窗外的下面是沉睡的海，山，遠方有淡淡的雲，明滅不定的星星，跟着，雲過後，亮着一顆特大而孤單的星子。童年時在新界的鄉下，他白天看過離群獨飛的鳥兒，夜晚呢常常看過這一顆離群的星子——它像一盞低掛的火油燈，亮在屋門外、榕樹前。現在它卻在窗外伴着他，很久很久都沒有失落。

機上的幾個男女服務員此刻正忙個不停，替搭客送來了一份份的晚餐。食物倒是熱騰騰的，但他只吃了一點就停下來了。而坐在他右手面的一個懂英語的意大利胖子卻吃得津津有味：看樣子，胖子身旁那個頭裹藍綢、身着西服的印度青年的胃口也很不錯。金髮小姐過來送飲品的時候盯着余華詫異地說：

「先生，這是香港廚師弄的新鮮菜呀，起飛前由餐廳送上來的。為甚麼不多吃一點？」

「菜很好。不過我肚子不餓。」

「那麼咖啡還是茶呢？」

「咖啡。」余華答道。「謝謝。」

盛食物的托盤給收拾後，意大利胖子把身前那塊活動小「枱板」往前排的座背合上，同余華搭訕了幾句，跟着翻了翻花花綠綠的雜誌就打起盹來了。

余華彎身把腳下的皮篋打開。他拿出一本《水滸》來，打算重溫一兩章消磨時間，讀一段林沖夜奔或者魯智深拳打鎮關西吧，但說也奇怪，那白紙上的黑字轉呀轉的好像有意跟他作對，憑他怎樣用神也看不進去。噴射機在平穩中飛行，然而他的情緒卻不能安定。於是，他索性把《水滸》放回原處，望着窗外那一顆他熟悉的星子。它現在看來，彷彿離眾星更遠、離地球更近了。

時間好像倒流又好像一切忽然靜止下來。他清楚地記得，有一年的夜晚，在新界的鄉下，父親同他離開鄰村外婆的屋子，正是眼下這顆同一的星子一直伴着他們回家。那夜父親一路上向他講述漂洋過海的生活，第二天又「過埠」去了。以後呢，他再也看不見父親。那時候自己還是一個九歲的孩子啊。

夜越來越深，但卻感到氣溫越來越高，據擴音器的報告，飛機已經在泰國的上空飛行，快要在曼谷的機場降落了。他立刻把香煙熄滅，再一次扣上座旁的安全帶。望着下邊的點點燈光，他腦中閃過了十年前的那一幕情景：燈下，有個朋友到他們家裏來，說父親在曼谷死了，母親登時昏過去……

噴射機停下來。聽說要停四十五分鐘，好些搭客到外面換換空氣去了。然而余華坐在那裏，茫然地望着曼谷的黑夜在沉思默想。

飛機繼續登程，橫過星月下隱約可見的孟加拉灣向印度飛去。途中他看了一會地圖，斜躺在座位上睡着了，幾個鐘頭後醒過來，鄰座的意大利胖子告訴他說：已經到了孟買的機場。有幾個印籍的旅客落機，包括胖子身旁的那一位。空中小姐換班了，那金髮的姑娘不見了，另外來了新的臉孔。

不知怎的，余華竟想起孩子時聽「放船」歸來的同鄉水手說過的故事，和故事中的印度的弄蛇者、笛子、變戲法的魔術師……他往窗外遠處望去，在黑黝黝的夜幕下，孟買的一些魅影似的建築物靜悄悄地伏在地上。當路燈的青色的光暈微弱得看不見，淡淡的星月再一次在雲上出現的時候，他知道自己又身在高空上了。

一個印籍的空中小姐以同樣的笑容招呼着旅客們。這回吃的是黎明以前的「宵夜」。他覺得實在應該吃點東西了，即使不是一碗及第粥或是一碟豬腸粉。在以後的兩年或者三年或者四年中，他很難有機會再嚐到香港大牌檔的魚蛋粉和其他的甚麼了。琦叔的來信說過：倫敦唐人街一家店子也有魚蛋粉賣的，但味道是另一種味道。現在，他離家越來越遠了。他想，哥哥下一「水」船「走」的是「歐洲水」嗎？如果哥哥有機會到倫敦去，那多好！「那時我應該搭他帶點甚麼給母親和那幾個小『佤子』呢？唔，真是！假如哥哥這一趟落船打的合同是兩年呢？……」

余華想呀想的，卻聽到飛行員的聲音傳過來：「我們此刻飛在巴基斯坦的上空……請各位準備……」

然後，安全着陸了。

這一站是喀拉蚩。那意大利胖子站起來伸了個懶腰穿上外衣。「由香港起，我們坐了好些個鐘頭啦。」他向余華笑了笑，慫恿道：「到外邊鬆弛一下怎麼樣？」

余華微笑點頭。「好，我跟着你，不怕『丟失』……」

約莫半個鐘頭後回來了。喀拉蚩機場上的建築雖然簡陋，只有幾家通宵營業賣紀念品的小店子，冷冷清清的，然而，到那裏走走鬆鬆筋骨吹吹風，回來坐下，人也的確舒暢了一些呢。於是余華和他的旅伴斷斷續續的談起來，頓然間減少旅途的寂寞了。從談話中，他知道那胖子是一個皮鞋商人，在羅馬開了家小店子，三個星期前因事到香港去，途中也是在喀拉蚩「換一換氣」的，用他的話說，「這是我第一次到東方來，也是我有生以來第一次坐這樣的長程飛機。」

升空後，他打開放護照的皮夾子拿了張照片出來遞給余華看，一面唱歌似的用意大利腔的英語說：

「這是我的老婆——有名的胖美人。一百五十磅還不到呢。這是我的孩子。」

「可愛的孩子。」余華笑道。

「謝謝。」

照航程下一站是羅馬。從喀拉蚩到那裏是途中兩站之間相隔最遠的一站。但越往前飛，腕錶上的指針卻越要向後撥了。空中小姐替搭客們送氈、拉窗簾、熄通道上的壁燈等等忙了好一陣。燈光暗後不久，男女老幼的細碎的談話聲停下來，一切寂靜。呼呼入睡的意大利胖子這回睡得更甜，因為他旁邊的座位由於那印籍青年下機而空着，睡時大可以舒展「拳腳」了。余華也蓋上了氈子合上眼皮。但睡一會醒一會。在半睡半醒的狀態下，有一次他在迷糊中看見自己在一個完全陌生的地方走着，走着。那就是倫敦的甚麼街道吧？然後他發覺自己在廚房外面的食桌間，端着大盤小碟搖來晃去地在招呼着客人們。跟着，他疲倦得甚麼也不知道了。

又過了一段時間，他朦朧中看見榕樹、星星。雲層下是一杯杯的「雪糕」和雪。還有一個直寫橫寫的大招牌。有人說他是新來的「企枱」。他在餐室裏捧着一碟東西。有人推了他一下，嘣的一聲，碟子落下來了。

他吃了一驚，睜開眼睛拉開窗簾看時，天已漸亮了。雲點雲塊像魚鱗像荳芽像白菜似的鋪在鉛灰色的天角那邊。他能望到的機翼下的燈光不知甚麼時候隱去了。放眼望去，前面有一些奇形怪狀的山峰從茫茫的雲海裏鑽出來。霞光開始在青褐色的起伏的山巒間鍍上一層金黃。然後他看見雲海上映射着一陣眩目的光輝。接着，是滿窗的紅霞。他身旁的旅伴也醒過來了。余華道過「早安」之後，怔了一下，只見對方的臉頰、下巴一片墨黑，那些密密麻麻的鬍子幾乎像新界鄉下的野草一般粗，彷彿突然在他的睡夢中長起來似的。胖子摸了摸臉就到艙尾的洗手間刮鬍子去了。余華跟着也去洗面擦牙。

吃過早點之後，鬧哄哄的響着人們的談話聲。余華這時覺得：天氣暖和得像香港的初夏。窗外，晴朗得使人感到詫異——機身過處，連最後的一片雲也彷彿給陽光融化了。然而，在那藍得透明的蒼穹下，土耳其的高原上山野間卻閃着銀一樣的積雪。「那真是雪嗎？」他的旅伴靠過頭來，望了望告訴他：「是的，那是雪。」他覺得有點興奮。除了做夢之外，這是他生平第一次看見的真雪啊。而且是日光下的積雪。跟着他清晰地看見下面鏡一樣的湖泊、河流和疏疏落落的村莊。亞洲之後是歐洲。他把隨身的地圖瞧了瞧再往下望，那一大片閃光的藍是愛琴海嗎？當噴射機西行、越過希臘的國境在飛渡另一道海洋的時候，他驀然尋思，如果哥哥真的又很快落船，母親這一趟會怎樣呢？但他沒有想下去，也不敢想下去。此時，在輪廓分明的小島嶼的旁邊，浮在另一片閃光的藍上、形如馬蹄的意大利南部卻在他的眼簾下出現了。

擴音器響了起來。

「快到羅馬了，」胖子説，一面招手——依飛行員報告的「當地時間」把腕錶校正。

「嗯，你快到家了，」余華回答，心裏卻想起了甚麼。他沉默了好一會，聽着胖子高高興興的説這説那。

窗外，雲影漸多，陽光忽地躲起來。向北航行的噴射機離開了飄着雲朵的高空，漸漸低飛，然後來個俯衝，終於在地上滑行了。

兩人下機，和大夥兒一道坐車子到了機場大廈的入口處停下來。按機場的規定，「過境旅客」與「入境旅客」到了這兒得各走一方。要分手了，胖子和他握手，眨了眨眼笑道：「等會上機，別忘記試試我們的『羅馬』餐！」「我一定試試。」「那麼，希望你在倫敦玩個痛快。再見！」

對於余華此行的目的，那羅馬皮鞋商是不大清楚的。余華不曾告訴他真實的情形；甚至有一陣子，連自己也彷彿覺得此行是旅遊，而不是去倫敦「上工」呢。然而現在那「鄰座朋友」一走，他又心事重重了。

從入口處的一個身穿制服的職員那裏接過了過境卡，他隨着人們進了四面是厚玻璃的機場大廈。在過境旅客能活動的範圍內，他沿着長廊上的還算熱鬧的商場踱着，兜了一轉，買了兩張「羅馬風景」明信片，在其中的一張上面寫了幾句簡單的甚麼向家人報平安。貼上從郵亭買到的郵票，便急不及待地寄出了。

明信片投進郵筒後，他忽地由信件回想起過去在一家洋行當雜役、每天送遞信件的那段日子來。到他後來做了起碼的小職員、每月多拿五六十元薪水的時候，那家洋行由於股票浪潮的衝擊，生意不景關門了，他失業了……

這回到老遠的地方去謀生是偶然的嗎？他記得在琦叔他們的幫助下，把英國「勞工紙」辦好、搞申請入境手續的當時，他心裏還是「十五十六」的。去呢還是不去呢？但結果還是去了。尋思着，他回到門旁休息間那裏找到個空位坐下抽煙，等「出閘登機」的時間到來。玻璃門外的天色變得陰陰沉沉，羅馬快要下雨了吧？他和同機的「過境客」離開了機場大廈之後，冷風中，他心裏也感到有點冷意了。

回到機上，瞥了身旁的空位一眼，他暗想道：鄰座的那個人到家了，而他自己呢，卻離家更遠了。跟着是向最後的也是更遠的一站飛行。羅馬在機翼下緩緩地退去。越北越冷。他到洗手間去穿上羊毛內衣褲。誰知道兩個鐘頭後倫敦的天氣會怎樣呢？盤算之間，他回到座位上看下面的歐洲土地——那連綿的山脈，頂上白白的，是阿爾卑士山嗎？隨後，他看見瑞士與法國之間的長蛇一樣的公路，看見積木砌成似的城鎮——哦，那些紅瓦灰牆的建築，那些尖角方形的屋頂。隨後，他的視線落在他從來沒看過的——那雪晴後掛白的青林。再過去——一排排的禿樹、鄉野，以及公路旁成堆成堆的積雪。然後又是山嶺、平原、城市。怎麼一點也不覺得熱鬧的呢？他想着，只見有一列火車，在白茫茫的曠地上噴氣、爬行。然後火車過去了。又是大城、小鎮和一路上灰沉沉的積雪。甚麼地方黃澄澄的亮了一下，但他來不及看個真切時，那一線午前的陽光，已一去無蹤了。

天色大變，烏雲接踵而來，好一陣子，下面甚麼也瞧不見了。他感到自己一會兒升一會兒下沉，耳朵嗡嗡的響着。好容易才挨過那難受的時刻，機身平定下來了，他鬆了口氣，從雲縫間望見下面的一片灰濛濛的水，聽到前排一個外國搭客大聲對他的同伴說：「安妮，過了這海峽就是英倫……」

一個先前他想過的問題，突然又在他的腦中盤旋起來──

如果哥哥下一趟很快就落船，母親會怎樣呢？

為甚麼都「漂洋過海」啊？從前是父親，後來是哥哥，現在是他自己了。他想，新界的鄉下，農業凋零，「官地」漲價，耕地越來越少了，就算能弄到一小角地耕種吧，要交這樣納那樣，一年到尾辛苦呀又能養得活幾口人？

小時候，父親對他說的那些話，他不懂。「過埠」到外洋去不是很開心的嗎？可現在他明白父親當時的心情了。真的，要不是為了謀生，誰願意這樣子離鄉別井啊？

他不知道──也許是不記得吧──當年母親怎樣送父親遠行。但是，啟德機場上──昨夜，才不過是昨夜啊……現在他一飛萬里，身在千山萬水外了。

這樣一思量，母親當時含淚的情景，和那件事，是的，那件事，又湧上心頭了。「從前哥哥去了有我。」他想，「下一次哥哥去了會怎麼樣？以後呢？以後白髮滿頭的母親……」

擴音器的聲浪打斷了余華的思潮。這回，他本能地把座上的安全帶往身上扣起來，一面盯着那陰霾的天空。

此刻，在緊閉的機窗外，一團團煙似的甚麼在湧着，湧着。陡然間，流質似的烏雲顯然碰上了颷來的一陣狂風，旋轉着又驀地散開，像千萬條黑髮在窗邊掠過。他嚇了一跳，聽到擴音器裏飛行員的聲音，定了定神——過了好一會，遠處一疊疊火柴盒似的房子在模糊中逐漸擴大，他知道這時噴射機已經穿過那一團團煙似的甚麼，繞了個大圈往機場的上空飛去了。

跟着，他聽見機上的天氣報告。氣溫低得出乎他的意料。

十五分鐘後，在倫敦的赫法羅機場上，在身邊的嘰哩咕嚕的人聲中，當他穿着大褸挽着小皮篋由那架飛自香港的「英航」客機拾級而下，嘴上噴着一口口白氣的時候，一陣比一陣大的雪飄落下來了。不久前他看見的雪是隔窗而看的。而現在，他感覺到的是冷冷的雪。於是在濕漉漉的滑地上，摸了摸臉上的雪點、頭上的雪花，他這回並不覺得興奮了。

他打了個寒噤。

一九七四年二月

幽默的苦惱

鄺風幾年前由於失業，從一個業餘寫作者變為專業作家。目前他在報刊上寫幾個長篇連載小說，藉此維持一家五口的生活。

屋租加，物價飛漲……他不能不多產一點，因此長篇連載之外，他還常常生產短篇。——只要人家約稿，而他又認為能夠擠得出時間來的話，他就點頭答應。他想，這一回推掉人家，下一回人家可能另請高明，如此一來，家裏就入不敷支了。

每月的屋租，孩子的學費，嬰兒的奶粉，意外或意料中的醫藥費等等形成了生活的壓力。這麼着，鄺風甚至有時候一連接受幾份額外的「訂單」了。

譬如最近——

《情調月刊》創刊號需要一篇一期完的「言情小說」，字數不少於八千，不多於一萬。

「行，」他說。「最遲甚麼時候交稿？」

對方說出了日期，之後：「我們知道鄺先生你信譽超著，『橋段』多，一定能如期交貨的。所以專誠約請了。」

另一刊物——是擁有不少讀者的《仕女畫報》。

「我們小說版的要求，」那個留小鬍子的年青編輯說，「你知道的囉……總之情節動人就行了……」職業化了幾年，鄺風已經懂得怎樣製造「仕女」式「動人」的情節了。因此也就爽快地點頭。

跟着，《幽默雜誌》要的是一篇五千字的小說。這一回——盡可能幽默，那是不用說的了。

一個星期後，鄺風把《情調月刊》約寫的「言情小說」送出去，跟着，為《仕女畫報》動筆，寫那個「情節動人」的故事了。然而他發覺，行文的速度卻越來越慢。文思不暢，辛辛苦苦地填了兩三百字就停下來。他跑到外邊的咖啡店喝咖啡，連盡兩杯之餘，吃了件「多士」（烤麵包），然後抽了幾根煙。

下午三點多鐘，咖啡店裏人聲沸騰，同他搭坐卡位的兩個茶客口沫橫飛地在講澳門跑狗的「連贏位」、香港賽馬的「四重彩」，但他腦子裏卻浮起另外的朦朦朧朧的想像。他的男主角與女主角要告別、分手，但分手前應該在甚麼地方訴說往事呢？

盤算着，鄺風離開咖啡店，經過修頓球場。有幾個穿着汗衫背心的青年在嘻嘻哈哈地玩籃球。他皺着眉頭想：「他和她不能在灣仔這裏分手的。不能。告別的地方需要一點甚麼氣氛的呀。」他想到維多利亞公園那排馬尾松。「馬尾松附近有一些長椅。還有草地。不，黃昏的時候那裏人來人往，大人小孩一大堆，氣氛也未免過於喧鬧了。」

在回家的途中，望着遠處陽光下高飛的幾隻麻鷹，他忽然想起：「啊，山頂……」

進了屋子，一坐下，他又拿起筆來了。「對，先讓他和她到維多利亞山頂去，然後我才回頭交代他為甚麼離開香港……」他想。

現在山頂纜車開動了，下邊的房屋、樹木、海港在男主角的眼中是另一種情調了。現在，男主角和女主角在靜靜的半山上走了一段路，得找個地方坐下來長談……

寫着，寫着，酈風停下來問他的妻子：

「阿芳，從前山頂上那家茶座不知道還在不在——你說有沒有拆掉呢？」

「山頂茶座？」手拿電熨斗在熨着衫的妻子愣了一下。「聽說有一家新型的。」

「不，我說我們從前到過的那家。舊的。後面看到山，看到落日，有花棚藤椅的那家。」

「這，我怎麼知道！」妻子說。「你不是好些年沒帶我去過嗎？」

是的，自從有了孩子之後——不，自從結了婚之後，他就沒同阿芳上過山頂喝茶看風景了。

於是他打電話給朋友。打了好幾個電話，好容易才弄清楚：那家舊的山頂茶座目前還在開着。於是他放心地把他的男女主角安排在那裏，在露天藤椅上「長談」，一邊看後山的落日、黃昏了。

幾天過去，他總算把這篇名為《分手前》的小說勉強寫成，交給了《仕女畫報》。

但是，到他交了每天動筆的連載續稿之後，着手構思《幽默雜誌》那五千字短篇時，他卻碰到前所未有的困難。

幾年前，他一度以盧奇新的筆名寫的那些幽默小說，曾使不少讀者欣賞過。那時候，他為人樂觀、風趣。他的幽默往往是一觸即發的。譬如有一回：在街上看到一個珠光寶氣的胖女人，他馬上聯想到公司裏（他當時白天任職的那家公司）那個又刻薄又專橫的、滿身肥肉的老闆娘；回家坐下來，他就順利地寫下他的幽默短篇了。他記得小說的開頭是這樣——

「羅馬不是一天建成的。她的肥肉也不是突然生長起來。」

然而現在，鄺風覺得自己的幽默機器生鏽，突然停下來了。

在坐立不安、抓頭皮、搔耳朵的苦惱中，他暗自思量，我從前的想像力呢，都去了哪裏？難道就這樣向《幽默雜誌》的老編認輸了？接「訂單」的時候，他不是一口答應人家的嗎？五千字，哪還不容易辦！他當時想：「只要用一點想像力……我是絕對有信心的！」

兩天過去，鄺風知道「想像」的信心不可靠。對，幽默應該從現實生活裏去找。他迷頭迷腦地想呀想的，心裏一動，竟想起那年舅舅在九龍一家醫院病死，他送殯的那宗事來。

是一個秋天的有陽光的下午。他跟阿芳打醫院的後門出來，坐「白牌」車和親友們一同送舅舅的靈柩車上山，穿過鬧市，經過深水埗的街道，轉彎抹角到了荒涼的山上一處。車子停下來了，靈柩給抬進一個甚麼亭子裏，等神父到來唸「經」，然後才下土安葬。原來那裏是半島山上的一個天主教墳場。舅舅一直都不是天主教徒，直到臨終前才做了信徒。舅母是同意這樣做的。有甚麼辦法呢，香港寸土尺金，要找一個居處不容易，要買一塊墓地就更難！那需要多少工夫、多少錢啊！……

人們等了好一會，穿黑袍子的神父來了。令人感到意外的是，來的是一個棕髮、藍眼的洋神父。某些「手續」還要通過翻譯去辦理。舅舅生前是不懂任何外國話的。然而洋神父手持聖經，在靈柩前唸起洋「經」來，請舅舅「靈魂安息」了。

這不是一個幽默的故事嗎？「有了，有了！」鄺風忍不住叫起來。

剛從廚房端了一碟甚麼菜走進來的妻子望了他一眼，說：

「幹嗎這樣高興？」

他把高興的原因說出來。

妻子把那碟菜往紗櫃裏放好，回頭道：

「這個，你以前寫過了。」

「甚麼？」他有點不相信地說。「真的？」

「真的。那次你親口對我說的。……也許你寫得太多了，忘了。」

他想了好一會才想到。嗯，這個情節的確在他的一篇連載小說裏出現過。不過那篇曾在報上逐日登了兩年多的長篇小說，在整個來說，卻是個悲劇性的故事，而不是幽默小說。

鄺風剛才嚷着「有了，有了！」的時候是興奮得站起來的，現在卻頹然坐下去了。他生氣地吸了口煙，想：是的，他從生活裏得來的肚子裏的一點幽默，都已經「擠」乾了，可以寫的都已經寫過了。

晚上，鄺風接到岳丈打來的電話——提醒他下個星期二一定要抽空到他家裏吃晚飯，那天是他老人家的生日。岳丈是有名的急性子，平常說話常常沒有「標點符號」，連在電話裏的聲調也急得像機關槍似的。

「好的，好的，」鄺風心不在焉地應着。

電話擱下來了。妻子問他：「那天你一定去吧？打算買點甚麼去呢？」

「到時說吧……我最遲要星期一交這篇稿子。」

又過了三天，是星期六，他還是為那五千字的「幽默」而苦惱。下午，他沒精打采從外邊回來，聽到嬰兒的哭聲，心裏更加煩躁了。

「你就設法讓他睡個覺吧！」他埋怨妻子說。

「他不肯睡，我有甚麼辦法？」

「唱隻歌仔給他聽聽好了。」

「不怕吵你嗎？」

「總比哭聲好聽。」他咕嚕道。

八個月大的小弟弟到底睡着了，如常睡他的下午覺了。屋子裏靜下來。

大兒子和二兒子在小廳上一角拿着鉛筆在寫甚麼。鄺風走前去一看——兩人在畫「公仔」（人像）。「公仔」的臉上長着短鬍子。

「這是甚麼？」他問。

「人。電影明星。」小的那個説。

「這是差利。有個同學教我們畫的。他爸爸是漫畫家。」大的那個説。

鄺風望着兒子筆下那個不像差利的差利幾乎笑起來。他默默地回到寫字枱前坐下，想起以前在甚麼地方聽到的一個笑話。

某年，某地舉行一次別開生面的比賽會，是扮演差利．卓別靈的比賽會。誰如果扮演得最像，就獲冠軍獎，捧銀杯了。

那次，著名喜劇演員差利本人悄悄地參加比賽；但結果，十人中他得了個「第十名」。

這個笑話突然給鄺風以某種啟示——嗯，我不是可以把它「發展」一下嗎？

他劃火柴抽煙。腦子裏電光石火般亮了一下。他的信心彷彿又一下子回來——他的幽默機器又再一次發動了。對，故事可以是這樣的：某家電影公司有一年為了某部電影，公開招請一個扮演老人角色的演員，應徵者，中年人之外有不少青年人。那天，在某某片場主考席的面前，應徵者逐個亮相、做表演的動作、唸白等等。結果，應徵者之中的一個六十八歲的老人，那唯一的老人，落選了。

事實上這個老人在第一回合裏就給淘汰出局，理由是：他走路急促、動作急促、說話的節奏太快。因為主考者憑經驗認為，銀幕上出現的老人「應該」動作慢吞吞、說話慢吞吞的，而且唸白時每一句的尾音應該拖得很長、很長，否則就不是真實的老人了。

鄺風抓着這點子「幽默」，以為可以下筆疾書了。但寫不上幾行，他又開始苦惱了。對於這個故事的應有的場景、人事上的細節，他是陌生的。電影公司、片場……等等，究竟是怎麼個樣子的呢？他從未見過，不要說接觸過了。

「唉，」他嘆了口氣想，「難道臨時抱佛腳去問人家嗎？總而言之……，這樣子寫……」

他要交出的「幽默」，是五千字啊。而他想到的這個小故事，憑他的經驗，只能寫五百字嘛，除非換了主題，把他岳丈的急性子性格寫下來，製造另一個幽默的故事。

一九七四年六月九日

由一個信箱起家的人

秋天的黃昏，有點涼意，下班後忽然覺得肚子餓起來，到鄰近的熟食檔吃了點東西，在高樓大廈背後的一條橫街上，沿着行人道走去的時候，迎面來了個身穿方格子西服的、似曾相識的中年人。目光碰在一起了，他胖胖的方臉上那圓而大的眼睛亮閃閃的望着我。以前在哪裏見過的？他姓？……可我一時間想不起來。

那人神采飛揚，已經到了我的面前，突然停下來了。

我也本能地停下來。

「你，你是陳海！」他興奮地說。

聲音是的確一點也不陌生的。不過，我還是記不起這個胖胖的方臉的姓名。

「你閣下——」

「我是周道行啊，以前在筲箕灣和你同屋住過。」

「哦——唉，我的記性真是！」抱歉地說着，我補了一句：「但你以前很瘦的嘛。現在發福了。」

「長了一身多餘的肉。你還是那樣瀟灑——」

「一樣的瘦！」我說，心裏想：怪不得他一下子就認得我陳海了。

寒暄了一陣，他看看腕錶，從口袋裏掏了張名片出來遞給我，一面說：

「車子『夠鐘』，再不開車走要接告票了。而且……今天碰巧有點事，改天再談吧。」

「不客氣，」說着，我這才注意到：停泊在吃角子機旁邊的一輛漂亮的新型汽車是他的。

鑽進車子之後，他從駕駛座探出頭來笑了笑，朗聲道：「名片上有電話，以後請多點聯絡……」

我點點頭，還來不及說甚麼，他的汽車已經轉到熱鬧的大街上去了。

那是好幾年前的事了。我當時尚未成家，單身一人在筲箕灣海傍一幢舊樓裏租了個小房間。屋子裏，板間的房間，木造的碌架床，擠着好幾夥人。那一年夏天——大概是夏天吧——我隔壁的房間空着，沒多久，年青的周道行搬進來了。他也是一個單身漢。我們兩人是包租婆頗為「歡迎」的人物，因為絕少踏進屋子裏那個整天鬧哄哄、主婦們專用的廚房。

那時周道行的身材比我還瘦削，方臉上的雙頰凹進去，顴骨看來特別高聳。臉色發黃，圓而大的眼睛無神，如果不是睡眠不足，就是營養不良了。

看樣子他是個有相當學識涵養的人。他初來時很沉默，搬來好多天了，我才知道他姓周；住了一段日子之後，我卻又覺得他並不是你想像中那樣沉默。有人喜歡談話，是由於寂寞；而周道行的健談是性格使然。

但我知道這點，是後來的事了。

不過直到那時為止，他在我的印象中還是個謎一樣的人物。他究竟是幹哪一行，靠甚麼維生的呢？顯然他並不是個洋行小職員，像我。他的工作時間似乎沒有怎樣的規定，有時一早就出去，很晚才歸，有時（聽包租婆說）他整個白天關在房間裏。他是報館的編輯嗎？不像！自由職業——幹寫作的？還是做甚麼特別經紀的嗎？……我雖然多多少少有點好奇之心，卻沒有向他打聽一下實情的意思，因為那時我們根本沒有機會「坐談」過，除了偶然在屋子裏那狹窄的冷巷（過道）上碰碰頭。

後來有一天，在中區的郵政總局裏，我卻意外地發現了他的「秘密」。

像許多別的商行一樣，我們的公司也在那兒租了個郵政信箱。那天，負責到郵局去取信的一個同事因病告假，我代他去取了，就在信箱部那裏，我碰見了周道行。他當時正在信箱前埋頭檢閱「成績」。我叫了他一聲：「周先生！」

他別過臉來愣了一下，好一陣才說道：「這……這麼巧。」

我們一起從郵局走出來。我自然而然地問他：

「是公司的信件吧？你在哪裏辦事呢，周先生？」

「不，不……」

當天晚上，我們在筲箕灣的一家小咖啡店裏喝茶聊天；總算第一次面對面坐下來談了不少的話了。

那天之後，我才知道他精明能幹，是個很有商業頭腦的人。原來他在郵局租了一個信箱，為的是做他那獨特的「一人公司」的生意。「生意人人做，巧妙各不同」，這是一句他後來不止一次說過的話。

他的生意有幾種，其中的一種是這樣的——

他「辦」了個別開生面的「長壽研究中心」，自然是沒有而且是不需「院」址的了，通訊處就是他租用的那個郵政信箱。

「我常常失眠呢，」他說。「搞這樣的小本生意，不能不多動點腦筋！比方，我想了好多天才想到的這個『長壽研究』，這是一個吸引人的題目。誰不想多活幾年，尤其是那些環境好、經理級的人！……不過做這種小本生意，開頭可真要命！只好特別努力啦。俗語說得好，『力不到不為財』嘛。」

於是，翻電話簿，還不夠，就得親自到某些寫字樓大廈去走一趟又一趟，把各商號×樓、×室的地址抄下來；然後發動攻勢，把他的油印文件一份份的寄出去了。文件是：「敬啟者」的廣告信，夾着「我們的資料室所供應的長壽研究資料」，再附上讓收信人「先睹為快」的「講義第一課」。如果有反應的話，當然是「第二課」、「第三課」了。……

「內容、文字是經過苦心推敲的啊，」他說。「所以我常常失眠……」他又說。他發出的信件中，有幾段是這樣寫的：

閣下想長命百歲嗎？我們將為你提供最有效的、多年研究所得之獨秘方法。實行此法時可以不擇時地，在寫字枱前，可以；在家靜坐，可以；飯前飯後散步，可以……

正因為我們的長壽秘法，可以不擇時地，所以無須特別安排甚麼學院、場館了。

道家之「清靜無為以無為為有為」的意思，是摒除雜念，靜到一無所為，而以無為之境達到有所為的目標……但是，我們生當今世，忙忙碌碌，完全摒除雜念是不可能的，因此，我們更以科學之精神，把中外古今各種思維方法結合起來，為閣下制定長壽的秘方。……

如有意參加研究或樂意捐助本中心，請寄劃線支票來郵政信箱××號。支票抬頭請寫「周道行」，即長壽研究中心創辦人也。

周道行和我做了一年多的同屋，就搬走了。

他搬走後，一天中午我在路上碰到他，問起他的「研究中心」的成績。他從公事包裏拿出一份有關的文件來，但已經不是油印，而是印刷所的鉛印了。他朗聲笑道：

「陳海，給你！這是免費贈送的。不過，」他向我眨了眨眼睛，壓低嗓子說，「看是看，不要太認真。也不要傳給熟朋友……」

說起來嘛，他那份「長壽研究」文件現在還放在我的一個抽屜裏呢。

約莫隔了半年，我又碰到過他一次。那時他的臉色已經稍為紅潤，但凹下去的雙頰還是沒有怎樣凸起來。

「你還是一樣用功吧？」

「這是搶食世界，」他答道，「不多動點腦筋不行啊。」

接着，他告訴我，那信箱還是照舊租用，「反正那些現成『資料』是早就寫下來的了，現在能賺多少就多少嘛。」不過，他又說，那「研究中心」的活動，現在只作為一種業餘活動，因為他已經和人家合夥做另外的較有遠景的生意；代客買賣，「通天經紀」，甚麼都做。他們在上環的干諾道的舊樓裏租了一小「角」的地方。

那時候，上環的某些舊樓裏，有些所謂「寫字樓」是這樣分租的：甲公司佔一個騎樓位，乙公司只佔一張寫字枱。總之同一單位的門外，掛滿了甚麼公司、甚麼行、甚麼號的招牌。

「實不相瞞，」他坦然說，「我們的公司也不過租了兩張寫字枱位罷了。經理是我，行街是我，有時候打雜也是我。地方淺窄，暫時恕不招待了。……再見！」

日子在不知不覺中過去了。我和他越來越生疏，也漸漸把這人忘記了。而事實上，那一回的一聲再見之後，一隔多年，我再也沒有在街上碰到過他，直到這個秋天的黃昏。

望着周道行的汽車消失在前面的車群中，我走到大街上，好容易才擠上了一輛開往北角的電車，在上面那一層站了兩三個「站」之後才有機會坐下來，車上的電燈光，路上的霓虹燈光，在已濃的夜色中越來越亮了。我把周道行給我的那張名片拿出來細看一遍。那上面印着幾個頭銜：甚麼公司的總經理，甚麼有限公司的董事長，等等。最令我驚愕的是，他還是個「片上有名」的著作家呢。因為在他的名片上，明明白白的排印着下邊的幾行——

著作：南中北美洲漫遊記

生活寶鑑

長壽的秘訣（修訂本）

我想，後一本「長壽」的書，大概就是他「前期」的講義傑作了，是當了董事長之後或者「南中北美洲漫遊」了之後才修訂的吧？想着，我忽然記起一件往事來。住在筲箕灣的時候，他有一天和我一塊在餐室裏吃經濟「碟飯」，一面把他心中的某一個計劃說出來。當時他半開玩笑半認真的說：

「假如有一天我有機會出版自己的著作，你猜我會怎樣做？」

經他那樣一說，我的好奇心不覺又來了。「怎樣做呢，你說？」我問道。

「事前我一定要把宣傳工作做好。先宣傳後出書。書，也是商品嘛。這是一個搶食世界，無論做甚麼生意也得棋先一着：最重要的是……首先要設法使人加深印象。」

「嗯，你那個『加深印象』法是怎樣的呢？」我插了這一句就停下來洗耳恭聽。

「譬如，書還沒出版之前，」他津津樂道地說，連那凹下去的雙頰也彷彿突然漲起來了。「我盡可能逐家書店去走一次，當然裝作逛書店看有甚麼新書可買的樣子。我會問甲書店的職員——最好是問書店的經理或老闆：『你們這裏有沒有周道行的書呢？只要是他的著作，隨便哪一本也行……』沒有，當然沒有，還沒出版呢。但我不管，跑到乙書店又問：『聽說有個叫做周甚麼的作家，文章寫得很出色，是的，周道行，他那本甚麼書已經出版了嗎？』……」

我不知道今天周道行的著作是不是已經出了書，出了書是不是很暢銷，像甚麼肥皂甚麼牙膏那樣暢銷；如果是的話，我想他一定下過一番諸如此類的宣傳工夫使人「加深印象」的吧？——呃，我真傻，他那張名片的如此「安排」，不就是別開生面的一種廣告、一種宣傳了嗎？

但是，以前我做夢也想不到，我的這位舊同屋，由一個信箱起家，風生水起，竟然是那樣子有辦法！

然而，我又想，我真的很傻！在這個光怪陸離的社會裏，「生意人人做，巧妙各不同」，如果一個像他那樣「搵錢意識」強、處處能動腦筋的人沒辦法，那麼，難道一個像我那樣不懂動腦筋、沒有生意頭腦的人才有辦法嗎？

一九七四年十一月

一個平淡的故事

曾經想過：這個小故事，如果從別的角度下筆，描寫，而不是如此敍述，效果上不一定能添風采，但當不致如此平淡吧。然而我又想，這樣一來，難免成為另一局面或另一故事了。因此，就讓它以現有的面貌出現了。

一

郭平住在中環，卻在對海尖沙咀一家貿易行工作。這天是他五十歲生日。活力充沛的郭平，對生日向來不大重視，這一回，心裏簡直不相信自己真的「五十了」。但妻子淑蓮要請他看完電影後在外邊吃晚飯，以示不忘。他下班離開貿易行匆匆趕去約定的地方，穿過金巴利道，買了份晚報轉出彌敦道時，在行人路的轉角處，和一個大胖子猛然相撞。那大胖子慌忙退後，瞪了他一眼，想說甚麼。郭平一聲「對不住」就邁開大步往前走了。到了海運戲院，淑蓮已買了票在大堂裏等着。看的是五點半場電影，入座之後，銀幕上出現一些廣告的畫面，燈還沒完全熄下來。淑蓮平常不大説話，而今天情形有點特別，主動找話題——

「看你滿頭大汗！趕累了吧？」

「一點也不，」郭平用手巾抹抹臉上的汗説。「這裏的冷氣壞了吧？」

「誰説？寫字樓到這裏，要不要走十五分鐘？」

「剛才路上跟一個大胖子碰個正着，多躭擱五分鐘，變成『二十分鐘』啦。」

妻子笑起來，望了他一下：「那就瘦子撞胖子囉。嗳，眼鏡還沒掉下來呢。」然後忽然一本正經地問：「阿梅信上説的那件事，你覺得怎麼樣？」

「反正免費遊埠，你去散散心也好，而且機會難得，就在紐約住三個月吧。」

燈全暗下來，已經放映正片了。「那你呢？」她拉拉他的手：「不是有兩個星期年假的嗎？」

「到時看老闆怎麼説……我也希望去看看。」

二

秋天的一個星期二，夫婦倆果真到了紐約，在曼哈頓區女兒阿梅和女婿的家住下來。淑蓮比郭平顯得更為高興，因為即使每天在屋裏逗逗牙牙學語的外孫女也是一樂也，但郭平不能整天對着那咿咿呀呀的小寶貝，把十四天難得的假期縮得更短。何況回去同事問起紐約怎麼個樣是要回答的！越多看點越好。吃過簡單的接風餐之後的第二天，他就坐立不安了。要到週末，搞電腦生意的女婿才有空駕車載他們四處看看，或者參觀名勝如自由神呀聯合國大廈呀之類。郭平心想，週末來臨之前，還是自己想辦法好。

於是星期三下午，他就獨闖曼哈頓了，在那著名的，繁盛的第五街（五馬路）上，逛了一家百貨商場和兩家兼賣唱片、卡式的大書店之後，信步走到熙熙攘攘的時報廣場，向人問哪兒是百老匯，問完轉身，穿過人叢之際，跟一條大漢打了個照面，立刻高興得大叫起來：「李忠勤！」「怎麼是你——郭平！」做夢也沒想到，闊別了十八九年的老朋友，竟在千山萬水之外的異國城市中碰頭了。他們連忙在百老匯街一家咖啡店坐下來敍舊。「他鄉遇故知」，要談的實在太多，於是郭平先打電話給淑蓮，告訴她碰見也是初到紐約的忠勤，說今晚要遲些回去。淑蓮說：「當心迷路！」他答道：「怎麼會？我們懂英語，曼哈頓的街道多數有編號，順着第幾街第幾街走去就是！」

從咖啡店出來，路燈亮了，走了一會，兩人乘地下火車去唐人街吃晚飯，車上還是談個滔滔不絕，提到小時候的事，更加津津樂道了。口水即使是瀑布，也沖不掉那一份童年的記憶呢。健談的李忠勤問健談的郭平：「還記得那個又頑皮又可愛的『瘦皮猴』嗎？」「怎麼不記得？有一回在鯽魚涌的水塘裏游淡水，差點淹個半死，我們合力把他抬起來……」「日子過得真快呀。」「像是昨天的事，不過轉眼三十多四十年了。」

我記得最後那次見他，那時候我們大家才十六七歲……」説着説着，歡笑之中，兩人的熱淚幾乎流下來。轟隆轟隆的地下火車彷彿穿過時光的隧道，載着他們回到三十年、四十年前的筲箕灣，回到山坡上的樹林中捉「金絲貓」（昆蟲）的那段日子……

三

紐約的黑夜正是新加坡的白天。在設了不少新型工廠、綠化的裕廊區裏——

李太太接到丈夫從紐約的一家旅館打來的長途電話。丈夫第一次代表公司出差去美國。聽到他的聲音，就放心下來了。但使李太太詫異的是——

「忠勤，你幹嗎這樣興奮？甚麼？第一天上街就碰見老朋友？誰？你説過的『瘦皮猴』？哦……是這麼巧呀……唐人街的中菜比新加坡的怎麼樣？……哦，哦……」

四

時間的確過得很快。郭平回來香港已經個把月了。淑蓮暫時還留在紐約跟女兒她們一起。

貿易行的營業部新添了一位年青的同事——鄺達生，郭平一見面就對他很有好感，但也說不出好感的原因。過得幾天，偶然和他在外邊吃午飯，談話間知道對方喜歡新的、舊的音樂。有一天下班回家，同乘地鐵過海（鄺達生也是住在中環的後街上的），便順路請他回家裏去，聽聽從紐約帶回來的「數碼錄音」唱片。既聽音樂，又吃公仔麵和飲紅茶，過了一個不算平淡的晚上。

郭平領教過太多的即食麵即沖茶之類後，倒非常希望淑蓮早點回來，雖然寫信時並沒說出來。而妻子也終於回來了。

不久之後，鄺達生請了兩天假，據說他的一個尚未結婚的舅舅，因心臟病突發去世了。鄺達生在公司裏整整一個星期顯得悶悶不樂，沉默寡言。再過了一個月，他另有高就，辭職走了。在職業上頭嘛，誰願水向低流——尤其年青的一輩，人向高處，是很自然而普通的事。郭平對於他的離去，很快就淡忘，因為接着，另一位新的年青同事，又填上他留下的空缺了。

五

可是，郭平並不知道（也許永遠也不會知道）曾是短期同事的鄺達生之舅舅，原來就是「瘦皮猴」，就是當年和他與李忠勤一同在筲箕灣山坡上的樹林中捉「金絲貓」（昆蟲），一同在西灣河的沙地上踢足球，一同在鯽魚涌水塘游淡水的最佳伴侶。

是的，常常有這樣的情形：雖然大家生活在同一的城市裏而不是天各一方，但你忙你的，我忙我的，或由於工作不同，或因為搬了家等等，童年時的伴侶，少年時的朋友，一別之後，可以十年，二十年，三十年……不再相見，彷彿各自在人海裏失蹤了。

不，不，生活在同一小小的港島上的「瘦皮猴」，在離開人世之前，郭平本來有機會和他再見一次，至少一次的，但錯過了。假如他當時真能發現鄺達生那年青的「好感」之臉，似小時候的「瘦皮猴」（俗語說「外甥似舅父」），假如聽唱片的那個晚上……

而且，說來不巧也湊巧——郭平生日那天，下班後趕去海運戲院會妻子淑蓮那天，途中與一大胖子相撞；那大胖子正是童年時和少年時的「瘦皮猴」啊。不過相撞卻不相逢罷了。是的，在時間與空間上說，他郭平有過巧遇，但又匆匆錯過了……

寫於一九八三年六月

刊《星島晚報．大會堂》，一九八三年六月二十九日

熱心

一

「安妮，大家都還年青，我不想兜圈子。你也不是不知道我的性格的。」

「我當然知道，娜娜，你是有一句說一句的。」

「可不是！我不喜歡背後說人家閒話——尤其是背後說人家甚麼的。不過……」

「不過甚麼？你放心說吧。」

「不過，我表姐親口對我說——昨天親眼看見她跟 T. C. 一起。我相信我表姐的話，因為她人老實，比我更不會講花話——」

「我也相信！那她跟 T. C. 一起——在哪裏？」

「坐在一部汽車裏，T. C. 的『寶馬』嘛。」

「後來呢？」

「『寶馬』開走了。」

「可惜！」

「可惜甚麼，安妮？」

「看不清楚嘛。」

「再清楚沒有，就在皇后大道中。我表姐昨天親眼看見T. C. 扶她上車——你等等！門鈴響。他一定又忘了帶鑰匙。」

「娜娜，誰？」

「我先生下班。」

「那明天再通電話吧。」

二

「請小姐聽電話……告訴她是……哦，你是Fanny！是我——娜娜。」

「有甚麼大新聞嗎？」

「說大不大，說小也不算小。你一定記得陳慧真這人吧？」

「長頭髮，眼睛大大的那個，對不對？」

「對。你覺得她的樣子怎麼樣，Fanny？」

「那雙大眼睛還不錯……」

「就只有一雙眼睛，也太大了，身材也不怎麼高，這灰姑娘！」

「為甚麼説人家灰姑娘呢？」

「她的家庭背景嘛，父親……唉，不説了。我們都是受過教育的人。再説下去，好像我們背後説人家閒話啦。」

「她究竟怎麼樣？」

「既然你還對這個人有印象，那我就老老實實地説吧。這個灰姑娘樣子平平凡凡，品味更談不上……可她倒會挑選呢——」

「巴黎還是日本的？」

「嗯，你以為——」

「究竟甚麼樣的時裝？」

「我説她倒會選白馬王子！」

「哪一個？」

「不就是『那』一個囉。」

「你說的是哪一個呀，究竟？」

「你們心目中認為品味最高的那一位！」

「是——」

「就是耿二公子——T. C. 嘛。」

「不會吧？他的品味很高的呀。」

「世事就是這樣。譬如說你Fanny吧，有哪一樣比不上那個父親當窮文員的……」

「你確定耿二公子是看上她？」

「怎麼不確定？昨天我在皇后大道中親眼看見他同她在一起，坐在一部勞斯萊斯裏頭，那還有假的。」

「說——說不定——是偶然在街上碰見送她一程呢。」

「你倒是胸襟廣闊呀，Fanny。我親眼看見，他們倆很親熱的樣子呢。說真的，我覺得她很不配——」

「怎麼，娜娜？你……」

「難道我還會妒忌不成？我先生對我這麼好，我們的家庭——」

「我知道你有個美滿的家庭，很幸福。甚麼也不用操心……」

「可我替你操心哪。」

「謝謝你——這麼熱心。」

「可不是！你也看過武俠小說的。這叫路見不平，拔刀相助。那個灰姑娘算甚麼！……」

三

「慧真小姐，我知道你忙，不過大家是熟人，所以就來電話——」

「娜娜，你就叫我慧真好了，客氣甚麼！」

「好，慧真，我這人向來爽直，我知道你和耿公子要好到不得了，這杯喜酒大概喝定了。」

「安妮已經對我說過了。那是誤會。昨天不過在百貨公司買了點東西出來碰見耿先生，他送我一段路——」

「哎喲，這就是好的開始。人家想開始也不容易呢。譬如說Fanny，還有……不說下去了。反正她們的樣子、人品的確跟你有大段距離。耿公子是真的有眼光呢。何況他人長得英俊，風度又好——」

「娜娜，他的甚麼甚麼我不感興趣。我實在忙。下個禮拜我要跟我的男朋友旅行結婚了。」

「甚麼，你的男朋友？——」

「我說呀，快要跟我的男朋友結婚。以前忙，現在更忙了，不像你們有那麼多空閒的時間。再見！」

「慧真！我還沒說完怎麼就收線了？」

一九八三年秋天

方振強和他的朋友

方振強和父母住在銅鑼灣區；父親和母親每天到中環的寫字樓工作，要下午六時多才先後下班回家。在家裏，他們總是叫他「小強，小強」的。其實（他心裏想），他已經不小啦！在外邊，同學中會有人叫他「大眼強」，但沒有誰叫他做「小強」的呀。

在香港這樣的一個人多車多的都市裏，十一歲的方振強像其他許多年歲相同的孩子一樣，早已懂得照顧自己。每天上學，過馬路，看紅綠燈，找地方吃午餐……一切都不成問題。

他在離家不很遠的一間小學讀上午班。這幾個星期以來，他和同是五年級生的伍小坤與黃家豪最合得來，放學後常常結伴一道走，一起吃午餐。他喜歡他們。缺了一隻門牙的伍小坤，開口就能說出許多有趣的小故事。臉孔胖嘟嘟的黃家豪呢，你開他玩笑，他是不會生氣的；不像讀四年級時來往過的麥光，一言不合，就暴跳如雷要打人。

這天，方振強上課時，不知怎的，肚子「提早」餓起來。大概早餐少吃了點甚麼吧！好容易才挨到下午一時，放學鈴聲響了，他連忙拿起書包離開課室。

他的兩個好朋友追上來。黃家豪喘了口氣說：「你為甚麼走得這麼急？」

他答道：「肚子餓嘛。」

伍小坤從身上藍色校服的口袋裏掏出幾塊餅乾，說：「用這個『頂肚』吧！」

方振強放慢了腳步，吃了幾塊餅乾後，肚子果然舒服了很多。

下午一時後，在商店林立的銅鑼灣街道上，人來人往，顯得非常熱鬧。在秋天的陽光下，方振強和他們兩人有說有笑地走着，精神煥發，差點忘了吃午餐這回事。黃家豪用手肘碰了他一下，低聲地說：「吃雲吞麵好不好？」

方振強揚了揚濃眉，瞪了瞪大眼睛回答：「雲吞麵？」說着，拍了一下伍小坤的肩膊，「黃家豪又想吃麵呢！」

伍小坤轉過臉來，說：「黃家豪，你怎麼這樣沒有常識——麵是越吃越胖的！」

方振強說：「是的，你已經夠胖了。」說完，和伍小坤嘻嘻哈哈地笑着。

黃家豪想想，自己也笑起來：「嘻嘻——那麼我今天不吃麵。吃漢堡包！」

伍小坤說：「那麼——到『麥當勞』去吧！」

但是，他們來到「麥當勞」快餐店門前一看，不覺一愣：裏面擠滿了人，簡直連站的地方也沒有。

後來他們在一家電影院附近的橫街上，找到家開張沒幾天的餐廳，剛好有顧客吃完東西到櫃枱付錢，三人便在一個空卡位上坐下來。方振強說：「這裏不是更好嗎？可以慢慢享受。」

黃家豪說：「不過價錢一定很貴吧？」

伍小坤說：「不知道有沒有『學生餐』呢？」

「沒有也沒關係！」方振強答道。他早已看見枱上放着一張「快餐——八元」的餐卡，上面寫着：粟米雞絲湯、牛扒飯、咖啡或紅茶。

他把餐卡遞給他們看。坐在他身旁的伍小坤說：「嘩，很豐富嘛！」

「可是我只有七塊錢，」坐在對面的黃家豪說。

方振強想了想，忽然有了主意：三八——二十四；但二八——卻是一十六。他對兩人低聲說：「我們要兩份就夠了。你們每人出五塊錢，我出六塊錢……」

這時一個高瘦身材的夥計過來招呼，眼光先落在黃家豪的身上：「小胖子，你們吃甚麼？」

方振強說：「兩份快餐！」

那夥計笑吟吟地說：「三個人，兩份快餐怎麼夠呢？」

伍小坤指着黃家豪，插嘴道：「小胖子要節食嘛。」

那夥計說：「那麼三份刀叉還是兩份？」

方振強說：「三份！謝謝你，哥哥。」

「好！新開張，特別優待學生。」那夥計說着轉身去了，除了三份刀、叉、湯匙之外，還多拿了一個空碟子來，使得他們三個人高興得手舞足蹈，小麻雀似的吱吱喳喳了。

吃完了午餐，他們到維多利亞公園去，還到球場那邊看人家踢足球。站在龍門後面的方振強看得腳癢癢，趁着兩次拾球的機會，使勁地踢了兩「大」腳呢。當他在等第三次拾球的機會時，不會踢足球的伍小坤和黃家豪拉着他去盪鞦韆。然後三人繞過一排高大的馬尾松，在矮樹叢旁邊的草地上坐下來談天說地，講同學、老師、父親……的趣事，也談哪一個哪一個怎麼樣。伍小坤不大喜歡他的表哥，因為表哥和朋友講話的時候，自己一插嘴，表哥就說：「你這小孩子，懂甚麼！」

伍小坤學他表哥的怪神情——臉孔一沉：「去去去，懂甚麼！」然後露着那排缺了一隻門牙的牙齒笑起來說：「我們甚麼不懂呀？」說着便在草地上翻了幾個筋斗，方振強跟着也翻。但是胖子黃家豪怎麼樣也翻不成，連頭髮上也沾上一些黃黃的不知是乾草還是泥屑。他站起來撥撥頭髮、手背，看看腕錶，突然想起一件事，說：「補習老師三點半到我家呢！」於是他們各自回家了。

方振強挽着書包，進了所住大廈的電梯。正要伸手按電鈕的時候，兩個身材高大的青年一下子閃了進來。

他想：我在這大廈的九樓住了五六年了，從來沒見過他們。啊？最近香港發生了好幾宗「大廈劫案」……想着，他心裏卜卜直跳，偷偷地望了他們一眼。心裏想：不會是壞人吧？不過，還是得提防一下。

電梯到了九樓，那兩個青年出去了。方振強連忙按了一下電鈕，到了十樓，然後三步併作兩步地沿着樓梯再下到九樓，悄悄地躲在梯口的旁邊，瞪着他那雙大眼睛看看走廊上有甚麼動靜。

這時那兩個青年在大聲叫：「姑媽，姑媽！」只見他家隔壁新搬來的那戶人家開門，讓他們進去了。

方振強這才鬆了一口氣，回到自己的家門前。摸摸衫褲的幾個口袋，看看書包，再搜一遍、兩遍，糟了，鑰匙呢？——鐵閘、大門的兩條鑰匙不見了。心想：大概是在盪鞦韆或者在草地上翻筋斗的時候失掉吧？以後得當心了，爸媽會責怪的……他一邊想着，一邊到街上的店子借電話，告訴伍小坤，說要到他家看電視卡通節目，等爸媽回來……

過了幾天，方振強在午餐中省下了幾塊錢，拿着父親給他的新鑰匙，到街上的「鎖匙檔」另外配了兩條更「新」的鑰匙交給伍小坤保管；萬一下次失掉了，他可以找「救兵」呢！

「小坤，這兩條鑰匙，拿去……」方振強說，「我們『勾手指』吧——我相信你——這是我們的秘密。」

一九八三年十二月

微型小說

「私貨」！

濃重的霧，籠罩着對面的山峰，也籠罩着海面遠處的漁艇。……

海濱，顯得很沉寂。只有那海浪擊打着花崗石砌成的堤岸，發出一種強烈，單純的聲音。

這時候，一隻蓋上篷的艇孤獨地泊在這兒。離開這兒不遠，就是××船澳了。那兒的「澳口」正停着幾隻龐大的外國輪船。

不知在甚麼時候，從那兒擁來了五六個衣裳華麗奪目的女郎。——花花綠綠的點綴着灰色的景物。

「哦！原來是她們！」

是的，只要仔細的認清楚一下，從那行路的姿勢，從那塗得很笨拙，很庸俗底脂粉的臉上，就可以斷定是「那個」！

她們是從別的地方跑到了這兒……船澳來，兜水手們底生意的。

不論是白天，或晚上，她們以自己的肉體來引誘水手們底貪婪的顧盼。她們任人擺佈，玩弄，甚至欺凌。

（有些白白地給揩了油就走！）

現在她們是笑着，但是我們能夠看出那蘊藏在笑的裏頭底是甚麼呢？

「輝，幹麼他們要打這兒進去『船澳』呀？」

我有點詫異，當我看見她們是跳進泊在這兒的這隻艇裏的時候。

「唔，一定是避免打正船澳進去的麻煩吧。」

啊！這買賣！我不覺喃喃地說：「這些人，難道是一些『私貨』嗎？」

是的！她們的的確確，是像私貨一樣地被「運載」去了。

我不禁望着這隻向船澳底外國輪船駛去的篷艇發了呆。

署名：王烙

原載《立報·言林》，一九三九年三月二十五日

朱先生

朱先生的名字，在這塊地方，是很響亮的。

開始認識他的時候，是在抗戰後第一個雙十。那天朱先生的中學，正是假座××戲院開紀念大會。聽說曾做過前清甚麼官的朱某某是他的兄弟。

那天，他就在很多人的面前，說了不少話。劈頭第一句就是「自蘆溝橋抗戰以來」，以後就說到民族的存亡問題了。

我還記得，朱先生那時的態度很嚴肅！說話，到奮激的時候，拳頭就捏得緊緊地，舉起來。臉漲紅着，牙齒咬得緊緊地。「我們一定要團結起來，為國家，為民族……」

四十多歲的人，可變得年青了。

我有一個親戚，是在朱先生的學校念中學的。從他的口裏，我就知道朱先生還寫得一手好文章。──提起筆來，起碼就可以寫洋洋數萬言的一篇古典文章。

的確，他對古文是很敬愛的，而且很有研究。所以學生們着實是得益不少了。

但你別以為朱先生，是穿長衫，彎着腰的人物。——一些也不！朱先生是喜歡穿洋服的。雖然那套洋服說不上漂亮了，但是走起路來可夠為一個中學校長的派頭的！

事實上，高興時他也歡喜寫幾句「你們，我們，那，麼，的，」或者叫學生唱幾首「愛國歌」。——甚至自己現身，教學生唱隻他從學生時代學會來的「學堂歌」。

對於「服務社會」這宗旨，他是很熱心擁護的。所以這裏開甚麼街坊大會，他都很樂意參加的。比方去歲底，這兒組織一個難民籌賑會，他就曾經出過很大的氣力。因為一個問題，他就很激烈的跟一個小學教員辯論過。

事情是這樣：錢，是從街坊捐到了。但是不知誰卻提議起買救護車來。那當然是將街坊賑濟某處難民的原意推翻。

朱先生是站在買救護車那一邊的。而且是第一個響應。他說得很有道理：賑濟棉衣，賑濟糧食，這些已有很多很多的人去解決的了。那麼——

「在想像中，我們就知道那邊的難民，一定有過剩的食物，和棉衣被。甚至一個人可以蓋兩張被……食物呢，更可以到外邊去賣。你說，如果我們這樣做，不是太笨？要是我們將這筆錢，用來買一輛救傷車，那不是很好？那就可以叫人家知道我們的工作做得——嗯，而且棉衣簡直沒有甚麼用。給人穿過就算了。車呢？到底是有一件東西長久留住。哈！……這樣，不是事半功倍嗎？」

這裏，朱先生就很得意的坐下來。

但是，想不到後面那個傢伙——他媽的，才是一個小學教員嘛！竟那麼無禮的，一下就站起來對自己的說話反駁。

「是！朱先生的意見一點也不錯。而且是很聰明！但是事實上並不像先生那麼想法：那邊的難民，我請先生去看看就好了。我想不致於近乎吃到飽死，而有東西出賣吧？要知道，這次的捐錢，全是街坊大眾的努力。斷不能因為幾個人的意見就將大家的原意改變——事實上，難民們現在需要的，是急切的實際救助！」

這些話刺進了朱先生的耳裏，挺不好過——哼！簡直是侮辱：一個年青小子，到底對前輩不能不尊敬一點的！

「在討論一件事，我們不能不顧及一點道德的。像剛才那位先生所說的，完全近乎那個了。——大家都是愛國的，幹麼又偏要……」

這裏顯得不大順口。眉頭皺了一皺。

「是的，討論一件事，我總以為平心靜氣好一點！」聲音變得很柔和了。到底一個學問高深的人有高深的氣量。——而且，的確朱先生是懂得道德這意思的。

當然，他也就不把這些小子放在眼裏！——他是一個聖人之徒嘛！所以前幾天的孔聖誕，他照例是不肯把「尊重聖人」的機會放過。頂早，便叫學生努力的「獻金」出來為這日子大大慶祝一下。

那晚上，朱先生的中學確輝煌了。——「慶祝孔聖誕」。幾個大字遠遠就可以看到。「在路上不要吃東西」「見了尊長要鞠躬」……這類關心於學生禮貌的標語，還貼滿了在校裏的牆壁上。

一九三九・八・卅

原載《立報・言林》，一九三九年九月四日
署名：王烙

一個我認識的人

在人們的面前，他又擺出那副嚴肅的樣子。

「我們年青人認真要講修養呀！一味靠熱情是不行的。——哈！」

這裏，他冷笑一下。他是在討論一個人的「處世態度」。

「第一趟跟人會面就甚麼都不顧忌說一大堆，那怎麼行呢？——人家瞧得起你？給人說一聲『輕薄』也是不好的。所以我……」

他的態度常常都是那麼嚴肅的。

雖然不過是廿來歲的人。你別看小他——社會上種種，他曉得的很多。人情世故，彷佛比誰都明白，所以有人這樣說他。

「年青人有着『叔父』氣。真是難得難得。」

這一下可叫他氣忿死了！——他不歡喜人家這樣批評他，那直是一管針刺着了他的心窩！那明明是說自己中了「封建」的遺毒——那了得？唉，其實他何嘗沒有一般年青人的熱情呢？不過——

「你們都不了解我！」

工人們都說他有點怪脾氣，而且有點怕跟他接近。那太冤枉了！——自己說得一口流利的英語，國語也不壞。憑這些跑到那裏找不到一份好職業呢。而現在能夠那樣地跟工人們生活在一塊。兩年了，做一個賬房先生。

——你想如果是一個平常的人做得到？……自然，他是一個「思想前進」的人了。——那跟「勞苦大眾」接近一點，是應該的。問良心自己會好好地做到嗎？

在朋友的面前，他常常站在工人的立場說話。

「唉，如果沒有跟工人生活過就不知道。——工人都是社會上可憐的人哩。」

跟着，他深深地嘆一口氣，並得無限的同情。——好像工人的痛苦，他了解得最透澈，工人的痛苦就是他的痛苦。

但是當他回到工場裏去，他又覺得工人的確有點討厭。——整天說着一些難入耳的粗俗的說話。你說話說得好聽一點的，他們就摸不着頭腦。鬧起事來「橫繃繃」不講一點理由。「出糧」那一晚就更氣壞你，又嘈吵，又沒有秩序……

——呃，多是沒知識的！跟沒知識的工人談話沒有意思的。

這樣，哪裏講得上「同情」「可憐」呢？冷着臉對他們——不是自己的錯處吧！

但是在朋友的面前，他卻巧妙地說：

「其實如果『人格高尚』的工人，哪個不歡喜跟他做朋友呢？」

彷彿那麼久，他還沒跟一個工人來往過，就是因為他還沒找到一個「人格高尚」的。

署名：王烙

原載《立報·言林》，一九四零年七月二十八日

秘密

「你想一想，這全是為你着想的……」這裏，黃明俊無可奈何的望着他的太太。

「為我着想，如果為我着想——那就要賣掉了它的嗎？」

他想要說甚麼的，但是那個很快地就搶着說下去。

「難道一輛這麼爛鬼車，我也沒有福氣享受？你說呀……」

「本來，本來……」他感覺到沒有甚麼法子了。——一下就坐下近窗那張梳化椅上。面孔斜斜地向着街外。

「你想一想，……」是女人的聲音。

沒有答腔。

這時街外常常傳來幾聲汽車的叫喊，怪刺耳的。

黃明俊的腦袋變得有點昏昏然。腦子裏更盤旋着很多問題。心裏怪不舒服的彷彿給無數的針一下一下的刺着。

「你看，這樣叫我……現在倒算好，還沒有叫我進起工廠來。如果你——沒有那種日子就好了，就好了……」

這是他料不到的：眼淚竟從她的眼眶流出來。

「嘖，唉！何必呢……我……」

「你自己想一想……」

這回，她真的把頭伏到桌上哭起來了。

這一下可叫黃明俊着了慌，不知怎樣做才好。——真的自己太不對了吧？這樣的一個老婆，沒有好好地享受過他甚麼的。常常還要她親自跑進廚房裏做烹飪的工作。本來嘛，一個傭婦就是不夠的了；還有家裏很多事務要她操心。但是——又有甚麼辦法呢？自己又沒找到了職業。……不過——結婚才一年吧，就要賣掉那輛汽車？最少，這是不應該的。而且，照她講，將來人家問起來，怎樣回答人家好呢？……

那是真的，她說得有道理的。

「好！我不賣了。」他終於對着她這樣說。

黃昏，在一條馬路上。

淡黃的陽光，微弱的照在黃明俊的臉上。

他老是把眼睛呆呆的朝着一個方向，想着些甚麼的，腳很慢很慢的移動着。

這時候對面跑來了一個人，「喂！明俊！」

他好像沒有聽到。

「明俊，喂！」等那個人在他的肩頭上拍了一下，他才嚇了一跳。——

「哦，——是你，張原。」

跟着，兩個人就談了起來，談呀談的，談了好一會。——

「聽說你的 Austin 賣掉了，是真的嗎？」這消息，不曉得張原從哪裏得來的。

「那輛車子嗎？——嗯，我讓給了一個親戚。」

「你——」

「唉！……」想說甚麼的，說不出。

這樣大家沉默了好一陣。

「你最近不是在××行做事的？」還是做朋友的先開口。

「我嗎？——嗯。」點了一點頭。

「這樣很過得去吧？」

「但是，」黃明俊有點難為情似的，嚥了一下口水。「我……我不是在那裏當『寫紙』呢。我——大家老友，我才不怕對你講。——我……」他的聲音越加沉下去了。臉肉因為他的痛苦而起了一陣子痙攣。

那個，只睜着眼睛呆呆的望着他。

「我在那裏只是做一個——唉！總而言之，很低很低……」他的面色變得更難看了。

最後他沉痛地告訴他的朋友，他在那間洋行做一個怎麼樣低的職位。這些是沒人知道的。他還吩咐他的朋友千萬不要將這些告訴別人。還有——

「我的老婆，你也不要讓她知道。你——你，跟我做了那麼多年的朋友，我才不怕對你……」他哀求似的望着他的朋友。

分手的時候，他還慎重地這樣再說一次。

「記得呀。我說，剛才那些——我告訴你那些，你，你最要緊代我保守秘密呀！」

署名：王烙

原載《立報·言林》，一九四一年四月二十二、二十三日

香港人

我是個木匠，我從來沒去過銀行攞錢。可是這一回張大班幫襯我做枱、椅，沒現款，卻開給我一張五十蚊積紙。我也不算挺「阿福」，甚麼手續都問清楚了，我才穿上我那套最漂亮的唐裝去「提款」的。

今天下午三點鐘。在銀行樓下，我打醒十二個精神，聽長櫃枱後面那位先生叫我的牌仔號碼。

「一零一！」輪到我了。我一個箭步跑上去。「先生，」我客客氣氣尊稱他一聲：「係我！」伸出手預備拿錢，卻聽到他大喝一聲：「牌仔！」

他拿了我的牌仔，頭也不抬：「擰番去——張積紙！」

我嚇了一跳：「咁我嗰五十蚊呢——先生？」

「積紙擰唔擰番去呀？喂，」他瞪了我一眼：「我唔係幾得閒嘅嗻！」

可是，我得明白為甚麼。我想開口——他卻把積紙向我身上一擲：「你嗰五十蚊出年嚟攞啦。」我說：

「出年——？」他又瞪了我一眼：「你係唔係香港人呀——『釘葫蘆』，唔識英文啫，唔通連香港話都唔識聽？出年，就係第二年。呢五十蚊即係叫你第二年至嚟攞呀！」他回過頭去，抽着煙，再也不理我了。

晚上找到張大班，才知道他今天寫「積」時一時糊塗：把「1954」寫咗「1955」。可是，我現在還不明白幹嗎櫃枱後面那位先生偏不肯這樣告訴我——只一句就夠了：「喂，『釘葫蘆』，你張積紙寫錯年份！」

署名：釘葫蘆

一九五四年四月二十三日

另一種丈夫

小丁的太太小產，進了醫院。

上午在大道中碰見小丁，我一把拉住他問：「小丁，你太太怎麼樣啦？」

「哦，」小丁說：「很好。我也不怕。不怕。」他這次因為太太的事可能受了「刺激」，故此看來有點心神不屬的樣子。

「那麼，幾時可以出院呢？」我一個一個字的問。

「我太太嗎？」他驚覺的說：「醫生說她流血過多，需要輸血！」

「已經輸了吧？」

「還沒有。」他答：「說不定明天輸我自己的血給她。不過這要由醫生決定。我等陣就去醫院給醫生驗血。……」

我心裏着實替小丁慌了一陣，他體格頗差，倘再給抽去若干血，後果不堪設想，我誠懇的望着他：「小丁，幹嗎不找別人——」

「這是我自己的太太嘛！」小丁說：「是我自己堅持要輸血給她的！」

我聽了大為感動。小丁真是個大丈夫——而且也是個偉大的好丈夫！「不過，」我說：「你太太將來出院你就得進院了，小丁，這你得準備！」

「這我倒不怕，」小丁異常鎮定的說：「我太太的血是A型，而在結婚之前，」他停了停，低聲說下去，「我早就知道自己的血型是B型的！」

署名：沙水寒

一九五四年四月二十七日

雀

「人多礙事，最好獨來獨去。」這是我那死鬼師傅的名言，「藝」成後，我一直在南洋一帶撈，「單人匹馬」從未失手過。

三個月前，初到貴境，倒不敢輕試，直至今天——今天下午一點鐘，我在中環一家熱鬧非常的茶樓上等一個新相識的朋友，朋友自然不知道我曾是（其實本來就是）一個扒手。喝着茶，望着梯口，我眼睛一亮：夾在大群上上落落的茶客中，一個中年的西裝客小心翼翼踏着慢步上來，頭在頻頻轉動，左手拿着疊報紙，右手不時掩住衣襟。經驗告訴我：他的銀包就在左手面的衣袋；看他身世，我敢說銀包裏頭張張「紅蟹」。很快地，我站起來，會了賬，順手在櫃枱前買香煙，時間較「啱」，回身跟他一擦，真可惜！他剛巧拿手帕在醒鼻子……得不到手，眼望着他走進廁所裏面去，我心有不甘，轉到另一角落，假作找誰，斜眼「吊」着廁所門口；十分鐘後，他一拐拐的跑出來，我往他身背一碰，他神經過敏的說：「老陳，你又要借我的報紙看？」回過頭來，他詫異的望着我，我急忙地說了一聲：「哦，真對唔住！我以為你係老張……」他笑了。

我也笑了。

回到家，打開那西裝客的銀包，嚇了一跳，一張鉛筆字條寫着：「新雀，你重未入行，出嚟撈醒定啲呀。」下簽「老雀」二字。我這時一驚，摸摸自己的衣袋，袋裏空空，這才醒悟：我手上那個剛「扒來」的銀包，不就是自己「原來」的那一個麼？可是那裏面的三十元鈔票早已像雀一樣的飛走了！

署名：何能阿
一九五四年五月三日

第七感覺

老劉對於飲食，無論中西，素有研究，講起嚟就巴閉咯，佢話隔兩張枱咁遠都可以聞到你杯裏嘅咖啡係雀巢還係希路，可以聞到你茶盅裏嘅茶係水仙或係龍井……佢話佢有第七感覺。我因為想學嘢，將來做飲食專家，喺報紙發表飲食偉論，所以就時時請第七感覺嘅老劉去食嘢。頭先出門，啱啱遇到好耐未嚟搵我嘅老劉，我就拉住佢去「高義記」。「高義記」係新開張嘅粥粉麵飯店，最靚就係嗰碗叉燒麵，聽講話高義記個肥佬本人係燒臘枱出身，所以「高義記」嗰碗叉燒麵嘅叉燒係自己燒嘅。

喺「高義記」坐落嚟之後，我就話：「老劉，呢度嘅叉燒麵包你滿意……」點知叉燒麵嚟咗之後，老劉正話食咗半箸啫，就跳起嚟鬧個夥記：「挑，乜你哋做生意咁㗎？搵的隔夜叉燒俾人食嘅？……」呢件事驚動到高義記個肥佬本人，佢馬上喺櫃枱跑來，向老劉道歉，講咗一輪對唔住，然後親自走入廚房去。我心裏真係佩服老劉條脷犀利，佢嘅第七感覺的確與眾不同，如果唔係佢「食」出異味，我重俾人哋呃晒，以為頭先嗰碗叉燒麵係正嘢添！

後來，我同老劉津津有味，食完重新整過嚟嗰兩碗叉燒麵之後，高義記肥佬問老劉：「老友記，呢碗食味如何呀？」

老劉話：「呢碗正係正嘢吖，新鮮可口，食味都唔同吖馬！」

「唔同……」高義記肥佬答佢：「當然唔同啦！頭先嗰碗的叉燒沉晚十二點鐘正燒好嘅，呢碗的叉燒前晚就出爐㗎嘞！」

署名：沙水寒

一九五四年八月十日

故事新編

電話與長繩

——一個不依史實的即興故事

一

住西灣河區時，家裏有段時期沒有電話。然而也習慣了。

比某些設有電話的人家，更熱鬧的是我們那裏的生活交響曲。常來坐談的街坊朋友交流彼此的見聞時，不會怯於發言。即使好粵曲粵樂者沒有心情時不唱不和吧，單是低沉的椰胡、高昂的二胡也不會甘於寂寞。還有與武俠小說人物有關的爭吵：陳家洛瀟灑還是張丹楓？這個，胸中十萬甲兵而以十指彈箏目送飛鴻；那個，卻千軍萬馬之中仍能一手提壺飲其馬奶，你說誰更揮灑自如？——諸如此類的辯論，無日無之。

那時的夜晚，只有串門的人而沒有串門的電話。而跟老友通電話呢，則往往是在白天工作的寫字樓。不過很少人，尤其善於「煲電話粥」者，像我們那樣簡潔「行文」的了。交代時間地點甚或老地方三字就行，因為電話掛後，每次與朋友見面，我們都有滔滔不絕的長江語。在這點上說，也許好些後浪要讓位給我們這股前浪了。

從談話回到電話。說不定有這樣的一天：身居鬧市，聽得車聲太多的我們，想聽聽天籟或野外之音，只要按一下書桌上某個電鈕，就直接聽到松花江支流的冰化，亞馬遜河的原始鳥鳴，非洲森林某處獵人的腳步。可能對後者不願也不忍聽下去，是另一回事了。不過，可以在那細得像火柴盒的聽聲微型器上轉「鈕」呢。

二

那年，李太白在貴州的夜郎流放後，到了湖南，很是寂寞。尤其夜裏睡不着，對着蕭條的四壁，望着桌上如豆的一燈時，他常常想起昔日的朋友與長安。

在長安的百多個「坊」中，他挑中了太原坊，因為坊名有一「太」字。這一天，他穿上了靴子之後，忽然改變了主意：不乘馬到郊外去趁野地踏青的熱鬧。他信步從住宅區走出來，經過幾家道觀、寺門，但沒有進去的念頭。眼前一亮：迎面來了一個身穿「纏腕小袖」服裝、樣貌不差的女士。他起初愕然，後來一想也就釋然而笑了。心想，這是最近流行的「新潮」服。既然長安除了不少外國留學生（包括日本的）以外，還有許多外國人（包括波斯商人），連不少餅食已非大唐原味，如胡餅之類，那麼，「多麗人」的長安，婦女服裝西化，也就毫不奇怪了。那婦人見李白——這個舉步瀟灑、文士打扮的人——竟然自對自地傻笑，也就連忙低頭，掩着小嘴，挽着籃子，急忙忙踩着碎步進寺門燒香去了。

李白正要多看一眼，欣賞美服時，那纏腕小袖早已失去蹤影。於是他穿過坊間的一條小巷，經過幾棵高大的梧桐樹，吸了幾口清新的空氣，緩緩地踏着寬闊的石板路往前走去。望着眼前一如棋盤、大街小巷都分佈得井井有條的長安城，暗忖道：真不愧名城！好一座偌大的人工棋盤！不過，他從方方的規格想到變化的服裝，從服裝又想到了文學。倘若我的文字是方方的，我就寧可不寫了。倘若我的詩不會變化萬端的，那我就不成李白了。一邊想，一邊到了人們摩肩接踵的西市，是商賈雲集之處。這個鬧哄哄的所在，是他常來的。

他先要解決肚皮，想起前幾天偶然嚐過的「畢羅」，覺得很是滋味。那是外邊波斯還是天竺傳過來的、用手抓着吃才過癮的飯食。他進了一家叫阿拉末甚麼的小飯店，吃飽後，和那波斯老闆聊了幾句；興之所至，唸昨夜寫成的新作七絕給波斯佬聽。波斯佬又搔腦袋又搖頭，眼巴巴地望着李白說：「我不懂，不懂！」

「怎麼不懂！你會說唐話。」

「我會說唐話，但不會唐文。」

「你是說，你沒學過唐文，不會寫唐文——」李白邊說邊想。這才恍然而悟：對了，做小買賣的，只會說唐話就夠應付了。難道要他像日本留學生那樣懂作唐詩嗎？

於是，也由於今天心情特佳之故，就把自己的四句詩（七絕）用波斯語翻給那阿拉末甚麼聽了。波斯老闆豎起大拇指道：「好哇，好哇！」

也不知是真好還是假好——不管波斯佬說的是否真心話，李白就高高興興地到胡姬店子喝外國酒去了。

第二天，他在西市意外地碰到了一個人。那人比他大約年輕十歲，但滿面風霜與鬍鬚，看起來年紀好像跟他李白一樣。前回跟此人喝酒的時候，胡姬店那姑娘還指着自己說：「你——比他年輕。」當時李白還打趣道：「怎麼，你想我再光顧貴店多幾回嗎？哈哈哈！」

李白這會兒拉了拉那人衣袖說：「杜甫，你打算往哪兒去？」

杜甫大喜過望，連忙把腳下的六合靴一煞，作揖道：「李先生，太好了。又幸遇了。我想找個地方吃中飯去。」

「相請不如偶遇。那麼我請你吃『畢羅』——抓飯。」

穿過人叢之後，苦心經營詩句的杜甫邊走邊說：

「李先生——」

李白忍不住打岔：「我連『足下』也不尊稱了。你怎麼老是稱起我先生來了？既是知音，免了罷。不要見外。」

「那麼閣下——好，就兄台吧。我前幾天寫了一首七律，想向兄台討教。」

「太客氣，誰不知道賢弟的七律天下知名……」

杜甫可沒料到，這位狂放的「賢兄」把他拉進阿拉末甚麼的飯店吃抓飯「畢羅」，原來真的要用手抓着來吃。連大唐筷子也沒「設」一雙，可真要命！這不是有失斯文嗎？萬一別的熟人瞧着怎麼辦？兩個都是行內人（文化界）全知道的詩人。他心裏一面嘀咕着，一面望着李白，只見他毫不拘禮地吃得津津有味。

李白發覺這位文雅得可以的詩弟還未動手，便心生一計，笑笑道：「那波斯老闆人很好，頗有書卷氣，也懂得我們大唐之詩。快點吃，他正望着我們。要是賢弟還不動手，於文化交流來說，他就很難下台了。你瞧，他這下子的目光！」

杜甫朝小櫃枱那邊瞥了一眼，隨即受了甚麼感染似的，也就暫時忘了甚麼詩甚麼七律，用手真真正正地抓着吃起來了。這一吃，他吃得很開心，而李白就更開心了。

湖南夜晚屋外的蟲聲，似乎比任何地方都響，更不要說比之長安了。然而就在夜之蟲鳴裏，李白驀然唸叨着：「安得掛長繩於青天……」

對了，倘若有這麼一條長繩能一直搭到長安，那有多好！他想，杜甫眼下到了哪裏呢？在長安還是洛陽？抑或像我一樣漂泊遠方呢？

他無法忘卻長安；更難忘和杜甫相遇的那段日子。

那是如何醉人的京城啊——「長相思，在長安」！然而長安卻不能容他這個謫仙人了。

假如杜甫還在那裏，我此刻能與他通話多好！假如有這樣一條長繩，能讓杜甫聽到我這裏四周的蟲鳴，他就會知道，這夜晚，我是如何的寂寞。不，假如有一條長繩，能把這裏的蟲鳴，不，能把我的聲音送到那裏去，又如何美妙呀。

「杜甫，是你，真的是你嗎？……你的聲音怎麼在抖着，怎麼你哭了？為甚麼？你看你……我不是好好地活着嗎？……哦，你在唸着我的『長安一片月，萬戶搗衣聲。』還記着『一為遷客去長沙，西望長安不見家？』……是的，是的，我聽過你寫的『李白斗酒詩百篇，長安市上酒家眠』。……」

可是，世上哪有這樣一條通話的長繩呢？李白悵然想着。

小桌上的油燈快要變暗了，他也懶得剪燈芯，就和衣往床上躺下來。

不消一會工夫，燈滅了，窗外的月光彷彿這時才瀉進來。如何睡得着！

這樣的初秋夜。不，他不知道，究竟是真正的秋夜還是夏夜。要不，哪有這許多蟲聲。

他還在尋思，「繫此西飛之白日」……繫此「長安一片月」……繫此長安之思……

倘若千里外萬里外的聲音——有長繩——啊，「安得掛長繩於青天？」

不知怎的，他忽然想起高力士那副可惡的嘴臉。他要是到了這裏，我同樣要他替我脱靴！我才不願聽到他那陰陽怪氣的聲音。我要聽杜甫同我論詩。嗯，要是他也喜歡論劍，我自然奉陪了。

他想着想着，竟然大笑起來，連外面的蟲聲也一下子比下去了。好像在甚麼地方吃着消夜而不是吃着「畢羅」抓飯的杜甫，也聽見他的笑聲了。

會有那樣通話的長繩吧……杜甫聽得見的。

這樣唸叨着時，他想起以往作劍俠、遊仙的歲月，以及為了「高飛向蓬瀛」而上山，跟道人學練九轉靈丹的那段瘋癲的日子，也想起長安市上酒家眠的那些可笑的生活……於是，他這個謫仙人就睡着了。

後記

李白自然沒有想到我們今天之有電話。但他的想像力之豐富而多姿，可從其作品證之。「安得掛長繩於青天，繫此西飛之白日？」是其一例而已。

一九八八年三月三日與友通電話後，當夜寫成

風箏

下了幾天雪的北京城，太陽高照，天空顯得特別藍。戴着耳帽、身穿一襲舊棉袍的曹雪芹，從西直門那邊緩緩走過來，向四周一看，雪早停了；不過街旁卻堆了一地積雪。問劏雪的一個小夥子哪兒可以找到石子胡同，回答道：「不難，不難！朝東拐個彎兒，再朝西走十來步。」本地居民甚熟東西南北的方向，不一會，在一個大雜院裏找到那位老先生。老先生略道寒暄就帶他到胡同口邊一家小酒舖坐下，喝了兩杯後，身體暖和多了，雪芹道：「您那篇《南鷂北鳶》我仔細拜讀過了，寫得滿好，我一定替您寫篇序文，放心！說實話，那天在舍下沒馬上答應，因為還沒拜讀。過十來天吧，我奉上。」那老先生一時高興得不知說甚麼好，心裏對這風箏大行家只有感佩。

分手後，雪芹穿過菜市的人叢，到了一條街上，正待買點甚麼帶給家裏人，這時，年青的敦誠迎面而來，歡天喜地說：

「雪芹兄，我正要找你去！」

「那麼巧！」

「今天放晴，咱們到湖上去。要看看您的表演！」敦誠説着，搖搖手上那隻製作精美、顏色鮮艷的紙鳶。那是前回雪芹紮好後相贈的。

雪芹今天興致好。立刻説：「那麼，這就去！」要買甚麼也忘了。他問敦誠，他哥哥敦敏這幾日怎麼不見影，回答道：因公事去了某府。

他們兄弟倆是雪芹的知交，常替他分解窮愁，三人之間往往有詩酒唱酬之雅。兄弟倆欣賞他的才華，也喜看他的風箏表演。事實上，雪芹除了著書、賣畫之外，還善於繪、製各種風箏。

由於今日天氣忽然好起來，到了結冰的湖上一望，已見有些人在放風箏。可誰都沒有他們那隻色彩悦目，且在風裏顯得特別輕盈。雪芹先教敦誠放了幾回——自然都是非好手莫辦的高招——然後自己真的表演起來了。附近好幾個少年都湊過來看。有人忍不住喝采。紙鳶隨着雪芹的手勢、步伐、旋身等等，轉呀轉的，這會兒險得快要落地，那會兒悠然而去，忽又青雲直上。書中某個人物的影子驀地掠過眼前，説時遲那時快，雪芹摜了一交。「冰上滑，當心！」敦誠還沒説完，紙鳶已經脱手而出，向遙遙的碧空飛去了。這是雪芹多年來第一次的失手。心裏快了，不消提了。

這夜，在近郊家裏——簡陋的石屋小房間裏，他低頭續寫《石頭記》（紅樓夢），奇怪，好一個時辰了，只寫下十來個字。驀然聽到屋子外邊有一陣細碎而輕微的聲音。尋思道：會不會是那隻飛走了的紙鳶又回來了——這時在低聲喚我呢？

雪芹終於把風燈點亮拿着，開了門往外瞧瞧，再游目四顧，但甚麼也沒有，只見雪又一片片落下來了。他噓了一口白氣，登時有種異樣的感覺，隨即回到桌前坐下，把口占的七言在燈下筆錄下來：

振翼靈鳶離手去，
魂歸今夜繞門前。
門開惟見雪花白，
院外飄飄化作煙。

除了這四句之外，今夜他似乎再也寫不出甚麼了。《石頭記》給冷落了，連「絳珠草」黛玉也暫時給冷落了。

一九九二年三月

楊志

——水滸故事新編之一

已經走了好一程，還是山東地界。彷彿聽到誰在耳邊說：「綽號『青面獸』的那廝，不要放過他……」

楊志轉身一望，哪裏有半個人影！把隨身的樸刀整頓一下，抹抹汗，看看黃昏漸隱，天色將晚，便在小路旁找到家客店落腳。心想，住它一夜再說——幸虧身上還有點錢鈔，都是向人家借得的盤纏。說來也巧，昨天離開黃泥岡之後，投宿那家野店，店主原來當年在開封時，是「東京八十萬禁軍教頭」的林沖之徒。雖說好意留他多待幾天，但勢在火頭，生怕追緝的真會隨時拿他歸案而連累了人家，便離開了。

這時，楊志進了客店後，叫店家安排些酒肉，送進房間。他實在太餓了，便來個狼吞虎嚥。暗道：酒也該多喝一點，睡它個痛快。果然，一躺下就呼呼入睡了，也實在太累了，這一躺，醒來後已時近中午。於是結了賬就匆匆上路。其實這一趟該投奔何處？心裏也沒個準。他暗忖，山東郭里村有個遠房親戚，即令找到了，人家肯收留，但往後的日子呢？

下午走了半天，薄暮時分到了一小鎮。倘沒走錯了方向，黃泥岡應拋離得很遠了。那土岡是他心裏的大疙瘩，想起來就不舒服。唉，那是他這個武舉人出身的「青面獸」失手之處。饒是一身武藝，當日教場比武，弓開如滿月，箭去似流星，百發百中！竟給一個冒充販酒的、七個推棗子車的傢伙瞞過，栽了個大大的觔斗！棗子與酒與蒙汗藥，人家不費一兵一卒，內有大量金銀珠寶的「生辰綱」就輕易給賺取了。他是押運的頭頭，軍漢們醒後大概回去覆命會説他楊志甚麼甚麼。「俺雖少喝了點，但也麻木得爬不起來，在樹下眼巴巴看着人家把東西車走了。若回去，如何交差？那罪又怎當？」

奇怪，在這小鎮的客店裏，剛才雖也喝了酒，睡了一二時辰，可忽然從噩夢中驚醒過來就失眠了。隱約聽到外面蟲聲唧唧，這時三更半夜了，還能叫誰打酒去？暗道：吵醒小二，火氣上心，他也會跟你拚命的。

這是夏天的晚上，風吹過一下就沒有下文，悶熱得叫人更加難眠了。他在床上翻來覆去，搖着客店供應的扇子，一為取涼，二為驅蚊——那帳子大概有幾個破洞吧。

他想想自己真是倒霉。前後兩回的「綱」（運送）都跟他有干係。前回押運的是「花石綱」，太湖出產的名花奇石。徽宗（趙佶）為築園林享樂，不惜工本，要把那裏的花石遠運到開封（東京）去。那回走的是水路。在黃河，浪翻船沉，押運的軍漢們僅以身免，花呀石呀都讓水龍王奪去了。他是制使官，要負責的，只好逃命又逃罪了。其後，在風塵中落魄窮途，一天，身無分文而又要吃飯投宿，便在市裏嚷着，要出賣僅有的家傳寶刀。偏偏碰上當地的潑皮兼小惡霸牛二，惹事生非，逼他下手宰了這小子；然後坐牢，跟着起解他處。後來幸遇從前在汴京（開封）時有一面之緣的北京大名府梁中書，賞識其武藝；先在梁府當差，後被提拔做軍中副牌。他楊志往日曾任東京制使軍官之職，人稱楊制使。前些日子，梁中書收購了十萬貫的慶賀生辰名禮，是用以獻賀岳父蔡太師的「生辰綱」。怎知——這是第二回了，又是押運的領軍，再次失手。「誰叫梁大人又看上了俺！」

楊志越想越不好受，蚊聲漸漸遠去，但睡了一會又醒過來，天已亮了。索性提早起來算房錢，踏着雙快靴上路。五里單牌、十里雙牌，他走着走着，看看州府未越，卻已過了一縣啦。到了一個鬧哄哄的市集裏，便在街上一家酒店找了個座頭坐下，抹抹腮邊沾汗的赤鬚，先叫酒保來一角好酒解渴，然後叫了盤牛肉麵解餓。半晌，問小二，郭里村在前頭多遠？答道：「客官，你弄錯了，該朝後頭那邊走！」小二指的恰是反方向。「啊？」楊志暗自思量，算了，反正也不一定要去投那遠房親戚。往後隨遇而安吧，大丈夫何處無家？

這當兒，一個兜售杭州扇子的老漢跑進來，向酒客們說還有南粵來的有名葵扇。楊志酒呀肉呀吃得滿頭大汗，驀地想起黃泥岡那七八個假扮販商的傢伙，其中有人唱道：「赤日炎炎似火燒……王孫公子把扇搖。」暗想：俺雖非王孫公子，這大熱天時，也得搖搖扇子。於是，光顧那老漢買了一把。出得門來，火辣辣的六月陽光往頭頂上直射，覺得扇子還不夠用，最好多買頂草帽戴上。可是在路上攤上尋找的時候，抬頭，看見兩名公差押着一個刺配充軍、身負枷鎖的犯人往這邊走來。楊志草帽不買了，邁開大步往另一邊走去。

轉瞬之間，離開了市集到了一個僻靜所在。這郊野風光，雖非甚麼樂園，但有花有草有樹，也自不俗。前頭遠處還有一座蒼翠悅目的林子。這時那片綠林成為他暫時追逐的目標了，一如靶子成為他之箭矢所追射的。

這樣，楊志很快就到了林子之間，粗聲大氣唱了半段家鄉曲子，解下樸刀，挨着一棵大樹坐下歇息。附近雖然一時難覓河溪，但綠蔭下倒有點風涼水冷的味兒。剛才一身暑氣，竟消了五六分。還有節拍均勻而悦耳的蟬鳴。那是他覺得親切而熟悉的聲音。兒時在家鄉爬樹捉鳥、捕蟬，是他的拿手好戲。尋思着，眼皮有點倦意，但想起剛才那公差、那犯人，連忙睜大了眼睛，暗道：昨夜有好陣子失眠，不過，總不能在這林下通徑之旁睡着！於是半縱半爬，上了高處和鳥蟬為伴，在一棵枝多葉密的大樹上假寐。卻一下子就迷迷糊糊回到童年的夢鄉去了。也不知睡了多久，忽然給一隻歌鳥鬧醒。正待伸手去捉牠來玩玩之際，說時遲那時快，竟抓了個空，從樹上跌下去。

幸虧仗着多年武藝的功力，到了平地上已雙足立定。不過意外的是，踩在一名漢子的軟綿綿的肚皮上。驚愕之間一看，那漢子赤着上身在樹蔭下仰臥乘涼。那「身」廣體胖的漢子跳起來，二話沒說，拿起身旁的禪杖就向楊志衝過來：「你瞎了眼，沒見洒家睡得好好的嗎？你這廝從哪裏踏來的？」

楊志連忙退後，提着樸刀準備，道：「從樹上『走』來。」那漢子道：「俺才相信你的鳥話！你分明要打架解熱。來，鬥它三兩個回合稱你的意，洒家奉陪！」楊志心想，這漢子又「俺」又「洒家」的，也許是關西同鄉，便抱拳道：「慢着！聽兄台口音，想是關西人氏。」「怎麼着？是關西的，你就踩俺的肚皮？——」

楊志忍住笑，道歉說：「剛才無心冒犯了。請問兄台高姓大名？」胖漢轉身指着背上的花繡道：「你沒看見嗎？」楊志一時莫名其妙，急道：「洒家剛才只見肚子不見背脊，怎知兄台是誰？」那胖漢的怒氣漸漸消了，道：「洒家魯智深，因為背上刺有花繡，人稱花和尚的就是俺也。」楊志一聽，隨即抱拳施禮，含笑請他見諒：「素仰大名，今日幸遇！」跟着指指自己臉上的青色胎記，報上自己的名字。魯智深一怔，繼而哈哈大笑：「啊！俺怎麼沒省起你就是江湖上人稱的『青面獸』……」

於是，當鳥唱枝頭時，二人在樹蔭下以草地為蓆，半坐半躺，娓娓而談。魯智深把往事說出——如何打死惡霸「鎮關西」鄭屠，如何上五台山，如何醉後撒尿鬧禪房，如何在野豬林相助被高太尉（高俅）陷害、刺配滄州的林沖，都一一細敘了。楊志嘆道：「那麼，你打的鎮關西比俺的『牛二』更可惡了。高俅那廝嗎，更加可恨！俺往日也跟他有過節，給他『耍』過……」

楊志傾吐了自己的遭遇和心中的一股屈氣之後，舒服了許多，不覺高歌起來。魯智深道：「挺熟的，甚麼曲子？」「家鄉曲子。」「有意思！教我唱一段。」

楊志摸摸腮邊的赤鬚教了。魯智深把喉嚨張得大大的，初試啼聲，在楊志聽來也算不俗的了。

從這天起，這兩名堪以鐵板銅琶唱「大江東去」的關西大漢，成為結伴同行的知交。逼上梁山是後話了。

一九九二年四月

吳鈎

一

唐代元和年間，柳宗元謫居湖南永州，當的是小官，過的是清苦生涯。（他四十七歲就在柳州當刺史的任內逝世，與這「清苦」不無關係。這是後話，不提。）小衙門，地僻，離京師遠，上頭與妒忌他的官僚管不到，倒也有點好處：閒來寫寫《永州八記》之類，練練幾乎丟疏了的武藝。他祖父原是虬髯客之流，自小耳濡目染，倒學就了不少刀劍之術。若非太愛詩書，早應是文武兼備的唐代第一流高手了。

一天，他辦了點小公事後無所事事，便換過一襲秋季的素服出門，老蒼頭周廣追上來道：

「大人，你忘了帶銀兩。」

宗元一笑接過荷包。忠心耿耿的蒼頭道：「真的不要我陪大人一道走嗎？」

宗元搖頭，說：「對了，老周，以後在衙門之外，不要稱呼我甚麼『大人』了，何況還是個小小『大人』嘛！」

蒼頭愣了一會不知如何作答，只見「大人」遠去了。

宗元在市中熱鬧的街上兜了一轉，抬頭看見一家新開張的甚麼「樓」，正待進去，臨時卻又改變了主意。結果呢，還是進了那家設於較靜處的小酒店，店名「季花村」，是他寂寞時喜歡買醉的地方。堂倌見是熟客，招呼周到，但也知道他的脾氣，腦子裏想東西或吟詩時，不會來個殷勤侍候而打擾他的。

曾經獲得過柳先生「墨寶」的老闆兼掌櫃，當然也笑面相迎了。不過也只知他在長安住過，如今在永州小衙門裏當個甚麼文職，如此而已。這小店清靜，因為生意平平。柳先生算是難得的常臨貴客了。

宗元淺斟低吟之際，想起了白居易和劉禹錫的詩與佳句來，連帶想起他們和自己的命運——

「同是天涯淪落人……」

兩人比自己年輕一歲，但同是元貞進士，同是被憲宗這皇帝貶謫南野：居易江州司馬，禹錫朗州司馬，自己呢，永州司馬，都被貶為小官，境遇何其相似！

宗元尋思間，據桌持壺，向窗外遙望雲天，想起長安落葉、渭水西風，故人天各一方，不免悵然了。他尤其懷念禹錫，那年在京師兩人同時被捲入漩渦裏而坐罪；跟着，禹錫貶連州，他宗元貶召州……如今故人遠在朗州，近況如何呢？「從今四海為家日，故壘蕭蕭蘆荻秋。」這本是禹錫為從未到過的金陵而寫的「懷古」詩——但正好用來比喻他們倆目前的景況吧？好個「四海為家日」！

他想，自己甘於自發的淡泊，而不是被迫的淡泊。……正待再一次舉杯消愁時，老蒼頭倏地出現，帶了一名陌生漢來，奉上一封「面呈」的密函。拆閱後，寥寥數行，已知道是甚麼了。他定了定神，若無其事似的一笑，請那人喝酒。那人喝了一杯，拱手說要趕回柳州覆命，策馬而去了。

宗元結了賬後到了街上，時在未、申之間，陽光彷彿憐惜他似的，依舊燦然。他獨自穿過鬧市，在江邊停下來。心想應該到哪裏去走一走呢？陽光淡淡的灑在小舟與小舟之間的水面上，泛起點點金黃；而落在人的身上卻感到一陣暖和。遠山和樹木繞着一段隱隱約約的淺綠色的薄紗；而蒼穹是清朗的，雖然偶爾飄過幾片白雲。這正是大好秋光！若在平日，這樣的天氣，他很可能會到傍水之處垂釣，可是今天下午讀了來書後，缺此閒情了。那封急信，明知老蒼頭不會相信，但也誑說：那是一封問候平安的信罷了。其實摯友透露的消息，是關乎他的安危。朝廷貶他永州後，可能再「遷」柳州刺使。不過在此之前，上次進讒言的權奸，隨時會派人來此行刺他。摯友囑他小心則個！

他馬上省起一件急需處理的事，便渡江到對岸的小洲去。

謫居永州以來，他自己知道，武藝已大有進展。這是拜「清閒」之賜：哪一天不在居所後園練它一兩個時辰？宗元尤其善舞吳鈎，這種彎刀，是古之吳地始創的名刀。吳地後人流落此間的，其中有人在對岸的小洲上開了家鑄刀店。

說起來，以目前的武功而論，等閒三數個軍中高手，也不容易挨近宗元之身。不過，他暗忖，還是小心為上！於是他跑到小洲去，問那家鑄刀店老闆：

「我前時定鑄的那把新吳鈎，造好了嗎？」

店主賠笑道：「過幾天一定交貨。柳大官人，敝店講究原料、做工——還有信譽要緊。你放心，準好！準好！」

過了幾天，柳宗元再去，彎刀果然造好了，拿起一看，閃閃生寒。店主說：「你何不試試它的威力和刀鋒呢？」

想想也對，於是，在刀店旁的石岩附近空地上，宗元説聲「獻醜」就手執彎刀要動起來，一團白光之處，旋風頓起。

店主瞠目結舌，看得呆了，好半晌才連聲叫好之際，只見他停下來，神色自若，笑了笑。跟着，他左足踏前、右足一低，坐了個弓「馬」之後，突來一個鯉魚翻身，把吳鈎往岩石上那麼輕輕一撩、一抹，石片竟紛紛落下，如同風中的飄葉。……

二

一千年後，那鑄刀店早沒有了，但那塊缺了一角的大岩石猶存。

抗戰期間香港淪陷後，我返內地；大約在一九四二、三年之間因事暫離桂林，居停於湖南零陵（市），即昔日之永州。某日，敵機空襲，與友人走警報，過江——不，千年的滄桑後，應該說是過小河——到對岸的小洲上暫避。我見一村落的水傍岩石上刻有七個大字：

「柳宗元垂釣於此」。

柳氏寫過「孤舟蓑笠翁，獨釣寒江雪」是不爭的事實。然而，不知是否由於刻工之錯還是後人以訛傳訛的「歷史誤會」，當年柳宗元「錘鈎於此」，竟變成了石刻的「垂釣於此」。

但話得說回來，若後者才是實情（加上多年風雨不曾侵蝕了上述的整體石刻字），那麼，一定是我因虛構「武俠柳宗元」而弄錯了。

一九九二年四月

散文

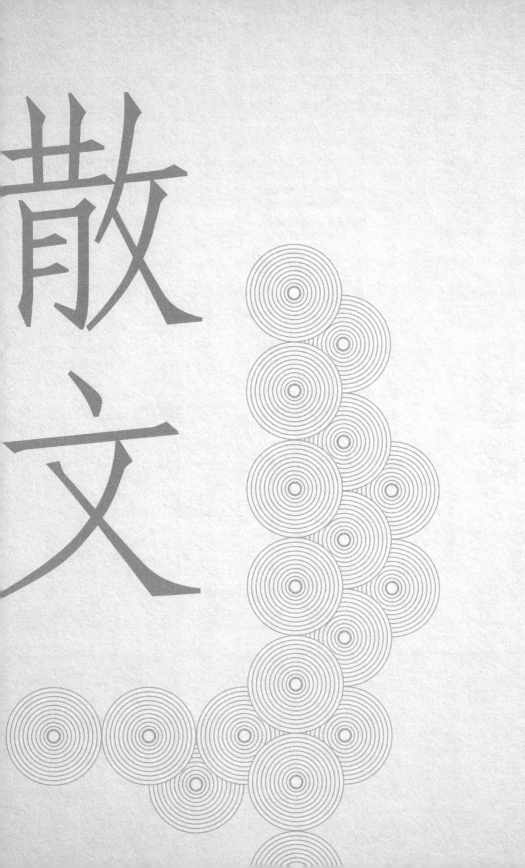

專欄散文

《小點集》選

經驗與時光

很多人都有過類似的經驗吧？由於某一事物、某一聲音的觸動，穿針引線，一個往日的生活小片斷會忽然在你的眼前重演一次、兩次。那「往日」不是去年，不是前年。是恍如昨天或前天的十載、二十載或三十載前。那片斷可能是一個落魄的琴師在你的門前撥動三弦；可能是中秋夜你和同街的小朋友在海邊的沙地上挑着一盞魚燈；可能是日光下後街球場上一個漲紅着臉的少年跟你賽跑、爭球、打架；可能是某一次你離家遠行前，母親默默地望着你喝她煲的那碗湯；可能是一個小客棧之夜，你睡不着，拍了一次又一次的蚊；可能是一片非常熟識的黃昏的天空，或者一棵甚麼樹，你一度常常坐在樹下的石上低聲唱着甚麼的……怎麼，那個生活的小片斷失蹤了好些日子之後，忽然又尋獲了？還是遠行了的時光忽然從千山萬水外回來探訪你呢？為甚麼有時候會碰到這樣的情形？——昨天的事竟然在鬧市中和記憶一同褪色，而許久以前的事卻記得那樣分明。為甚麼你昨夜的星辰老了，但十載、二十載、三十載以前的時光竟那樣年輕？很多人都有過這樣或那樣的經驗吧，不是嗎？

一九七五年十月十四日

雨字

看到了一個雨字，不覺想起了舊詩、詞中的多「雨」。

唐詩人許渾的「山雨欲來風滿樓」寫出了雨前的氣氛。「何當共剪西窗燭，卻話巴山夜雨時」與「紅樓隔雨相望冷，珠箔飄燈獨自歸」，是李商隱無題詩之外的抒情。「小樓一夜聽春雨」的那個人，在雨聲中長夜不眠了。「杏花春雨江南」是一幅較概括的春雨江南圖。「細雨魚兒出，微風燕子斜」與「士大夫」式之唯美的「落花人獨立，微雨燕雙飛」倒是大異其趣呢。寫過《喜雨亭記》的蘇東坡，詩詞中自然也不乏「雨」句。有「一蓑煙雨任平生」的煙雨，也有「鳳凰山下雨初晴」的晴雨。而辛棄疾呢，也寫過好些與雨有關的詞，如「蕭蕭疏雨亂風荷」、「小雨初收報夕陽」等等。……

至於這裏曾經流行過一時的某支粵曲，其中的「淚似簾外雨，點滴到天明」，則是脫胎於宋詞的「枕邊淚共階前雨，隔個窗兒滴到明」了。

雨和我們的生活、人生的確有密切的關係。雨字常常出現於詩詞中並不偶然。不過，但願舊時代帶來的愁人的雨、傷感的雨將會越來越少。

一九七五年十一月二十二日

無名樹

這幾年常常經過路旁那一排樹身高高瘦瘦的樹。可就是不知道它們的名字。是落葉喬木，這點倒是確定的。長枝上的細葉，相當多，卻疏密有致。夏天，雖沒有榕樹那樣的濃蔭，但卻也濃得夠給行人以蔭涼的享受。到了夏末秋初，墨綠色的樹葉有一部份在你不怎樣留意時已經變黃了，遠遠望去，枝椏間黃的綠的相映，成為一幅色彩鮮明、充滿野趣的油畫，這在大廈林立的都市中是難得看到的。天氣漸漸轉涼了，金黃的葉也就越來越多，而且一片片地飄下，到了某一個早晨，你經過時會覺得驚訝，行人路附近堆了一地的落葉，也許是昨夜的夜風把樹葉搖落。但是，我知道寒冷的冬天過後，那些曲曲折折的禿枝上，又會像前一個春天那樣，紛紛出現綠得透明的新葉。那排樹，那時候，是一年中最令人欣賞的了。

由於春來鳥噪時葉子看來如一串串輕盈的羽毛，我曾一度以為那排樹就是槐樹。但是有個老人告訴我，它們叫做「星獅」（或「星絲」？）。他不知道那兩個字該怎樣寫，我更不知道了。因此，雖然喜歡它們，但直到如今，那一排樹在我心目中還是無名樹。

一九七五年十一月二十四日

霧

每年二三月間，香港多霧。霧來時，雖不至與老友在路上碰頭「縱使相逢應不識」，如墮倫敦的「五里霧中」，但也有時不辨方向，連海港裏往來船隻的「霧笛」也響到岸上來了。

不是二三月的平日，到了太平山上，天陰的話，也常見煙似的濛濛霧，山頂不見了一截，到了二三月的「霧季」呢，遠望，連某些高樓大廈也缺了上半身了。

往日我們住在海邊，離鯉魚門不很遠，每年見到的三月霧——或說春霧——是比在中區、灣仔一帶所見的霧濃得多。有時甚至來勢洶洶，望對岸是「霧失樓台」，望筲箕灣木船、艇仔群集的海面則是「霧失船桅」了。因此當時寫過一首題為《霧》的新詩，其中有兩句是：「岸失去了船，船失去了岸」。而最後呢——「我在期待那破霧的陽光」。

霧是令人不愉快的。它使春天蒙上一大片的陰影。它使你在綠樹、紅花的面前變成色盲。

是的，我想，從前，現在，都一樣，霧來時，最渴望見到的是可愛的陽光。

一九七六年三月二十八日

騎樓

（一）

不知別人如何，個人卻對騎樓有相當的好感。

此時此地，倘若你住在樓上，而仍能保有一個騎樓，算是不錯的了。即使前有遮擋遠景的高樓，看不到旭日初昇、晚霞如錦，或者星星燦然，但工餘之暇，一茶在手，或站樓前，或坐藤椅上，看看騎樓下邊的街景與來往行人，也比困於斗室中好得多。

和某些貴族化的露台相比，騎樓可說是通俗、大眾化的。倘若外出時，走在夏天驕陽下冒着熱氣的柏油路上，或者碰上途中的驟雨而又無傘時，你更會想到騎樓的好處了。有時還有意外的收穫：避雨之際，肚子忽然餓起來，卻發現有熟食攤子在騎樓下開檔。

漫步於市區內商店林立的街上，舉目所見，哪裏有花？何處有樹？但正是商店樓上那些住家騎樓上的盆景，和集少成多的枝枝、葉葉，為你帶來一點點野趣，使都市平添色澤，使鋼筋水泥不致那樣荒蕪。

香港一度——尤其在我童年時——是一個多騎樓的城市。然而，當許多四五層高的樓宇拆建為高樓大廈住更多的人、收更貴的租金後，騎樓是越來越少了。

（二）

有些東西「買少見少」，而騎樓則是「拆多建少」，或「拆大建小」了。

在我的印象中，香港騎樓像香港建築物一樣，幾經演變。用簡單的筆墨寫它的演變史，大致是這樣：戰前所建的一般幾層高的一梯兩伙的唐樓，即現在的所謂舊樓，騎樓是相當闊大的；在單邊的，則佔的空間更多，俗稱走馬騎樓的就是。戰後人口漸多，不少騎樓變成（招租紅紙上寫的）「光猛頭房」之外的「騎樓房」，變成住的單位（或擠一家多口的單位），原來騎樓的作用也就失去。到了這地步，誰家的騎樓用來做客廳或起坐間已經不俗了。再後來，即這二十幾年間，上述的好些舊樓拆去重建，重建後，新的高樓有騎樓的，一定又窄又小了；沒有騎樓的，則可能搭一個「合法」的或「不合法」的「假騎樓」，或用以晾衫，或用以擺幾盆花，掛一隻鳥籠之類。這些假騎樓，有些搭得頗具「規模」，有些則搭得很簡陋，不過聊勝於無罷了，近年來則成為街頭一景了。

順便一說，多年來此間有一句相當流行的廣東俗語：「帶鋼盔行騎樓底」，即夠慎重、夠安全的意思。目前這個比喻仍然是貼切、真實的，因為畢竟還有那麼些名副其實的、一如上述的「舊式」騎樓。而若干年後呢，「帶鋼盔行騎樓底」也許是一句難於理解的俗話了。

一九七六年四月三、四日

先見與成見

仙家的未卜先知與人的先見之明豈僅是「雲泥」之別；前者是荒誕不經的神仙故事，後者是人類在長期實踐中於實事求是的基礎上得之。對未來的事憑直覺而臆測而「先見」，是變體的「未卜先知」。善於將過往的經驗總結，把已知的大量材料細緻地分析，透過以現實為據的推想之望遠鏡看未來的事物，看得遠，看得準，那是先見。

相較之下，先見能較客觀地看未來，成見則很主觀地看眼前的對象——因此觀人視物往往看到的是假象了。成見是離實事求是之途很遠的泥足，越深，就越可怕。有定見往往表示有信心，對真理的信心；而成見則往往在自欺欺人中變成頑固。

甲對乙有成見時，則（在甲的眼中）乙的誠懇是虛偽、朗爽是輕佻，甚至勇於負責也可以是擅作主張了，大而至攀高山看日出是為了出風頭，小而至拿筷子離碗五吋時，也為甚麼不離四吋或六吋或一呎了。若成見從苛求發展為無理要求之尺度時，會把是度成非，把非度成是。

成見有時竟是一副笨重的「哈哈」眼鏡，戴上它的人，鼻尖上的「歪曲」眼，看甚麼也是變形的了。但旁人看着（客觀地看），卻覺得他既吃力又滑稽呢。

因此人們往往這樣說：應該破除成見！

一九七六年四月十一日

「無題」寓言

某「某某」派畫家常有驚人之作，一次，他畫了一幅標題是《焦點》的畫，畫中幾乎空無一物，只有一個小小的「豆」點。作品展出後，畫家的朋友某畫評家為文讚曰：「作者去繁就簡，深得藝術之道，把千鈞的筆力，集中在一點之上。」

同一畫家另一次畫了一幅標題是《水陸》的畫，畫中只有一條橫線，同一畫評家為文讚曰：「這條線是水平線同時也是地平線，海闊天空，兩處茫茫俱不見，何者是水，何者是岸，作者不妄下決定，令人增加無窮的想像力……」

再後來，畫家展出一小幅這樣的畫：標題是《無題》，「畫面」完全空白，真的甚麼也沒有了。

但畫評家感動地為文讚賞曰：

「畫面雖小，但空間無限，令人視野廣闊。作者登高望遠，此極高境界之作也。」

據説後來還有一個更雅的高人，看完這幅空白的傑作後，對他的門徒説：「作者顯然哲理修養甚深，早已悟道了，他以心靈而非以俗筆寫畫：無為實有為，虛即實，空者，有也。……」

又據説後來有幾個悟道之雅士，出高價爭購這幅空白而高深的名作。

一九七七年一月十九日

鸚鵡

海洋公園開幕了，據説那裏有八隻顏色鮮艷的鸚鵡，久經訓練，表演多種動作，博得觀眾熱烈的掌聲。

記得在吉隆坡市郊的動物公園裏，看過幾隻喜歡跟遊人「聊天」的白鸚鵡，其中一隻操英語，有句「口頭禪」：O，K。問牠你好嗎？回答是「O，K！」再問牠，把你宰了好嗎？還是一樣回答：「O，K！」

鸚鵡是鳥類中最善於摹倣人聲的，但到底有學舌之能而無解語之聰——會「講」不會「聽」，自然更不知道人間的「蠱惑」了。牠們往往被供養在富貴之「廟堂」上，或人家屋簷下的架子上，但爪子卻給鏈子鎖着。在新加坡的鳥雀公園裏，看過一群七彩繽紛的鸚鵡，爪子雖然沒有拖着鐵鏈像從前某些奴隸之足踝那樣，但上下翻騰，也只能翻在一個大的鐵籠中。

許多年來，我有如此的印象：鸚鵡雖是鳥類，但已經變成再也不會高飛的家禽中之玩物了。

然而一件目睹的事卻把上述的印象推翻。是去年春天，發現住所對面有五六隻彩色斑斕的鸚鵡，一連數天，差不多在同一時間裏盤旋一陣之後，停在樹梢上，跟着又一起飛走了。當時大廈的看更老伯説：牠們一定是從哪裏逃出來的。也只有這一回，我才看見而且知道：原來鸚鵡也能向廣闊的天空振翼高飛的。

一九七七年一月二十五日

馬的故事

牠來自遠方，好像命中注定，那一天離開了樹木，袋鼠，沙漠，平原，草地，牧場，闖進了繁華的商業世界後，就養尊處優了。比起奔馳於高山大野的祖先們來，牠也許少了點自由，但與那些拉車負重的，拖犁耕田在大地上流血流汗的馬兒相較，牠想，自己不是幸運得多嗎？即使那些偶然在銀幕上熒光幕上亮相做香煙廣告或酒的廣告之「俊」馬，與自己的地位一比，又算得甚麼呢？

記得第一次在香港的馬場出賽，牠就贏得了許多許多的掌聲，雖然在轉圈之間一度躊躇滿志差點落後，吃了騎師重重的一鞭，但是，牠終於贏得了頭馬（首名）。就這樣，主人拉「馬頭」拍照留念之後，牠的身價更是不凡了。

當然，有時在某種情緒下，牠也或多或少有過心事。而且也從同伴的馬嘴上聽過一些諸如此類的不幸故事：某馬年老體弱給廉價拍賣了，某馬出賽重傷倒地，之後給「人道毀滅」了。……

「但是，如要幸福，這種事最好不要去想。」牠暗道。何況自己正是年輕力壯，得意馬蹄疾的時候。

於是，吃了一頓飽飽的，睡了一覺舒舒服服的之後，牠開始盤算着如何享受那段歇暑的假期了。

一九七七年五月二十二日

設想

（一）

倘若平兒、襲人、晴雯三人生活於此間，她們各人的際遇與行動會怎樣呢？以下是某次重讀《紅樓夢》後的設想之一——

平兒是母親的乖女，街坊稱讚，她從來不會跟誰過不去。受了委屈，她還是默默地承擔。她嫁給尊尼·蔣，不是自己的選擇，母親為了女兒的「終生幸福」，極力主張她與這位有錢的蔣家少爺結合。孝順的平兒做了蔣家少奶奶後，一年還沒到，就天天晚上吞着眼淚，等深宵尚流連於夜總會、舞場的尊尼「回家」。

襲人幾經努力，終於得償所願：不再做工廠女，不再做廠裏的領班……而做了某廠的老闆娘。她的哥哥也做了甚麼主任了。飛上枝頭後的襲人，第一最輕視沒出息的工廠女；第二最看不過眼本廠的男女工人，他們只會拿工資，不會拚命工作。於是一天到晚想辦法「管理」、對付了。但也因此常常失眠，吃頭痛藥。

有人勸晴雯參加選美會，她説沒有資格，也從來沒這樣想過。先後有過幾位闊佬「看得起」她；但她不識「抬舉」。其實碰到不合理的甚麼，她是勇於反抗的。她不會逆來順受，像平兒那樣。有人説這個窮家的姑娘很任性。但她不管人家怎樣説，卻自食其力，腳踏實地，清白地生活着。有一天，她與襲人偶然在某街的斑馬線旁邊相遇，襲人拉着她親熱地説了一堆「同情」的話，但晴雯明亮的眼睛一轉，只淡淡一笑，就頭也不回地往前走去了。

（二）

這也是重讀《紅樓夢》後的設想之一。假如薛寶釵在此地——

從前她勸過黛玉不要看「雜書」，現在她打開報紙最不喜歡看副刊上某些雜文，前者令人喪志，後者話中有刺。經濟版呢，這位女董事長倒是天天研究的。某些新聞評論她也討厭，起因是那次她哥哥薛蟠在高院無罪釋放後，輿論嘩然。那次為了體面，她與母親（薛姨媽）商量，連忙把薛蟠送往外國，借遊學為名避「輿論」去了。

話說回來，薛蟠是薛蟠，她是她。在社交界裏，尤其在大家閨秀的圈子裏，誰不知道寶釵姐姐是一位有教養的、有名譽地位的女士。某天，在董事會上，一致通過「今後加強對屬下各公司的科學管理」之決議後，接到一個熟人打來的慈善電話，她一口答應捐助若干萬元，跟着溫溫和和地笑道：「廣告上的名字可不要像前回那樣……」前回竟把「寶釵」錯印為「寶叉」呢。

有一天，她在「勞斯萊斯」汽車裏看見走在人行路上潦倒不堪的寶玉，心想：「我早勸你，多研究點經濟學，你就是不爭氣。不然我們也不會各奔前程了。」想起當年的大觀園，不免也有點感觸。吩咐司機一句甚麼後，她望着前面的高樓大廈，暗忖道：我們現在的公司、物業、地位要永遠這樣保持下去。……

一九七七年六月一、二日

同一天空

對頭上同一「片」夜的天空，各人的看法往往大異其趣。

譬如說，這是一個夏夜，天空沒有月亮，偶爾有幾點淡淡的星星。

兩個要「做世界」的賊坐在路上一張長椅上守候過路人，伺機下手。雖不是月黑風高之夜，但抬頭一望，也覺得這是一片不錯的夜空。

一對在戀愛中的青年男女坐在另一張長椅上，男的指指頭上遠處說：「你看到那幾點星星嗎？」「看到，很亮！」「嗯，閃得很亮。」就是一點星星也沒有，也會覺得天空夜色迷人了。

一個在茶樓或酒家做候鑊的師傅在休息時間跑出來，他抬頭看到的可能是這樣——

夜空像一個翻過來的黑鑊，熱烘烘地朝他頭上壓下來。這時他眨了眨眼，彷彿看見黑鑊上面濺起幾點隨時灼手的「火」星。他本能地往後一退，但那個大大的黑鑊仍在目前。

一九七七年六月五日

夜航

從東半球到西半球，越洋的長程飛行。白天過去，黃昏過去，黑夜隨暮色而來。把人家座位背後一塊活動「板」拉下來算是「枱」，典型的飛機餐用過後，倘若不寫信、不看書等等，便無事可做了。只好抬頭看前面遠處的中型銀幕，或者跟沒興趣看電影的芳鄰聊天。即使這樣，也非長久之計。人家累了，自己也應該「休息」了，但哪裏睡得着！機艙裏好些「枱」燈暗下來了，窗外有明滅不定的點點冷光。這是一個離家千萬里，雖無月色，但卻也沒有風雨的夜晚。

心裏暗忖：若碰上狂風大雨，或遇上惡劣的氣流，機身搖蕩如怒濤上一葉扁舟時，人就會有另外的想法了。而這時候呢，因為太平靜了，寂寞遂悄悄的爬上心頭。

夜窗外是遼闊的天，茫茫的夜，無聲無息的，似乎連銀河畔的星星也寂寞得要搭渡船，向我來自的人間駛去。忽然記得在哪一本書上讀過的一句詩：「斗牛星畔盼浮槎」，默然地唸着唸着，這時向人間駛去的噴射機，也彷彿成為斗牛夜夜企盼的浮槎了。

一九七八年三月二十日

葉落・春來

天天經過路旁那排高高瘦瘦的樹，卻叫不出名字，只知是落葉喬木。過去幾年間所見，一夜西風吹此樹，第二天便落葉散了一地，過得幾天，枝頭上好像給誰着意剃過似的光禿禿了。然後寒冬隱退，春天之綠指在樹上悄沒聲息的點染後，人經過時，抬望眼，又是碧綠叢叢了。

但去歲年底不是如此，那排無名樹的「換季手法」好像另外換了一套：黃葉只零零星星的落過一兩回，不曾蓋地如鋪似前年；按「理」應是光禿禿的時候，枝椏上卻仍留着好些未曾「下班」的綠葉——雖是墨綠而非碧綠的。那時候想：也許再過些日子，它們才紛紛落下，落個精光吧？然而推想錯了。去冬天氣比往年暖和得多，說得上嚴寒的日子沒有幾天；這裏那裏的木棉樹早已爆出火樣紅花了，上述那排無名樹也不知何時在暗中偷換了顏色——今春已悄悄帶來一片片新綠了。

我對樹木的「生理」不懂，但心裏卻如此琢磨：同是落葉喬木吧，在不同的情況、氣候之下，也許甲樹的葉子秋後全落，或落時黃葉如雨；而乙樹之部份葉子卻仍在冬天「緊守崗位」，與草木同待春天的到來。

一九七九年三月二日

聽鳥抒情

新居，搬進去住已經半年了，是一座中型大廈六樓的一個小單位。大廈十餘年前建成，離工廠地帶不遠，幸而縮在山下的一個小「谷」裏，在電車路旁另一座更高的大廈後邊，形成了鬧中有靜的橫街。我們屋子的後窗外，即擺着寫字枱的睡室之窗外，就是綠色的山腰，連睡室隔壁廚房的小窗也對着枝枝葉葉。因此春天一到，那望得見遠山近樹的睡室之窗子外，更是蒼翠欲滴了。也許我把這美化了吧？而山腰上有那麼些樹，確實如此：形象雖不如何高大，但自有土生或外來的飛鳥擇木而棲，在其間流連，跳躍。於是每天清晨午後以及夜來前，鳥鳴嚶嚶；暮色漸濃時，則連倦鳥歸巢的拍翼，即使輕悄悄的，也彷彿聽得見了。日子一久，則從外邊林下的啁啾聲裏，聯想到鳥也知情呢。比方說，晴天尤其日光閃閃的日子，人樂鳥也樂，吱吱喳喳地鬧，或大展歌喉唱個不停。陰天尤其驟雨忽至時，行人躲也來不及，牠們就各散東西，或咕咕而嘆氣，或幽幽地啼着，去找避雨之「家」了。不騙你，日子一久，人坐在寫字枱前，即使背山聽鳥吧，也能想像到牠們這時那時是喜還是悲呢。不騙你，鳥是會笑會哭的。

一九八零年四月十日

想起薛覺先

（一）

談起粵劇來，很自然就想起文武全材的薛覺先。他的舞台藝術與唱腔（薛腔），對後輩的粵劇伶人、唱家影響深遠。除了「武狀元」陳錦棠是薛氏的高足、劇藝不凡的林家聲是薛氏後期的入室弟子不說之外，名伶如新馬師曾、麥炳榮、任劍輝、呂玉郎（已在廣州逝世），甚至羅品超、陳笑風等，在「做」或唱那方面，都或多或少（直接或間接）受過薛氏的影響。

香港戰前，粵劇異常興旺。馬師曾（「太平劇團」——正印花旦為譚蘭卿）長期登台於太平戲院；薛覺先（「覺先聲劇團」）則以高陞戲院為基地經常演出，和當時以表演細緻見稱的名旦上海妹拍檔，吸引大量觀眾。（上海妹，藝名也，其丈夫即當時著名丑生半日安，後者亦同台演出。）筆者有幸，童年時看過馬師曾、廖俠懷、白玉堂、白駒榮等紅伶之戲後，十餘歲時開始有機會看（懂得欣賞）薛覺先的戲了，一看就為之傾倒，入迷。（而其時也正是他的舞台藝術在巔峰狀態之時。）直到今天，薛覺先（雖已去世好些年了）仍是筆者心目中最優秀的表演藝術家之一。他的「洗練」自然非常「露字」而又韻味盎然的薛腔（如《胡不歸》之「情惆悵，意淒涼……你梨渦淺笑今何往，春山愁鎖淚偷藏……」等等），以及他的異常「入戲」（投入角色）的精湛表演，令人回味無窮。

（二）

現在回想起來，為甚麼薛覺先的「舞台形象」那樣令人傾倒？為甚麼當年看過「他」的粵劇觀眾都一致讚賞呢？我想原因是多方面的。僅寫下一鱗半爪，以作「備忘」。

薛覺先是天生的演戲（尤其演粵劇「文武生」等角色）的人材，那是說先天條件特別好：修長的身材，配上特別易於「上妝」的橢圓形長臉——戴起頭巾、頭盔之類來，仍「綽綽有餘」。扮相之佳，實為罕見。條件好，而加上訓練有素，基本功扎實，於是很年輕就成名，而成名後，仍虛懷若谷，苦練不輟。因此台上的他，一舉手，一投足，看着就使人覺得舒服自然。他渾身的戲，是來自長期的舞台經驗與本人的藝術修養。他的台風、功架、關目、絲絲入扣的表演，配着甚有風格的唱腔，使台下的觀眾獲得視、聽上的藝術享受，而且往往同一齣「薛」戲，一再欣賞，歷久難忘。

當年（至少有好多年）舞台上沒有「咪」（麥克風）的設備，人們聽的是演員的「原音」。若論嗓音粗幼，薛覺先屬於「幼」類——聲線不如某些老倌的響亮。但他能利用本人嗓子的特點，以上乘的咬字、吐字之功，「問字攞腔」，自成流派，唱出動聽而又字字清晰入耳的「腔口」。此亦薛腔之藝術也。當然，假如他唱時，台下的觀眾不「合作」（當時一般粵劇觀眾，比現在的嘈吵得多），就很難聽到薛覺先的聲音了。然而事實往往是：他一亮相，一開口，台下就鴉雀無聲的了，尤其演到「戲肉」時！平心而論，看「薛」戲的觀眾一般比較「斯文」。而，不過，也可見薛的藝術當年怎樣「壓場」——能使粵劇觀眾坐在那兒靜靜地欣賞！

（三）

薛覺先演「文場」時，風度翩翩，瀟灑，飄逸，兼而有之，演「武場」時卻又威武得很。據筆者所見，當時粵劇的伶人中，以他的文戲最有感染力，以他的武戲（打北派）最穩重、乾淨利落。今仍現身於銀幕的袁小田武師，正是薛氏那時由滬聘請來港參加他的「覺先聲劇團」的。該劇團訓練、培養了不少人材。陳錦棠、麥炳榮等曾是它的成員——或為小武，或為文武生等。新馬師曾（早期也是唱薛腔的）後來在薛氏的《西施》一劇中，演越王勾踐，唱出了新腔的《臥薪嘗膽》，名噪一時，該曲為薛氏劇團的名編劇家之一馮志芬所撰。當時的劇本、曲詞，薛覺先往往親自參訂。每演一劇，都經過嚴格的排練，薛與同台演員均忠於劇本的曲詞（之前之後，某些老倌臨時「爆肚」，倒是歪風了）。

作為「一代宗師」的薛覺先，他對粵劇的貢獻是很大的。如革除「梨園」某些陋習，如把粵劇的表演藝術提高，吸收、引進新的東西（包括伴奏的音樂）等等，他開了先河。舉一例：今天的粵劇，除了傳統的「大鑼大鼓」外，還有京劇所用的小鑼小鼓，是薛覺先第一個先「引進」粵劇來的。再說一次他的表演：他演戲深深地投入角色，不過火，不「灑狗血」——總是演得恰到好處，令人覺得優美、深刻、耐看。他本人是京劇、崑曲的熱愛者（據內行人說，他的京戲也演唱得好呢），由於善於吸收別家的長處，他曾把京、崑的優點，化而用之，豐富了粵劇的表演。著名的崑劇、京劇表演藝術家俞振飛對薛覺先有過這樣的評語：「他……無論手眼身法步，特別是那樣凝重，大方，高雅的功架，明眼人一看就清楚來之於京劇和崑曲。」

薛覺先的表演藝術（和那足以傳世的「問字攞腔」的薛腔），以及他的「舞台形象」，令人讚賞、難忘，豈是偶然哉！

一九八零年六月八、九、十日

談灑脱

所謂灑脱，不能一概而論，我想同是一個人，也有時灑脱，有時很不（或很難）灑脱。譬如在某個場合，某人帶着度假的心情出現，心無雜務，也無心事，談笑自如，在朋友的眼中，他就很灑脱了；若回到工作崗位，要負責這個那個，成堆「急件」等着處理，那麼他在別人眼中，即使不是緊張大師，也可能整天繃着臉，遑論灑脱矣。又譬如甲與乙目前的生活環境相同，甲甘於淡薄，對物質的要求不高，與朋友來往，談心，誠懇自然，就顯得灑脱了；而乙對於名利，夢寐以求之（卻又暫不可得），與人來往嗎？——你可以想像，那火辣辣的名利心，早把「灑脱」煎乾了。

一九八一年十二月四日

月亮

（一）

某夜乘渡輪過海，風靜無波，只見半空懸着一個灑下銀光的月亮，不禁想起古人的佳句來：「江畔何人初見月？江月何年初照人？」對着茫茫的天宇，遂遐思不已了。有一天，若全人類「乘風歸去」，無人在地上仰首而觀，月亮將會怎樣孤零、寂寞？大概只要地球上有人，就有人對月產生情愫，為悲為喜，經驗各自不同了。尤其我們中國人，更覺月之可親，它圓時，我們為人生之聚合而歡，缺時憐惜，去時懷念。千古以來有多少詩人、詞客、離人、遊子……向它傾吐過心曲？月是冰輪，也是玉兔，月是桂魄、銀盤，也是照着塵世滄桑的一面鏡子。辛棄疾「唱」得好：「飛鏡無根誰繫？姮娥不嫁誰留？……」

（二）

我們覺得月亮可親，由來已久。單是這出現於唐詩，已經數不勝數了，如「受降城外月如霜」、「雲邊雁斷胡天月」、「搶海月明珠有淚」、「月湧大江流」、「月是故鄉明」等等。而李白之「月」更不用說了。各地民歌之有「月」，如「月兒彎彎照九洲」之類，一定很多。我孩提時，在香港就常常「唱」那首廣東童謠「月光光照地塘，年卅晚摘檳榔」了。從前聽人說過這樣的（廣東式）民間故事：兩位才子吟詩鬥考狀元，

「外江佬」柳先開的「月中丹桂連根掘（拔）」，不許旁人折半枝」已經厲害，但還不及廣東倫文敘的「抽身直上璇宮去，腳踏青雲抱月回」。若月亮果真從此失落，這個狀元是千古罪人了。

一九八一年十二月二十八、三十日

椰樹

檳城即檳榔嶼，是馬來西亞著名的美麗「島」城，海邊有許多高大挺拔的椰樹，形成一大片綠色的椰林。有一年從那裏到了吉隆坡，與當地朋友乘車到雲頂高原遊，在半山的公路上，我問：為甚麼檳城滿目椰林，這裏的山上卻不見椰樹？朋友笑起來說：沒有人那樣傻，「違反自然」——在山上種椰樹；即使能種，也是化錢吃力而不「討好」的。原來椰樹的果實——椰子成熟時，有些落在海裏，隨水而流，到了遠處的海岸邊；在適當的條件下，種子就萌發生長。檳城、海南島等地的椰樹，就是如此這般地「來」的。我想，假如以想像之畫筆，一本正經地寫一幅「山上椰林」，豈非鬧笑話，或成了「超現實」之作？

一九八二年二月十三日

《無拘界》選

我愛夜

從前有一首時代曲，由舊上海流行到香港與星馬；是當時歌、影兩棲的某女星所唱的。那就是《我愛夜》。其曲詞中有「秋夜」，有「幾棵不知名的樹，已落下了黃葉」呢。

不敢掠美，我之愛夜，與黃葉之秋無涉，同白領生涯有關。許多年了，累了一天下班後，夜是我的世界：可以跟朋友茶叙聊天，談笑間牢騷頓去；可以看一場電影，回家再做點私人工作。若提及往事——說不定還與同道中人去高陞或蓮香茶樓所設之粵曲歌壇，做其顧曲周郎。我遲眠，從很久以前起已是積習難返的了；即使如今，深夜時分你打個電話來，我保證還坐在廳上。也許我正在聽莫扎特，也許我正在神遊於電視中粵語長片上，欣賞當年的芳艷芬或張瑛等等——雖然明天還得上班。我愛夜，燈前可以集中地讀一些喜讀之書。我愛夜，它讓我有機會留下一些「自己文字」。有時甚至怕白天之太長，嫌夜之太短呢——如果亂麻麻的人事使我煩躁，靜夜使我忘憂的話。

一九八八年四月七日

說夢

誰都知道夢和現實之間的距離很遠，那道鴻溝難越。不過有時，夢想的確又可以成真。

而對於阿甲一定要做力所不逮或永遠做不到的事，阿乙卻會說：「你這是做白日夢！」那時夢卻成為貶詞。這是中西一理——英語所謂 day dream 是也。

情歌之中，往日有一首西方流行曲如此唱：「我夢見你，多於你夢見我。」如此一來，就誰夢見對方越多，就越表示情癡了。

夢有真有假。南美作家馬奎斯的著名魔幻現實小說《百年的孤寂》，不是有好些荒誕離奇而又反映現實的夢嗎？我們的《紅樓夢》中，你說賈寶玉那塊「莫失莫忘」的通靈寶玉是真還是假呢？

筆記小說之類正多夢的篇章。蘇東坡有時夢中作詩，想來是可信的。而認為「死可以生」的，卻是湯顯祖；他在《牡丹亭題詞》中說：「夢中之情，何必非真？天下豈少夢中之人耶？」契訶夫好像與他遙遙相應：認為真實的，彷彿是夢，而夢卻是真實的。

至於一千年前李白說的「浮生若夢」，是無意間透露出人類的滄桑了。

一九八八年五月五日

口哨

這天假日離開住處到附近的半山去，緩緩地兜了一下，名之為「行山」。天上浮着些白雲，淡淡的陽光照下來，可以自由自在地睜開眼看五月風光，看眼前的叢叢綠樹，看下邊漆着滿身花斑斑廣告的電車駛去。

一對年青男女經過我的身旁，向山上走去時，留下幾聲口哨，又消失了。

我心情舒暢地想吹它一下，可是怎麼樣也吹不響。原來吹口哨也像別的甚麼一樣，疏於練習，也變得無聲無息了。十餘歲時我是會吹的，而且能吹可以成調的曲子：有時獨個兒怕黑，行夜路吹口哨；有時白天與同輩朋友鬥吹快樂之歌；或者相約在大霧中山裏迷失時，要互吹口哨尋人。

電影《桂河橋》那段全用口哨吹成的主題曲是叫人難忘的。記得當年在香港炮火後的淪陷初期，我倒親眼看見過，給日軍押着向北角的俘虜營前行的一隊英軍，踏着整齊的步伐同吹口哨，但那卻是悲涼之音了。

抬頭，只見雲彩飛動於輕風裏，沿着山徑往下走，歸途中，望着遠處大廈，尋思哪個窗口是我家的當兒，忽聽得樹上枝頭一連串動人的鳥鳴，不覺停下來。

這麼着，心念一動，啊，哪一天寫首新詩——

陽光下，連鳥雀們也高興得吹口哨呢。

一九八八年五月十二日

山水與氣

某夜誠心誠意讀一首寫純山水的美詩，但說也奇怪，那一行行的佳詞麗句竟繫不住我這讀者的心。後來無意讀一本雜文，其中透出來的一點我自以為是人間的詩意，卻感染了我。

於是躺在床上時懷疑自己是否在凡塵間轉得太久，染了一身俗氣？偶然想多吸點山水氣，「素食素食」地吃一頓齋菜吧，也忘不了肉，嚼的是齋燒鴨。肚子餓時想的是實物，而非靈秀之氣，吃得太飽了看山水好像失去點原味；這就是自己的山水觀？不知道當今遁世的隱士對山水怎麼個看法；但肯定看過無數的峻嶺幽泉，自會參悟此中的禪意。說我對山水之美全不傾心嗎？又似乎不是。越想越糊塗，瑞士的山水美極了，不過住一頭半個月消消俗慮還可以，一年嗎，寧可走在銅鑼灣街上。鰂魚涌也多點人氣生氣。自問自答，要熱鬧嗎，不妨到現時的杭州西湖去。那麼，有機會就上一次黃山吧。但寫它的，一幅又一幅，不是看得不少了？就這樣決定吧，暫時離開世俗裏的熱鬧，哪一天先去離島看看，把腦袋中的假山假水濁氣，換換空靈上的真氣……

一九八八年五月十一日

獨創與誠實

不記得那一年（是抗戰末期還是抗戰勝利後），沈從文寫過一篇文章，反對文學作品上的「差不多」與「一元現象」。他說：「有時看過五本書，竟似乎只有一本書。」他認為文學作品應有「獨創性」；如果作者「缺少獨立識見，只知追逐時髦」，就「在作品上把自己完全失去了」。造成「差不多」的現象「原因在此：記着『時代』，忘了『藝術』！」

用我們今天的話就是：沈氏主張作者應有獨立的思考；既然是文學作品就應重視其藝術性！然而，當時文壇上的極左勢力，就向他攻擊了，說他遠離時代。

一九三八年在昆明，沈氏在《真俗人和假道學》一文內有一段話是這樣的：

「俗似乎也有真假之別，李逵可愛，賈瑞就並不怎麼可愛，我們歡喜同一個農夫、或一個屠戶談家常，談生意，可不大樂意同一個甚麼委員談民間疾苦。何以故？前者真，後者假。」

這位誠實而可愛的藝術家為人怎樣，從這段話也可略知一二了。

一九八八年五月二十一日

人與牛

前些日子，報載本港有一頭老牛，每次主人打算宰牠時都跪下來流淚。惻隱之心，人皆有之——主人下不了手，牛便死裏逃生了。真有這樣的「靈牛」嗎？我是寧可信其有的——即使把它當作現實裏的童話吧。

不免想起另一個相反的例子：是人在牛的跟前跪下，然後牛才流起淚來的。

《儒林外史》有那樣的一個小故事。它本是這部長篇諷刺小說第二十四回的閒筆之一；但由於吳敬梓的白描手法高明，這閒筆成為生動有趣而又有意義的插曲。某天一位姓向的知縣坐堂審案。告狀的和尚說，路過某處，見一條牛，知是轉世的父親，慌忙對牛跪下，牛伸舌頭舐他的頭，越舐，牛流下的眼淚就越多。和尚苦苦哀求放牛的人家施捨；然後和尚把牛牽走，轉賣給另外的人。牛給殺了後，和尚說，牛是他的父親，「前日銀子賣少了，要來找價。」於是爭吵起來就鬧上公堂。原來和尚行騙已不止一次：把鹽搽在禿頭上，牛舐着他頭上的鹽就淌出眼水來。並不糊塗的向知縣判道：「輪迴之事，本屬渺茫，哪有這個道理？況既說父親轉世，不該又賣錢用。這禿奴可惡極了！」於是重打二十大板！

一九八八年八月十二日

小客店

有一天經過中環干諾道中，望着新型的大廈群時，忽然想起：從前統一碼頭斜對面那一帶，有許多舊式客棧和小客店。物換星移，於今中環海濱一帶早已舊貌翻新了。這是值得喝彩的。而在今天的香港，外來旅客所住的酒店，設備好的當然也數目可觀。

然而，人有時還是免不了回顧。我想起從前的小客店，也想起一九四四年秋天湘桂逃難時，與一個年青旅伴在由廣西到貴陽的途中，那段翻山越嶺、曉行夜宿的日子。

記得有那樣的一個黃昏，揹着行囊，雙腿累得要命了，在一家小客店門外，看見一副似曾相識的對聯，上寫：「年年難過年年過，處處無家處處家。」它彷彿是當時無數難民的寫照。而對於漂泊者，那十四個字，有辛酸，但也有溫馨。我與年青的旅伴，有時向路旁或村裏人家借宿一宵，幸運的話還有現成的稻草鋪可睡呢；有時籌到點錢了，便投宿簡陋的小客店或茅店。雞鳴起來，每天走它八、九十華里路，為的是要早日趕到大城鎮去找生活。加上天氣越來越冷，往往涼月尚未西沉時便提早上路。從那時起，我對「雞聲茅店月，人跡板橋霜」的詩意，似乎另有體會了。

一九八八年八月二十二日

粵語與古文

明宋濂之筆記小說《秦士錄》有這一情節：鄧弼，身高七尺，陝西（秦）人，身懷絕技，精通書、史，文武雙全。某日於賣唱的樓上飲酒，醉後，逼兩讀書人，考其學問——經、史、子、集等，及上下三千年事對答如流。二生驚異，弼笑曰：「君等伏乎未也？」

後一句，如譯為目下流行之廣東話，「直情」是「問你服（伏）未？」矣。

粵語中許多口頭語（甚至今天仍活用於香港的），往往來源於古字或古義，例子倒不少。如「貓竇」、「狗竇」，可見於古詩中。（今天廣東話還有這樣的形容：「好似狗竇咁亂！」）如「聯衫」（縫衣）、「出恭」（大便），如何了結、打完場之類的「收科」、「差人」（警察）等詞，在舊小說或古典小說中是屢見不鮮的。

先秦寓言故事有此一段：「宋之丁氏，家無井，而出溉汲（汲水澆地），常一人居外。及其家穿（開鑿）井，告人曰：『吾穿井得一人。』有聞而傳之者曰：『丁氏穿井得一人。』國人道之，聞之於宋君。宋君問之於丁氏。丁氏對曰：『得一人之使，非得一人於井中也。』」

此故事若以粵語「解」之則覺其幽默矣，關鍵在於誤會：「得一人」工作，而非尋「得一人」於井中也。

一九八八年八月二十六日

五妙先生

先生有名，惟識者以五妙稱之，漸忘其本名。余對其妙處可數者，一為最怕出名；二為不願求利；三，如欲邀他重出江湖，雖四顧草廬而不可得；四，書法、行文俱佳，但多年來不肯以之示人，雖友好亦難得其墨寶。是否怕漂亮之字與手筆流傳於混濁世間，抑將妙筆藏諸大霧名山自我欣賞，或懶於寫回信，則不得而知矣。

其第五之妙，凡事喜即興而惡「預興」（其本人創造之術語）；蓋先生認為：即興可以無拘束，預興則關乎計劃。據余與先生交遊之經驗，若到茶樓飲茶，路上萍蹤偶遇則可，事前相約訂位難成。此為灑脱之風，抑固執之行，亦不得而知也。

其實先生之妙，又何止八九之數；不過先生姓伍，故稱之為五妙耳。

* * *

年前友人懶於執筆為文，也懶於執筆回信等等，曾以如此筆墨開他玩笑。

如拙文中所述的五妙先生者，即世有其人，也是為數甚少的吧？

一九八八年八月三十日

海山夢迴

遠眺綠波，千帆並發。轉瞬間，夕陽西下，燒柴不點石油氣爐之人家，炊煙四起又散，艇群緩緩而流，漁舟唱晚矣。回頭忽見港海，其平竟若家中鏡，碧空如洗，鏡上並無半絲雲跡，澄明處不知是水是天。俄而隱隱傳來馬達聲，驚濤驟起，無數巨輪從外駛來，碎我家中鏡。疑是夢，果然，噫！夢碎矣。

暗自思量，所居之樓前，已疊疊高樓，豈能一窺窗外半點海影哉！

由茂林深處轉出，過十里奇巖，又是林中曲折山路，時有葉露沾衣，芬芳撲鼻。遠聞杜鵑啼苦，但三聲未盡，為眾鳥之歡樂交響曲壓倒矣。抬頭見古木參天，影影綽綽間，日光如線投入。尋路至山腰，蒼巖不復蔽日矣。是時也，光影參差錯落，百花含笑，松柏相迎，山澗粲然而作淙淙鳴。人在千變之畫圖中，與飛鳥共賞天然；天然者，不染塵濁之空氣，是其一也。妙哉沙哉，清風徐來，更覺怡然。暗道：即使過境候鳥，亦喜清風，亦喜麗日，亦喜山巒滴翠也。驀然間，頭上飛機隆然而過，為之驚醒。

醒後自知：樓前翠綠之山崗早已夷為平地，其上建參天大廈，其下為「過境」之地鐵也。

一九八八年八月三十一日

天空下

曾見過這樣的天空：有行雲、停雲，各色各樣的雲。而且經驗中見過很多。忽然在某個白天，甚麼雲也沒有，我會說天空是空蕩蕩的。

而萬里無雲，那是對麗日藍天的另一種感覺了。

因為我見過來往的船隻，遂說無船的大海顯得空蕩蕩。這正如你見慣了一個熟人或朋友於斗室中，他或她忽然遠去不再回來，一個斗室也會空得大起來的。

草原的遼闊，有時會使人覺得空寂。這空寂，如果說有一部份是視覺的，有一部份是感覺的，那麼，你走在熱鬧的街道上，生活於鬧哄哄的人群中，仍寂寞如故，這孤單是完全屬於心境的了。

也許麻木比寂寞更可怕。後者有時會教人做許多事情，甚至做一些頗有意義的事情。而麻木，則連心境也說不上了。

我喜歡清靜，但也喜歡熱鬧。我愛聽琴音，但也愛聽各色各樣的人聲。若兩者不能平衡，心理上就覺得有點空虛而不夠充實的了。也許這就是我的人生。

一九八八年九月一日

茶餐廳

香港戰前的西式茶店中，沒有所謂茶餐廳，有的只是餐室以外的冰室。目前雖有冰室的存在，但數目不及招牌上寫着「×× 茶餐廳」者之多。

茶餐廳約興起於五十年代末，曾盛極一時；但一度前景欠佳，由於舖租越來越貴，租約滿後好些不再維持下去，就少了一家又一家；隔了好幾年，似乎又東山再起。雖是如此，已不及全盛時期之多，何況如今還碰上強勁的對手——快餐店。在某方面而言，「茶餐廳」與「冰室」之名詞雖不同，但性質卻差不多。當然，好些茶餐廳也供應牛扒、豬扒、碟飯之類，為冰室所無（要領得餐室類的「熟食」牌照才能供應的）。

茶餐廳與冰室有個很相同的特色：除其他西式茶、餅之外，必賣「鴛鴦」。還有，在那裏叫一客「油多」，即：植物油塗烘麵包；要叫一客「鮮油多」才是牛油塗烘麵包也。這點比大餐廳方便，吃「法」靈活。說到茶餐廳，據我所知，北角、灣仔、銅鑼灣各有幾家，西區也不難找，尖沙咀要在橫街、後巷才有，深水埗較多，油麻地的較分散。但西灣河則集中，單是電車路就擁有好幾家，而且地方、茶、餅也不錯。

一九八八年九月二十七日

再說「鴛鴦」

先說一句題外話：飲料，本地人或廣東人都習慣稱為飲品，由來已久；因「飲料」與「飲尿」之音太接近，不雅也（分別只是「料」的聲母為L，「尿」的聲母為N罷了）；故我這老香港還是寧可從眾依習俗——紅茶「溝」咖啡這種特別的飲品，可說地方色彩濃厚，不知是誰或哪家冰室首先「泡」製；但其為香港或粵人所特有的，殆無疑義了。

這獨特的飲品，在香港因較大眾化，故在冰室、茶餐廳、大牌檔之類才有出售。（若在家中自己沖，一則麻煩，二則遠不是那種「又香又滑」的味道。）不過他們的飲品價目表上只有紅茶、咖啡等字樣，絕不會出現「鴛鴦」二字。光顧時，識者自叫「鴛鴦」就行。這倒是約定俗成的趣事妙事之一。

有幾年我曾每天在尖沙咀東部上班，因為那裏是較高級的商業區，初到時竟無法找到有「鴛鴦」可飲的地方；後來跨過漆咸道，穿街過巷好不容易才找到我心目中的「茶餐廳」。記得找到後，心裏馬上覺得踏實。「鴛鴦」不能登大雅之堂，但我想好此的朋友也不希望它登，因為一「登」，價錢必貴許多。

一九八八年九月二十八日

候鳥過境

世有所謂「能言鳥」——這是從人的角度看。但，其實在鳥的世界中，只要不是啞鳥，隻隻都能言——要沉默卻是另一回事了。鳥與鳥之間是有語可通的。

一天，×國天空下，一群候鳥過境，其中一隻在山溪畔停下來喝水，喝得太飽了，歇息一陣後，旅伴們不知去向。它索性留下來逍遙一段時光：附近風景不錯，近處青山綠樹，遠觀是一座座人居的樓房。候鳥（暫時叫它做阿單吧）因為有水潤過了喉嚨，第一件事就想到唱歌。於是就大展歌喉。

阿單在叢樹之間的枝上飛來撲去，它本是一隻頑皮的鳥兒，如今沒有頭鳥看管，更加無拘無束了。唱着唱着，它忽然停下來傾聽：有幾隻本地鳥反應了，唱的一律是畫眉之類的聲音。阿單沿聲尋去，發現一隻杜鵑，問道：「你剛才也唱畫眉聲嗎？」杜鵑答道：「也可以唱喜鵲聲。」阿單詫異道：「你是杜鵑，應該啼苦的。」杜鵑答道：「你有所不知，候鳥哥，這些日子，我們這裏是沒有『自我』的。除非你是鸚鵡——還是不啼人間疾苦為妙！」這時另一歌鳥忍不住對阿單說：「山下人間只能歌功頌德、『鶯歌燕舞』呢，目前是沒有所謂時代心聲、大眾喉舌的……」

一九八九年七月二十二日

新腔‧男花旦

粵曲的歌詞有俗有雅，不能一概而論。雅的，除撰曲者自創外，也有取自唐詩、宋詞的。如王心帆為一代歌伶小明星所撰的《知音何處》，開頭的「二流」（調），其曲詞是：「春欲盡，日遲遲，牡丹時。羅幌捲，翠簾垂。」即取自宋人歐陽炯之《三字令》一詞。二流調這樣三字一氣到底，本來不合粵曲的「曲式」，但反而使小明星翻出了「二流」調之新腔，影響深遠，以至今日藝人（包括名伶）除二黃、中板等外，唱二流亦或多或少帶點「星」腔了。

唐詩「絳幘雞人報曉籌」為王維之句（雞人，官名，宮中司「時刻」事）。我記得從前聽古老的唱片，名小生白駒榮有一首說唐明皇甚麼的曲，就有上述的一句。跟着是：「今夜瞞過玉環（楊貴妃），來與梅妃聚首」等等。與他對唱的是當時著名的男花旦——一時忘了是肖麗章還是千里駒了。還有一位男花旦，名嫦娥英，也是有名的。我小時在利舞台看過他們的戲，記得其中有一位與白駒榮同台過。

在高陞戲院則看過另一男花旦陳非儂（即陳寶珠之父）與馬師曾同台，看過好幾齣。

粵劇的男花旦比京劇的較早退出舞台。上述四人，在我心目中是粵劇中最後的男花旦。

一九八九年十一月二十一日

牆的聯想

很久很久以前，寫過一首短詩，名字就是《牆》：

我不曾經歷過牆的那邊／你的白天和黑夜。

我不知道你的日月星辰／我不知道你的快樂與悲傷。

是甚麼委落於荒涼的塵土中？／哦，是時間和我那折了翼的想像！

讓我們把它拆下來吧／那厚厚的冷漠，那高高的牆。

如今回首，真是另有一番滋味在心頭了。窗外有隻歌鳥在唱，在我聽來彷彿是無韻的「無拘集」。不，它不是唱，而是説——

東家與西家本來是一家，自從出了朱皇帝，就分家建了牆。有人説西家不及東家好，但東家的子弟總往西家走——不，錯了，是往西家奔！你知道是多少年了？我都忘記了。總之那圍牆上染過許多東家子弟的鮮血。我飛過、停過在它的上面——如今開始要拆了，那厚厚的高高的牆！

我又聽見遠方那第一堆給拆下來的磚頭説：我要搬家了。問：「往哪兒搬？」「往東方搬！」「甚麼意思？」「把不需要自由的國度之牆，加大加厚圍起來。」

為遠方之家高興之餘，一想近處的牆，我的原子筆折翼了。

一九八九年十一月二十四日

英語雜記

英語片：男送一禮物給女，女說：Oh, you shouldn't (have)，頗有「何必破費呢」之意。某人忽聽說誰意外去世，反應往往是：No!（「不！」）一個簡單的No字，是惋惜？是驚愕？是「不會吧」？有時難下結論，得視乎說者的語氣、神態等而定。

通常說「我沒有錢」：I haven't got (any) money，但片中一般人（或受教育少者）往往說：I ain't got dough，略近粵語「我冇『水』」之類。美片：dame，英片：bird（鳥）——在某些人口中往往代替了「女」（上聲）。Kid本是孩子，作動詞用，如You aren't kidding me, are you? 或No Kidding? 究竟應譯為「你不是（哄）騙我吧？」或「不是開玩笑吧？」，又得視乎現場情形了。這僅是無數例子中之一二而已。

一己之見是：學過一些英語的人（筆者在內）看英語片時若不看中文字幕，聽不懂或不全懂，是普遍事；習語、俚語再加時興詞兒，實在不易了然。學寫靠寫，學講靠講，那麼學聽也只有靠多聽多吸收了。話說回來，片上中文字幕對觀眾大有幫助，那份工作是苦差事，每幕有字數規限。據說譯者大都根據對白本譯，連影片本身也沒有機會看到，算了不起的了。

一九八九年十一月三十日

廣東歌詞

若說依一定曲譜而作（填）歌詞，個人覺得各種歌詞（包括國語歌詞、英文歌詞等等）之中，在倚聲技術上，以廣東歌（泛指一切以廣州話唱出之歌）為最難。其原因是：廣州話有九聲（普通話僅四聲）；每字依九聲（調）之高低而「填」，稍為一倒音，比他種曲聽來特別覺得怪異，而且字之甲義，往往變成乙義。

比方粵樂之《粧台秋思》簡譜：365653—6……著名劇作家唐滌生填上「落花滿天蔽月光」，我們聽來順耳。把它簡化：開頭36二音若填上「月色」也可以，因「色」之聲調屬陰入，（依粵曲）可以代陰平（聽來同樣順耳），這頗像某些宋詞之以入聲代平聲。但若在36音中，寫「鳳凰」，其效果——聽來就變成「鳳汪」了。所以有人把「落花」句唱成「落街冇錢買麵包」，雖不雅，但粵「耳」聽起來比「鳳汪」之類順耳了。

近年流行之粵語「時代曲」（借用此詞以別傳統粵曲），有些詞寫得有新意；但有些卻不通而為人詬病如「敢於抵抗高山」之類。粵之九聲，的確對譜難填，限制得太嚴。然而一些高手如許冠傑、盧國沾、黃霑等仍能在不倒音之「嚴」中寫出某些好歌詞，實非易事也。

一九八九年十二月一日

抒情與賒賬

薩洛揚的抒情劇作《我的心在高原》以加州某小城為背景，時在一九一四年夏秋之間。登場人物十餘人，但主要寫一樂觀的窮詩人與九歲兒子尊尼相依為命，收留了一個過去演莎劇的老演員阿麥。他常說離家五千里，心在高原——原來他是從老人院「溜」出來的。跟他們父子度過一段愉快而不寂寞的時光後，老人院的職員來找人時，老麥安詳地與世長辭了。下面試譯述片段對白，以見薩氏風格之一二。

老麥在他們家門口吹喇叭，向尊尼討水喝。其實他這時肚子很餓。尊尼要他吹段美妙樂曲。老麥：「孩子，你到了我這年紀，就知道歌曲不重要，麵包才要緊。」父親（詩人）叫孩子馬上去拿水給老人喝。孩子：「你去拿吧。反正你有空。」父親：「我有空？你知道我腦子裏在忙着構思一首新的詩。」孩子：「你怎會想到我可以知道的？」

然後詩人招呼老麥進屋，叫兒子去雜貨店那兒記賬弄點麵包、乳酪回來吃。孩子：「哥錫先生不會答應的。他再也不願意賒賬給我們了。他說我們不工作，又一直不清欠單。」父親：「去吧，說服到他肯賒給你為止。你知道，這是你的工作嘛。」

一九九零年二月一日

賒酒

（一）

日前寫了兩篇小文，略述美國作家威廉·薩洛揚的劇作《我的心在高原》。其中窮詩人為了招待客人、解決肚皮、叫小兒到相熟的雜貨店去賒麵包等。肚子餓弄點東西吃，粵語俗稱「醫肚」也。

我國古代詩人也有賒賬之舉，不過，似乎往往賒的是酒。當然也可能賒食物，要「醫肚」而又無現錢可付的話。也許其「賒」入了詩篇，以「酒」代食物而概括之吧？

在人們印象中，窮詩人大多是瘦的，因營養不良，又憂世憂民，還為藝術嘔心瀝血。杜甫當然很難胖起來。李白《戲贈杜甫》有云：「借問別來太瘦生，總為從前作詩苦」，彷彿見之。像李賀那樣騎驢、苦吟，當然瘦弱，遂英年早逝。李商隱安慰我們說：這多才的長吉遠赴白玉樓，是天帝邀請他寫詩去了。

偉大的小說家曹雪芹，也是詩人。其生平好友敦誠哀「挽」他時第一句就是：「四十蕭然太瘦生」。曹氏生時，敦誠一天過訪後曾以詩證其事，令人為此一代文豪（不僅是高級知識分子）唏噓：

「滿徑蓬蒿老不華，舉家食粥酒常賒。衡門僻巷愁今雨，廢館頹樓夢舊家。司業青錢留客醉，步兵白眼向人斜。何人肯與豬肝食？日望西山餐暮霞。」

（二）

蘇東坡遷謫惠州時，先住合江樓，後居白鶴峰上。該峰是惠陽縣城水東街前的一座小山，如今已是某衛生學校的所在地。

但當年白鶴峰古木參天，滿目蒼翠，風景甚佳，為白鶴聚居之所，故名。

蘇氏在此居留時與鄰居友好，時有往來；曾寫《白鶴峰新居上梁文》，有句云：「伏願上梁之後，山有宿麥，海無颶風；氣爽人安，陳公之藥不散；年豐米賤，林婆之酒可賒，凡我往還，同增福壽。」

這裏特別要一提的是林婆，即林行婆。她是東坡的好鄰居，是個賣酒的老婦，開了家小酒店，自己懂釀酒。東坡常常光顧她的店子，飲酒可以記賬，故「林婆之酒可賒」焉。執筆至此時想：不知林婆與東坡閒話家常時，說的是惠州方言還是客家話呢？

當然，這樣的「賒酒」，比上篇說的較「雅」了，雖然蘇大詩人仕途坎坷，一貶再貶。說到賒酒，想起元代散曲，有徐再思（甜齋）以小令《黃鍾》詠陶淵明之作。其詞如下：「那老子覷功名如夢蝶，五斗米腰懶折，百里侯心便捨。十年事可嗟，九日酒須賒。種着三徑黃花，栽着五株楊柳，望東籬歸去也。」

一九九零年二月八日至九日

李賀與時間感

杜牧比李賀（長吉）年輕十三歲，詩風迥異，然欽佩中寫李長吉詩序讚曰：「雲煙綿聯，不足為其態也；水之迢迢，不足為其情也……」當時並無「魔幻現實」一詞，但序文對賀之某些色彩瑰麗、詭譎離奇的詩篇有此看法：「鯨吸鰲擲，牛鬼蛇神，不足為其虛荒誕幻也。」（時長吉去世十餘年矣。）

不過，這也是李賀詩：小宮女「出門不識路，羞問陌頭人」；少女深閨思念遠去的情郎「踏踏馬蹄誰見過？眼看北斗直天河」等等。

漢武帝有《秋風辭》：「秋風起兮白雲飛，草木黃落兮雁南歸……」李賀在《金銅仙人辭漢歌》一詩中，由這「秋風客」寫起：

「茂陵劉郎秋風客，夜聞馬嘶曉無迹。畫欄桂樹懸秋香，三十六宮土花碧。魏宮牽車指千里，東關酸風射眸子。空將漢月出宮門，憶君清淚如鉛水。衰蘭送客咸陽道，天若有情天亦老。攜盤獨出月荒涼，渭城已遠波聲小。」——結尾如電影鏡頭之「淡出」漸隱。武帝為求長生術而造巨大銅人與承露盤。但誰能長生不老？銅人有情也將會「綠」鏽化；遠離漢宮時清淚如鉛水，射目的是「酸」風。朝來無迹，回頭已長滿青苔（土花碧）了。詩人李賀對時間是特別敏感的。

一九九零年二月十三日

禪門故事

（一）

佛經學問高深，其中好些有關的術語、故事，非我這俗人所能領會。但其中有些具文學意味的有趣故事，讀之卻又似乎若有所得，或得到某些啟示。例如星雲法師講述（明慧居士筆錄）的《禪門小故事》，有如下的情節：（這裏簡略轉述）

有信徒問大珠慧海禪師：「聽說經典當中《般若心經》的功德最大、靈驗最多，請問禪師高見？」禪師答道：「不見得吧？」信徒說：「那麼，認為《般若心經》功德最大、靈驗最多的說法，不足信了。」

禪師答道：「話不能這麼說，所謂感應，是在於摯誠的心，而非虛妄的外表。經典由文字、筆墨、紙張構成，文字紙張怎會有靈驗？假如經典供奉在桌上，無人受持，禮拜，說它有靈驗、有功德，你想可能嗎？」

有一首詩如此說：「佛在靈山莫遠求，靈山就在汝心頭；人人有個靈山塔，好向靈山塔下求。」（星雲法師的意思是：「一切經典不是在於你誦唸不誦唸，經典靈不靈，是在誦唸者自己的本身心裏有了體會……」）

（二）

道謙禪師和宗圓禪師是好朋友。二人結伴到名山大川叢林道場一行，長途跋涉，途中宗圓覺得辛勞，受不了，嚷着要回家。

道謙安慰他道：「我們出發以來，已經走了很遠路，現在回去，半途而廢，人家會笑話的。實在可惜。從今天起，有甚麼困難，你說吧，我能代勞的，就替你做。不過有五件事，我卻不能幫忙。」

宗圓問道：「哪五件呢？」

道謙說：「穿衣、吃飯、大便、小便和走路，我幫不了忙。」

宗圓聽了，大悟，以後再也不敢說辛苦了。

（故事的敍述者——星雲法師——說：「世界上沒有不勞而獲的東西。萬丈高樓從地起，萬里路程一步始。生死煩惱別人絲毫不能代替，一切都要靠自己。」）

有信徒問趙州禪師，參禪如何參法才能悟道？禪師忽然站起來說：「我沒有時間回答你，要去小便。」走了幾步，回頭說：「你看，這樣的小事，我也得自己去呢。」

一九九零年四月十八日至十九日

唱粵曲

前一陣，本版通天老記轉述某女士品評粵曲，說：「長期操練粵曲，等於練氣功，可以挺胸、收肚……」此話在我聽來，頗覺新鮮。想落也不無道理。

傳統粵曲（指包括內有梆黃等的粵曲），短者也往往一唱近於半小時，長者需時四五十分鐘。少一點氣也不能完成一曲，不要說行腔婉轉，吐字清楚了。若中氣不足，走音是常事。因此天天練唱、練呼吸，也就略近於練氣功。比方我們男的，若練唱新馬師曾那支名曲《臥薪嘗膽》，開頭《吳王怨》那段：「憂懷國恨心更傷，仇恨似海樣永難忘……」非要練得挺胸、收肚不可。何況跟着還有大段「呀呀」的拉腔！若天天一曲，練到呼吸勻稱，唱得徐疾自如，縱有肚腩也慢慢「收」平了。

過往有許多年住於某區，家中常來粵曲發燒友；即使樂師唱家朋友不在，我們幾兄弟也「埋班」自娛：弟弟們拉二胡、椰胡、奏三弦等，我開口唱。薛腔、小明星腔、新馬腔吸收過後，唱自己的新腔。其時是我肚腩最小、身體最健康的時候。

一九九零年五月二十一日

耐力與好處

以前聽過朋友說，是由於喜愛粵曲而接近古典詩詞的。我小時候的情形也差不多是這樣。當然這裏指的是那些文字較典雅的粵曲。

粵曲可以陶冶性情不在話下。個人覺得它訓練耐力與節奏感，很有一功。學唱一支時代曲所需時間較短，學唱一支粵曲則時間相當長。（事實上每支長度——就說平均唱二十分鐘吧，也不簡單。）通常要把一般粵曲，在有音樂拍和時而唱得丁板不誤，行腔自如，非下三四年功夫不可（天才例外）。若要進一步，使內行人聽來欣賞的，非十年八載不為功。大概南北各種地方戲曲也是如此之「不易」吧。想想看，那些舞台上、歌台上的唱家，誰不下過大量功夫才使人聽來覺得舒服。

至於我們業餘的粵曲歌者，要求不那樣高，但要唱得稍為動聽，也還得常常操練，所謂「拳不離手、曲不離口」也。粵曲還有這樣的好處：工作疲勞之餘，百無聊賴之際，心情苦悶之時，與拍和的樂友高歌一曲，鬱氣與屈氣會全消，成個人舒服晒！唱粵曲，有時連某些莫名的小病也會治好的。

一九九零年五月二十二日

吳趼人的寓言

（一）

吳趼人（一八六六——一九一零年），字沃堯，廣東南海人，老家在佛山鎮，故有筆名「我佛山人」。二十餘歲到上海謀生，常於日報上發表小品文。一九零二年（光緒二十八年）梁啟超創辦《新小說》月刊於日本橫濱，次年吳氏開始寄投長篇，有《電術奇談》、《九命奇冤》、《二十年目睹之怪現狀》。此外還有《痛史》、《兩晉演義》、《劫餘灰》等多部長篇問世，可說是多產的小說家。當時聲名甚盛。有人把其文綴集為書印行，如《我佛山人筆記四種》、《趼人十三種》等等。吳氏對於晚清的種種或醜或怪的現狀，常以嘻笑怒罵之筆寫之。他的寓言《俏皮話》有一則《豬講天理》，錄之如下：

天時不正，疫症流行，及於六畜。外國人於起居飲食，最為謹慎，因查得有豬瘟之症，遂傳諭各屠户，凡有要殺之豬，都要等外國醫生驗過，但是瘟豬都不准殺。於是無病的豬，都先過刀而死。乃相謂曰：「不期這瘟畜生，倒反長命。」一豬曰：「本來這是天理之常，你不見世界上的瘟官，百姓日日望他死，他卻偏不死麼。」

（二）

梁啟超在光緒年間於日本辦《新小說》月刊時，吳趼人除了發表長篇外，也發表過一些極短小品，如署名「我佛山人」的《新笑林廣記》與《新笑史》。所唱「笑」，其實是對晚清時事的諷刺。

但他寫得較多的為《俏皮話》——多數是借動物以諷刺不合理之人情世態的寓言，在各報發表。他自謂「生平喜為詭詭之言」，朋友聽之覺得詼諧可笑；連粵港南洋各報也往往採錄（或轉載）。後來他整理、修訂共一百二十六篇，連載於自己所編的《月月小說》上。茲錄其《骨氣》一篇於此：

> 公冶長通鳥語，公冶短卻能通獸語。一日，公冶短行山中，遇一虎，將搏一牛。牛曰：「汝不見我兩角耶？」虎曰：「汝兩角有何用？」牛曰：「角者，骨之餘。即此足以表見我之骨氣矣。」虎曰：「爾果有骨氣者，吾且敬爾，不啖爾矣。」牛乃去。又一羊來，虎審視之，曰：「是雖不及牛，然足表見其骨氣者。」亦捨之。未一豬蹣跚至，肥肉臃腫，虎曰：「是絕無骨氣者矣。」撲而食之。公冶短聞之，嘆曰：「不圖畜生，反知敬重骨氣。」

一九九零年九月十四日至十五日

古文與白話

（一）

《辭海》之「林紓」條下，簡略的記載中，對其歷史（也是思想？）的評價是：「早年參加過資產階級改良主義的政治活動。」「晚年反對『五四』新文化甚力，是守舊派代表之一。」他為何會如此？從前不知原因何在；後來有所悟，因為有機會讀到他給蔡元培的公開信，即《答大學堂校長蔡鶴卿太史書》。（按：蔡氏光緒進士，曾任翰林院編修，翰林舊稱太史；他於一九一七年任北京大學校長。）該信發表於一九一九年三月十八日北京報上，為五四運動前夕；道出他這「清遺民」晚年的保守思想，有「若讀原書，則又不能全廢古文矣」、「以白話為主，不可也」等話。此信日後成為林紓「反對五四新文化甚力」的證據了。

林氏（琴南）的《論古文白話之相消長》，筆者認為也是一篇很重要的文章。他從古文說到「今文」；對《紅樓夢》與《水滸》的寫法與「白話」評價甚高，說作者古文根底深厚。又謂「此古文一道，已屬聲消燼滅之秋，何必再用革除之力？」從這「革除之力」，我們可以想像到當時新文化運動一來會怎樣……

（二）

凡運動，往往有過火偏激之處。可以想像，五四新文化運動及其前後，打倒孔子，打倒舊的傳統文化，也一定有人高呼打倒古文。不同意「盡棄古文行以白話」的林紓，在《論古文白話之相消長》一文中說：「此古文一道，已屬聲消燼滅之秋，何必再用革除之力？」

請注意「再用」二字！林氏當時也許深覺惋惜，也許心有不甘，以其性格的倔強而言，也可能你越要「革除」，他心裏就越不服氣！——這僅是我的猜測。其文中有云：有些「近人」的白話文很差。「其曰廢古文用白話者，亦不知所謂古文也。」他力讚《水滸》如何「繪影繪聲」，曰：「試問不讀《史記》而作《水滸》，能狀出爾許神情？」他力讚《紅樓夢》的白話好，及如何善於刻劃人物，說：「作者守住定盤針，四面八方眼力都到，才能隨地熨貼。今使盡以白話道之，吾恐浙江安徽之白話，固不如直隸之佳也。」意謂何不讓古文白話暫時各展所長；語重心長道：「能讀書閱世，方能為文。如以虛枵之身，不特不能為古文，亦並不能為白話。」「吾輩已老，不能為正其非，悠悠百年，自有能辨之者，請諸君拭目俟之！」

一九九零年十月二十四日至二十五日

「有個我在」

被稱「中國最後古文名家」的林紓（琴南），以古文寫作（包括寫小說）及翻譯外國小說。過去有些人以為他是清朝桐城一派，其實「純屬誤會」。桐城派作家多是安徽桐城人，故名；為文以「清真雅正」為尚，刻意追求「嚴淨」，容不下所謂「俗」的。比如該派代表之一的方苞認為「藝術莫難於古文」，輕視小說戲曲等。

以古文而論，林紓自承喜讀而淵源於「左、莊、馬、班、韓、柳、歐」等，卻又另闢途徑。他說過「專於桐城派文，揣摩其聲調，雖幾無病之境，而必無精神氣味」。故其行文從不避「俗」，與他說過「木然無生氣」的桐城派文大相逕庭。在文論中，林氏對某些毫無個性的「古文」尤其千篇一律的「八股」厭惡。他說：「為文當肖自己，不當求肖古人。」又說：「作文時，不可專摹古人，須使有個我在。」在林氏而言，以古文（體）寫己意而出自肺腑；與「專摹古人」是兩回事。這是辯證的。林氏亦云：「情者發之於性；韻者流之於辭。」、「凡情之深者，流韻始遠。然必沉吟往復久之，始發為文。」林文甚有感染力，豈偶然哉？

一九九零年十月二十六日

不拘一格

林紓為文，一般說，不晦澀，不拘泥於古，不刻意於所謂「嚴淨」而「純」，不拘一格，有自己的見解。寫理論文章，邏輯整然；發議論則有所感而言之有物。比如在小品《湖之魚》中，林氏先寫湖水如碧，下食物於水，群魚爭喋，然後：「魚圖食而並吞於鈎；久乃知凡下食物者皆將有鈎矣。然則名利之藪獨無鈎乎？」

又如《（西湖）湖心泛月記》末段：「夫以湖山遭幽人蹤跡，往往而類，安知百餘年後，不有襲我者，寧能責之襲東坡也？」林紓的抒情文字，尤見性情。其《蒼霞精舍後軒記》為重訪故居憶亡妻之作，往事歷歷如繪，閒話家常，娓娓道來，繼而筆鋒一轉，其情真切感人：「欄楯（欄桿）樓軒，一一如舊，斜陽滿窗，簾幔四垂，鳥雀下集，庭墀闃無人聲。余微步廊廡，猶謂太宜人晝寢於軒中也。軒後嚴密之處，雙扉闔焉。殘針一，已鏽矣，和線猶汪扉上，則亡妻之所遺也。」

其散文有時以畫筆出之。如《記花塢》：「稍南多杉，霜皮半作深紫之色，雜立竹中，紫翠蕩漾，如垂湘簾。」有時以小說之筆出之如《趙聾子小傳》等等，於此不贅矣。

一九九零年十月二十七日

素馨．花事

（一）

清初屈大均的《廣東新語》，重翻之下，仍覺趣味盎然。其中有些實事記載，可作知識、風俗小品看，亦可作散文觀之；因其行文洗練，雖思古傷今，但陳辭婉約而多風也。是書卷二十七《草語》的《素馨》一篇，是其中一例，我愛讀之。

辭典上說：「素馨花常緣灌木，葉子對生，羽狀複葉，花冠長筒狀，白色，富香氣。常栽培觀供賞；花為提芳香油的原料。」

大抵此花盛產於南方，廣東、福建、雲南常見，昔日廣州尤多。（順便一說，往日有粵語片女演員來自廣州，名黃素馨，即吳楚帆青年時之亡妻也。）

屈大均寫道：「珠江南岸。有村曰莊頭。周里許。悉種素馨。亦曰花田。婦女率以昧爽（近黎明）往摘。以天未明。見花而不見葉。其稍白者。則是其日當開者也。既摘覆以濕布。毋使見日。其已開者則置之。花客涉江買以歸。」人們以之插髮。花可作燈飾。屈氏詩：「盛開宜酷暑，半吐在斜陽；繞髻人人艷，穿燈處處光。」

（二）

據屈大均所寫：採摘素馨花的必是婦女，而她們又多不簪戴此花。這倒使筆者想起廣東諺語「賣花之人插竹葉」來了。昔有詠云：「花田女兒不『愛』花，縈絲結縷餉他家。貧者穿花富者戴，明珠十斛似泥沙。」屈氏說：「可謂善言土俗也。」又云：「東莞稱素馨為河南花。以其生在珠江南岸之河南村也。兒女子以彩絲貫之。素馨與茉莉相間。以繞雲髻。是曰花梳。以珠圍髻。則曰珠掠。」他說，廣中（陰曆）七七之夕，許多素馨花艇，遊於海珠、西濠、香浦。千門萬戶皆掛素馨燈。當時人以為素馨「雖盛夏能除炎熱。枕簟為之生涼。諺曰。檳榔避寒。素馨避暑。故粵人以二物為貴」。在《素馨》一文末段，屈氏寫道：「廣州有花渡頭。在五羊門南岸。廣州花販。每日分載素馨至城。從此上舟。故名花渡頭。」當年素馨盛況可見。他接着說：「今也人盡髡鬜（意指要剃光頭，買花插髮者，清朝不比前朝了）。花無所著。亦漸以稀少矣。諸花戶皆貧。蕪其花田而弗種。即種亦不蕃滋。蓋時為之也。」漢時已有此俗：南人喜以花為飾。男女有雲髻之美者，「必有素馨之圍」。

（三）

屈大均在《廣東新語》的《草語》一卷中，寫竹、寫芭蕉等，也寫很多種花。雖不能說他對前述之「素馨」情有獨鍾，但也可以體味到他一點「思古傷今」之情：從婉約的文字中可隱然「看」到他一貫的思明反清之「意」也。

同書中有《墳語》一卷。其內有一篇與素馨花有關的《素馨斜》。其文不長，謹錄於此：

> 素馨斜。在廣州城西十里三角市。南漢葬美人之所也。有美人喜簪素馨。死後遂多種素馨於冢上。故曰素馨斜。至今素馨酷烈。勝於他處。以彌望悉是此花。又名曰花田。方信儒詩：「千年艷骨掩塵沙，尚有餘香入野花。何似原頭美人草，風前猶作舞腰斜。」予詩：「花田舊是內人斜，南

漢風流此一家。千載香銷珠海上，春魂猶作素馨花。」近崇禎間。有名姬張喬死。人各種花一本於其冢。凡得數百本。五色爛然。與花田相望。亦曰花冢。予詩：「北同青草冢，南似素馨斜。終古芳魂在，依依為漢家。」冢在白雲山梅坳。

屈大均，這位嶺南義士、詩人，借花寄意，於此透露更多消息了。

一九九零年十一月二十八日至三十日

《水泥邊》選

地北天南

日前說及的多年知交N，茶敍時我們常喜海闊天空，開開玩笑；彼此工作緊張，藉以鬆鬆腦筋也。有時信中也是如此。曾收到他的《采桑子》打油詞，上、下（兩）「片」分錄如下：

龍舟過後波濤靜，
茶座文談，地北天南，
議論滔滔到更殘。

何時折柬相邀約？
到梨園山，到筲箕灣，
藝壇聽罷帶歌還！

於是當日覆信，我附上一首即興回報的粵韻打油詞：

喜獲燈油兩桶，誰說燈火闌珊？
飛「電」過河，欲再相邀，可惜又是緣慳。
詞情漲腹，似覺靈感潺潺。

抬頭望，夕陽風采，猶未下山。
倚聲處，不彈西江月，不唱菩薩蠻。
意識流時，效白石弦歌自製，一曲地北天南。

一九九零年十二月二十七日

木棉

木棉又稱紅棉，因其花作深紅、金紅二色。每年此際——二三月間——正是它花開滿枝時。路經北角、金鐘道、花園道等，可以見到幾棵高大的英雄樹吐着赤燄，意味着南方的天氣回暖，縱有春寒，也為時短暫了。

家居附近有兩棵特別吸引我的巨樹，其一為羽葉青青的鳳凰木，要到五月左右才開花；另一棵就是挺拔的、枝柯對出的木棉，高約十丈，其上有一特大的鳥巢。我想晚上宿於巢中的那個鳥「家族」也一定是個大「族」吧。最近每天經過時，總忍不住停下來仰首而觀。那黑色的鳥巢，襯着開得很燦爛的大朵、大朵的艷紅，倒成為半空的奇景。不覺想起屈大均的詩：「十丈珊瑚是木棉，花開紅比朝霞鮮。」

記得年前與親友在筲箕灣山上的鯉魚門度假村住過一夜，白天在一條木棉徑上走過。那排木棉樹有七八棵之多，當時可惜不是花時。此際若駐足其間，一定目不暇給了。

一九九一年三月十一日

安格爾及其他

（一）

美國愛荷華大學的「國際寫作計劃」是保羅．安格爾、聶華苓伉儷於一九六七年所創辦；由籌募基金與歷屆經費到接待作家等等工作，都花過他們夫婦大量心血。

每年應邀的參加者（通常為期四個月），全部旅費及每月不算少的生活費均由「計劃」機構所付。到了當地後，你宣讀論文或參加研討會，或關起門來搞「個人」創作，或甚麼也不做，每天只不過看山看水作身心之休息，都悉隨尊便——事前已明文説及。如此自由之「旅」，當世絕無僅有。創辦人了解文學創作者的艱苦生涯，遂以此舉作為另一形式的獎勵，使作客者有幾個月不愁生活而安心，度另種「假期」。去自不同國家、地區的作家，也可藉此機會在相處中成為朋友，或自然而然地交流經驗。

我有幸於一九七七年被邀請參加。除了必要的活動外，四個月裏我在風光如畫的愛荷華到處走動，倒畫了好些聊以自娛的速寫。如今安格爾（我往往稱這中國人之友為「保羅兄」）去世了，一些往事不覺重現眼前。

（二）

我參加那一屆「寫作計劃」，「國際」成員二十餘人，同住於五月花公寓（家庭式酒店），其前有美麗的公園、河流。那年（一九七七）尚無去自中國大陸的作家。每週星期二下午開會一次，約二小時，是非常自由的創作研討會。

説開場白的往往是保羅．安格爾。他體格魁梧，為人爽朗，健談幽默。據説他自少喜歡馬匹，童年時在街上賣過報紙。跟他在一起時你會忘記他是知名詩人、教授，因為從不擺架子。這樣的場景常見：他跟巴士司機、農民等等娓娓而談，打成一片。我們「開會」時，他不只一次抬着大箱啤酒、汽水之類進來，像個送貨的夥計，自己卻若無其事。在他們山坡上的家作客，更易見到他的真性情：感情豐富得會為某些人事而感動下淚。他與華苓真是天生一對。

記得九月間一天，「保羅兄」駕車載我們幾個男的去看一場重要的美式足球，觀眾近七萬人，座上有些美國女球迷瘋狂得驚人。他跟我開玩笑道：「××，你當心他們『襲擊』你！」説着笑聲大起，簡直像個頑皮、生動的大孩子！

（三）

七七年參加「國際寫作計劃」後，亦參加過也是保羅．安格爾和聶華苓主持的一次「國際詩歌朗誦」。同屆參加的尚有其他來自不同國家、地區的七位作家。

詩會於十一月間在愛荷華市舉行。為了顧及聽眾（外國人），事前把自己的中文原著譯成英詩，由安格爾過目、選出。那天會上，拙作前七篇我自己朗誦，後六篇「保羅兄」代為朗誦，聽眾反應熱烈。真感謝他。事實上他不單是優秀詩人，而且是非常出色的朗誦高手，而我一直怯於登「台」，偶一為之，也是「逼」出來的罷了。事後華苓對拙作嘉許，保羅兄則鼓勵有加。此事在他也許平常，但他那天的表情與熱誠我至今未忘。

多年來，我雖懶散，但每年至少寄一張聖誕咭去致意。在香港先後也見過他們伉儷好幾次。每次見面，安格爾一定先來個西式的熱烈擁抱。最後一次見他（與華苓一起）時是兩三年前：在機場餐廳暢談然後話別。如今已成永別了。這小框框難以表達我的懷念。月中於此停筆後，深夜裏，將再一次翻閱他所贈的詩作了。

一九九一年四月六至八日

禪意

（一）

鈴木大拙（一八七零—一九六六）為日本佛教學者和思想家，也是國際知名的禪學大師。筆者對禪學完全是門外漢，偶讀其著作，在懂與不懂之間被其行文吸引，覺得趣味盎然。現掇拾一些他說及或引述過的「禪意」於此：

他說，禪不是甚麼教條。禪是一種「見性」之法，為我們指出掙脱桎梏走向自由的道路。人身仿若藏有神秘力量的電池，不適當運用時，它就會腐朽、枯萎，或因歪曲而表現出不正常的狀態。所謂自由，是使我們內心深處固有的一切創造性與善良本能自然釋放。

禪不作任何解釋，只作暗示；不訴諸累贅的陳述。禪總是接觸事實，可以觸及的事實。人類一直追求平和，設法使心裏獲得平衡。禪能夠幫助我們。

鈴木博士舉了一首蘇東坡的詩——廬山煙雨浙江潮，未到千般恨不消；及至到來無一事，廬山煙雨浙江潮。（這樣說來禪，也是一種人生「體驗」了。）

（二）

鈴木博士也舉了下述的「觀點」為例：

一個人未參禪時，見山是山，見水是水；受老師指導後見到禪時，見山不是山，見水也不是水；但後來真正開悟後，見山又是山，見水又是水了。（此之謂「歸真返璞」歟？）

公元九世紀後半期，有禪師名睦州，某人問他：「我們天天穿衣吃飯，如何擺脫？」答曰：「我們穿衣吃飯。」那人又說：「我不懂大師之意。」睦州答道：「你不懂，那就穿衣吃飯吧。」

禪只接觸具體事實而不落入歸納推理之中。鈴木博士說，如果對睦州的話作一點哲學解釋，那就是：我們都是有限的，不可能生活在時間與空間之外。人類是地球上的生物，不可能有抓住無限東西的方法。上述禪師之意是：你一定要在有限的事物中尋求「超度」，在有限的事物之外，並沒有無限的東西。（那是說，自由也是有限的。）若為追求「吃飯」而不再穿衣吃飯的話，人會死去。「不管你是一位開悟的禪師還是一個無知的人，都不可能逃脫自然的法則。」

一九九一年四月九至十日

報刊散章

往事二題

一、擲煙蒂招來橫禍

一九四一年，日敵攻陷香港後，便把大部份英軍俘虜「集中」在七姐妹名園附近的一個新設的集中營裏。這集中營的前身，原是港政府設的難童收容所。那些平素養尊處優吃慣了雞蛋牛油的英軍，現在一旦吃幾兩黃豆一餐度日，不消說，縱然體重一百八十磅的，也漸漸變得骨瘦如柴了，每天更受驅使作牛作馬，做一些他們從未做過的粗工，可謂備受虐待之至。不克支持的，便做了閻羅王的「俘虜」。終於有幾個夠膽量，善游泳的，便冒着生命的大險設法逃出來。畢竟成了功。是在黑夜裏從營裏的一個通到海裏的水渠爬了出來，一直泅水到對岸九龍那邊去，這事，半年後筆者返國內經九龍的一個游擊區時，一位游擊隊員親口對我說的。並得悉那幾個英兵就是得力於他們的幫助，後來平安地回到中國的自由區裏。

卻說日軍發覺此事後，當然異常震怒，便把這個本來已夠禁衛森嚴的人間地獄，更嚴密的佈置起來，四佈哨兵外，更多設幾個瞭望台。集中營的鐵絲網外，更不准任何行人經過，違者有吃槍彈之虞。然而那麼巧，從中環到東區的電車是必經這裏的。如果你坐的是「頭等」的話（「頭等」即「樓上」。香港電車，分兩層的），只要把頭向窗外望，便會看見佔面積甚廣的集中營全貌。晴天，便也看見在廣場上排隊等飯吃或曬太陽的英俘。電車到此地時，好心的賣票員常會跑上來（「頭等」）告誡乘客，勿向窗外做任何手勢。因為那麼樣，「蘿蔔頭」看見了會疑心你是向英俘打甚麼「暗號」的。各人為了安全起見，往往連頭也不敢回顧一下。

但是有一天，我恰也乘車回家，一個商人模樣的中年人，坐在我的前座，一直低着頭，在沉思甚麼，手裏燒着一根紙煙，電車快要經過集中營的門口了，大概他手指間那根煙也快燒完吧，便不經意的把煙蒂向窗外擲下（這一擲，不要說他自己，就是誰也夢想不到會惹出那樣大禍來的）。說時遲那時快，就聽見一聲槍響（像是向空打的），一個粗暴的聲音喝令停車。原來他這麼輕輕把手一揚，就剛剛給下邊集中營門口那個站崗日本兵看見。那傢伙瘋一般直奔上來跑到他的面前。此時，這中年人還不完全相信是為自己而來的，待要說甚麼的時候，那日兵便不問情由抓着他拳腳交加，亂打亂踢了一陣，然後押下車去「問罪」。

這無辜的商人，我想，落到這些野獸們的手上，縱然不死，也差不多了。

一九四六年在上海發表

二、盜靈牌

日寇在香港登陸成功後，為着紀念強渡鯉魚門海峽登陸筲箕灣而犧牲了的三個特建殊功的軍官——便在筲箕灣的海濱，築了三個「忠靈」墓。那墓是用三合土築的，每個墓前，豎立一塊三呎許、用上好的木料造成的「靈牌」。牌腳入土很深，堅固異常。牌上端端正正寫着昭和年號，死者姓名、官階、功勳等等。那三個墓，並不寂寞的，早晚有日兵焚香燒紙，叩頭跪拜，常常還有坐着汽車來的高級日本軍官，帶來鮮花供奉。顯然，在日軍的心目中，這三個「忠靈」墓是神聖不可侵犯的東西了。

然而，說也奇怪，一個早上，位在中央的那塊墓前「靈牌」，忽然失蹤了。那是很快的馬上就會發覺，於是當天下午，兩個日本軍官，其中一人能說很流利的中國話，在那條街上逐家的查問「靈牌」下落，用哀求、憤怒、溫和，各種不同的表情來盤詰着，上至「殺頭」，——恐嚇，下至「合作」——甜言，都用過了，但毫無結果。

「靈牌」終於是一去不復返！——究竟是誰幹的「玩意兒」呢？到現在還是一個謎，在當時的環境下，這人敢在「太歲頭上動土」，那勇氣着實值得欽佩呢！而老百姓們對「皇軍」的恨如刺骨，也就可以想見，並且連他們的「靈魂」也不肯寬恕吧！

一九四六年在上海發表

冬天的故事

——一九四九年一月寓居香港西灣河剩稿

此稿是少年時抒懷的拙作之一，從未發表過，一度以為失去，最近清理舊物，意外發現。重讀時，以今天的眼光看過去辛酸生活中的一個小片斷，頗有感觸，遂以之寄給《海洋文藝》。雪泥鴻爪，藉此為當年事留下一個小小的側影而已。

——作者——

……是的，那一年你問過我的歸期，但那時候歸期無定的我是很難説甚麼時候才能回到南方這個島城來的。現在呢，東漂西泊之後帶着異鄉的塵土我到底回來了，回到我出生之地的我們這條窮街上來。然而，就在每天看到鯉魚門海峽眾多木船的這個海灣裏，我卻想起抗日戰爭期間的一些往事，和那一段流浪的日子。

我想起自己所走過的西南的小城，鄉野，和穿雲鎖霧的重山；也想起戰後自己留下過足跡的越南和椰樹下的街道。更想起東北……嗯，那一年那裏的雪很大呵。

怎麼，在這亞熱帶的島城，竟想起那裏的雪來了？

但我第一次看見雪，卻是在西南的一個小城裏，而不是東北呢。

哦……那是一九四四年的事了。你也聽説過吧：「湘桂大撤退」是那時候（抗戰後期）有名的大悲劇。那年秋天，在「疏散」聲中我離開了桂林，像無數的湘桂難民一樣，過着顛沛流離的生活，靠一雙腿從這一省走到另一省；在陰晴不定的漫長的路程中，曉行夜宿，睡「伙鋪」，稻草，地面，後來和旅伴千辛萬苦到了貴陽。就在那裏看見雪。

你説，雪好看嗎？啊，不，不——雖然那是我第一次看見的雪。想想看，那樣的冬天，衣衫缺乏——雪，有甚麼好看的呢？

後來嗎？後來隨身之所漂，又走了，因為我那時有機會坐上人家的車子到昆明去。車行了好幾天，沿途所見，高高的山，重重疊疊的山，難民之外是白茫茫的雪。車輪子要扣上鐵鏈子才能爬得上陡斜的，雪滑的半山公路。有些車子在途中翻下來，車毁人亡了。唉，那年的冬季實在很冷很不好過啊。我們抵達那天，連氣候是「四季如春」的昆明也看見一點點薄霜了，而在我們的車子上，有人的行李還結着從貴州省帶去的厚雪呢。

戰時的生活是艱苦的，而那時候的冬季又彷彿格外漫長。於是咬緊牙關，在漫天風雨中期待晴朗的春天。

第二年八月，抗戰勝利了，悲喜交雜之中，你知道嗎，作客異鄉的人們誰不想一下子就回到老家去！但有人缺少路費，一家大小，寸步難行，便滯留於重山之間的雲貴高原上了；而有人則早已作好回家之計，離開海拔七千呎的昆明。但我呢，輾轉他方，曾經一度南下卻未曾南歸。

後來（那是和親人失去聯絡很久的「後來」）我這遠方的遊子，有機會接到家裏的遠方來信了，感到溫暖，但又感到惘然。因為那時候呀，為了覓取食糧，我像一隻漂泊的小鳥，西去南行之後竟又向北飛飄……

呃，對了，使我難忘的是，一九四六年的一夜，在東北的一個小鎮外碰上的那場風雪。

到了冬季，你也知道，南方也是日短夜長的，但那兒的白晝比南方的更短。往往當你以為黃昏尚未到來時，白天早已結束了。

你可以想像到，一個南方的少年，在那樣寒冷的異鄉是怎樣渴望收到來信，又怎樣「需要」寫信。因為讀信時，會覺得自己並不孤單；而寫信時，即使燈前獨白，也不用擔心沒有人傾聽你的憂愁。

而當時在我待下來的那個地方，若干里內才有一個設有「郵局」的小鎮——可以寄信的小鎮。

現在要說的是那個無事可做的下午了。珍貴的陽光在禿樹之間灰色的屋頂上，僅僅出現了一會兒就隱去，然而，為了急於把前一夜寫就的兩封回信投郵，出門之後，便不管前面的蒼穹擺出怎樣陰沉的臉孔了。同時，寂寞之中，實在也想趁便到那雖說偏僻卻還算熱鬧的小鎮找點熱鬧去。這麼着，到了那裏，寄過信，逛過市集，在一戶跟自己談得來的北方人家那兒吃過飯之後，坐了一會，走出來時，紙糊的窗戶透出淡淡的黃菊似的燈光，小鎮和它的窄街已經靜悄悄地躺在沉沉的夜色中了。

而風呢，一颳起來就颳個不停。

那一晚，越走越不是味：四下裏荒涼得不見人影，因此，從鎮上回住所去的那段不算短的路程似乎越伸越長。偶爾看見疏疏落落的燈光，但也不過荒涼中添點冷冷清清罷了。身上雖然穿得夠臃腫的了，可那鬼天氣冷得你直打哆嗦。望着那死寂的山野，公路，我有點後悔「不聽老人言」了：下午出門時，那個善觀天色的好心的老頭兒曾經警告過我的——

「這種天氣，出去幹甚麼！我看哪，早點兒歇歇，哪也別去吧！……待不住嗎？嗯，那就得早去早回了。」

真的，誰會在有跡象下雪的如此寒夜獨行，像我那樣莽撞的呢？

風越颳越大了，飄來了粉屑似的陣陣的雪。心想，這回可糟了，但是，還來不及看清楚前面的一排排禿樹的時候，像鵝毛又像麵條般的雪紛紛落下，跟着，雪花亂轉之間，呼呼的風也捲起一圈圈一堆堆的雪往臉上身上撲打過來了。退回去嗎，不能，只好冒着風雪趔趔趄趄地往前走去。

雪，落得更大。開頭還聽得見地下的噝嗦聲，繼而甚麼也聽不見了，除了那挾雪而來的風聲。

在一片比大霧更濃的迷濛中，再也看不見燈光，如果有燈光的話。

我喘着氣，停一回，走一回，覺得眼前閃過一片片的灰白。其實這時甚麼也看不見了，因為眼睛已給雪打得無法睜開來。臉僵硬了，連耳帽裏的耳朵，手套裏的手，也好像失去了下落。也不知過了多少時候，我才跌跌撞撞地拖着沉重的凍僵了的雙腿回到住所裏，全身麻木，一時之間彷彿連甚麼感覺也失去了……

你喜歡雪嗎？嗯，從前在我的想像中，我也是喜歡的。

假如冬天和家人圍着火爐喝一杯熱酒或者咖啡，望着窗外的朵朵雪花，你也喜歡的吧？

但那是另一個故事，另一個世界了，朋友。

我可以告訴你的是：那一次以後，雪往往使我想起不愉快的冬天和不愉快的故事，因為在我的記憶中，我曾見過飢寒交迫的人們，在嚴寒的冬天裏找不到溫暖的燈光與爐火。

假如你像一隻覓取食糧的小鳥那樣，在寒枝與寒枝之間，在積雪與積雪之間漂泊，你也不喜歡那樣的冬天吧？

……哦，對了，你問我歸期的那一年，我嚮往的正是春天啊。嗯，陽光和溫暖……畢竟是可愛的，我以前說過，現在也是這樣說。

烏鴉·老鼠·貓和人

很久以前，聽一個海員朋友説過，科倫坡烏鴉特別多，屋頂，簷前，電燈柱……到處都有那些烏里黑漆的街上飛禽。你在街上買了梳香蕉，一個不留神，當街剝食，蕉肉會陡的不翼而飛的。抬頭一望，是那烏鴉把它飛擒大咬的啣走呢。你再剝第二隻，第二隻又來了，客氣點就同你共享甘香，不客氣的話，就連皮帶肉把你的香蕉搶走猛擦一輪。你可能大生其氣，把牠們的同類——伏在一角伺機而動的企街烏鴉踢一腳，以示報復，這一踢闖禍了，那被踢的烏鴉在你頭上盤旋不去，驚動了第二隻，於是第三隻，第四隻……轉眼之間，成群烏鴉在你頭上打轉，大興問罪之師，直到警察把你帶上警局問話為止。你一時怔住了。原來當地烏鴉之為物，是被奉為神聖不可侵犯的聖鳥。這就是為甚麼科倫坡街上烏鴉如此多。鴉父傳鴉子、鴉子傳鴉孫，「橫行無忌」，代代平安，牠們還不大搖大擺視我人類如無物嗎？合該你手上的香蕉倒楣，牠們吃完又再來了。

當地烏鴉不怕人，是由於人們世世代代奉之為聖物，那種不怕人的、見香蕉就搶的「心理」，大概也是一種「條件反射」吧？（恕我借用對心理學貢獻甚大的、生理學家巴甫洛夫之學説的名詞兒）。而我那位「行船」朋友呢，他把烏鴉之隨街搶食，通俗地形容為：「一次得咗，第二次又嚟。」

我家的老鼠，看來也是在「一次成功，第二次又來」的情形下越來越猖獗的吧？

那是去年夏初的事了。為了驅除鼠患，我們從親戚那裏弄來了金絲貓一隻。

後來我們替這「阿金」起了個外號「鼠見愁」，為的是牠有萬貓不當之勇。有「牠」（是隻公貓）座鎮，別說家裏的鼠輩不敢囂張，就連東鄰西舍的公鼠母鼠聞到氣息也不敢造次登門。這麼着，不消幾日，我們屋子裏原有的老鼠都「遷地為良」，悄悄的搬家了。

幾個月後的一天，鄰街的老陳偶然到我家裏坐。閒談中，知道我們這裏天下太平，不勝羨慕。他說他家裏沙塵滾滾，給眾惡鼠鬧得個睡無寧夜，天翻地覆。

我建議他買一隻貓。

「我們有一隻，」他苦笑說。「但牠怕鼠。是隻『鼠見歡』嘛。」

母親這時從房間跑出來，對老陳得意一笑，意思彷彿在說：瞧我們的「鼠見愁」吧。她跑到碗櫃前，拿碗一敲——這一敲不打緊，卻帶來我們以後的厄運。

「鼠見愁」午睡方濃，聞碗起舞，跳到母親跟前來了。那老陳一看，瞇着雙眼笑道；「哎呀，你們這隻貓又金又黃，好靚呀。」「何止靚！」母親神氣地說。「我們的『阿金』才治鼠呢。」

如此一來，老陳打我們主意了。他問我們可否借「鼠見愁」一用，說頂多十天八天奉還。「將來我要照

『版』買一隻呢，」他說。我正待說甚麼，母親卻一口答應了。

老陳帶走我們的「座鎮大將軍」之後，我抗議說：「媽，這怎麼可以呢？」

「哎，」母親說。「與人方便嘛。借隻貓給人家也不肯，還說做甚麼善事？」我為之語塞。心想，母親是受鼠害的過來人，深知老陳之苦。有甚麼好說？

半個月過去了，我向老陳討回金絲貓，但老陳說：「再相就幾天吧。我們還沒找到一隻滿意的貓呢。」你知道囉，老鼠的觸角是非常敏銳的。牠們知道「鼠見愁」請假他去，就乘人之危，打別處闖來，先是打聽行情，後是偷偷摸摸，幹其偷油、竊食的勾當了（自然目前是明目張膽哪）。這樣，屋子裏夜闌人靜之時，又開始常常聽到砰鈴硼冷之聲。

一算，老陳「借將」整整一個月了，是可忍孰不可忍，我發了個狠，不顧母親大人反對，一個勁兒跑到陳家裏開硬弓，手奪金絲貓而回。

但說也奇怪，「鼠見愁」去了老陳家一轉回來，與前判若兩貓。牠整天坐不牢，開頭幾天還不過到隔鄰舍串串門子，後來呢，除了回來舔舔碟子裏的我們的「剩餘物資」（不大願意吃呢），就簡直爪不入戶了。再往後，牠竟然連「妙妙」也沒一聲，就私自逃去了。

咳，不知道那老陳（好傢伙！）用的是甚麼上好的「貓魚」利誘，隔了一段時期，我們發現「鼠見愁」原來在老陳那兒安居。捉牠回來嗎，牠舔舔你的魚頭魚尾之後，又逃「回」到老陳那兒去了。

我們的「座鎮大將軍鼠見愁」阿金是「樂不思蜀」，從此一去不復返了。

我們只好撫養第二隻貓，望其成材；但不幸得很，養不到兩個月，不知哪個偷貓賊見肉心喜，把牠偷去劏了。

那以後，家裏的老鼠得寸進尺，簡直是帝國主義了。牠們雖沒有扯起大旗，但事實上已是佔我土地。在床底下，在抽屜裏，在破（給老鼠咬破的）衣箱中，常常發現牠們的大家族、小家族。

朋友，你以為目前我們家裏沒有貓嗎？有的——一隻灰貓，整天在烏眉瞌睡的病貓。說起來，真氣人，人家的貓專揀魚肉吃，我們這隻病貓卻豬肉呀、牛肉呀、甚麼骨頭呀、菜蔬呀都吃；而且夜裏還像老鼠一樣偷吃，以致胃部弄得很糟，白天不時嘔吐。每當老鼠走過牠身旁時，你道我們那隻灰貓怎麼樣？牠懶洋洋地望着那隻眼瞪瞪的老鼠，彷彿在說：「你不要打攪我！」我呢，實不相瞞，我是從小就怕老鼠的。倒不是怕牠威武，而是怕看那烏裏黑漆，尖嘴，突眼，和那副貪婪相。

我想，家裏沒有一隻治鼠之貓，長此下去，真是食少憂多了。假如有一天，老鼠像科倫坡烏鴉之目中無人，與我們同枱吃飯、共享甘香，怎麼辦，怎麼辦？

一九六零年

龍眼和故鄉

在我們住的地方附近，有一家水果店。這些日子，天氣悶熱，晚上寫稿，常常停下來想起水果店裏的西瓜。進裏面一幫襯是三毛錢，不多也不少。一連許多晚都是如此了。但今天晚上例外，因為看到一批新到的龍眼。

果品中，我對龍眼特別好感。記得童年時，一位常到我們家串門子的老先生講對聯，說「龍眼」對「馬蹄」是天衣無縫的一「對」，因為兩者同屬果物。究竟此「對」是誰的傑作，連那老先生也不清楚了。「龍眼」妙對「馬蹄」這件事，雖隔多年，印象仍深。我想，不知道是不是由於這一妙對的影響，我對龍眼特別好感。

想來，也不完全是吧？

擺在水果店中「大冰箱」的玻璃櫥裏，已給剖開的「紅當當」、水盈盈的西瓜，的確叫人饞涎欲滴。但這時候，放在果攤上的龍眼對我更具誘惑力，何況紅紙上寫上「石峽龍眼」！我毫不猶豫，捨西瓜而取龍眼了，而且幫襯了一塊錢。

回到家中，坐在燈下，一邊寫稿，一邊剝開那暗黃色的果皮，啖着那又香又甜的龍眼肉，確是另一番滋味在舌尖同時在心頭了。

石峽龍眼名不虛傳，其味非凡品可比。我的故鄉不會出產「石峽龍眼」。然而，故鄉那棵我曾經和別的孩子們一同爬上爬下過的龍眼樹，卻永遠生根於我的記憶中。七歲那年回鄉讀過一年書；以後每年放暑假還鄉，一定看看「學堂」旁邊那棵龍眼樹，或者爬上去玩一回。現在算算，最後那次見到它，已經是二十年前的事了。

龍眼使我想起故鄉。但我想應是故鄉那棵龍眼樹使我對龍眼特別好感吧？

原載《新語雙週刊》，一九六一年八月

吃霸王飯的人

記得童年時聽過這樣的一個故事——

從前某地某茶樓裏，有甲乙二茶客，大吃一頓之後，沒錢付賬；掌櫃的把二人一先一後的扣留下來。到了下午，茶市的熱鬧時辰已過，別的茶客都走了，掌櫃的問甲茶客道：「你為甚麼飲茶不付賬？」甲茶客道：「沒錢。」

「沒錢為甚麼上茶樓來？」

「因為我許多日子沒上過茶樓。」

掌櫃的回頭問乙茶客，他的回答也是大同小異。不過加了一句：「我肚子餓得要命！」

掌櫃的是個讀書人出身的好好先生，看見這兩個茶客生得眉清目秀，忽發奇想，道：「沒錢付賬，照規矩，是要罰你們洗廁所的。如今饒了你們——不過有個條件！」甲乙連忙問甚麼條件。掌櫃的笑了笑道：「我做幾個手勢，要是你們會意，答得好，就放了你們。不然，就得洗廁所！」說罷，掌櫃的舉手，指着上，下，前，後，左，右；然後伸出三隻手指，接着，伸出兩隻手指，末了，摸摸心。

甲茶客是個失業的藥材舖掌櫃，因以藥物為題，唸道：「上有天花粉，下有地骨皮，前有前胡，後有後朴，左有羚羊，右有犀角；三碗水煎成兩碗，吃下心中安然！」

乙茶客是個叫化子式的流浪漢，觸景生情道：「上無片瓦遮頭，下無立錐之地，前有前補，後有後穿，左有砵頭，右有筲箕；三天沒吃兩天，這一餐『茶』，自問吃得於心無愧！」

於是甲乙二茶客給放走，皆大歡喜了。

飲茶不付錢，用目前香港人的流行說法，就是：「飲霸王茶」。如此類推，看電影不付錢，是「看霸王戲」；坐車不付錢，是「坐霸王車」……等等。

上述的故事，如此「歡喜」收場，是不真實的。此時此地，「飲霸王茶」，「吃霸王飯」……的人有的是；「結局」是「並不皆大歡喜」的。比方下邊的一則新聞（不過是順手拈來的一例）：

> 灣仔……寰球園餐室……一個穿着殘舊短衫褲的顧客，由早茶直落午飯，吃喝合計二元八角五分，他一直枯坐將近到晚飯時間，夥計催他結賬時，他才「攤牌」表示身上不名一文，結果以「霸王」的身份被抓上警署去。

吃霸王茶飯是不好的，但你也許問：為甚麼他要飲霸王茶，吃霸王飯呢？是的，為甚麼呢？——這個社會悲劇的主角之一，這個可憐的「霸王」！

原載《新語雙週刊》，一九六一年八月

石九仔

石九仔死了好些年了。他是我童年時的朋友。

太平洋戰爭前幾年，我們是街坊，大家都住在筲箕灣電車路總站附近。當年那裏有一家設備差、票價低的「三輪」電影院，叫做中華戲院，專映來自上海的舊片，如查瑞龍的甚麼《大力士》、鄔麗珠的甚麼《大鬧能仁寺》，和其他武俠明星主演的《火燒金雞嶺》、《火燒平陽城》等等。

石九仔比我大兩歲，銅色的臉，烏溜溜的眼睛，腦子靈活，學甚麼也比我快上手。我們不是同學，晚上卻常常一塊到中華戲院去看電影——「請」我去看電影的是他，但買票子入場的是我。

戲院橫門旁邊有一「公仔書」檔，入場或是散場後，我們也常常坐在矮櫈子上租書看。不用說，「享受」的是兩人，而出錢「租」書的又是我了。不過，說也奇怪，他每次對我「出術」，開頭心有不甘，但事後總是心甘情願受他「呃」騙的。——甚至口袋裏有幾個仙士（當年的銅幣），也往往會給他借個清光，留下他的聲音「明天見」的。

記得有一天晚上，和他從東大街走出來，我要他還錢。你猜他怎樣回答？「那你以後不聽我講古仔啦？」一提起講「古仔」（故事），我就「成個軟晒」——自動投降了。原來石九仔有一樣本領：看《彭公案》、《七俠五義》等武俠小說能過目不忘，而且講得頭頭是道，五鼠如何鬧東京，錦毛鼠白玉堂如何厲害……聽到你入迷。

「不還錢也行，你會不會講武松打虎呀？」我問道。

「水滸傳？會！即使不看書，聽道友黃都聽到熟了。」道友黃是街邊的一個有名的講古佬（說書人）。

想不到石九仔的第二樣本領是過耳不忘。他把道友黃的「武松打虎」複述得有聲有色，好像他就是武松，我就是老虎那樣，向我撲過來——一拳！「哇，隻老虎大叫一聲！」

「我不聽！」

「好，我不打你！」

於是石九仔突然「講番轉頭」——由武松飲「三碗不過崗」講到景陽崗上遇虎，他滋滋油油，講一句望我一下，不知道在「諗」甚麼計仔。我催他，然後才抖擻精神，手舞足蹈，學武松出擊，學老虎跳、撲；但講到最緊張之處，不知武松「瓜得」還是老虎死去，他說要吃碗紅豆粥才有氣力講下去。

請他到街邊吃完碗紅豆粥，武松把老虎打死了。「但是，」他說，「呃！武松氣還未喘定，那邊樹林忽然間，又來了幾隻吊睛白額虎……」

他停下來，望着我。

「你老是望着我做甚麼？講下去吧。俗語說的好，講嘢講全套嘛。」

「嗯，不過你漏了半句——食嘢食味道，講嘢講全套。」

「你吃了紅豆粥，還想甚麼？」

「沒甚麼。我不想講了。」

「不講就不講，算啦！」

「講也沒問題。不過你猛發火，生我的氣，生我氣就是不想跟我做朋友，既然不是朋友，我哪裏有心情講下去？……」

「好吧好吧，是朋友！」我伸手向衫袋摸了一陣。「你還想吃甚麼？」

「白糖糕。」

「我不陪你去。我等你回來……」我說，我們那時是坐在筲箕灣海傍的街燈下。

他「整」完一件白糖糕回來，邊舔嘴唇邊把水滸講下去。

「古仔」告了一段落的時候，我和他分手，各自為家，他突然把我追上。

「喂，借個仙士給我行嗎？明天還給你……」

「你估我發了財嗎？」我說。「我哪裏還有錢！」

「不要騙我啦——剛才你摸衫袋的時候，我已經瞄到了……」

石九仔的第三樣本領是眼快。

我還沒開口，他已經說下去了。

「說真的，我今晚沒吃過飯。阿媽說我成天看小說，沒正正經經讀書，不讓我吃飯。」

我口袋裏真的還有一個仙士，是用來第二天上學吃早餐的；看到石九仔那樣皺着眉頭，我只好「又」多「借」一個仙士給他了。

事隔多年後，我想，石九仔的第四樣本領是能把謊言說得像真的一樣。第五樣本領是臨機應變。第六樣：善變。第七樣……

自然那次——紅豆粥一碗、白糖糕一塊之外，加「借」一仙士的那晚上，他其實是早就吃過飯的了。原來石九仔是個非常「大食」之「士」，也就是廣東話所說的「大食死仔」：他能一口氣吃五碗紅豆粥，六塊白糖糕，面不改容。同時他也知道，只要他肯動一動腦筋，就能夠向我這個大傻瓜榨出點甚麼的了。我可以回家「請」母親想辦法呀。——他有的是「嘴頭」。

如今想起石九仔這個童年時的朋友，真不知道是甚麼味道。

這地方許多東西變了，舊屋變新，空地蓋大樓，但許多人與事還是老樣子，你說妙嗎？

一九六九年六月八日

「迷八仙」與石九仔

當年，遠離香港市區與「文明」的、市鎮式的筲箕灣，有好些奇奇怪怪的「玩藝」。「迷八仙」是其中之一。你可以叫它做露天「神」劇。童年時我曾多次看過這種有趣「神」劇的演出。所謂八仙，並非專指「八仙過海」的漢鐘離、呂洞賓、鐵拐李等等，……「八仙」只是一種泛稱，它可以是齊天大聖，可以是唐三藏，甚至可以是玉皇大帝或者是任何「作古」的古人，包括李太白。不過話說回來，十之八九「迷」成的是武「仙」而非文「仙」。倘是諸葛亮，除了搖手作撥扇狀之外，就沒甚麼看頭了；如果是豬八戒，即使不能豪氣一番，也能跌跌撞撞施展幾度「散手」嘛。若「迷」成岳飛之類就不得了啦，包管看客們擠得水洩不通。

照我所記得，當年筲箕灣的「迷八仙」是每年一度，一連幾晚，專揀中秋節前後的「月圓之夜」舉行的。——似乎從我們父親或祖父那一代起，就有此不成文的「規定」的了。那時候，香港並不像現在那樣寸金尺土，筲箕灣（區）有的是空地。人們在空地上擺下香案，果品，放上一兩張椅子、草蓆，就開起「仙」檔來了。是的，還有一件非常重要的東西：擺上一個大鼓似乎是不可或缺的。圓月出，熱鬧的時辰到了，

「迷」仙的人打起大鼓來了，人們循着那節奏鮮明的鼓聲從各處走來，開始把「仙」檔圍成一個大圈子，情形有點像看街頭賣武那樣。鼓聲咚咚、咚咚、咚咚咚咚地響着，突然，觀眾中有人像中了「邪」或者甚麼魔道似的撲向草蓆躺下來，五分鐘過去，十分鐘過去，觀眾屏息以待，預期着甚麼。躺在草蓆上那人這時已進入半睡眠（或者說半昏迷）的狀態中，「迷」仙的人於是俯身摸摸他的手腳，據說手腳這時是冰涼的，因為他某方面已經失去了知覺。跟着，一切事實顯示：那手腳冰涼的人迷成「仙」了，鼓聲這時早已停下來，一切寂靜，月光照在他的蒼白的臉上，人們肅穆地盯着他的每一個動作。氣氛是不平常的。只見他讓「迷」仙的人（往往是一起合作的幾個人）扶着起來，閉着眼睛顫巍巍地走到椅上坐下。之後，他向問者通名報姓，說自己是來自哪路的仙家。於是他選上了一件「武器」（那是早就預備下的了），或棍棒、或刀槍（說不定是從拳腳館借來的），或石頭（空地上常常有些石頭），耍起「武藝」來，看得你眼花撩亂，拍「股」叫絕。

應該要說一說，打鼓「迷」仙的人，本身迷信，但並非神棍，也不收你的錢。他只是一個好「玩」此道的人，是大家認識的街坊。他可能是燒臘枱的夥計，可能是某某拳師的徒弟；和人家「拍檔」開檔迷仙，只不過是湊個熱鬧慶祝八月十五，「與眾共樂」一番而已。你問他，仙為甚麼會迷成？他的回答是：不知道。他只知道每年一度，此時此夜，按着老規矩行事，有「仙骨」的人便可以迷成了。

還得說一說：給迷成的多半是中童或小童。如果說迷八仙也是中國式的古老「催眠術」之一種的話，那麼孩子們易於受「迷」，也是可以理解的。孩子們的思想單純，比成年人更能「高度集中」；躺在草蓆上，可能一心一意，想着「我成仙，我成仙」，就「睡」着了，就打起功夫來了。那時候，筲箕灣一年一度有神功戲演出，大竹棚裏舞台上出現過許許多多神仙和古代的英雄人物，加上當年街邊賣武的檔口到處是，少年們、孩子們，有樣學樣，在迷成「八仙」的時候，就會下意識地把耳濡目染的一切引來一用——在半睡狀態中「夢遊」似地演起戲來，「賣」起武來了。

然而，不是每個孩子都能迷成功的。譬如我——我雖喜看戲台上的人物，喜看街邊的賣武，但不相信世界上有真的神仙，因此便迷不成了，而信者得迷；這一年迷過後，據說第二年就會上癮，到時到候，聽到鼓聲就躍躍欲動的了。同街有個花名叫做大頭仙的，他相信世界上有神仙，而且被稱為有「仙骨」的仙童呢，每年一次，聽到迷八仙的鼓響，就箭一樣從家裏標向迷仙的地方去，一下子就「睡」着，一下子就拳打腳踢打起功夫來了。現在我們可以這樣解釋：聽到人家講酸梅，自己流口水，那是一種「條件反射」。大頭仙聽到鼓聲後，那樣「標」法，那樣入迷，也是「條件反射」。對於大頭仙這少年，那有節奏的鼓聲，那香，那草蓆，那八月十五的月光，那迷八仙的特有的氣氛……都是條件！但我們當時眼瞪瞪地望着那「事實」，和那種發生如此「效力」的迷信「玩藝」，莫名其妙。

且說石九仔說甚麼也要吃了紅豆粥才肯讓武松把老虎打死的那個晚上，各自分手回家。轉眼過了兩個星期，是舊曆八月十六的晚上，他又來「請」我到那家專映《金雞嶺》、《火燒平陽城》等武俠片的中華戲院去看電影了。

中華戲院（現在早已是甚麼高樓大廈了）附近有一塊空地（現在是一家甚麼學校了）叫做芝麻地，因為當時有一家芝麻廠在那裏鋪上士敏土，白天用來曬芝麻，所以叫做芝麻地。

九點多鐘，電影散場，在咚咚的鼓聲中，我和石九仔兩個跑去芝麻地看迷八仙。那晚，石九仔擠在街坊觀眾間，瞧着瞧着，竟然「迷」倒了——我要捉也捉不住，他把我的手用力一推，就撲進裏面去，往草蓆上躺下來。我心想，啊？原來石九仔也有「仙骨」呢。

過了一陣，迷仙的人把他扶起來。石九仔搖搖晃晃地在椅子上坐下來後，迷仙的人照例問道：

「師傅，請問你是何方神聖，尊姓大名？」

「俺呀，俺從好遠地方來。」石九仔閉着眼睛用戲台上的鹹淡官話答道。「俺是東京八十萬禁軍教頭，人稱豹子頭林沖是也！」說着擺了個架式，兩手左撥右推。

我聽到觀眾中有人嘩嘩的大叫，甚為高興。因為，據說，迷成了「仙」，讓古代的英雄、武俠「上」了「身」的人，心理與生理會在昏迷間突然發生變化的；平常不打功夫或不好意思露幾手的，這時也會打起拳腳來：平常手無「揸」雞之力的，這時（也許由於腎上腺等等作怪吧？）竟能力舉「百斤」呢。人家「地上武松」，這回石九仔是「馬上林沖」！林沖武藝高強，石九仔這番了得，好戲在後頭，觀眾怎不高興！

「林教頭，請問你要茶要水，還是要甚麼？我們一定好好的侍候。」迷仙的人也講起那戲台上的官話來了。

「俺……」石九仔好像在想甚麼，一時沒有答下去。

「師傅，」迷仙的人對「林沖」請求說。「耍一兩套功夫，讓大家開開眼界如何？」

「耍功夫？」石九仔哈哈大笑三聲道。「好好好！不過俺從梁山趕來，曉行夜宿，肚子甚餓。俺要先講月餅，後講功夫。」石九仔的眼睛一直閉着。

「師傅你要食月餅，好好好！」

給林沖「上」了身的石九仔接過給切開的一大角月餅，咬了幾口之後，突然勃然大怒：「好傢伙，你們是何方小子，敢薄待於我！俺林沖並非別人，是豹子頭林沖也。俺不吃豆沙月餅！俺要吃雙黃蓮蓉……」

說時遲，那時快，只見另一個迷仙的人從香爐裏取了枝燒着的香，蹲身悄悄地往石九仔的腳上一「試」（據說如果對方真的迷成了，是香燒不痛的），看看是真林沖還是假林沖。石九仔突然睜開眼睛跳起來，「哎喲」的叫了一聲。

「大佬，雙黃蓮蓉不吃算了，為甚麼要這樣？……」

第二天，他迷八仙撞大板（碰壁）的事在街坊上傳開來了。

事隔多年，石九仔雖然死了，但音容宛在。當我想起這個童年朋友的時候，心裏是有點沉重之感的。我原諒他的「騙食」。比起許多大人先生們用各種方法手段騙金錢、地位、名譽，他騙一個月餅吃又算得甚麼呢？

石九仔是一個非常聰明的孩子。我想，如果他在一個合理的社會裏成長，他可能連我那兩個仙士（銅幣）也不會騙去的，不要說那角月餅了。

一九六九年六月十一日

我的英國朋友

下班回家讀到寄自英國的航空郵簡，執筆者是維亞太太。她告訴我：維亞先生病逝。這個不幸的消息使我感到愕然悵然，擱下雜務連忙寫了一封慰問的長信寄出了。

通過友人的介紹，維亞一家跟我互通音問已經好些年，來信多由維亞太太執筆；這個英國婦人年青時一度對寫作很感興趣，此所以，一家四人中她在紙上也最能暢所欲言了。其實說起來，除了看過彼此的生活照片之類外，我和這一家人是從來沒見過面的——直至三年前。

那年到了倫敦下榻於一家事前定了房間的旅館中，當夜就收到他們從普里茅茲打來的長途電話，四個人輪流向我問好，聲音是興奮的：「記得，無論如何抽空到我們家來住幾天！」先前是書信，跟着是電話，那份邀請作客的熱誠，是令人感動的。於是安排日子、火車時間等等，在冬末初春的一個上午動身去了。

普里茅茲是英國西南端臨海的小城之一，也就是一六二零年橫渡大西洋、著名的「五月花」號帆船起航之處。第二次世界大戰期間，德機空襲，把這個城市破壞得很厲害，市民傷亡慘重；戰爭結束，劫後餘生的當地人民在一片廢墟上辛辛苦苦的重建家園，那就是普里茅茲的「新城」；另外有一部份「舊城」，是當年幸免於「炸」的古老街巷。維亞夫婦也是許多次在空襲下死裏逃生的人。由於自己少年時的經歷，我和飽歷風霜的他們遂有共同的語言了。

那天坐了四五個鐘頭的火車，經過了一系列橡樹、一幅幅英國畫家端納筆下的水彩畫似的鄉野，從車窗外望到一個個的小鎮，然後是碧綠的水，眾多的白帆，成群的海鷗，沒多久便抵埗了。那時是下午四時左右，到車站來接我的，是頭髮灰白、從前當電話接線員、現已退休在家的維亞先生。同來的是他的女兒丹妮——一個唸中學的圓臉綠眼睛十四歲的小姑娘。維亞一見我面就起勁地握着手談起來；說太太和兒子還沒下班。跟我寫過信通過電話的丹妮這時竟羞怯怯的沉默着，直到登上雙層巴士後才你一句我一句的談開了，她津津樂道的介紹這條街那條路。在淡淡的陽光下，這個美麗的小城，街道清潔，遠比倫敦寧靜。「我們才受不了倫敦那種嘈雜呢，」維亞先生說。這裏民風樸素、人情味濃厚。「所以維亞太太有機會到倫敦做事也不肯去——大都市嘛，住得擠，東西貴，人又冷冷淡淡的。」坐了約莫十五分鐘巴士，再走一段小路，就到了他們的家。

那是近郊的一個新區。他們住的是一幢兩層的小房子，樓上寢室，下面客廳、小飯堂、廚房，入門是掛大衣的狹窄的過道。把我那件離港前在國貨公司購得的「夾心」中褸脱下來後，喝着下午茶時，我聽到車子聲。從後門那邊回來的巴禮（兒子）推着自己的輪椅在客廳上出現了。這個棕髮大眼睛的青年，雙足殘廢，但仍能樂觀地生活、工作，每天出入，由親人同事先後扶上一輛特製的小型汽車，然後坐在輪椅上獨自駕駛，是在大街上一家大型百貨公司裏當電話接線員；那是我早就知道的了。這時他高興得把我抱住叫起來：「你到底來看我們啦！」

跟着進來的是兩鬢如霜的維亞太太，她目前是一家醫院裏的老護士。這位飽經憂患的母親瞥了一眼巴禮，竟然熱淚盈眶地對我說：「歡迎，歡迎！你來，太好了！」

我知道這家人算得上是「中國熱」，所以特地在國貨公司裏買了幾件「價廉物美」的「小品」如刺繡的桌巾、蝴蝶別針之類帶去分贈給他們；雖是小小的禮物，但因為是中國的東西，千里送鵝毛，已經夠他們開心的了，何況其中還有母親託我帶去送給丹妮的小玩意。

吃過維亞太太下廚自弄的晚飯後，我們圍着爐子談到深夜，談當年戰爭的日子和彼此的生活，談中國的事物……。當夜我睡在二樓上，那是巴禮無論如何要「讓位」出來的小房間，而他自己則睡在樓下廳中的爐子旁沙發上。深夜寒冷，但我覺得溫暖，因為床下有暖爐，這樣一來，床便有點像中國北方的「炕」——是維亞夫婦特為兒子而設計的暖床。

第二天早晨，陽光在窗外的橡樹間閃爍，吃早餐時維亞太太笑道：「你來得正好。前些日子外邊兩呎多厚的積雪呢。」幽默而喜歡開玩笑的維亞瞟了妻子一眼：「雪當然要融，人家從老遠的地方把陽光帶來嘛。瞧，今天天氣不是挺好嗎？」

接着下來的是星期六下午和星期日，主人們用全部的時間陪着客人。在那幾天裏我也算看過一些當地的名勝，然而看名勝畢竟還是很次要的事。假如普里茅茲沒有維亞這一家人，我也不可能遠道而來，只為了觀光。他們是純樸的英國人民中之一群，我珍視他們的友誼。記得分手那個早晨，在依依惜別中，維亞太太和巴禮上班而丹妮則上學去了。之後，維亞先生目送我登上火車。在冷風刺骨的月台上不肯離去；忽然在緊閉的車窗上敲着，示意跟我說話。我推開車廂門走到通道上把窗子打開：「怎麼還不回去？」他問：「找到了坐位沒有？」我點頭：「找到了。」他笑笑說：「記得，替我們問候你母親，家人……」我說：「謝謝……天氣冷呢，先回去吧。」……火車開動了，他站在那兒向我揮手，「再見！再見！」

那一年就在同一的火車站上，我跟維亞先生見面，是第一次，也是最後的一次了。我想，兩鬢如霜，飽經憂患的維亞太太，今年怎樣和她的兒女過那缺少了維亞先生的聖誕節呢？

一九七二年，香港

《蒙娜・麗莎》及其他

到巴黎時，曾過「小宮」（巴黎美術院）之門而未入；但內藏豐富藝術品的羅浮宮（博物館）卻是去過的。後者樓高三層，佔地甚廣，在賽納河邊，加羅賽廣場側。它裏面的油畫、雕塑、裝飾美術、古物等等，琳瑯滿自。油畫中以達芬奇的《蒙娜・麗莎》最膾炙人口；雕塑，則以維納斯大理石雕像最吸引遊客。人們到巴黎前，就早已素仰二者之大名了，或早已看過它們的「複製品」了，既來了羅浮宮，就很少有人肯放過欣賞真迹、原作的機會了。我自然也不例外。記得那天購三法郎票入場（倘是星期日則免費入場），我帶着照相機進內，一室一室的參觀，跟着就碰到一件值得一記的趣事。

那個下午，先選自己喜歡的油畫看過之後，就暫時拋開一切，去欣賞《蒙娜・麗莎》了。達芬奇這一傑作，寫於一五零五年左右，相傳畫了四年。原畫不很大，為了保險，嵌在一個特製的、據說槍彈不入的玻璃框子裏，在二樓的國際畫廊中。那是幾百陳列室中較小的一間。裏面站滿了人，都是為着那永對人微笑的《蒙娜・麗莎》而來的。我舉起照相機以鎂光燈照了一張「她」的「相」，說時遲那時快，一個穿制服的巡場員跑來，向我打手勢——可以照相，但不能用鎂光燈！我知道「闖禍」了，連忙穿過人叢，跑去喝咖啡，看別的藝術品了。半個鐘頭後，我到地下的雕塑部去。《斷臂女神》維納斯像，是二千多年前雕塑家的傑作，一八二零年在希臘的米羅島上發現。它在羅浮宮裏獨佔一室，高高地站在石座上，它鼻子挺直，眼睛溫柔，身上大理石雕成的輕紗若飄……簡直是「鬼斧神工」之作。欣賞了好一會之後，這次我「問」室中那另一巡場員可否拍照，用我的手勢與僅識幾個法文單字的法語「問」。他點頭。我指了指鎂光燈。他笑了笑，說不。這時太陽已偏西，雕像背後雖亮着一盞壁燈，但它的臉上，身上不夠光。我向他「解釋」。他忽然向我微笑着，轉身背着我往另一邊走去，我恍然了，他的意思是：「你拍吧，就當我不在場好了。」於是我拿起安上鎂光燈的相機「閃」的拍了。然後他回過頭來，走到我的面前眨了眨眼睛。我說：「謝謝，再見！」笑了笑，走了。

維納斯像拍出來的效果比《蒙娜．麗莎》的好，今夜重看照片時，我仍記得那天大理石雕像旁那個法國巡場員的善意的微笑。

可愛的大排檔

有個時期遠離香港到了歐洲，坐在一切都貴的巴黎飯店裏吃東西，我想起了這裏的大排檔：我懷念榕樹頭（九龍廟街附近）的羊肉一盅，東方戲院附近的魚蛋粉、牛腩麵，中環的一檔桑寄生蛋茶。還有北角電車總站附近的潮州粥（「打冷」），以及上環露天「海皮夜總會」的東風螺、炆草羊，等等。

對於飲食，素無研究，也素不講究。往往擇其「善」者而從之：在價廉物美那方面，大排檔往往不會令人失望。照個人「足跡所及」的經驗，巴黎之外，阿姆斯特丹、日內瓦等地的街頭，也有它們的歐洲式「大排檔」，但和這裏的一比，其內容豐富程度真是相差太遠了。這裏鹹甜食品，包羅萬有；粥粉麵飯，嘩，水滾油靚。

好跑大排檔的朋友們在大排檔以外的地方相聚，往往談得津津有味，互相交流經驗。有時自以為某檔是「天下第一」，到朋友點醒：只不過是「天下第二」或第三時，就不免覺得孤陋寡聞了。譬如一個冬季的晚上，朋友帶我到中環九如坊的一檔吃「打邊爐」，我才發現山外有山，它把自己以往認為誇喇喇的一檔比下去了，不免暗叫一聲慚愧。這樣的情形常有。事實上，港九兩邊，南北東西，橫街短巷，有的是各具特色的大排檔，如要跑遍，是完全不可能的事。把朋友們的「光顧大排檔記」集錄起來，可以成為一本厚厚的專書吧？

我之「幫襯」大排檔的年月，推算起來，可說「歷史悠久」。童年時每天上學吃白粥油炸鬼作早餐，晚上以紅豆粥或綠豆沙為宵夜，或有時從母親那裏攞到三個仙士「嘆」其即滾即吃的「新鮮滾熱辣」的牛雜粥，都是大排檔的傑作。有此根源，所以現在年紀雖大，除非離開香港，我是不能完全「離開」大排檔的，那充滿生活氣息的大排檔。它們另有一般餐室所缺乏的廣東情調。那樸素可親的夥記們、顧客們，和那生生動動的語言，是在所謂「高貴」的場合裏看不見、聽不到的。要是某些大排檔就設於你的住處附近，你甚至晚上可以睡衣一襲，拖鞋或木屐一雙「埋位」，沒有人會投以驚異的目光。反過來，你襯衣領上打上「煲呔」（蝴蝶領結），夥記們也不會予以「特別優待」。

以個人所見，大排檔客有幾種：（一）帶着好奇心，以冒險家的身份探險（因為心理上以為這些露天食物檔有欠「衛生」）。（二）帶着「落難王孫」的表情入座（我說表情，而不是說心情，因為那種不自然的態度，一看就看到）。（三）以「接近群眾」的姿態拿起大排檔的筷子（這種姿態決定他很難與眾共樂，因為他還負着個「書生精神」的大包袱）。（四）最後一種，與人談笑自如。很簡單，他們是常客，也是普通的顧客。

如果有人問：在大排檔除了吃之外，究竟學到些甚麼呢？那麼，回答就是——

我在那裏最少學到兩樣東西：（一）學到分辨真實的語言和書齋式語言。（奉勸「外江」朋友們，如要學廣東話，切不可向熒幕上的甚麼節目上學，尤其不可向某些「文藝腔」的廣播劇學，向大排檔學吧！）（二）學到做人的態度——自覺（不論怎樣）是一個普通人，並不與眾不同。

賣唱二題

盲歌者

過馬路，看見一家戲院附近熱鬧的人行道上，有個坐在轉角處的盲歌者在賣唱，歌聲很響亮，因為是經過擴音器播放出來的。聽着，很有些感慨。這幾年來，街頭的盲歌者賣唱時往往隨身帶着一副「電子」甚麼的擴音器……

從前香港的盲歌者是沒有用這種方式賣唱的。

據我所記得：有一種盲歌者，晚上，尤其夏天的晚上，由別人帶領，坐在小艇中，抱着秦琴之類，在筲箕灣、旺角等地的海上「市街」或熱鬧的避風塘一帶流動。在艇群聚集，船燈照水的海灣上，賣魚生粥、艇仔粥、粉麵、咖啡等等的水上小販到處活動的時候，盲歌者也在手撥琴絃，找聽歌的顧客。這種艇上的盲歌者現在即使有，也是「碩果僅存」的吧？到哪裏去找那些有閒情遊艇河、聽歌的人呢？

當年更常見的倒是，街燈亮後，在「灣」頭「環」尾兜生意的盲歌者。他們往往三四個人一起，有男有女，緩緩地在夜的橫街上移動，較笨重的樂器（如揚琴）則由帶路人挾着。某家店舖的人要聽歌了，他們就停下來講價錢。價錢的上落不會大，往往一講即合。如果是小店，地方狹窄，夥計就搬了幾張椅子出來（甚至為了安置揚琴，連桌子也搬出來了），他們就這樣子坐在店門口的街燈下彈彈唱唱，引得一些街坊跑來湊熱鬧了。或者，某處樓上的人家喊一聲「唱嘢呀！」，這麼着，他們就登樓進屋去了。即使這樣，門口（那時候橫街住戶的門往往是雖設而常開的）還是站滿了左鄰右里聽歌的人。

他們往往唱的是生旦（男女）對答的粵曲。有時，一個唱旦喉的「盲妹」邊唱邊雙手舉「竹」打揚琴（或蝴蝶琴）；拉椰胡（或二胡）的「盲佬」也是邊唱（「平喉」）邊拉的，技巧純熟得可以在街上走動時一邊唱一邊拉。

如果沒有生意呢，他們當然不能趁早收工。到了深夜，你也往往聽見街上那椰胡的嗚咽，襯着悲涼的南音……

那時候，盲歌者雖然不見得「搵食」（謀生）容易，但只要帶件樂器上街就行了，絕不會想到他們的後輩有一天在街角坐着賣唱，竟要隨身帶備甚麼擴音器的。這個都市的五光十色，盲歌者是看不見的，而這個都市的變化之大，他們是感覺到的，四周的市聲是越來越急越響了，假如不用擴音器，人們是很難聽到他們的賣唱聲的。

「搵食」越來越艱難，連盲歌者也要搬出這樣的「奇招」來了。

沿門賣唱的

童年時在香港所見的賣歌人中，有一類是白天單身一人沿門賣唱的。除了自彈自唱粵曲的「盲佬」或「盲妹」之外，使我留下深刻印象的還有兩種，他們毫無例外地是男性。

先說（廣東）東莞籍的盲樂師，同時也是善唱的歌者——他們手抱的是樂器中較為身長體重的三弦。

東莞出過不少民間藝人，好些人彈三弦彈得特別出色。那時一般東莞男女「讀」某些通俗故事書時，是用獨特的東莞音調「唱」的。那些充滿苦情的故事書（如《金葉菊》之類），是用韻文體寫的，人們當時都叫它們做「木魚書」。因此出現在我們街上的那些盲歌者，唱時也帶着濃重的東莞「木魚腔」的鄉音了。歌詞通常頭兩句是三字一頓，以下基本是七字句，結構與粵曲的南音近似。某個歌者在你的門前停下來了，眨了眨他甚麼也看不見的眼睛，如此這般地唱起來：

「三弦響，聽歌聲。今朝（我）流落香港城。……」

唱着，一邊熟練地撥動着三弦。當年，在苦難的歲月裏，他們就這樣轉徙於江湖間，若套用白居易《琵琶行》的序意，則是三弦響處，聽其音，錚錚然有（昔日的）民間聲了。

另外一種是（開眼的）客家歌者。在我的印象中，他們多數是上了年紀的人，頭髮蓬鬆，臉容憔悴，身體看來瘦弱得不能再到工地上去幹粗重的工作了。（那時候，好些來自內地鄉下的客籍人在建築工地做擔泥、鎚「石屎」之類的工作。）

他們賣唱時，沒有攜帶任何的絃樂器，卻手持兩塊特製的小竹片，有節奏地逼迫、逼迫地打着，以善唱山歌的客家人之鄉音唱着「崖（我）自家人呀走西東，今日來到你門中……」之類的歌。他們有即興的才能，往往即景地唱一些臨時自編的甚麼。即景那點，頗像昔日北方的「數來寶」。廣東也有近乎數來寶的「數白欖」，但這些客家歌者卻唱遠多於「白」，歌的腔調似山歌而節拍則較為急促，大概與唱的環境有關吧，因為城市的「街」和鄉村的「山」到底不同啊。為了日求兩餐夜求一宿，他們就樓下樓上地轉，街過街的沿門賣唱了。

現在，香港高樓大廈那麼多了，治安又那麼壞，除了樓下的商店之外，家家「閘門深鎖」，縱是歌喉很好，人家也不敢開門來聽呢。若在失業中找出路，沿門賣唱是不大可能的了。

一九七五年九月

編者按：以上選自《燈下拾零》。

生活與「奇遇」

有時，生活是的確相當「小說」化的。以我們同屋的李太太最近碰上的那件事為例，可說是生活中一次不幸的「奇遇」。

李太太身材高大，四十來歲，為人老實、善良。那天下午，她到一家百貨公司買衫，挽着盛衫的膠袋，逕自回家；在樓下等電梯，看更阿伯照例招呼一聲。這時候，有一個身材瘦弱、年約十四歲、樣子純樸的少年走來，也是等電梯上樓的。

進了電梯後，李太太按的是四字，那少年按的是三字。但到了三樓了，他望了她一眼，遲疑下來，她說：「你找人是不是？……這就是三樓，到了。」說着，左手把開着的電梯門攔着，讓他出去。

就在這當兒，他突然把她左手拿着的一個小錢包搶走，從樓梯飛奔下去。她離開電梯追趕，一邊大叫：「搶嘢！搶嘢！捉住佢！……」

在樓下的看更阿伯，大概怕那少年身懷利刃——結果，後者逃去無蹤了。但事情偏偏就那樣「巧」，後來在梯間發現那少年遺下的一個小本子，裏面記的是朋友的地址、電話，多半是新界的地址、電話號碼。於是報警，也報失一百六十餘元，那是李太太在百貨公司裏買了一件衫後的「餘數」。「你認得他嗎？」「他化灰我也認得他……」這是李太太的回答。

幾天後，警方打電話來，說已經「拿」到那個「新界少年」，叫她同看更佬到差館去辦「認人」手續。當天黃昏下班回家，我在樓下電梯口先問看更阿伯是不是已經認出來了。他搖頭。警方臨時僱用一些與疑犯年紀身材相仿的少年和疑犯排在一起；在他看來個個差不多。「連李太太自己也『認』不出來呢……」但回到屋子裏打聽之下，才知道另有文章。原來李太太一眼就認得搶銀包的那個「新界少年」，不過不忍心「認」。因為事前在差館裏從對方的母親口中得知：少年本是個好少年，母親身體不好，父親生病多時，弟妹年幼，一家的生活重擔落在他身上；出事那天他們吃飯也成問題，他說出去想辦法，卻忽然出此下策了。

再後來，據所知，他已進了感化院。事實上他本人早已招供一切，「認人」也不過是循例的「手續」罷了。

心裏不覺沉重的想，感化院，那瘦弱的少年，他的家……還有以後的許多問題呢？

原載《文匯報．品茗絮語》，一九七七年七月十二日
選自《我們相逢，我們分別，我們長相憶》

鳥聲·蟬聲

目前的居處，是在一幢半新不舊的大廈之六樓上，不經不覺住了三年。由於離開工作的地方稍遠，上班與回家得往返於時時塞車的路上，開頭覺得不便，但很快地就適應了。大廈位於鬧市的背後，在高山腳下小谷中的一座小山崗的旁邊，這樣子，居處外面的車聲就給抵銷，連路上的塵埃也似乎給隔斷了。

我們睡室的窗外，正是那山崗葱翠的一角——尤其春到夏來時更是碧綠叢叢了。因為樹多，也就時聞鳥語，其聲幽幽而啼的，不知是杜鵑還是鷓鴣，說不定是異方飛來的布穀呢。啁啾之外，其聲流囀、嘹亮，一張嘴就「啊」個不停的，是歌鳥無疑——也許當中就有善唱的畫眉吧。

初搬來時，頭一兩個星期，大概由於新鮮與尚未「習慣」的緣故，往往一早（床頭鬧鐘還有兩三個鐘頭才響呢）就給鳥雀們的「黎明交響樂」吵醒，於是索性起來，等日光漸近，看眾鳥翻飛，然後才上班去。到了黃昏後，趕着回家，守在窗前，看「下班」的鳥兒們怎樣急於投林演其「大合奏」，然後在暮色四合中漸漸地靜下來。

白天，窗外的一角小天地，雖然說不上已到了鳥語花香之境，但三年下來，倒一次兩次發現：岩縫間、枝頭上突然亮着幾朵小花，白的，黃的，彷彿是一夜之間爆出來的。就說前幾天吧，往窗邊晾衣服之際，抬頭猛然看見丈餘外，有五朵粉紅色的小花，在碧翠叢中開得引人注目。我和妻看了又看，當時的驚喜——啊，我該怎麼說？這自然之美，這自然的生命。

更令人意想不到的是，在鬧市中久違了的蟬聲，竟然搬家後在這裏聽到了。

唐代駱賓王身在監獄時寫的「西陸蟬聲唱，南冠客思深」，西陸，秋天也；而我們這裏卻是：夏日蟬聲唱，窗前綠色深。

執筆寫此時抹了一下汗，停下來，探首窗外，聽樹上蟬鳴——它們在綠陰裏振翅而歌，彷彿葉也顫動，添了幾許涼意。

然而，已經有這樣的消息了：港島[1]這邊的地下鐵道，將由「中環」（市區中心）伸展到更遠的角落去；我們所居的大廈旁邊的山崗，將會整座夷平。這也許是公平的吧，得一失一：龐大的「擴建」工程完成後，交通方便了，更多的高樓大廈出現了，但那時我們好些人家的窗外，將失去了綠樹，沒有鳥聲，沒有蟬聲。

一九八零年

---

1 廣義的「香港」，包括九龍等在內。這裏的「港島」，專指與九龍半島隔海相望的香港（島），二者相通的地下（海底）鐵道已於數年前完成。

熒光屏外

吃完晚飯之後，覺得屋裏有點悶熱，出來，穿過樓上走廊，傳來陣陣的電視機聲，有兩個小男孩在那裏唱某電視劇的主題曲《他的一生》。

早熟的香港孩子，在人生的路上，難道他們真的「成長」得那樣快？天高地厚，小小的年紀，早已向電視學習——唱其「情關闖不過」、「人在網中……」之類了。

我乘電梯下樓，散步當中抬頭遠望，心想：幢幢的大廈上，千窗萬戶的後面，「着」燈的時候，也往往是電視機充當一家之「主」的時候。

向前拐了個大彎，上了一道斜坡，只見橙色的路燈下，一排瘦小的樹微微顫着葉子，一派悠然自得之狀。再過去，是水泥坪上的一個小公園，裏面有幾張空着的長椅，坐下來，讓微風拂面，抽上根香煙，我也悠然自得起來。夜的市聲彷彿離開我很遠了。到這裏來納涼的人不算多，不遠處，有幾個男女小孩在打鞦韆，大人們在旁邊陪着。寂靜中，一陣嘻嘻哈哈的笑聲響在耳邊。一看，右手面的一張長椅上坐着幾個小女孩，奇怪的對白與動作引起了我的好奇心。是在演戲嗎？我想，她們一共五人，這個「全女班」，最大的也頂多十一歲，其次是八九歲、六七歲，最小的大概三歲吧。

只見最大的那個指手劃腳當起「司儀」來，突然提高嗓子一字一腔地宣佈：「現在節目開始！馮小梅，你先出場……」原來他們在玩「選美」的遊戲！

一個跟着一個出場，煞有介事地緩緩地兜了個小圈，站着，擺姿態。顯然那是從熒光屏上「偷師」學來的。

宣佈結果了，「香港小姐」、「最上鏡小姐」、「青春小姐」……都有了。跟着是「頒獎」：派一份一份的糖果。但這時，最小的那個，因為「落選」給冷落在一旁，抱着個玩具娃娃竟然哇哇大哭了。那「司儀小姐」忙說：「好啦好啦，美美，給你個『看餵』（安慰）獎！」另一個說：「姐姐，甚麼叫做『看餵』獎？」

「看護小姐的『看』，餵東西吃的『餵』嘛。」

我剛才笑不出來，但這時卻笑了。她們到底還是孩子，天真的孩子啊。

一九八零年

明信片

古人出遠門，交通不便，常有行旅之苦。一旦相逢是人生的奇蹟，而別後長相憶則似乎是理所當然的了。朋友天各一方後，關山難越，杜甫只能在夢中見到李白，遂有「生別常惻惻」之嘆了。倘若那時候啊有明信片可寄，彼此領略一下各人所在地的風光，惆悵之情也當會減少吧。

當然，古人做夢也不會想到，我們今天在書信之外有一張張的明信片，貼上了空郵的郵票，它們就會飛渡關山，飛過海洋……

引起這樣的想法，是由於今天收到一張寄自遠方的、報平安的明信片，把它放進抽屜裏去時，不免重翻一些舊的了。其中一張是年初朋友歐遊時從巴黎寄來的，塞納河的流水與背面那幾行墨痕猶新而寫得活活潑潑的字，在我的感覺上，調子輕快得一若朋友當日在旅途上的心情。另外的一張，卻是好幾年前自己寄給家人的。記得那年那夜，在異地旅館的燈光下，為了想讓家人看到我所看到的，便以明信片代航空郵簡，在異方景色的背面，把千言萬語縮龍成寸了。

在家，收到別人寄來的明信片時我是滿懷高興的；在外，也就往往喜歡寄明信片給別人了。有一次，為了選購，為了寫幾行字然後投郵，我幾乎在一個陌生的城市裏誤了某一班機。

每次歸來，行囊中往往會添上一些「風塵」之色——那是一張張並不投郵的明信片呢。我珍惜朋友寄來的，一若我珍惜友誼；我保留自己買回來的，因為要珍藏日後對舊遊之地的一份記憶。

記得有一年，在此地走了好些街道也找不到有昆明風景的明信片，卻在一家小書店裏發現了一張「黃果樹瀑布」的，那真使我喜出望外了。為甚麼呢？因為戰時由貴陽乘車到昆明去，途中經過黃果樹，在高原上的崇山峻嶺之間的公路不遠處，那萬馬奔騰的瀑布，飛來了點點水珠，灑落在我們的頭髮上……也曾歷盡風霜、在苦難的歲月中度過的黃果樹瀑布，於我，說不上是舊遊之地，只不過偶然經過，但從此印象難忘。……

是的，也許對風光各異的景物，有所喜愛吧，因此朋友遠行時，我往往說上這一句——

「寄一張明信片給我吧。」

筆記二則

（一）

那天感冒沒上班，去看醫生。那醫生是頭一次光顧的。診所相當大，大概是自置物業吧，醫生的家人也住在那裏。我進去時，大廳之旁的飯廳裏正有人收拾碗筷。大廳坐着幾個等看病的男女，在全神貫注地看電視。

我向護士小姐掛了號之後，坐下來遊目四顧。牆上掛了幾幅別人送的「華佗再世」、「杏林」甚麼的匾。此外，最觸目的是四幅「家庭式」的大照片，站起來，湊過去，看清楚，心裏不覺一跳——只見每幅鑲在大鏡框裏的照片的邊沿上，都寫着一行毛筆字。從右起，順着次序是：「家嚴×公××遺像」、「×母×氏××遺像」、「岳母×××遺像」、「岳丈×公××遺像」。

你猜我當時的想法怎樣？我想，這位醫生如果不是由於太重視「親情」而忽略了一般病人的心理，就是由於醫術高明而「藝高人膽大」了。

（二）

常常讀到報刊上的「信箱」欄上少女讀者的「來信」，透露一些甚麼之後，提出諸如此類的「古老」問題來：「我應該選擇A君還是B君或者C君呢？」

不禁想起往事。那時舍妹尚未結婚，先後認識幾位男朋友，其中一位——就叫他做C君吧，一天到我們家來，碰巧舍妹出去了，我便招呼他坐下等舍妹回來。C君給我的印象是「純品、沉實」。「抽根煙吧？」他搖頭微笑，之後，我努力挑起話題，企圖打破小廳上相對默然的悶局。但半個鐘頭裏，C君點頭、搖頭、微笑回答「是」或「不」之外，只有我一人說話——唱其獨腳戲。舉凡電影、音樂、小說、足球、時事等等，都沒有一樣能引起他的興趣與話題。他是一位年青的藥劑師，而可惜我卻對西藥素無研究。點了「阿司匹靈」之名後，我也沉默下來了。可以想像，興趣廣泛的舍妹，和C君在一起時會多麼「難受」！

不過，倘若我是報刊「信箱」的主持人，有少女讀者來信「請教」於我，說A君如何，B君怎樣，C君「純品、沉實」，那麼，（憑紙上「印象」）為了保險，我也會示意她選擇C君的。

署名：秦西寧

原載《文匯報・無拘草》，一九八一年六月十五日

選自《我們相逢，我們分別，我們長相憶》

聽曲小記

數月前有生以來第三次去惠州，微雨中在司機的指點下，終於找到上一回不知所在的昔日之街，昔日之水。

所謂「昔日」，緣由如此：太平洋戰爭日軍侵港後，翌年（一九四二）秋天，獨自離家赴桂林。途次惠州，黃昏微雨中避雨，在誰家的屋檐下，忽地聽到一陣熟悉的歌聲。那是舊式「七十八轉」唱片上「女伶」小明星所唱的《癡雲》！我當時整個地呆下來了——為了小明星這首歌，也為了可能在往後的日子中將離我越來越「遠」的粵曲，香港，和親人……

然後次日，我隨水客搭木船溯江而上了。

此事常縈腦際。這一次（第三次）才能找到的街，原來是離西湖與賓館頗遠的、兩旁店舖古舊但熱鬧得很的水東街；而附近岸邊所見之水，就是東江之水。當年惠州檐下避雨聽曲、下榻旅舍、搭木船向翁源、老隆等地進發，就是那兒！總算讓我找到了，以為了卻一宗心事了。

然而，歸港途中，車窗外的雨越下越大，在一片迷濛的景物中，四十餘年前的那一幕，卻又緩緩地亮起來。

後來，在銅鑼灣唱片店，購得舊唱片重錄的粵曲卡式帶數盒，裏面分錄了幾「枝」小明星「原聲」唱的名曲，其中正有她唱的《癡雲》。該曲全調為「南音」，曲詞典雅，開頭為：「思往事，記惺忪，看燈人異去年容。可恨鶯兒頻喚夢，情絲輕裊斷魂風。」帶盒雖未寫明誰寫的，但我知道是王心帆「撰曲」（即作歌詞）、梁以忠椰胡、小明星的絕唱。重聽，感人如故。

小明星於戰時的內地（一九四三年）逝世，粵之東莞人，原名鄧曼薇，人亦稱為薇娘；曾在本港茶樓歌壇清唱多時，唱的是「平喉」（與女聲的「子喉」有別）。本港著名粵曲撰曲家吳一嘯（今已故）在戰後之初，有悼念小明星之曲，名《七月落薇花》。其中「反線中板」一段的「上下（仄、平韻）句」，歌詞為：「念去年，你海角行歌，又遇金戈鐵馬。病荼薇，花枝憔悴，到底斷送嬌娃。」可知小明星是在貧病中去世的；終時「尚屬雲英」，才三十出頭。而身後蕭條，大抵都是當年賣歌人的一般命運。她行腔婉轉，其「星腔」，自成一家，富於創造性。難能可貴的是，在傳統的、一定曲式（如二黃、二流、中板、南音等等）所限制下，在嚴格的「丁板」（節拍）之間，其運腔變化千端，卻又顯得非常自然。撇開與她身世有關的唱情不說，單是她那往往能把舊調翻新的唱腔（和唱法）就對廣東的清唱曲藝貢獻不少了。

謹附七律一首——為往日留下「雪」上的一點鴻泥之印，並以之概括：個人前後聽小明星（薇娘）的《癡雲》曲事。

昔日東江秋氣盪　惠州船向水微茫
少年檐下愁人雨　戰亂他方是我鄉
回首癡雲行漸遠　情腔婉轉卻難忘
餘音今夜從頭聽　一曲薇娘壓夜涼

一九八六年十一月

東坡小記

都市生活繁忙緊張，閒情難得。小遊惠州西湖，看東坡塑像等等歸來後，頗有一些聯想：東坡為人曠達。若非如此，自烏台詩案入獄出獄後，宦海浮沉，一貶再貶，他在「嶺海微茫」流離南路之前，早就倒下塵埃；而他留下給後人的大量佳作，也不會包括他晚年的那些在內；他自云「平生功業，黃州、惠州、儋州」的三地或後二者，當然也成為白卷了。

他自幼喜集奇石，一如他的詩詞，姿態橫生而能尋趣於天然；少年時曾親手種松樹數萬株，故深得植松之法。類此之「法」，彷彿無形中使蘇軾感情豐滿的流水行文，在絢爛的篇章裏也自然而然得其「文理」似的。善畫「竹石」，其「墨竹」尤為同時書畫大家米芾（米南宮）所稱道——說是「運思清拔」。在當時，東坡之書畫常為喜愛者所索，視為珍物。

他能在逆境中適應生活，與農民甚至市井中人來往。謫居惠州時，與鄰居賣酒的林行婆甚為相得，詩文中曾見提及，「林婆之酒可賒」就是一例。筆者又想到東坡搬進惠州白鶴峰新居時，為了取水而鑿井的事；

幫忙的民工鑿了「四十尺」後，「石盡乃得泉」，有水可飲了，他當時是怎樣的高興！我思之有感，不禁為前賢及其行事所觸動，試擬一聯，抒寫東坡歷久猶新的風采中之一二。拙聯如下——

對竹寫冰肌，醉月時清影起舞，狂笑曾經，鑿井擁書千卷上；
此心尤曠達，迷人處笠屐吟詩，流離也慣，行雲彈指半生中。

一九八六年十一月抄正

編者按：以上選自《香港文叢．舒巷城卷》

遊記

檳城寄簡

××：

我們到檳城已幾天了，這個有「東方花園」之稱的馬來西亞的著名海港城市的確有它的可愛之處，與三年前相比，多了好些建築物，但美麗的海灘與椰林依舊。說椰林，很少地方有它那樣密密的椰林吧，從飛機下望時，只見這個島嶼一片碧綠，白牆紅瓦點綴其間，顯得別有風貌。

市內聳立着新型的大酒店，上有旋轉餐廳，是三年前所沒有的。另外有一座位於郊外海邊、佔地甚廣的大酒店，名為 Rasa Sayang（據說馬來文是「椰林」之意[1]），棕色的亞答屋式的屋頂，是馬來西亞民族風格的建築，也是我前次來時不曾見到的新酒店。市區裏主要的大道檳榔律（路）還是那樣熱鬧，而在汽車、巴士、單車旁邊，撐着油紙傘的三輪車還是那樣來來往往。街上的中文招牌，舉目皆是。東方百貨公司，一

1 編按：馬來文 rasa 是感覺、感觸之意；sayang 是憐憫，疼愛，可惜之意。

家規模相當大的百貨公司，主要賣的是中國貨，吃的，穿的，用的，甚麼也有，甚至有些東西在香港不容易買到，而在這裏會買到的。

在這裏，單賣咖啡、茶點的店子似乎不多。除了少數西化的高級咖啡店或附設於酒店的茶座外，街上一般的咖啡店採取這樣的方式經營：為了減輕租金的負擔，同時也為了顧客吧，咖啡店老闆通常分租一部份舖位給賣熟食的，因此你一坐下來，這邊問你喝甚麼，那邊卻問你吃甚麼了。

說到吃，不能不略提一下這裏的大排檔，食品價錢比以前稍貴，但比起香港來還是便宜得多，而且「材料」也豐富得多。檳城的橫街短巷有許許多多食檔，尤以舊關仔角海旁那個半露天的圓形大排檔最為人所津津樂道，它勝在鹹、甜匯集，吃完炒麵之類可以來碗清補涼糖水或者薏米糖水之類；新關仔角海邊長堤一帶那些大排檔也是令人欣賞的，一邊吃一邊納涼，一樂也，因此，到了晚上，人們（當地居民與外來遊客）趨之若鶩。

此間白天頗熱，但入夜天氣轉涼，我們住的地方（即M的娘家）在市郊阿逸依淡的住宅區內，位於樹木森森的昇旗山腳下，屋前屋後，風來葉響，因此到了半夜要蓋氈子，那一覺是睡得很舒暢的。如果夜裏坐纜車（像香港的那種纜車）登山，要穿上薄薄的毛線衣了。

阿逸依淡是風景區，近年來多了好些住宅所在的「陌生」的新街道，但可遊之處仍然不少，著名的蓄水池、極樂寺就是在該區的範圍內。

極樂寺是東南亞最大的中國式寺院，建於一八九一年，幾經修葺，成為今日的規模。據說光緒初年有僧人名妙蓮，由福建浮海而南，輾轉到了檳榔嶼（檳城），策杖尋幽，覓得今址。該寺建築宏偉，高塔朱欄，矗立於萬綠叢中，所謂「松楹桂廡，上出重霄。碧閣丹梯，下臨無地。芝草千叢，香花萬簇。」雖是該寺碑語，但也可說是相當概括的寫實。外來遊客到了檳城，十居其九到此一遊。我們去的那天，是春節期間，遊人更多了。我們都是「重遊」，只有P弟首次登臨。他特感興趣的是「碧閣丹梯」下，極樂寺前那一大段登山石階與石階兩旁由許多固定攤位組成的那個市集——鬧哄哄的市集。當你拾級而上時，你首先便要穿過這個市集的「長廊」，於是便自然而然地在賣各種當地工藝品、紀念物的攤子前瀏覽一番了。離開極樂寺，下山時，倦了，在石階旁的飲食檔坐下來小歇，幾個人談東說西，望望各種打扮、國籍不同的遊人，也是假日的一種樂趣。P弟還在那裏買了件別致的紀念物——一個磨得又潔白又光滑的葫蘆，他說，可以用來盛水，也可以用來「掛牆」（裝飾）。大概《水滸》裏豹子頭林沖雪地夜奔時挑着的那個葫蘆，跟這一個的樣子差不多吧。

現補述到檳城後的大概情形。十一號——年三十日下午五時許我與M抵達，她的家人——父母、二妹和她的丈夫、從吉隆坡回來過春節的三妹、甚至正忙於大學功課的四、五妹等人都來接機，可說是全家出動了，彼此「又一次」見面時的興奮、激動，真是筆墨難以形容。第二天，年初一，P弟按照原定計劃由香港直接飛來，大家見面時的高興，也不在話下了。

跟着下來的幾天，四妹帶我們遊了不少地方。丹絨武雅看海景令人心曠神怡。幾個大小不同的公園各在一方、各有特點，當然以依山闢成、有多年歷史的植物公園最有名最具自然之美，古木參天，濃蔭密佈，在草地上坐下來畫速寫不愁日光灼面。當地華人通常叫它做「紅毛花園」，裏面樹林中的猴子們頑皮得很，望着牠們跳跳蹦蹦地吃着你投給牠們的花生，你會覺得開心。青年公園的椅、櫈、玩具、築在大樹幹上的「涼亭」等等，就地取材，設計別致，據説裏面很多東西是青年學生們設計的。新花園則建在近海的山坡上，繁花如錦，站在那裏頓覺視野廣闊，遊目四顧時，這邊可以看見遠處的椰林、綠樹掩映之間住宅區裏的一排排紅瓦屋頂，那邊是海灣上的波光帆影。四妹是讀「海產」學的，常常到海上捉魚「研究」，因此就不忘帶我們到漁村、漁場去走一趟了。

特別要一提的是檳城的那座水族館（幸勿誤會，不是像香港那種只得舖位一間的商店式水族館），規模頗大，外表美觀，裏面也設備完善，值得欣賞的大大小小的魚可真不少。入場要買票的，但參觀的男女老幼很多。在玻璃箱前停下來看各種奇形怪狀、彩色斑斕的魚時，四妹做了我們的義務講解員。還有，多虧她，我們吃了一頓可口的、使人胃口大開的正宗馬來飯，是在近郊一家馬來人開的馬來餐室吃的。我個人尤其難忘那一碟咖喱魚，何況——用一句「新詩式」的説法——「從孩子時起，我就像貓一樣喜歡吃魚。」

順便告訴你一點趣事。年三十晚吃了團圓飯後，M整理由港帶來的一些「手信」，拿出一個連盒子一起買的磁製大茶壺來。在香港的一家國貨公司買時，她説，檳城根本很難找到這種「唐山」茶壺。我笑笑説：「如果有呢？……」説真的，這個大茶壺畢竟是笨重的「手信」，何況坐飛機，還要到曼谷去……

M的父親一看，不覺笑起來：「怎麼？千山萬水把這個帶回來？這種唐山茶壺，現在檳城有的是！落埠（進城）就可以買到了嘛。」而且一說起來，價錢還是差不多。M有點愕然。於是，有幽默感、喜歡開玩笑的父親用他的幾十年來未改的台山鄉音「安慰」女兒道：「不過這茶壺的花紋很好看，這種花紋的唐山茶壺——大概檳城沒有吧？」

祝好。

七五．二．十三．檳城

原載《海洋文藝》第二卷第六期，一九七五年六月一日
選自《我們相逢，我們分別，我們長相憶》

旅美散記（節選）

西雅圖印象

多年前一位同街的海員朋友，走歐、美「水」，船每次到美國，就停泊於西雅圖港落貨，然後運載木材到歐洲去。它周圍一定有許多森林，我當時想。後來從別的資料約略知道，一九一六年有一姓波音的木材商人之子，就地取材，用木材製造飛機，在當地郊外開辦了一個木頭飛機廠，後來成為今日美國最大的飛機製造公司之一，第二次世界大戰期間，出產過著名的軍用B—29型「空中堡壘」轟炸機等；戰後該公司製造民航噴射機，跟着先後推出了世界知名的波音707，波音747等巨型客機。木材，波音機，位於華盛頓州，向北過了州境就是加拿大——這就是我當時所知道的西雅圖。三年前趁居美數月之便，先後去過兩次在昔日香港的街坊老友C君家作客，住了十餘天，才對西雅圖之認識稍為加深。著名的華盛頓大學即設於該處，C君在那裏任教，曾帶我參觀其中環境幽美之校園、個別的課室等等，據說在校學生有三萬餘名。此外還有不少公立學校。由於當地飛機製造業、造船業及其他工業非常發達，市民的一般生活水平與文化水平也相當地高。

歌劇院有較好的節目演出時，座無虛設。記得某夜，去聽巴西青年鋼琴家 Nelson Freire 演奏羅支馬尼諾夫的第三鋼琴協奏曲等（協奏的是西雅圖交響樂團），C君與我（票子他老早就訂購了），幾乎不能及時趕到，因為途中向某路「線」開去的汽車太多，原來都是去聽音樂的。

西雅圖不僅是美國西北部一個重要的港口與工業城市，而且是一個令遊人賞心悅目的勝地。它面臨太平洋普吉特海峽，東靠華盛頓湖，南望則是終年皚皚白雪的靈尼爾山峰。因此海與山，山與湖，加上北國常綠的杉樹林，使西雅圖展現於綺麗的山光水色中了。

當地人口約一百五十萬，但住於郊區的差不多佔了三分之二。所謂郊區，也就是房子樣式美觀的住宅區；與熱鬧市區內的摩天大樓相反，多數是一兩層的獨立房子，分佈於幾座蒼翠的小山上。山上山下有一般公路與超級公路，汽車之外有許多線巴士，橋下湖中時見碼頭、漁船、低飛的鷗鳥與來往的白帆。第一天初到時，接機的C君駕車載我回郊區的家，只覺途中上上下下，都是風景畫似的。更使我印象難忘的是：那夜在市區內的唐人街吃完晚飯後，歸「家」路上，眼睛為之一亮，條條「山街」上透出的點點燈光和火龍般長長的汽車燈，以及湖上的船燈，一靜一動之間，竟聯成一幅個人從未見過的「夜色圖」。難怪在美二十年而又住過好幾個城市的C君，對西雅圖如此厚愛，且「力邀」我去作客、一遊，以資「印」證了。

渡海行

位於美國西北部的西雅圖，一月仍是仲冬天氣，比舊金山稍冷，但比起同月中某些更南的，但大雪紛飛或一片白茫茫的內陸城市來，卻暖和得多了。即使不穿大褸，裏面一件羊毛衣，外面一件燈芯絨衣，也能應付過去。那天上午，就這樣子坐着C君駕駛的汽車進城，經過海濱繁忙的碼頭，在其中的一個停下來，上了一隻載客載汽車的渡輪。它與香港所見（下層汽車，上層客位）的那種相較，船身闊大許多，款式也更為悅目。它的客艙寬敞，座位舒適，還設有自助茶餐廳。

此行是渡海「探訪」C君的別墅，也借此瀏覽西雅圖沿海的秀麗風光。在大約一小時的航行中，從客艙的大而明亮的玻璃窗望去，視野廣闊，海面上時而滑過了大小遊艇，遠處群山起伏，島嶼若隱若現。渡輪漸行漸遠而漸近「前邊」時，卻又是另一番天地——原以為是杳無人蹤的荒涼之島，卻另有人家：在蒼翠的小山上下的疏林中，出現一座兩座紅瓦白牆的房子。偶爾還看見某半島的山路上有汽車走過，某離島的沙灘上有人在散步呢。然後，渡輪拐了個彎，放眼望去，一簇簇高矮的樓宇、鐵橋、汽車、碼頭，甚至行人，都歷歷在目了。C君說，那是Bremington鎮。

我們上了岸，汽車在鎮上的一個汽油亭加了油繼續上路，穿過一條林蔭大道後，山下、谷中、公路旁，遠遠近近，滿目都是北國的常綠杉樹。車行半小時，到了山谷中一處，有疏疏落落的屋舍、營幕，C君說：

這一帶是度假的勝地。在路旁一家以意大利薄餅馳名的店子歇了一陣，兩人吃過那熱騰騰的大薄餅之後，再上車，沒多久就看見更好的精緻的平房了，它們座落於山下、海邊。

C君的小別墅臨海，是單層的房子，圍牆內小園中有一棵高大的楓樹，身上「結」着厚厚的青苔；板橋下的清溪與水池中，游着尾尾小魚，使這小園添上幾分中國庭園的風味。這是經過C君幾年來的着意經營的。據說，暑假或週末以外的平時，該別墅由鄰居的一個甚麼人代為照管。房子前面的小平台下面是沙灘，遠望便是恬靜之內陸海灣上的山光水色，與停雲飛鳥加上群樹的倒影。此所以C君常常與我提起這裏幽美的環境，要抽空到此一行了。離開別墅登車前，回頭再望鐵柵旁石牆上的「雅廬」——刻着的兩個中國字，倒使我想起：C君雖然任教於大學，日與西人為伍，但甚愛中文，一路來也不知在我這老友的耳邊，如歌如詠，背誦了多少首唐詩、宋詞呢……

黃昏渡海而歸，人與車登岸後，西雅圖市已是萬家燈火了。

一九八一年十月追記於香港

選自《燈下拾零》

溫哥華散記

溫哥華是加拿大西岸的重要海港，也是全國的第三大城，氣候溫和，由於太平洋的暖流「調節」，即使在冬天，也不會像其他地方那樣冰冷雪寒。遠在百餘年前，已有不少中國人飄洋過海，歷盡風霜後，在那裏居留下來，成為早期的華僑。今日當地華人之多，（在北美洲說）數目僅次於舊金山。因此其間的「華埠」也就頗具規模，加上年來好些去自香港的移民，唐人街之市場上就更形熱鬧了。

溫哥華離美國的西北邊境不遠，從西雅圖乘汽車去，約三小時便抵達。是秋末星期六的一天，上午九時許，C君駕車載我登程，車子沿着平坦的公路奔馳，沿途所見，景物甚佳。在淡淡的陽光下，進入眼簾的，有時是紛呈異彩的野花，在深黃的、淡棕的木叢間出現；有時是山谷中的一片綠野，點綴着幾戶人家；有時是楓樹與禿枝下鋪着的一把銅色的落葉。但抬頭前望高山腳下的密林，卻又帶着怡人的蒼翠奔來眼底了。然後是農莊，是小鎮……過了加境後，景物與前述的差不多，我看到那些擁着叢叢針葉的參天杉樹時，幾疑是身在西雅圖呢。

進入市容整潔的溫哥華市區內，我們去一家廣東大茶樓飲午茶，但出乎意料外，長龍由樓下大堂的梯口排到二樓上；幸虧安排有序（誰也不能「搶位」），先到先入座，憑着領班所給的號碼紙，我們大概等了半個鐘頭，就有機會坐下來細嚐點心了。點心水準甚高，牛肉炒河粉更妙。怪不得人們說，若論美洲的酒家、茶樓食物，以溫哥華的為最佳。西雅圖雖然也有粵式茶樓，但好些人還是常常於週末過境，在此「嘆茶」呢。

溫哥華的唐人街，人來人往，熙熙攘攘，說的都是廣東話。酒家、茶樓之外，有中式的超級市場，金舖（珠寶店），賣唱片與「卡式」的、賣中國罐頭與土特產的大小商店等等——可說應有盡有了。

下午臨走時，我們到「利口福」（有名的燒臘、粥粉店）買了一隻燒鴨，在一家大型的雜貨店買了一些「唐山貨」，然後C君領我進了一家金舖，揀了兩件兒童飾物，請舖中的老師傅刻上他的一雙小兒女的名字與電話號碼。這位昔日香港街坊的老友C君，閒時看過不少武俠小說，我問道：「咦？這是甚麼招數？」他笑笑道：「以防萬一。佩在身上，『迷失』的時候，人家會替他們打電話回家……」這一「招」，我可沒想到了。

個把月後冬天時，我重臨西雅圖，趁便與C君及其家人再去了一次溫哥華飲午茶。而這一次，在我們的回程上，除了幾盒茶樓外賣的點心，一些中國罐頭食品和包裝的粉絲等等以外，還多帶了好幾斤「應冬」的臘腸、臘肉，真的是滿載而歸呢。

一九八一年十月於香港追記

選自《香港文叢．舒巷城卷》

鼓浪琴聲伴日光

初訪鼓浪嶼

到了廈門，歇宿一宵後，次日上午，就急於一睹鼓浪嶼的風光了。

在「樹無秋冬」的廈門，時當十二月，仍仿若長夏未去而春意暗來的天氣，穿上薄薄的襯衣就可以出門。那個上午我們一行數人，吃過早餐離開酒店，乘車過了繁忙的大街，到了鬧哄哄的海濱一帶。只見許多停在碼頭附近的車子，漆着「巴士」、「小巴」的字樣，頗覺意外，但一想到廈門在歷史上曾有過的「西風」，也就不足為奇了。

下得車來，人還未踏足碼頭已看見了風景：橫在眼前是陽光下閃閃爍爍的港海，對岸便是鼓浪嶼。叢叢翠綠，襯以山腰山下的紅瓦房子，外有碧水縈迴，柔光映岸，使這小島更添嫵媚。購了票，搭渡輪過海，五分鐘就到了。

上岸後走了十來步，回頭一望，這才發現，原來該處碼頭的建築，是一座平台鋼琴的造型。對了，這小島是音樂之鄉，據說居民中喜愛音樂的人很多。著名鋼琴家殷承宗是出身這裏的。我想，這時香港家裏，放錄音盒帶的箱中，還有他復出後新錄的那盒鋼琴曲呢。

島上的房子依山建築，走在乾淨的柏油小路上，人也覺得舒暢。由於汽車不得在此馳行，整個小島，反而成為大城市罕見的、廣闊而可貴的「行人專用區」了。正因沒有汽車聲，四周環境比許多小鎮更形幽靜。當然這只是相對而言；事實上，既是知名的島嶼，尤其擁有觀光勝地如日光岩等，就不可能沒有來自各方的遊客，與遊人的笑語喧聲。然而，可以想像，鼓浪嶼的居民一定還有許多寧靜的時候，尤其夜晚。

我們在幾家兼賣海鮮的小飯店和商店的門前停下來，看了一會。然後繞過小街，上斜坡，踏草徑。在陌生的里巷間，經過一些探身庭院外的綠樹與南國的花枝時，彷彿隱隱地聽到音樂的調子。是的，微風過處，樂音傳來，我聽到一陣動人的鋼琴聲——但誰知道，是外牆長着青苔、牆頭攀着紫藤的哪一家的琴聲呢？

長居鬧市，久已乎沒有「純詩」之雅興，而某種奇異的感覺倏然而至，心裏就禁不住草成四句，以之代替瑣記了。如今抄附於此：

誰家牆外深深綠　似是春陰葉上凝
人過山街花氣蕩　忽聞曲巷送琴聲

大約個把鐘頭後，我們隨着好些遊人穿過岩石之間的一條狹道，登上龍頭山最高處的日光岩。縱目四周，抹着汗珠時，我頓覺一片清涼，不僅兩腋生風，而且對「天風海濤」之類的境界，更能領略了。倚欄而望，下面崗巒起伏，這美麗的小島鬱鬱蒼蒼，點綴着一座又一座別墅式的建築物，和如畫的片片殷紅。在花木掩映間，連住宅的屋頂看來也多是紅瓦的，這與國內其他地方常見的黑瓦房子，大異其趣。而在艷陽的藍天下，波光帆影的對岸，正是樓宇櫛似鱗比的廈門市。把視線移到另一方向、船隻往來的遠海上，心曠神怡之際，可不知道那淡淡的遠山、那在行雲中露出頭來的海島，叫甚麼名字……

心想，日光岩下風光好，景慕多時的鼓浪嶼，在我初臨其間的感覺上，卻是鼓浪琴聲伴日光了。

一九八八年八月追記於香港

選自《香港文叢・舒巷城卷》

文藝漫筆

奧·亨利的「短篇小說風格」和語言

——並談感情

無論是古典文學，現代文學，是我國的，是外國的，只要它替人帶來了「新」的東西、「新」的「精神面貌」，我們大概可以用得上「開卷有益」這成語吧？

文學，好的文學，它使我們認識生活，使我們關心別人，使我們慣於思索，為甚麼會有這樣的人？為甚麼會有這樣的一個「世界」？使我們自動問自己，問別人：人是不是應該過更美好的生活？人是不是需要更新的東西？文學，好的文學，它讓我們「看」到我們所愛的，我們所不愛的；它用它的豐富的「文學語言」豐富我們的內心世界，使我們的感情變得有「深度」，使我們對所愛的愛得更深，對所不愛的「不愛」得更徹底。我們「認識」得越「深」，我們的感情越有「深度」（有深度的感情常常是穩定持久的感情——無論是對人，對事，對某種願望，對某一事物的興趣，它都是穩定持久的）。文學，好的文學，它往往使我們本來是貧乏淺薄的感情，變得豐富深厚。

然而，人不是自然的人（純「生理」的人），人是社會的人。人的感情在程度上說是有「社會性」的。無可否認，有正常健康的感情；也有另一種給現實（某種社會現實）歪曲了的感情。所謂「沒有人性、沒有人情」，就往往是一種給現實歪曲了的感情。這種感情不是人的真實（正常）的感情。人說：「作家是人類的靈魂工程師。」借用這一句，它的意義就在於此：作家讓我們看到那種給歪曲了、不正常的感情，使我們覺得可笑；我們覺得可笑，因為我們覺得它（這種感情）不對勁！但「人類靈魂的工程師」的任務不僅僅是讓我們看到這個。

讓我告訴你一個真實的故事。

一八六二年，在美國北加羅里那州的一個小鎮上，我要告訴你的這個孩子，他誕生於一個姓保特（Porter）的醫生的家庭裏。這孩子的小名是威廉。

威廉長大了，十五歲，在藥房裏工作；四年後，拋家別井，到南方去。塔克薩斯州是美國有名的牧場之地，威廉在牧場裏當了一年多的牧童，又改變生活，到了塔克薩斯州的首府。在那兒，他居留下來了，一住就是十一年。在這十一年中，威廉幹的行當可真多。生活嘛，這份差事丟了，他又另謀別業。他當過藥劑師、錄事、辦事員、製圖員等等。這一段生活和他後來那段生涯很有關係。在那兒，他最後的一份職業是銀行的出納員。他闖禍了，被控盜用公款，進了監獄。一坐就是四年牢。四年是一段漫長的歲月。特別是在獄中，他更知道人的自由和尊嚴的可貴。他有新的感想，那是他從來沒有過的。在獄中，他想到了人生，人，生命的意義。

他，威廉，這個「獄中人」就是後來舉世聞名的小說家奧．亨利（他的筆名）。

提起短篇小說，我們往往想到從前法國的莫泊桑，舊俄的契訶夫（短篇小說只是他的特長之一），或者我國的魯迅（短篇創作只是他的特長之一）等等名家。

談起短篇小說，我們知道美國出現過一個天才的馬克．吐溫（他寫得更多的還是長篇），但我們不能不知道也曾出現過天才的奧．亨利。

離開監獄後（那年是一九零二年），奧．亨利遷居於紐約，開始他的創作生涯了。

天才小說家奧．亨利的短篇小說是世界上最傑出的短篇小說的一部份。他是被優秀的文學批評家們公認為最能代表「短篇小說風格」的作家之一（無可否認，甚至今天，世界上各個不同的國度，不同的地方都有許許多多他的忠實讀者）。他的短篇小說是「承襲了『短篇小說』底傳統，使它具有了社會意義和輝煌的藝術形式。」

奧．亨利的風格獨特，語言多采多姿。「豐富的生活經驗，貧困艱苦的歲月，顛沛流浪、監獄禁閉，以及多種多樣的人物的接觸」，給奧．亨利「以最豐富的創作材料」。他在一九一零年逝世。前後不過八年，在短促的創作生涯裏面，他竟然為人間留下了三百篇值得珍貴的短篇小說。

我們愛奧．亨利，因為他熱愛他的鄉土，善良的人民，城市中可憐的一群——小市民。

正因為熱愛，他就越發痛恨這樣的一個世界：「證券和公債、借款和抵押、保證金和擔保品——這是一個金融的世界，裏面沒有一點容納人類世界或者自然界的餘地。」——這是他的短篇小說《一個忙碌經紀人的浪漫史》裏的一段。——奧．亨利以他的獨有的「慧眼」，看到了表面上可笑、內裏藏着人民眼淚的生活；以他「特有」的機智、幽默、活潑、生動、諷刺但感情豐富的語言敍述：「誰沒有見過一個生意大忙時的紐約市經紀人，就不夠資格當人類學家。」詩人歌頌着「燦爛生命中充塞的時辰。對經紀人說來，不但時辰是充塞的，他的每一分每一秒也都充塞不堪，好像擠滿了人的車廂，前後站台都沒有立腳的餘地。」

在金錢比人更重要的世界裏，證券經紀人哈維．麥克斯威爾一天到晚的忙，忘了自己，也忘了別人，腦海中充塞的只是鈔票，鈔票！還有甚麼浪漫可言的呢？如果浪漫是代表人類更優美、更豐富的一種「生活」內容，那麼《一個忙碌經紀人的浪漫史》這個題目對於如此的「浪漫」（或愛情）就是一個很好的諷刺了。這小說的主角（主要人物）經紀哈維早就愛上了他辦公室裏的速記員。那是一個又樸素又文雅的年輕姑娘。她「不戴甚麼項鏈、手鐲、雞心這一類的東西」，同時「根本不帶一點接受人家邀請去吃飯的神氣」。然而，哈維不是沒有勇氣向她「表白」，「他像一部高速轉動、精巧有力的機器似的開動着——開足馬力，十分緊張，正確精密，從不猶疑，言語、動作和決斷，都像鐘錶的機件那樣恰當而迅速。」他匆匆忙忙、緊緊張張、機機械械，開足馬力，追求的是錢，不是他的「愛」。整個故事只是發生在很短的時間內，小說由「早晨九點半」開始、到「吃飯」之後便結束了。但奧．亨利以他的「輝煌的藝術形式」，以他的結構嚴密的「小說，語言」，準確地寫出了生活的真貌。他使我們笑，使我們深思。如此社會，日常生活裏有許多使我們發「笑」的東西，但寫起來不一定使人覺得可笑（或僅僅止於一笑）。奧．亨利生活經驗豐富，但重要的是，他知道怎樣在雜亂無章的生活材料中找尋他所要找的。他「取」這「捨」那，把它們集中起來，使我們看到最「焦點」的東西。小說開始後不久，奧．亨利先就這樣向我們交代：

「今天早晨，她（按：那個速記員）有一種溫柔和羞怯的光輝。她的眼睛夢也似的晶瑩，她的臉頰桃花般的嬌艷，滿面春風，帶着追懷的情調。」

然後，故事開展了。我們看到的是：交易所裏的「颶風、山崩、暴風雪、冰川移動、火山爆發」，自然界的那些劇變在經紀人的辦公室裏作「小規模」的「重演」！看到的是「從股票行市指示器跳到電話機，從寫字枱跳到門口，靈活得像一個訓練有素的小丑」的經紀哈維。他忙了一個上午，吃罷午飯（吃飯時也是一邊吃一邊在寫字枱前工作的啊），好容易才找到「一分鐘」機會，想一想「自己」的事情。他不是很愛萊斯蕾小姐（速記員）的麼？「天哪，我現在就幹。」「我現在就要去求她。我不明白為甚麼早不這樣。」他決意向那速記員求婚了。他「衝進裏面的辦公室」去，他怕如果再不「說」，下一分鐘，就會忘記一切，永遠「說」不成的了。是小說最後的一段了：

「萊斯蕾小姐，」他匆匆開始說，「我只有一分鐘的空閒。我利用它說幾句話。你願意做我的妻子嗎？照普通的方式跟你談情說愛，我實在沒有時間，但是我確實愛你。請你快說吧——那幫人正在搶購太平洋鐵路股票。」

「喔，你說甚麼？」年輕女人喊道。她站了起來，眼睛睜得圓圓地盯着他。

「你不明白嗎？」麥克斯威爾（即經紀哈維）着急地說。「我要求你跟我結婚。我愛你，萊斯蕾小姐。我早就要對你說了，所以事情稍微少一點就抽空跑來。他們又打電話找我了。畢丘（書記），叫他們等一會兒。你肯不肯，萊斯蕾小姐？」

速記員的舉動非常蹊蹺。起先她似乎詫異得愣住了，接着，淚水從她驚訝的眼睛流下來了；之後，她淚眼晶瑩地愉快地笑了，一支胳臂溫柔地勾住經紀人的脖子。

「我現在懂得了，」她柔聲說。「這個生意經使你暫時把一切都忘懷了。我起先嚇了一跳。難道你不記得了嗎，哈維？我們昨晚八點鐘在街角上的小禮拜堂裏早結過婚啦。」

這是如此社會的一頁活的生活史！

奧．亨利的短篇小說，通常每篇不過幾千字，這「幾千字」卻使他的短篇形成了一個獨特的風格。他寫流浪漢、小偷、騙子……各式各樣的人；讓我們看到他們的生活和那給現實歪曲了的「人性」。我們說過的，

「人類的靈魂工程師」，不僅讓我們看到這一面……

奧．亨利發掘，向「人類的靈魂」深處發掘——

《麥琪的禮物》是一個語言優美的短篇。就在如此社會裏，原來的人性仍在人物的心裏發光。奧．亨利以他的慧眼，看到這點光。

就是這個「膾炙人口」的故事——一個你也許早已熟識了的故事。聖誕節前一天，在紐約，一對普通的年青夫婦，各懷心事：想辦法送點聖誕禮物給對方。聖誕節（尤其是在西方），是個很大的節日呀！這一天，丈夫傑姆外出未歸，妻子德拉在家裏把辛辛苦苦節省下來的錢數了又數。小說開門見山就是——「一塊八毛七分錢。全在這兒了。其中六毛錢還是銅子湊起來的。」他們夫婦倆「家傳」的有兩樣寶。奧．亨利這樣「說」：「一樣是傑姆三代祖傳的金錶，另一樣是德拉的頭髮。」妻子知道丈夫那個錶「沒有錶鏈，只用了一根舊皮帶」，「但沒辦法，只好獨自躺在床上哭了」，認為人生是由啜泣、抽噎、微笑所組成的，而且抽噎佔了大部份。就在「下面甬道裏有一個信箱，但是從來沒有信件投進去過；還有一個電鈕，除非神仙下凡才能把鈴按響」的這個「房租每禮拜八塊錢，跟貧民窟也相差無幾了」的「公寓」裏，她哭了，突然抹乾眼淚，畢竟給她想出個辦法來了。她「趕快把頭髮梳好」，「戴上褐色的舊帽子」，下樓，跑到街上，在「莎弗朗尼夫人——經售各種頭髮用品」的招牌前停下來。……她問那夫人要不要頭髮。她脫掉了帽子——「那股褐色的小瀑布瀉了下來。」「『二十塊錢。』」夫人用一隻熟練的手抓起頭髮。」她沒講價，拿了錢就走。

「喔，此後的兩個鐘點彷彿長了玫瑰色翅膀似的飛掠過去。」晚上，七點鐘，做丈夫的破例遲歸。他發現妻子小瀑布似的頭髮剪掉了，很為驚異。但妻子「好久地才能抬起迷濛的淚眼含笑對傑姆說：『我的頭髮長得多快呀，傑姆！』」跟着，她「小貓似的跳起來」，高興地攤開手掌，讓丈夫看看她那份美麗的聖誕禮物：

「漂亮嗎，傑姆？我走遍了全市才找到的。現在你每天要把錶看上百來遍了。把你的錶給我。我要看看它配在錶上的樣子。」

傑姆沒有照她的話做，卻倒在榻上，用手枕着頭笑了起來。

「德兒，」他說，「讓我們把聖誕節的禮物放在一邊，暫時保存下來。它們實在太好了，現在用了未免可惜。我是賣掉了金錶才有錢去買你的髮梳。現在請你煎肉排吧。」

這是小說裏的一個高潮！有淚，但樂觀的奧·亨利一直用他的「達到了高度的樂觀主義」的精神寫這一對可愛的小人物。——我們看到的不是眼淚、不是悲哀的眼淚！高潮之後，小說臨了，但餘情未盡，奧·亨利用他幽默的口吻作抒情的獨白：那三位麥琪（Magi——基督初生時，送禮物的三賢人），諸位知道，都是有智慧的賢人，他們首創了聖誕節饋贈禮物的風俗。他們的禮物無疑也是賢明的，可能附帶一種碰上收到同樣的東西時可以交換的權利。我的拙筆在這兒告訴了諸位，一個沒有曲折、不足為奇的故事，那兩個住在一間公寓的笨孩子，極不聰明地為了對方而犧牲了他們一家最大的寶貝。但是，讓我們對目前的一般聰明人說最後一句話……他們就是麥琪。

這對小人物夫婦就是「麥琪」！而所謂「目前的一般聰明人」呢？——這是當年奧・亨利的意味深長的「獨白」！

奧・亨利讓我們看到「走樣」了的感情，同時也讓我們看到了光輝的人物——雖然奧・亨利自己同他的「主角」們活在一個「證券和公債、借款和抵押、保證金和擔保品」的世界裏。

選自《淺談文學語言》

漫談海明威的風格與寫作態度

一九六一年七月二日去世的美國作家海明威（Ernest Hemingway 1898-1961）生在芝加哥的一個鄉村裏，父親是一個內科醫生；做過幾度新聞記者；參加過兩次世界大戰；一九三六年支持過西班牙的反法西斯戰爭，是個有正義感的作家。二十五歲以前便開始他的文學生涯，藝術技巧極高。作品有短篇小說集《在我們的時代》、《沒有男人和女人》、長篇有《太陽也上升了》、《永別了，武器》、《有的和沒有的》、《戰地鐘聲》、《過河入林》、《老人與海》等等；劇本有《第五縱隊》。其中以《過河入林》（一九五零）為最失敗，以《永別了，武器》（即《戰地春夢》——一九二九）和《老人與海》（一九五二）為最成功，後者獲得一九五四年的諾貝爾文學獎金。

略去海明威的名字，要談當代的美國文學，幾乎是不可能的了。在美國，他是影響力最大的作家之一。可以說，他不僅是個偉大的藝術家，同時是個特別出色的文體家。他的英語，或者說「海明威英語」，是自成一家的。他的句子，簡潔、優美。翻譯文藝作品，其難不下於創作；有時，在某一情形下，甚至比創作更難。而翻譯海明威的作品，要傳神，要保留原著的韻味，更是難上加難。其原因，和他的文體也大有關係吧？

撇開他的創作風格不談，單是他那種「簡單」的文體，就已經深得人心了。（固然他那種文體也正是他的風格的特色之一。）在美國，年青的後輩，仿效海明威「寫法」的大不乏人，但能成功的，可以說是絕無僅有。他的風格明快，語言簡練，富有節奏感。個人以為，他作品中某些地方看似大刀闊斧，其實寫得很細緻；人物心理刻劃，是其中的一絕。他的散文飽含詩意，抒情成份很大；人物對白，平淡（或者說表面上的平淡）精警，兼而有之，往往兩者互相交替，在同一篇小說，甚至在同一段落出現。仿效者學到他的以最普通最常用的詞入句，卻往往失之於平庸；學到他的明快，往往失之於粗枝大葉；學到他的簡潔，往往失之於單調。海明威作品的調子看似簡單，容易學，其實千變萬化，非常難學的。

海明威是永遠不會滿足於已有成就的那類作家之中的一個。在藝術上，他有許多新穎、獨創的東西。他三十二年前寫的《永別了，武器》，我們今天讀來，覺得還是那樣新鮮可愛。當人們欣賞他某一篇小說的風格的時候，他又進一步突破自己，創造更新的風格了。某個作家的某種風格，是作家本人多年努力的成果；但即使這樣，他的風格也不是一成不變的。如果說《草原》這一中篇小說是小說家契訶夫（他同時是一個偉大的戲劇家）的另一新風格的開始，那麼《老人與海》這一中篇小說可以說是小說家海明威的另一新風格的轉捩點了。《草原》是契訶夫含着感激的淚水歌唱俄羅斯大地的抒情詩。《老人與海》是海明威帶着強烈的同情心為一個正直而善良的老漁人（同時為一切他所能了解的善良的心靈）寫下的一首淒涼而美麗的詩。海明威是一個有良知的作家，他在苦悶中探索他的道路；時而感到悲觀，時而感到樂觀。複雜矛盾的思想往往反映在他的作品中。不過，無論怎樣，在《老人與海》中，「人不是生來給打敗的」的獨白，在老人打魚的那個荒涼的海上，在海明威感到孤獨的路上，閃着光芒。《草原》和《老人與海》，風格迥異，但若拿兩者比較，大概各有千秋吧。個人喜歡海明威，但就整個文學上的成就而言，則以為契訶夫的成就更大了。人們稱讚某一小說的結尾結得巧妙或結得「含蓄」的時候，往往這樣說：「契訶夫式的結尾！」我想，作家中，海明威的小說結尾，也是另具一格的。記得讀過某外國名家的一篇有關寫作的札記，說，在小說裏最好「把打擊力放在最後」。（「打擊力」這術語用得很妙！）但海明威的小說似乎往往不把「打擊力」放在「最後」的：

我們夫婦倆跟在搬夫和手推車後面，順着火車旁邊那長長的混凝土的月台往前走去。盡頭處是關口，有人把車票收去。

我們夫婦倆回到巴黎分開居住。（短篇《金絲雀》。）

……我們動身了，我向她揮手。她並不揮手，卻站在那兒望着我們走了。（短篇《一頓飯》〔*A Meal in Spezia*〕）

我把她們（兩個護士）弄走之後，關門熄燈了，但又有甚麼用！我簡直在跟一個石像告別。待了一會，我走了，離開醫院，冒雨向旅館走回去。（《永別了，武器》）

路的那邊，茅棚裏，老人又睡着了。他依舊臉朝下地睡着，孩子坐在一旁守望着他。老人夢見獅子。（《老人與海》）

這正是簡潔的「海明威式」的結尾！當然，小說的結尾是某篇小說整體的有機的一部份，而且是重要的一部份，不能「斷章取義」。不過，從上引的結尾，也多少可以看到海明威的風格上的特色之一吧？

有一個時期，那是十三年前的事了，個人相當喜愛美國作家威廉·薩洛揚（William Saroyan）的作品。他的語言樸素，流利，彷彿純任自然似的。他的小說（如《我的名字叫做阿拉克》、《人類的喜劇》等）裏面的人物對白，相當出色，說的是美國普通人的活生生的語言，卻又不是塞滿俚語，令人難懂的那一種。他的劇本《我的心啊在高原》（*My Heart's in the Highlands*）是一個有創造性的充滿詩意之劇；《生當今世》（*The time of Your Life*）寫的是一群不幸的美國普通人。（現在手頭上沒有此書，記得讀時有這樣的感覺：作者似乎從文學巨匠高爾基的《底層》一劇中吸收了一些東西。）當時評論家們對他的作品毀譽參半。話雖如此，但他當時畢竟是個有才能的作家。他有自己的風格，某些地方與海明威的頗為接近，或者這個後起之秀曾深受過海明威的影響吧？（他比海氏年輕十年。）那時候，看好薩洛揚的人認為他會是海明威第二，甚至有一天會凌駕在海明威之上。但曾幾何時，今天人們談起美國作家，甚至知道有個亞瑟·米勒（Arthur Miller，《推銷員之死》一劇的作者）也不大知道或不復記起薩洛揚其人了。據說他現在搞些非文學的東西。

想來，在文學上，他沒有更新的甚麼可寫了吧？他的才能像失去了源頭的河，乾涸了。生活經驗有時會用盡；藝術修養是「保持」不來的，如果不是不斷地提高的話。兩者的限制，會使任何作家——創作家——「技止此矣」的。但我想，除了上述的因素（還有別的因素）之外，薩洛揚的失敗和他的寫作態度也很有關係吧。他寫得太快了（而且太濫了），據說能夠一天寫三個短篇連寫一個禮拜。自然，他當時有名的作品也往往是在那樣的情形下寫成的。然而，在他下筆之前，他那時腦裏有的是新鮮的東西啊。把已有的傾盡，新鮮的便會變為陳舊（包括生活，題材）。天分到底不足恃。我們說文學創作的時候，就意味着：永遠創造新的東西。而文學是一種異常艱苦的事業。只有那些衷心愛護這份事業的人，才能從那異常的艱苦中取得喜悅。如果說世界上真有「一勞永逸」的事，那麼文學事業一定與此無關。和薩洛揚相反，海明威的寫作態度非常嚴肅，真是一個強烈的對照：一個經不起考驗，「退」下來了；而一個畢生苦戰，蓋棺定論，成為當代西方偉大的作家之一。在創作上，海明威對自己要求得很嚴格。據說，他寫得很慢，寫得很艱苦，原稿一次又一次的修改。

他曾經說過這樣的一句話：

「只有白癡，才會認為寫作是一件容易的事。」

然而，這個生活經驗豐富的藝術家，終其一生沒有放棄過創作——需要付出極大的勞動的創造。單是這點，海明威就值得我們欽敬和學習了。

一九六一年七月

選自《燈下拾零》

淺談魯迅小說的藝術

魯迅的作品，內容思想深刻，語言精練，往往令人百讀不厭。他的雜文、散文是這樣，小說也是這樣。

在《吶喊》的自序裏，他把自已的短篇創作，說成是「小說模樣的文章」，甚至：「這樣說來，我的小說和藝術的距隔之遠，也就可想而知了……」

然而，這只不過是他的自謙之辭。事實上他的小說是藝術的精品，經得起讀者的一再咀嚼，也經得起時間的考驗。

在短篇小說的領域裏，他是一個富有創造性的創作家，從作品內涵到表現技巧，創新的地方很多，值得我們一再學習；而且，不同的題材、故事，常常有不同的筆調（如《傷逝》之與他的別的小說）；他很全面，在敍事、寫人（包括恰如其份的人物對白）、寫景、抒情的各方面，他都是一位高手。而表現手法也是多種多樣的。

同是魯迅的小說，《狂人日記》以日記體裁寫出；《孔乙己》這個讀壞書的偷書「雅」賊，則透過酒店小夥計（孩子）的眼光去「看」；《藥》與《明天》有好些地方，一景一物，用的是「角色觀點」，造成感人的效果；而在《阿Q正傳》裏，作者卻側重客觀的描寫，較多採用小說的「全知觀點」，以便對真象的解剖，而刻劃性格，則文筆縱橫，生動，活潑。《祝福》裏關於祥林嫂的身世、命運，是曲折地逐點透露的；《在酒樓上》的寫法則集中在一個片斷上，以沉重的景物襯托人物的大段沉重的自白。《幸福的家庭》原是不愉快的，但小說卻風格明快，《弟兄》寫舊社會的人情虛偽，筆調冷峻，但兩者都有細緻的人物心理刻劃。《一件小事》、《社戲》等篇是傾心而談的散文化小說。《肥皂》與《高老夫子》是喜劇式的諷刺，而《傷逝》卻是一氣呵成的抒情的敍述，後者以手記的形式寫出一雙在生活重壓下的青年男女的悲劇。……

景物或情境，在魯迅的短篇裏佔着特殊的、重要的位置，有時即使是寥寥的幾筆，或淡或濃，也往往與角色（或人物的心理）一同活動，造成獨特的氣氛。在魯迅的筆調下，某種景物或情景所帶來的氣氛不獨使作品本身增加色澤，而且有助小說的內容，或含蓄地托出主題，或暗示某人、某事行將出現、發生，等等。譬如《在酒樓上》，當頹廢無聊的知識分子呂緯甫出現前——

> 窗外只有漬痕斑駁的牆壁，貼着枯死的莓苔；上面是鉛色的天，白皚皚的絕無精彩，而且微雪又飛舞起來了。

譬如：改名為高爾礎的、不學無術的「高老夫子」跨上女子學校的講台，拿着教科書面對着一群學生時——

半屋子都是眼睛，還有許多小巧的等邊三角形；三角形中都生着兩個鼻孔，這些連成一氣，宛然是流動而深邃的海，閃爍地汪洋地正衝着他的眼光。但當他瞥見時，卻又驟然一閃，變了半屋子蓬蓬鬆鬆的頭髮了。

這是《傷逝》開頭第二段的一節，也是小說中的男主角在愛人死後回到他以前寄居過的會館時——

事情又這麼不湊巧；我重來時，偏偏空着的又只有這一間屋。依然是這樣的破窗，這樣的窗外的半枯的槐樹和老紫藤，這樣的窗前的方桌，這樣的敗壁，這樣的靠壁的板床。……

而小說《天明》的結尾呢——

……這時的魯鎮，便完全落在寂靜裏。只有那暗夜為想變成明天，卻仍在這寂靜裏奔波；另有幾條狗，也躲在暗地裏嗚嗚的叫。

魯迅寫那些小說，還在一九一八與一九二五年之間（以後全力寫雜文等等），離現在半個世紀或更遠一些了，但翻開《吶喊》與《徬徨》細讀時，他塑造的人物，如孔乙己、華老栓（《藥》）、單四嫂子（《明天》）、閏土（《故鄉》）、阿Q、祥林嫂、呂緯甫（《在酒樓上》）、魏連殳（《孤獨者》）、涓生與子君（《傷逝》）、張沛君（《弟兄》）……等人物，仍能栩栩如生地活動在我們讀者的眼前。

是的，無論寫人、寫情、寫景，魯迅都寫得非常傳神的。

以收在《吶喊》集裏的《白光》（一九二二年）為例。這只不過是四千字左右的短篇，但很有內涵。如果以現代小說的眼光看，它更是一篇異常出色的小說了。故事是很簡單的。一九零五年以前，科舉制度尚未廢止，塾師陳士成（這篇小說的主角）第十六次考秀才考不到，精神恍惚，晚上記起從前祖母說過陳家富有時地下（可能有）的藏銀。在月光下，他掘銀子，掘不到，第二天一早又失魂落魄地跑到山上去掘，結果在湖裏淹死了。

一句話，白光只是他的幻覺。這個可笑又可悲的中了封建毒素的人物，一心想昇官發財，結果卻成了封建制度下的犧牲品。

小說動人的地方，是在作者深刻地寫出陳士成這個人物的精神面貌，魯迅所着重描寫、刻劃的，是主角於放榜失望後的一連串可笑的行動與心理。而描寫、刻劃卻是通過曲折、生動、細緻、多彎的藝術手法——其中也有象徵的手法。

小說開始時，主角陳士成看過縣考的榜回到家門外了。這是剛才看榜的情景：

> 許多陳字「爭先恐後的跳進他眼睛裏來」，卻沒有士成這兩個字。下午初冬的太陽很温暖，但他臉色灰白。倘若考到了秀才，上省去鄉試，之後紳士們就會千方百計來攀親。租給雜姓（外人）的屋子就收回來。將來「要清高可以做京官。」那多好！可惜……「他平日安排停當的前程，這時候又像受潮的糖塔一般，剎時倒塌，只剩下一堆碎片了。」
>
> 踏進屋子裏，連他的幾個年幼學生的唸書聲也使他大吃一驚，「耳朵邊似乎敲了一聲磬」。孩子們送上晚課來，他沒心情教下去了，叫他們回家。接着「他看見許多小頭夾着黑圓圈在眼前跳舞」。「這回又完了！」他想。接着他埋怨考官「有眼無珠」。接着他嘻嘻的傻笑起來。後來「連一群雞也正在笑他，便禁不住心頭突突的狂跳，只好縮回裏面了。」

看到這裏時，我們已經知道這個可憐又可笑的陳士成，神經越來越不正常了。

他的笑，他的「格外閃爍」的眼光都是古怪的。透過他的眼光，我們看到這樣的夜室、這樣的月亮：

空中青碧到如一片海，略有些浮雲，彷彿有誰將粉筆洗在筆洗裏似的搖曳。月亮對着陳士成注下寒冷的光波來，當初也不過像是一面新磨的鐵鏡罷了，而這鏡卻詭秘的照透了陳士成的全身，就在他身上映出鐵的月亮的影。

從短篇創作而言，這是一段寫得既簡練又精彩的景物！這景物是和多年來與「筆」為伍、而又行將鋤銀（「鐵」）的陳士成有關。而這樣的寫法——也正是非凡的魯迅筆觸！

於是陳士成絕望中想起了祖母說過的話。「這屋子便是祖基，祖宗埋着無數的銀子，有福氣的子孫一定會得到的吧……」但銀子藏在甚麼地方呢？「藏在一個謎語的中間：『左彎右彎，前走後走，量金量銀不論斗。』」。

於是給「鐵的光罩住了」的陳士成在「隱森的催逼」下，左彎右彎，前走後走地去找藏銀的所在。

而「白光如一柄白團扇，搖搖擺擺的閃起在他房裏了」。

他「獅子似的趕快走進那房裏去，白光消失了，又忽然亮起來，比硫黃火更白淨」。他以為銀子是藏在靠牆的書桌下，移開桌子，「一鋤一鋤往下掘」。但「土坑深到二尺多了，並不見有甕口」。他渾身流汗，整個晚上的爬爬、掘掘，末了，掘出一副爛骨頭來。「他已經悟到這許是下巴骨了，而那下巴骨也便在他手裏索索地動彈起來，而且笑吟吟的顯出笑影，終於聽得他開口道：『這回又完了！』」

但他接着看見「閃爍的白光」在遠處的山上出現，於是他決定：「是的，到山裏去！」

第二天有人在湖裏發現一個浮屍。……

本來，這是一個平凡的題材，但魯迅發掘得深；在他的獨特的處理下，一個簡單的故事變成一個「小說密度」甚大的短篇創作了。——是的，《白光》在藝術上是一篇細節真實、氣韻生動、人物傳神、引人入勝的小說，而不單純是所謂情節動人的故事。

魯迅是有所為而創作的。他曾有過將「舊社會的病根暴露出來，催人留心加以療治的願望」。我們透過他的小說看到那「病根」，而把後者挖出來示眾的，是憑着他豐富的人生閱歷、深刻的思想、銳利的眼光，以及高度的藝術技巧。

《白光》只不過是其中的一例罷了。

原載《海洋文藝》，一九七五年九月
選自《燈下拾零》

書信

致張五常

五常弟如晤：忙裏偷閒，午覺醒來，赴廣德隆紅茶一度，及歸，揮汗如雨，精神為之一振，怪事也。重讀藍紅原子筆來書，精神為之一爽，豈怪事哉！有所悞[1]，擬將大札轉而為詩，以還信債；以報故人，豈非快事耶？詩，什詩也。或塞之以俚詞，或補之以按、註；郵簡無多，難效賈島之推敲，時間有限，徒欽安石之着「綠」（昔者王安石「春風又綠江南岸」句，費煞苦心，寫成名句。）信筆所之，雜句如何收科，實難逆料也。

「原子」詩者，非浪漫派詩也。

「原子」筆揮漏「原子」，
投君一束「原子」詩。
點點墨痕郵簡染，
長空一去怕支離。

1 編者註：疑為「悟」。

三十年前尋金熱[2]，
於今熱向香爐月。
萬里愁談金價情，（指你的大作「淺談乜乜」）
奈何港地情如雪！
千丈高樓起連雲，
最是傷心我小民。
幾家漂泊無房住？
地皮狂奔玉帝身[3]！
水電齊飛百價高，
「公共」「專利」一同撈！
苛捐壓下肩頭痛，
雜稅連環無影刀！

2 差利名片「尋金熱」。
3 銅鑼灣蘭香閣斜對面之政府「幫辦」樓，「地王」也，樓拆，喊價拍賣，底價四百萬，後爭至八百多萬成交；約為四百多元（或不止此數）一呎。此為其一例。羊毛出在羊身上，不幸者誰，小民也。玉帝者，住在天之高處的玉皇大帝也。地皮價昇至玉帝身上，其高可想。

身藏股票尚稱意，
銀紙跌價是其時。
可憐「白領」薪如舊，
「勞」身賣出更便宜。

……

君留海外攻經濟，
豈敢班門弄鑿仔。（指我——本來唔係經濟嘅皮……）
嗟嗟現實鋒芒劍！
去我柔[4]絲如髮剃——
遂令「詩人」寫油鹽，
怒拋靈感講[5]價錢。
人家喜望黃金起——

4 詩中之「柔」，抒情之「柔」也。
5 「講」者，雙關語，亦「洽」也。

我攜硬幣[6]搭沉船。

走筆至此，「韻」思忽斷。鄰居又嘈喧巴閉矣。悠悠蒼天今何世？（按：應是「硬硬白壁」之誤。欲仰首雲天，「搥」牆阻目也。）鄰家那具「麗的呼聲」正高播「苦情」天空「怪」劇，哭哭啼啼。曲巷風迴，平牆聲轉，麗的之聲更厲，吾遂暫停其「原子」之思焉。

深泉

五月廿一[7]

星期日

6 「瓜」矣！硬幣者——斗零、毫子，雞碎咁多錢之謂。這兒的「我」是小民們之泛稱。

7 編者註：原信不標年份，疑在上世紀五、六十年代之交。

致舒樺（李怡）

舒樺兄：

我忍不住寫此信給你。

（一）拙作「臉孔冰冷的人」（已給老編改為「『溫暖』」），不過寥寥二千字，而你卻幾次告訴我你很欣賞它，而且看到其中深意；最近又在電話中告我：有與我素昧生平的寫文章朋友讚好，真使我又高興又慚愧。高興的是別人給我的鼓勵，慚愧的是我多少受了「市場」的影響、打算寫其「輕文藝」（借用司明語）了。對的，音樂有「輕音樂」之說。但午夜醒來，一陣冷風入室，冷靜地想想：究竟文藝有否「輕」，「重」之分呢？

（二）這才是我真正忍不住要告訴你的：讀到你的「人為甚麼要結婚」後，我心情沉重。我並不是一個戴灰色的眼鏡看人生的人，然而我心裏還是感到沉重。這是藝術給我的享受——因為「人」篇寫得很真實（或說藝術上的真實）。我並不把它作為「輕文藝」看。也許會有人抗議，你竟然寫出那樣內容的小說來。而我正欽佩你這種勇於創作的精神。文學是一種艱苦而又永遠吸引人的事業。它為甚麼如此吸引從事這宗事業的人呢？創作！（最低限度是原因之一。）某作家說過（大意）：「它的魅力很大，你一走上這條路，就休想退下來。」—是的，熱愛文學的人會為它鞠躬盡瘁。他會抱着文學含着喜悅之淚而死，如果有一天命運叫他離開人間的話。我不知道你寫這篇作品時是帶着怎樣的心情，但朋友，我可以告訴你：我讀後想了很久——我想：「你瞧，這是怎樣可悲的人生？這是怎樣可怕的人生？這世界是不是應該改變一下？將來我們的孩子們，我們的後代還能再過這樣的生活嗎？人為甚麼不能活得更幸福？愛情為甚麼要變成買入賣出的商品？美（好）為甚麼要受摧殘……？」自然大作中並沒有說出這樣的話來，而我彷彿讀到這樣的「潛台詞」。我想你這篇東西比你在伴侶半月刊所寫的好。（指我曾讀過的說。也許你寫那些小說時故意寫得通俗點吧——我並不是說通俗就不好。不，幸勿誤會。）我甚至從那裏看到一點契訶夫的味道，雖然風格完全不是契訶夫的。（我覺得你的氣質是非「契訶夫」的。一笑。）

談到契氏，個人有這樣的看法（也許是很大的偏見）：海明威的《老人與海》與契訶夫的《草原》各有千秋（尤其是在抒情那方面。由契氏後期的作品不是由刺激漸趨於抒情嗎？），但在整個文學成就上說，契訶夫（當然包括他的劇本，尤其是那幾個百讀不厭的名劇）是比海明威（的成就）為大——雖然後者也是我深愛的語言藝術大師之一。他的富有創造性的英語——即使單純作為遣詞用字的英文——曾給「英語」（有引號）小說作家以巨大的影響。翻譯過來，就未免大為減色了。好了，這是題外話。

舒樺兄，比起那些大師們，甚至比起那些現仍居港的前輩作家來，我們只不過是起碼的學徒（文藝學徒）而已。希望我們能不斷地學習，永遠不自滿；永遠在艱苦卻又吸引人的創作上走難行而不是容易的那條路——一句話，走阻力最大的路。在文學事業或創作的面前，克服困難是怎樣快樂的一件事呀。我們說過：此心不在「發財」，那麼就讓我們一點一滴地做吧。以此共勉，夜太深，明天要上班。祝

愉快

巷城　一九六六．五．四．深夜

致秦林

秦林兄：

昨天收到寄來的《新馬文藝創作索引》，謝謝。由頭到尾約略看過一遍（以後將會再看）。在作者簡介中得知詹蕪君原來是那樣年輕，比我所想像的還少幾歲；但不出所料，果是潮籍。正因為詹蕪君是那樣年輕，我想，要是他能堅持下去，作為一個文藝創作者，他的前途是無可限量的。個人希望他多寫像《不白之冤》阿杰那樣的人物（那是學院派或者脫離大眾的那些養尊處優的作家們一輩子也寫不出來的人物），而事實上，在同一書中，《不白之冤》也遠勝《無花果》及《鐘聲》二篇。因為前者比較真實得多，人物也較為有血有肉，雖然還寫得不夠，作品還不很成熟——但那是可以寫的作品。

作者名字中，個人較熟的是李星可、李汝琳、威北華等，年輕的是乃健；其他的就相當（或很）陌生了。郭四海也比我所想像的年輕；但從「簡介」中知道他原來是中文系畢業的，也就恍然了。（難怪中文如此熟練！）

關於新詩，真是一言難盡。本來新舊之事，早應過去。但事實上直到今天，在比例上說，能接受舊詩的人，遠比能接受新詩的為多。這固然和習慣有關（習慣有時是一種可怕的力量），但我們寫新詩的人也的確應該撫心自問：會不會寫得過於鬆散，會不會堆砌得過份？在藝術魅力上是不是不及舊詩（指好的那些）耐嚼……等等。還有習慣的問題，我們用的雖然是中文（漢文），但那種想法，那種比喻，那種感情等等，是不是不夠中國味？最低限度個人有此想法：某些詩人的詩（加上那些我們中國讀者很不習慣的「辭藻」）全首讀來，好像是由外文翻譯過來的。請不要誤會我「復古」或者誤會我反對新（正相反，我非常喜歡新的，特別在傳統基礎上勇敢地創新）。我這樣說，相信你會懂得我的意思。趁今晚稍空，「靈感」一來，我舉一有趣之例：你的《小陽春》集尚未到我手，而《噴泉》快要出來了。那麼，我就試試以此為題，用所謂「現代派」新詩風，成「詩」一首如下：

小陽春還在被窩裏
而新加坡已出汗了
哦，你的蘸了墨水印上了感情的貓傷了腿[1]

---

1 原意是你的詩集還沒來。出版了的書，可以到處走動如「貓」。這是「詩人」主觀的想法。特別要這樣「意象」，使其「語不驚人誓不休也！」

這時候，這時候蓓蕾還在打鼻鼾磨着牙[2]

你的噴泉要睜開眼，睜開眼了

（按「作者」自以為「詩意」十足，且連書名也不加引號，因為用意就要高深莫測，使讀者望而卻步！）

又：假如我把這一小事（小題大做）再「藝術」加工，把它更「現代派」包管連自己若干日後也不懂了。

譬如這樣「加工」，提高到更「詩」境：

你的冷冬的新星之後的初暖之白天，還擺在

還擺在

一千噸重的棉裏

而新加坡要解下

要解下領帶和汗衫了

我聽見了那從鐘乳石下流過的豎琴

2 「小陽春」的花還未開，在睡覺。

琴音過後
我卻看見了風化了的郵差
而當一本春葉尚未飄來時
我聽見噴泉的畫角，在暗湧，暗湧……

（按：畫角即古代之號角，喇叭也，而能暗湧。似通非通，這正是「現代派」的詩之特色之一也。另一「特色」是：那種感情和大眾不能相通，只有詩人自己或他的朋友才「明白」……）

這樣「之類」的虛假（感情也虛假）的矯揉之作，「詩人」自己得意，但讀者不把它當作笑話才怪！然而日今市場上，正有許多諸如此類的詩。那些詩，往往是小小的內容卻把它擴大又擴大，翻來覆去，成為無數的同一內容的「變奏曲」。詩人覺得自己才華出眾，把文字變成魔術，樂此不倦，而讀者卻感到疲倦了。

其實這同一「小題」，如用舊體七言（詩），二十八字就寫出來了。試打油如下，聊博一粲。

「小陽春」暖獅成熱，大作聞聲不見來。
此際春花還未發，密鑼緊鼓「噴泉」開。

雖非佳作，但比起上述二首來不是樸實、自然、而且也明朗得多嗎？話說回來，別人之想法如何不得而知，但個人（好多年以來）卻認為寫新詩（指較正道的新詩）比寫舊詩難得多（當然並非指那種已有定評之舊詩的精品）。實不相瞞：假如我花十分鐘寫一首「似模似樣」的四行舊詩，那末我就得花一個鐘頭，說不定花多個鐘頭才能完成一首同樣四行的新詩——因為它寫出來往往不能「似模似樣」（似詩），或有「詩」味。此所以我得勇氣憑一時之高興或「靈感」，以上述之題在此信上寫我們所要求的那種新詩了。

新詩之難，想你也有同感。（我真佩服那些恃有詩才的詩人——彷彿新詩在他，是並不難寫的事。）正因為難，它也就更吸引我們了。你以為然否？

但望努力。

祝

愉快

巷城　八月廿九日

深夜

又：還有少許的篇幅，特補充一點。舊詩有許多陳言濫調（尤其是報紙上刊出的那些今人的甚麼甚麼團的應酬詩，送某人兒子出國讀書寫一篇，某人乜乜又寫一篇，那些文言舊詩！）但新詩的濫調也不少，在某方面說，似乎更多。大概你也記得，對於《新星集》我不喜歡某些濫調，卻特別欣賞「幼芽……磐石」那類新意。在構思方面，在文字精煉那方面，我國古詩人的佳作是值得我們學習的。「無邊落木蕭蕭下，不盡長江滾滾來」（杜甫）氣魄雄偉的不說了，單以抒情而論吧，「東風知別苦，不遣柳條青」（李白）（因為一「青」綠，離人就去了。「不遣」——不使，不教之意。）「……為報行人休盡折（柳條），半留相送半迎歸」（李商隱）你唔好折晒個啲，不要把柳枝折盡呀，柳枝，要留回一半迎接他回來……這是怎樣精簡而又深情的語言！（許多例子中之一二）不是很值得我們學習嗎？我們以為外國古典的抒情詩，在濃縮和意深（用少許文字，傳達很多東西）那方面是遠不及我國的古典抒情詩的。我們要珍惜我們的優美的語言。（一般來說，我喜歡白居易多過李商隱。李商隱有好些詩，是當時的「現代派」，頗晦澀。）

致柏泉

柏泉：

你的信及底片都先後收妥。你欣賞那些新舊詩，我當然高興。信中述及音樂與畫事與你對博士（虛榮）的看法等等，令我們欣慰，尤其母親！第一批菲林，曬出，啟德機場有好些幅走光或印不出（包括麗泉和我與你合影的在內），其他效果不錯，早就該寄給你的了，但由於忙與「人閒心不閒」（自然也是和構思文章等等有關），直至現在尚未寄出。過幾天將由平郵寄出，如你所說，有你在內的七八張。第二批「校園生活」輯，影得相當好，你很上鏡而且影得甚為瀟灑（也許心情有關吧？）。母親不知看了多少次了，連每一棵樹，每個「角度」都端詳又端詳，說你胖了。奇怪，中環寫字樓同事（那幾個年輕的），家中各人都說這一批照片上的你和我很相像（比本人和我相像）——我自己也有這樣的感覺，頗似「年青」的我！

《巴黎兩岸》已校對完第三稿，將來出書後，定寄一本給你。在異地讀起來，必倍增「另一番滋味」吧？何況其中有「繪畫」與賣畫生涯……的篇幅不少。照常理，在巴黎一星期，寫走馬看花的遊記則可。但是，是不可能、也沒資格寫一個九萬餘字的創作（小說）的，然而畢竟寫了，算是一點意外的「收穫」。也許我這個「遊客」是的確對「環境」頗「敏感」吧？

母親前些時患感冒已好了，勿念。

其他一切有我們照料，你安心讀書吧。舊曆新年，眼看就快來了。香港的市面——你可以想像到了。第一次看到雪，的確令人興奮的。下雪時不冷，融雪時才冷呢。

祝新春快樂！

深泉　一九七一．一．十二

（舊曆十二月廿四）

致乃賢（陶然）

乃賢君：

關於小說《騙局》的意見，請閱附上的兩頁紙——僅是粗略的意見而已。為了怕你久候，便提前回覆了。《南征北戰》的確很好，若更苛求，在電影藝術的真實上微有不足之處——譬如：化妝衣着太漂亮了一點。（一笑）

你說的《青洋蔥》倒真是一篇值得學習的短篇。內涵、技巧，一個現代短篇所應有的，它都有了。

我斷斷續續算是寫了好些年小說了，短篇的長篇的，但實不相瞞，每次我都覺得有每次的困難。然而每次克服不同的困難後，會從中得到快樂。順便一告：在《青洋蔥》的同期上，那篇以秦西寧筆名寫的《幽默帶來的煩惱》（原名《幽默的苦惱》）是我有意以另一種筆調寫的喜劇式小說。許多年前我一度常以此筆名寫一些二三千字的諷刺式幽默的短篇；因此在附頁的「意見書」上，以個人的一點所謂經驗，說出兩種小說的「性質」來了。但不知可對否？《遷居後》原題為《阿欣和他的弟弟》，後編者因同期有一篇叫做《老大和老二》（真巧！）的小說，便把它的題目改了。我喜歡原來的題目。到目前為止，在《海洋》上發表過的個人的短篇小說，[1]我自己較偏愛的是《雪》（寫一個到倫敦的餐室去謀生的新界客籍青年——整個過程是在機場與家人分別和在飛機上）；其次是《鞦韆》。情節簡單，抓着某點深入地去寫，較有現代小說的傾向。《海洋文藝》下一期（如果能刊出的話），會有我譯的一篇英國作家寫的《我怎樣寫短篇小說》之創作經驗談，那是一篇對喜歡寫短篇的青年朋友們有一定參考價值的文章（指原文）。《新晚報》「下午茶座」之《踏街行》，每星期最少要交一篇詩，因此業餘時間也相當忙了。就此打住。將來談。祝愉快！

巷城　七四・十一・卅　深夜

原信附件

寄來的小說《騙局》，文字算是相當通暢，有些地方也寫得相當細緻；但整篇來說，的確是一篇有問題的小說。

這樣的騙婚事件在香港是常常發生的事。我們的一位同事就發生過一宗類似不幸的事；請飲喜帖也派

1　編按：《海洋》指《海洋文藝》。

了，但準新娘卻騙錢走了。我頗久前就想寫這個題材，但遲遲沒動筆，因為憑經驗（所謂寫作的一點個人「經驗」）知道若把那件事依「原樣」寫出來，讀者會覺得它不真實的。（有時真事寫成小說，讀者會以為是假的——如果在藝術創作上加工得不夠。）它使我苦惱的問題之一是：「他」受騙的過程說服力不夠。這就是為甚麼，我到現在還是沒有把它寫成小說（反而某些後來得到的「材料」卻先寫成小說了）。小說藝術的真實與不真實的這點，真不是三言兩語的問題。我想，沒有誰能一下子就把它解答得了的，我自然也不能。（而且你這篇小說情形有點特別，如投稿，編者大概也一時不能決定取捨吧？因為它不屬於「讀一遍就知道不合用」那類；但要「用」嗎，卻又的確裏面有這個那個的問題……）

這裏，只說出個人讀《騙局》後的一點感覺。

關於內容的——

李文的生活背景——如他的身份、職業等等，不明確；因此人物（包括他的性格）顯得模糊。請勿誤會，小說人物一定要道出他的職業之類；我的意思是：作者雖不一定說出「他」的職業，但作者在小說背後一定要很清楚他的身份、職業等等，下筆時才能把那人物的想法、行動掌握得有分寸。《艷陽天》的作者浩然一次對一位來自香港的記者說過一句很有意思的話（大意）：寫某人物的一天的生活，應該知道他的一生。此話雖是強調，但也的確說出了小說中所謂人物創造的一個「秘密」。我們可以退一步如此說：你對你的人物越了解，你就越能把它寫得真實、生動（或較真實、較生動）。

李文「從工廠下班後……」他是「工廠」的工人還是職員呢？如果是工人（也許是比較落後的工人中之一個了），小說裏的好些處理也就不同了；如果是工人，小說開頭那些「表現」（包括心理狀態）就有待商榷了。「他一向省吃儉用」，但為了慶祝生辰，卻又「買了點酒肉」等等，是值得考慮的。（當然現實生活裏也有不少工人是這樣，但寫進小說裏卻又是「藝術的真實」的問題了。）

「會館式的單身集體宿舍」，即使真有這樣的宿舍（不會是同鄉會之類吧？），但對香港讀者是很陌生的；讀者會覺得這樣的「背景」是不真實的——除非一定要寫這樣的一個場合，而作者又作出了必要的交代。

照小說的內容看，李文的身份是更像洋行或寫字樓職員（即使是工廠裏的職員，也較真實）的。

關於技巧和小說的處理等——

首先說小說的語言（指作者所用的文字）：頭一大段描寫得很細緻；有些寫得過於「細緻」，削弱了後來的效果——使後來更重要的事情不突出。但不管怎樣，你下了「心機」（廣東話：意即下了工夫，曾苦心經營，等等），有文藝創作的味道；但首尾不一（不統一）；後邊所用的語言卻又過於「流行小說味」了，如：「卿卿我我……非君不嫁……」等等。（如作為諷刺小說，文字首尾一貫，那又作別論。）

「宋嬌嬌」這名字好像過於「戲劇性」，她一出場（由於這名字）就給讀者如此印象：這個人是靠不住的！當然這和你那小說的題目也有關係吧，一開始就點明是「騙局」。

我的建議是這樣：

一、如果這篇小說是側重情節上的曲折，以它來吸引讀者，那麼首先就不要用這題目來點破。倘寫這樣的短篇，那麼整個佈局就要在引人入勝那方面着手，多多構思一下。

二、如果擺明一開始就讓讀者知道這是一場騙局（騙婚），那麼就得以人物的真實身份、行動、思想等等來吸引讀者。

兩種寫法都可以（同樣可以反映這個光怪陸離的社會的現實）。不過要注意的是：第一種寫法，個人以為要寫得較緊湊，節奏較快，出人意表後，就要合乎情理地來個突然的結束，字數一「拖長」，效果就不大好了。第二種寫法可以描寫得細緻，從從容容，但細節要寫得很真實。

你的《騙局》，有些地方是相當細緻、真實、生動的；不過毛病就是整篇不夠完整，有些地方寫得過多，有些地方又似乎寫得不夠——記着，「有話即長，無話即短」這一句。

然而，實踐畢竟是實踐，你多寫一篇，或多修改一次，第二次就會吸收第一次的經驗了。世界有名的小說家兼戲劇家契訶夫打過這樣的比喻（大意）：如果你的「第一幕」裏，牆上掛着一枝槍，那麼後來的第×幕，那枝槍一定要（拿下來）發射。你那篇小說的具體的段落、句子，我不擬細談了，我想說的是：在一個短篇裏，要常常把一些再讀修改時認為多餘的甚麼刪去。把自己辛苦寫成的甚麼刪去是不好過的事。但作為一個短篇小說作者，得常常「忍痛」把某些對主題（或主題思想）無助的東西（即使局部很好）刪去的。望能悟出一點甚麼道理來。

致伍國才

國才：

忽然想起：崔顥（一作灝）《黃鶴樓》詩，一開頭就破格，尤其以七律而言，第三、四句竟是「黃鶴一去**不復返**，白雲千載**空悠悠**」，大破「黏對」之規定，繼而一想，要是崔老兄當時一定要拘泥於形式，此詩可能沒有如此動人，而千古傳誦了。

嚴羽（《滄浪詩話》）對此詩評價極高，譽為「唐人七言律詩，當以崔顥黃鶴樓為第一。」其詩話不一定為人完全同意，但遠在宋代而能有好些獨特之卓見（如他之對《黃鶴樓》之見與評價），實不簡單也。

嚴氏於詩往往着眼於「氣象」、「渾厚」（整篇的自然——最好讀來是一氣呵成的），而不斤斤於一字一句的形式、技巧。（故亦可以想像到：他引起同時代許多大事雕琢的「技巧」家不滿。其寄友人書有「雖得罪於世之君子，不辭也」之句。）正因如此，他特讚「盛唐諸人唯在興趣（按：故舒某千載後亦強調「興趣」——即自感興趣才寫——一笑），羚羊掛角，無跡可求。」末二句，由在下「悟」之，大抵是創作時不是以「法」寫之，而是以心靈寫之，故「無跡可求」也。

本其「氣象」、「渾厚」之說，看好的對聯也往往與之暗合（南對北、西對東，或有意「作難」之巧對不在此例），如大觀樓孫髯翁之「喜茫茫**空闊**無邊」，可對「歎滾滾英雄誰在」等等，仍不失其為天下第一長聯（事實上還有好些長聯，比他長，對得甚為工整，入了聯集的，但為世所「忘」）。

又如杜甫《草堂顧復》初聯：「異代不同時，問如此江山，龍蟠虎臥幾詩客？　先生亦流寓，有長留天地，月白風清一草堂」等等，等等。**異代**對**先生**，**同時**對**流寓**，**如此**對**長留**，但因全聯「一氣」自然，仍不失為佳聯也。

於是，舒某之東坡聯，因後有「醉月時清影起舞」、「迷人處笠屐吟詩」等押陣，故「敢」於在其前以「對竹寫冰肌」配「此心尤曠達」了，一笑！

「哦！原來說了那麼多，前邊的是伏線？」你也許會這樣說。

電燈在上！本無此意，但一談就竟轉了個彎。要是此信我控制得宜，本可「一稿兩投」——一份給你，一份給《無拘界》。但現在不行了。向老友說自己的對聯如何如何可以，公開說，則尚未到此「膽量」。

「局部伊士曼」，益晒你！

深泉　一九八九・十一・六・深夜

次韻杜甫《野望》

涌金門外晴方好，彩染湖光映六橋。
灧瀲東坡詩意漾，熙熙行客雨雲遙。
雷峰夕照無新塔，曲院荷風送舊朝。
緩步過橋鶯燕亂，不知楊柳幾多條？

附言：既然這種遊戲之作，反正是注定「第若干萬名」的，何不學「七律第一名」之《黃鶴樓》的破格——於是它「悠悠」我也「熙熙」了。望苦吟的杜甫先生諒之，若他地下有知的話。

散文詩

小流集

一

如果生命停留不進，連美麗的青溪也將是一堆發臭的爛泥。這世界將會滿身骯髒。
流吧，小河。

二

「我常常回憶過去。過去了的總是好的。」
「那是因為你不願向前看。」

三

如果宇宙真有永恆的甚麼，那是因為人的生命不朽——雖然神將會死去。

四

你的杜鵑買自花肆。我的杜鵑來自百貨商店。
謝謝你給我帶來一束鮮花。我把鮮花插進瓶中，把那束塑膠花塞進抽屜裏去了。
「假不敵真。我們欣賞自然之美。」你笑笑説。

五

把我們眾多人心裏的詩句用文字寫出來的人，我們叫他做詩人。

六

春天是個姍姍來遲的少年人。——我們等了多少時日呵！
冬天是個健步如飛的老年人。——一轉眼他又回來的了。

七

歡樂啊，請進入我們的世界來。
憂愁啊，請徘徊在我們的門外吧。

八

因為求真，所以樸素；因為求實，所以深刻。

九

自高自大的人來自盲人國。他把別人想像得比他矮許多小許多。

一零

懶惰是可以不勞而獲的。
告訴我，還有甚麼可以不勞而獲的嗎？

一一

我看過早晨的山上雪；我看過晚上的椰林月。

在雪上，在月光下，我想着你。

我想着你。你沒有在我面前出現，你從來沒有在我面前出現過呵。

許多日子過去了，許多年過去了。

我回來了。

黃昏，炊煙四起。你在我面前出現。

一二

「在愛情的路上，我是個流浪漢。

你來了，我不再流浪。」

一三

「假如你去了，我將找尋一個和你有同樣思想、面貌的人。

但，那個人呀，我將往何處尋？」

一四

我們相逢，我們分別，我們長相憶。

——我們曾同地同時為同一事物笑過哭過呢。

一五

你的鼓勵，對於失了信心的人，將是世界上最大的財富。

一六

一人說：「來吧，我願意幫助你。」
另一人說：「來吧，請接受我的幫助吧。」
你將毫不猶豫走向後者去。

一七

同情是高貴的。
憐憫之所以不及同情，因為它往往喜歡高高在上。

一八

高貴是叫人向上的。
而「高高在上」卻要求對方處於卑下的地位。

一九

「光」是那樣的一種東西——
它被黑暗包圍時顯得更亮。

二零

夢是荒涼的。人生是熱鬧的。

廿一

晚霞在天上織錦。
我們於勞作後在地上散步。

廿二

暮色漸濃，百鳥伏樹停飛。
路——
遠行人從何處歸來？

廿三

夜來了。無聲地，夜露開始編造它的美夢。
而在看不到的那邊呀，有沉重的腳步聲響着，響着。

廿四

深沉的夜。
沉睡的群山。沉睡的樹林。靜。

我們聽夜潮拍岸。
寂寞間，有月亮昇起。

廿五

月亮帶着若干年前的同一月夜從海上昇起——
我們想起多少童年時月下的故事。
夜靜。潮聲遠去。
只有歡樂的人聲。
「美麗的故事，」你說，「再講下去吧。」

廿六

月亮下去了。
朝陽昇起。新的一天到來。林間百鳥展喉歡唱。彩蝶飛忙。蜜蜂勞作於萬花如錦的天地中。……
新的一天到了呀。

而露珠醒來，它昨宵的完美之夢破了。

廿七

早晨！
我們歡呼，迎接今天到來。
我們向更美好的明天走去。

廿八

霧中人看霧中人，是自己以為自己站在霧外的呢。

廿九

路長漫漫。

正因路長漫漫，我更應舉步前行了。

三零

徬徨歧路並不可怕。
迷戀歧途才真正可怕。

三一

陳腔濫調和沒有個性的人，兩者都難以打動人心。

三二

感情的吝嗇者是一個不幸的人。
讓我們傾心而談吧，朋友。

三三

人間有了不平，人生遂有了坎坷。

三四

一隻飛鳥給獵槍打擊，落在山溪裏。
溪水以沉重的聲音控訴，溪邊的小草在簌簌的下淚。
而溪邊的石頭沉默。

三五

享樂主義者是悲哀的。
他的自暴自棄，如輕飄飄的氣球之毀於它自身裏面的空虛。

三六

最深的寂寞——不是四顧無人。
最深的寂寞——是有人，但沒有你所關心的人。

三七

我站在窗裏。你站在窗外。
一片薄薄的玻璃把我們隔開。你向我招呼着，微笑着走了。
我打開了窗。
然後把你的微笑關在窗裏。

選自《我們相逢，我們分別，我們長相憶》

浪花集

浪花

你在航行着的輪船的腰身上，織成一條條白色的光帶。
你在陽光照射着的海邊岩石上濺起，如同一陣陣眩目的煙花。
浪花，你帶着光彩來到世界上。

你在那些潑着海水為戲的孩子們的笑臉上出現，如同一朵朵散開的白蘭。
你出自湛藍，卻化成了白。
浪花，我愛你的純潔。

山泉

山泉的路是曲折的。它要越過許多障礙才能走到山下去。
穿過草叢，繞過山石，山泉緩緩地走着曲折的路。
暴風雨後，山泉很快地越過障礙，向山下奔去，向大海奔去。

日曆

牆上的日曆，我終有一天把你整個地撕掉。
人從你那兒看不到昨天；看不到生命在活動着的每個早晨，白晝，黃昏，夜晚。……
你把今天和明日劃分得齊齊整整。
而我們的今天和明日並不是那樣平板的。

獨語

你的主人永遠是那可憐的孤獨者。

獨語，你是不幸的。

你怕寂寞，卻偏偏在寂寞中成長。

孔雀

據說，孔雀是非常珍惜自己的羽毛的。

在公園裏，我曾經見過一隻孔雀。人們圍在鐵絲籠外欣賞牠的高貴與華麗。「孔雀開屏」是人們津津樂道的事。

我不知道那隻被困在籠中的孔雀是否因為人們的欣賞而更珍惜自己的羽毛，但我想——

我寧願做一個貧窮但快樂、自由的人，而不願披一身金衣，被鎖於華彩裏。

歌

在人間，我常常聽到悲歌。

而在地球上，第一隻歌是唱自一個快樂的心的啊。

門與牆

門是為了開而設。
牆是永遠關上的門。

對於你，這故事難道是新鮮的麼？
——有那麼多門永遠關上，像牆。

苔

苔生長於古老的岩石邊，剝落的牆下……
苔在陰暗裏生長，其結果，是越來越頑固。

樹和根

脫離了那深植在泥土中的根，樹還有甚麼可恃的呢？

——即使高大，是再也不能獨立的了。

足音

人的足音各異，一如每首樂曲的旋律不同。
你的動人的足音，是你以全部的力量、用自己的風格在地上寫下的旋律。

海鷗

有時，你像岸上的孩子手中放出的紙鳶，輕盈地昇起又落；或者繞着一片白帆打轉，然後又忽然向高處飛去。海鷗，你是不是尋找你的同伴去？
有時，陽光下，你低翔於漾着金光的藍海上，追逐着自己的影子和它遊戲。或者，海鷗，你是錯把自己的影子當作魚兒？
有時，你一個俯衝，鑽到水裏去。海鷗，你是有意攪碎一海波光，還是追尋那個閃着銀鱗的夢呢？
飛倦了，你不是喜歡停在船舷上的麼？告訴我，海鷗，你看過多少歸客的微笑，又看過多少遠行人的眼淚？……

有一天，風雨來了。我對你說：「海鷗，你到陸地上來，你到我們的檐下來避風雨吧！」但你穿過風、穿過雨，同樣的飛，飛，飛向海上遠處。在風雨中，海鷗，我彷彿聽見你在說：「大海是我的家。我回到大海去！」

青春

青春向每一個人告別。但青春對那些熱愛生活的人說：「我一定會回來！」

童年

有一天，我在海邊遇見了一位白髮蕭蕭的老人。我問他：

「你覺得寂寞嗎？」

「不，」他說。「我有永遠年青的童年。」

在回憶的面前，童年是永遠年青的。

生命

有一天，一個終生漂泊、無倚無靠的人臨死了，我問他：

「你有甚麼心願呢，朋友？」

「如果能夠的話，我要再活一次！」

瀑布

誰說對自己熱愛的工作全力以赴會有一天形枯力竭呢？

我想起了瀑布……

誰說對人傾心而談會有一天把所有的傾盡呢？

我想起了瀑布……

貝殼與詩

有一件童年時穿用過的舊衣的袋裏，我偶然發現了一枚貝殼。

貝殼是海灘上的花朵；是生活於海邊的孩子們的生活裏的詩！孩子們在海灘上發現了那形狀各異、顏色不同、晶瑩奪目的貝殼時，往往帶着興奮的心情把它們拾回家去。

是的，孩子們往往是貝殼的收藏家，同時是多采多姿的詩之世界的發現者。

但願我永遠是一個美好事物、美好感情的收藏家。但願我的心靈永遠像那給浪花洗抹過的貝殼一樣美麗、光潔。——在生活的海灘上，蒙上了污泥的心靈是看不見詩的啊。

珠和蚌

珍珠離開了蚌還是珍珠；但蚌失去了珍珠呢，只不過是蚌罷了。

回聲

許多年前，在流浪的日子中，我在一個山谷裏找尋我那迷失了方向的旅伴；在呼喚着他的名字；他沒回應；山谷在回應：我聽見自己的回聲，單調得可怕的回聲。

許多年過去，我卻聽見另外的一種可愛的回聲——一次，我在一個知心向我吐露他的夢想的時候聽見；另外一次，我在眾多人的心聲裏面聽見。

源與流

源知道河流一去是永不回顧它的了，但還是給河流以生命和流動的力量。

一九六零年

選自《我們相逢，我們分別，我們長相憶》

船及其他

窗

多年前隻身遠行，曾經在海上生活過。身在船艙裏，眼睛卻常常向小圓窗外望。當時想，今天仍在想：假如沒有那面小圓窗，旅途上會更加寂寞吧？

眼前不盡是白茫茫的大海。美麗的朝陽，明艷的晚霞，都會在那小圓窗前出現。

有了窗，人類生活在任何形式的房間裏，也沒有被困的感覺，或說那被困的感覺會減到最小的程度吧。有了窗，生活裏增加了許多詩情畫意。不是嗎？雖在牆內，你仍可以看到天上的雲彩，地上的綠樹紅花。假如這世界沒有窗，何來「窗外日遲遲」，何來滿窗明月；不要說許多詩作根本就不會在室內產生，就連「眼睛是靈魂的窗子」這樣的妙喻也不可能有了。

窗是人類創造的。然而可惜的是，像別的許許多多人類的創造物一樣，窗子有時竟也成為待價而沽的東西。付不起要付的錢，你說無法住進一個有窗的房間裏，縱然有那樣的一個空着的房間。

在這個城市裏，白鴿籠式的房子觸目皆是。樓梯口牆上貼着的招租紅紙，往往看到這四個字：「光猛頭房」。

正因為不是每個人的住處都有一面窗，此時此地「光猛頭房」的確是值得大書特書的。它使人想起窗，想起陽光。

許許多多人生活在四壁間，晴天暗沉沉，陰天伸手不見五指，以燈代日。誰叫你住在「白鴿籠」中不見天日的一個「中間房」裏？

設想一個身體癱瘓或不良於行的人住在這樣的一個房間裏。每天看到的是牆，是板壁，別人眼中的白晝，正是他眼中的黃昏甚或薄暮甚或黑夜；真正的白天永遠不會闖進他的小天地裏；悠悠歲月，對於牆外的春夏秋冬，他簡直是個盲人。給他一面窗吧。那將是一件最好的禮物了。

燈

晚上回到家中，坐在燈下，攤開稿紙，電燈忽滅，整條街鬧着停電。一時又買不到蠟燭，便索性坐在黑暗中沉思默想了。我想，再沒有比這時候更需要光的了。沒有光，你就簡直無法進行工作。

而燈給我們帶來了光，把黑暗衝破。我想，再沒有比這時候更覺燈之可貴的了。

倘然沒有燈，人間的黑夜會顯得怎樣荒涼！

戰時，「燈火管制」期間，倍覺長夜漫漫；那時候，但望和平早日來臨，好讓明燈長照，抹去心頭上的陰影。「燈火管制」中，誰敢保證自己或自己的親人下一分鐘裏不會在敵機的夜襲下犧牲。

薄暮時分，單身一人，身負行囊，在荒野上，或萬山叢中趕路；錯過宿頭，四下裏沒有村莊，亂走一程，心裏發慌之際，忽見遠處有一燈如豆，向前面走去碰碰運氣吧，看看是否有人家可以投宿？——這樣的情景，不僅兒時讀舊小說時常常碰到，抗戰期間，個人就曾經不止一次親身碰上。黑暗中，那微燈一點，會給你帶來多少希望，溫暖！

人類有了燈，在某一意義上說，是把黑夜縮短，把白晝延長了；有了燈，許多本來白天才能完成的工作，在晚上也能完成。

燈和人的關係密切，從孩提時起，我們就對燈感到親切的了。中秋節前後，在那些月色很好的晚上，作為孩子，誰沒有提過魚燈、兔燈四處走動呢？

在停電的十五分鐘裏，我想起白居易的「孤燈挑盡未成眠」，辛棄疾的「醉裏挑燈看劍」，納蘭容若的「夜深千帳燈」……使這些詩句變得更美麗的，是燈！

記得孩子時，把螢火蟲放進玻璃瓶中，再把那玻璃瓶擱在黑暗裏，我們把這個閃着光的玻璃瓶叫做「玻璃燈」。人們的確對燈發生好感。因為連夜空上的星星，在富於幻想的孩子們眼中，有時也變成一盞盞掛着的燈啊。

晴天

雨在下着。我被雨困在一家咖啡店中。

人聲和香煙的霧造成雨天中咖啡店裏特有的氣氛。我感到有點窒息。外邊，騎樓下有人在避雨。新近漆上了「××航空公司」，「××藥片」之類字樣（廣告畫）的電車在鐵軌上駛過，濺起陣陣水花。雖是夏季，但街上一下子變得淒清起來。偶爾有人持傘而過。比起我來，他們倒幸運呢；因為我出門時沒帶雨傘。是驟然間下的大雨啊。

我想起晴天。

日高煙斂，萬里無雲，是人們在煙霧瀰漫或陰雨連綿的日子中往往憧憬着的一種美麗的境界。晴天之出現於中外古今的詩人之作品中，常常是事物的美好、幸福的期望……等等的同義語。陰天沉悶，晴天愉快，這是人類在長期的勞動生活中積累下來的經驗之一吧？

人們喜歡晴天不喜歡陰天。這是正常的。

但有時在某一情形下，人們卻喜歡陰天，雨天。譬如，水塘裏沒有水。譬如，在戰爭中敵機常常在上空出現。

一九四二年我在桂林生活過一時期，住的是離有名的七星岩不遠的福隆園。每次鬼子的飛機來，警報響，七星岩上掛燈籠，人們扶老攜幼，疲於奔命，自己隨大夥兒往七星岩下的防空洞避空襲去；那天一定是晴天。在空襲頻繁的那段日子中，特別關心天氣的好壞。「但願明天下雨！」那時和朋友們談起天氣，往往這樣說。——在第二次世界大戰中生活過的朋友們，大多數和我有過類似的經驗吧？

雨停了。在騎樓下避雨的人們散了。我離開咖啡店回家去。

「但願明天出太陽。」我心裏說。

船

詩人泰戈爾在他的《新月集》裏說：

他們把落葉編成了船，笑嘻嘻的把它們放到大海上。

是的，海邊的孩子們對於船是一點也不陌生的，往往在遊戲的時候也想起了船。

童年時我曾經在海邊放下過我那第一隻紙船。我的紙船，世界上最細小的船隻之一，只能在風平浪靜中浮一會；它經不起顛簸：只要海上吹起一陣輕風微浪，那遠行的夢就一下子沉到水裏去的了。

然而，天真和快樂往往是我們童年的忠實而可靠的伴侶。像別的孩子一樣，我那時是「笑嘻嘻」的再接再厲，摺第二隻船，編第二個夢。

我的紙船只能在夢中航行，而真正的船是經得起風浪的。為了對付海上的顛簸，人類遂創造了船。

任波濤洶湧吧，人類的船還是向前行。

前面有霧。啊，當心暗礁！

夜來了，黑暗中，你看見那座燈塔嗎？

霧散了。是風和日麗的一天。湛藍的海像一面亮閃閃的平鏡讓船身滑過。快看到岸了，有成群的海鷗迎着你歸來的船翩躚起舞。……

你遠方歸來的旅人，你也是坐着船回來的麼?你可否告訴我那邊海港的人和事?

靜靜的坐在海濱，我沉思。船在我的眼前駛過。

船從別的海岸帶了消息來，又從這個海岸帶了消息去。船同時載着道別者的淚影、親人的慰問和友情的溫暖航行。

我們在生活着的這個島城，缺少了一度橫架南北兩岸的大橋。每天，渡海船就成為我們從此岸到彼岸的橋了。

我愛船，因為我在海濱長大。

我的紙船只能在夢中航行，而真正的船是不怕任重道遠的。

駱駝是沙漠的行舟嗎？——為人服務，船是海洋的駱駝。

原載《新語雙週刊》，一九六一年六、七月

選自《燈下拾零》

無題夜記

一

今天，五光十色的世界很講究包裝，似乎其內容如何尚在其次似的。
當我們在散文中發現了詩，我們會長久地記住那篇散文；但在詩中看見平庸的散文，轉眼就忘掉那篇包裝的詩了。

二

感情之所以可貴，因為不是何時何地都拿得出來；有求必應，則失其真矣。愛情更是如此。世有動人的愛情詩，從心底掏出；其枯燥的，大抵是虛應時文。
情之為物，濫用必淺，珍惜遂深。故感情豐富者，也怕見時時揮淚如灑狗血。

三

廟宇裏的求籤者給錢，解籤人慷慨贈希望。
在神的市場上也有真有假的；真的落口袋，假的帶回家。
解籤人是理解廟宇那份職業的人。

四

我童年時見宋皇台高立山頭，如今是三尺石碑，坐於九龍的公園平地上。
再過百年，歷史同樣由人寫。讀史時哪些是真哪些是假，往往很費推敲。
誰知道積非成是的血泊中，將來會有多少虛構的「是」？

五

（據說，有人以踢足球，或以寫作，或以交遊廣闊，或以風頭，或以默默耕耘等等證明自己的存在。）

常有這樣的說法：人要用某種東西，證明自己的存在價值。因此，好勝者不能認輸，一認，就輸掉價值連城的面子了。

六

現代都市人往往具有雙重標準的。我們會欣賞那些夾着一大堆英文斷句的中文歌，卻笑一個身穿西服腳着布鞋的人。

七

有時會說唐詩宋詞離我們近，而某些現代詩離我們遠，因為後者可能是另一星球的植物呢。

八

十年磨劍，三十六年去不掉那人的硬脾氣。

但她不需一分鐘就做到了：一句溫柔的話把他融化。同類情形，那愛情故事是這樣開始的。——而結局美滿與否卻是另一回事了。（按：也許我可以用此作某短篇的引子吧？）

九

這也許是一個童話——
螃蟹本來有血，自從橫行以後，血細胞和牠脱離關係了。

十

友誼長存是否一句空話，得視乎其間有無真正的共通處。物擇其類。連半空的孤雁也有歸隊的意向：排成一字，再排成人字，北去南來啊多采多姿。

十一

為了把煩囂和他討厭的一切拋開，他從鬧市到了人跡罕至的地方。但「罕」並不等於「全無」：有一天他碰見一個獵人，善打飛鳥，談起來，發覺還是一個討厭的人。很不幸，他在這裏所看見唯一的人，竟是嚕哩嚕嗦，嘴巴停個不了的：一會兒向他問長問短，一會兒自誇開槍本領如何了得，等等。

於是，他更進一步跑到全無人煙之處了，過深山、踏野嶺，起初陶醉於大自然，繼而為了信念，越走越遠，到了野獸出沒之所。後來為了每天的糧食，一邊摘野果充飢，一邊逃避野獸，再後來，竟可以力搏獅子，腳下功夫練得差點比野兔跑得還快。

許多年過去後，他死不了，終於又回到他討厭的鬧市來。但這回他把原有的信念加以修改：不再逃避現實，勇敢接近人了。他慢慢發現，原來並不討厭而且令人喜歡的人，還是不少。

有一次有人取笑他：「你為甚麼又回來了？」

他笑笑道：「我不想做一匹野獸。」

十二

迢迢的路繞千重山萬重水，風霜過後，那可不是昔日的長街麼？但誰把那一地的花枝棄在紅塵裏？是去年的除夕，抑是年年如是的燈火闌珊後？當燈市漸沉如急管繁弦上的箏聲隱去，怎麼忽然來了夜深人靜前那一陣又一陣的熱鬧？那可不是我童年與少年的西灣河「太寧」麼？是的，春容燦爛的桃花，又是琴聲、人聲、歌聲，還有爆竹聲。跟着，抹抹半睡的倦眼，一看，紙上真的是這三個字：太寧街，我生長之地。

二胡聲已逝去，莫札特的鋼琴猶在耳邊。起來走到電視機旁關上唱機，這才想起是甚麼一回事。剛才燈下對着原稿紙，記憶、印象、想像就如此交疊起來。三、四分鐘的畫面竟是三、四十年的時光——悠悠的大半生，也不過是短短的一夢？

而燈下的一切，分明都是實實在在的：那書桌、那原子筆、那跳動着的心。還有：我明天還得上班，還得搭地鐵、擠巴士……連近在身邊的昨天也幾乎可以觸摸到的了。

於是，拿起一根煙點着，噴一口，放下，重新執筆做我夜深人靜後的工作，默默地。

寫於一九八九年二月，深夜

選自《燈下拾零》

詩歌

新詩

十年片斷（一九三九—一九四八）

望月

隔壁的孩子說
當你是新月時，在靜悄悄的天空上
你曲着身子，瘦瘦弱弱的
卻拋給黑夜一片光亮

我說，你如鏡的臉（很神奇的）
一夜比一夜的圓
為了照顧我們，你常常不睡也不眠

隔壁的孩子說
你一定很寂寞
昨夜你一直望着他們家的後院

今夜我遠遠的望着鯉魚門海峽
等你露面，你在山與雲之間
出來了，卻是那樣的氣定神閒……

一九三九年，香港

客家歌者

手打響了竹片兒
唱他家鄉的土曲子
竹片兒不響時
向你討一個銅子

塵埃撲過他一身
捱過大風的
捱過大雨的
好一個旅行人

他奔走奔走
從東到西
他餓肚子，餓肚子

一年四季
家家門前他停一下
家家門前唱一陣
他走遍了天涯呀
還是找不到一個知音？

一九三九年，香港

路上斷章

忽略

我們往往忽略了
路旁的花開，
在一個苦難的時代。

前行

你緩緩前行的
肩挑着沉重行李的婦人
是誰的母親？

你不能，不能倒下來——
你在路上的中國母親！

枕上

跑累了一個白天，睡吧
拋開枕上山一程
因為明天客店外
還要流汗，趕它水一程

一九四二年秋天，赴桂林途中

灕江行

江邊

前天我坐在江邊
看見那些受過訓練的鸕鶿[1]
艇裏來水裏去
替漁人忙着工作，捕魚
昨天我站在橋上
看見橋下的一排竹筏
與持篙者競賽似的
一下子到了江心

然後我走在路上，心跳着想

---

1 桂林漁人常養的、善於捕魚的水鳥。

我怎能停在生活的江邊
讓時光白白地流去？

一九四二年，初抵桂林後

風景

有這樣的時候——
雲散了，雨過了，天青了
這邊那邊的奇峰平地拔起
但我們，人在美麗的山城
卻看不見眼前的風景
連同那有名的
灕江的象鼻山倒影

是的，我們有這樣的時候——
　抬頭看晴空萬里
那是敵機常來轟炸的日子！

一九四三年，桂林

夜歸

一

問你深夜街頭孤燈下
賣桂林米粉的老人
你甚麼時候回家？

問你在兩岸間流離的舟子
和那一葉輕舟
接載的是江上哪一種愁？

二

有一天我會對你說，母親

我遲遲歸來，為了遠去山城
你看你看，我還帶回來
一瓶灕水，與昨夜的星星

一九四四年春寒夜，桂林

昆明的遊子

某週末

南屏街的電影院滿座。
金碧路的冠生園
已擠滿打聽故鄉事的廣東茶客了。
這樣，我們就穿過金碧牌坊
坐上一輛沿途兜客的舊馬車
晃呀晃的盪過
有汽車軍車奔馳其間的石板路。

我問你郊野那邊凸起來的一個土堆
可是昔日陳圓圓的妝台
還是她的墳墓？
怎麼了，在緩緩的馬蹄聲中
你忽然沉默起來了？
是細數那些被熱鬧遺忘了的茶花
還是想着來時堤上那一株株
跟你同樣寂寞的尤加利樹？

來吧，我們到大觀園去
找個地方喝茶
一同看五百里滇池
洗去一星期的煩憂吧。

一九四五年初夏，昆明

井邊

我寄居的金碧路司馬巷
住着好幾戶人家——
是逃難西來的北方人與南方人
我們一同飲用
院子裏的那口深井

白天　鬧哄哄的響着
提桶打水燒飯的
主婦們的聲音
黃昏　下了班的男人們
有時也會在井邊忙一陣

而誰知道呢
在靜靜的深夜裏
常常轆轤百轉的
是哪一個
　哪一個遊子的心？

一九四五年初夏，昆明

那夜翠湖

那夜翠湖的月色也荒涼
公園裏的樹下，池旁，小徑
只有幾個疏疏的人影
一個男的跟女的在喁喁細語
（也許心曲吐情，樹可作證？）
我和同屋的朋友緩步而過時
只聽見池中潑的、潑的跳魚聲

這不是一個炎熱的夏天

但想不到水裏的魚群也失眠

一九四五年，仲夏夜

西山上

在抗戰勝利的
爆竹聲中
我們登上西山
看山色裏的波光帆影過處
五百里滇池奔來眼底[2]
看出名變化萬千的
昆明的雲
忙得像街上的行人
何時歸去？哪日還鄉？
彷彿天上的白雲
相遇時也如此相問

一九四五年八月下旬，昆明

海防（一九四五）

旅館樓下咖啡廳的落地長窗外
海防的陽光火辣辣的。
旅館的法國經理在埋怨：
現在日本軍隊走了，和平了
越南人卻上街喊口號
鬧甚麼獨立、獨立
快要把法國住客都嚇跑了。
他又埋怨：一個拉黃包車的

2 該行為清代孫髯翁之句。

躲在前面的椰樹下睡午覺——
越南車夫又少了一個了
可真是，這成了甚麼世界？
法國經理嘮叨着，一面打呵欠
說要到樓上去睡午覺了。

一九四五年十一月，越南海防

海港之夜

說巧也不巧
我們差不多同時
在碼頭同一的石級坐下
望着沿岸的棕櫚和靜靜的燈光
但是，我料不到他——
盟軍中一個年輕的美國人
眼淚忽然掉下來，在中國的海港上

他的年齡與我相若，我問他
為甚麼哭得像孩子一樣？
他說，仗打完了
更加想念萬里外的親人
和加里福尼亞的陽光

我告訴他，我也想念香港的家
但沒有說出，我的旅途可能更長
為了生活，明天
我還要遠行，在我苦難的
祖國的土地上

一九四五年冬天，台灣高雄

火車上

我望着東北的天空，大地
耳邊響着前行的輪聲
曾經，曾經
一段可悲可憤的歷史
日本的「滿洲國」時
長春改喚「新京」
瀋陽名為「奉天」——
工廠冒煙了——軍用品
送到日方的「前線」

我坐在東北的火車上
望着窗外的天空，大地
我想當年啊想當年
——其實還是不久的以前
東北，在日軍的刺刀上、刺刀下
天上的紅霞，簷下的積雪
曾經，曾經
染過多少中國同胞的鮮血？

一九四六年，瀋陽

看海

原諒我，沒帶着誰來看你
看你這海，在日將落而未落時
與天際的雲帆同接黃昏之美。
望着你悠悠的波光
我本該心曠神怡的，在這個島上
你遼闊，不過就是空寂一點兒。

你知道我家的門前也有海呢
——狹窄的，但船來船往的；
就在那裏，我曾帶着青春
神往於遠方。如今我來了
相識那麼些日子了
我不能不告訴你，海，你可愛；
然而我的根還是深深的
植於老家的那個「地角」
雖然明天，我也許會夢抱它
在另一個天涯。

一九四六年，遼寧葫蘆島

雨中的信

雨中淚中你望着我披上雨衣遠去
是你要這樣的，是嗎？我感謝你
三年五年多少年了呀，我沒有一個送行人
為甚麼要那樣擔心我呢，你？
——熱的天氣，冷的天氣
我已慣獨來獨去
如果我回來時是一個晴天，那很好
我不用帶傘了
我將帶一本你寫的書回來看你

一九四六年，遼寧葫蘆島

附註：末行的一本書，可能是一疊信。

鋼琴前

這是寒冷的北國嗎？
這是古老的京城嗎？

這飯店裏大廳上的鋼琴[3]
對於我，是陌生的歐洲
還是我心坎裏變形的胡琴？
為甚麼當我以異鄉人的手指
輕敲着它的琴鍵
竟聽到了一聲花間蝶——[4]
我熟悉的南方的鄉音？

一九四七年一月，北平

天虹背後

你常用希望的眼睛，看
雨後的長虹於天際，劃一條
美麗的弧線。現在你甚麼
也看不見了。你躺在遠方
的山上，跟岩石一樣默默的
默默的：留在你心腔裏的語言。

你知道我對生命，是
愛得怎樣深沉和固執，一如
我對一切我所愛的。我愛
一隻受傷的鳥兒。我更愛
飛得高高的鳥兒。藍天底下
有一天牠許給獵人的槍打死。

不要怨我不回來看你的新墳，
風雨中我的眼淚已化成恨。

一九四八年，南京

3 所住飯店（即酒店）樓下有一座鋼琴。
4 《花間蝶》，廣東音樂之名曲，作者是：何大傻。

嬰兒曲

我從甚麼地方來，我又到
甚麼地方去？一生的路
有多長，母親，請為我一告

那末早年就讓我看見
暴風雨；我的搖籃在風雨裏
飄搖。是不是，母親，你的眼淚

在告訴我：人從搖籃到墳墓
要經過百回千回的搏鬥，寂寞
哭泣或憤怒，解開命運的索

命運的索呵，從我們誕生
第一分鐘起，便把我們束緊，
是不是，母親？你底痛苦的吻
肯永遠為我照顧：我和我底傷痕
如果我敢反抗，如果我敢挺起身？

一九四七年

撲燈蛾

看那飛蛾，她撲向火，火燄青青
剎那間黯然落地——無蹤影
為追求一點光，為爆發一次熱
像少女，那初戀而盲目的
擲出她底純真的心，和生命
——那第一次也是最後一次的
愛情。飛蛾有翅啊該能超越

那火。而可憐的，她卻徘徊
在狹窄的邊沿上，打轉
從希望到失望，一秒到半分鐘
從夢幻到死亡，她聽命於
自己所擺佈的一切，而至於徬徨
毀滅自己：投向火。呵，飛蛾
——她不飛。她從來不曾飛過

「送」的行列

吹吹打打我們送你歸去
你從不曾給我們留下過甚麼
憑甚麼你要那樣厚的葬禮
我們快倒下啦捧着你的面子——
你要別的許多人跟着你走
還有那可憐的你的兒子孫子
你要別的許多人看見你朱漆的大棺材
牠遲早要帶你落到土裏
還在等甚麼這最後的一次
去吧去吧你的福氣——
吹吹打打我們送你歸去

無弦琴

（一次海航中，聽喜愛寫作的某船員述其家事……）

珍妮，我說過將要離開你。
現在我真要離開你了。
如果我們互相了解，分離
又算得甚麼呢？今夜的月亮，人

和今夜的船，很快的就要動身。
讓我再說一遍：你的健康要緊，珍妮，
我們知道愛，因我們有共同的命運。
一句心底的祝福抵得上千百個
吻。別忘記抽屜裏那封我尚未寄出
的信，別忘記我答應過我們的小敏：
買給她一套童裝水手服。別忘記案頭
我那本還沒讀完的書。別忘記把我那篇
還沒寫完的小說修改一下唸幾次。——
珍妮，你別哭，就當我沒離開你！

詩與聲音——記一年輕的寫詩朋友

一

在他心上
有無聲的語言

搏鬥時
是驚濤駭浪中的浪花點點

靜下來
是避風港裏的一隻小船

對他所恨的，他
是鋼鐵，是劍

對他所愛的，他
是柔絲，是棉

二

有音若琴弦
有色似藍天
你知道麼
那是：他靈魂深處的
頁頁詩篇？

三

活着時，他勇於生活
為了別人的幸福和歡樂
他往往把自己底捨割

死了，他留給這世界
一份寶貴的聲音：我們
不寂寞

回顧

甚麼是我難忘的？
哪一座山？哪一段路？
哪一幅陽光下的市街圖？
有時我問自己也說不清——
是人事紛紜時，意外發現的
密林之間一條通幽的曲徑？
還是依稀的面影？或者一次偶然
在某城鎮上，經過靜靜的無名小巷
忽地飄來一片闊別多年的琴聲？

但有時我又清楚地記得，人在當時
卻已知道以後——如果回顧
一定難忘那座翻過的山

那道涉過的水，那段漂泊的路；
和那段風霜雨雪裏，也曾得到過
點點溫暖的人生旅途。

一九四八年十二月，返港後

《我的抒情詩》選（一九六四—一九六九）

橋

橋有時躺在水之上仰望天空；
橋有時跑到天空上化一道彩虹；
橋在我的心上是一座美麗的憧憬；
橋把我的夢境連着你的夢境；
橋是我們的路中路；
橋呵使我們之間有路相通。

黃昏星

我不願學那遠行的雲
飄忽無定離開你
我不願學那西沉的夕陽
悄悄的帶走黃皆
留下寂寞和寂寞的路和你
但願我能把我的光
——縱然它是那樣微薄啊
披在你的身上

披在暮色中你的行程上
直到你相逢一個多情的同路人
或者遇上一個晚間的月亮

這一家

四歲的兒子在燈下睡着，
身穿着父親去年買給他的衣裳。
母親在燈下微笑望着兒子，
他夢見父親走在這城市的岸上。
母親心跳了一下，
她彷彿聽見一陣熟識的敲門聲響。
兒子忽然醒過來要爸爸——
父親遠渡重洋；
今晚，他思家，像昨晚一樣。

陌生人

我們多年住在同一的街上，
但你我碰頭時卻一聲不響。
兩個各走各路的陌生人呀，
在不陌生的地方。
有一天在另一城市裏偶然碰頭，
我們停下，而且握手互相問候。
在陌生的地方呀，

我們卻成了朋友。

相逢

你的微笑聲音我早已熟識，
因為我開始認識你在許多年前：
在我許多年前的一個夢中。

那以後我在尋找你但並沒有尋找到你；
過去了那千山萬水，
過去了那一個個春夏秋冬。

但一切都是值得的，
雖然我走了很遠的路——
我走了很遠的路啊才與你相逢！

昨夜

昨夜長街上那輕輕的腳步聲，
是你的還是我的，分不清。

分不開是你的還是我的，
路燈下那長長的身影。

你怕黑你怕靜我送你回家，
夜太深，街上少人行呀。

但抬頭眼前竟是我的住所：
記得嗎，都糊塗了囉，你和我？

昨夜道晚安在你家門口——

十分鐘路我們走了兩個鐘頭。

燈

有了燈，
月亮和星星照不到的黑夜
不再黯沉沉。

雖然燈是那樣小，黑夜是那樣大，
但小小的一點，
就夠照亮那一大片。

而燈也因為有了黑夜，
才顯得它更光亮；
黑夜因為有了燈呀，

才有——哦，可愛的夜！

在這一點上我說：
你是燈，
我是黑夜。

夜曲

是成群的夜鳥，還是風的嘆息，
在銀光閃閃的樹梢飄過？
琴鍵上，是誰的手指輕輕地落下，
怕把晶瑩的露珠點破？

哦，我那些失去了的夜晚，月亮與星辰
在回憶的海洋上漂流，回來了。

誰曾夢見過水中如火的珊瑚？
啊，我感到一顆溫柔的心在燃燒！

聽蕭邦的《夜曲》後

有時

有時我不知道你說些甚麼，
雖然你不停地講話；
而有時你一聲不響地望着我，
我呀，卻聽見你心中的每句話。

家

雨落下，落下
落在家家户户的屋頂上。
雨從天上來嗎？
不。雨只不過從天上回來；
它在那兒再也住不下。
雨回到大地來，
像我們回到可愛的家。

街燈

白天我不知道街燈的存在。
然後在一個秋天的晚上
哦，月光不來風雨來

我的朋友不在，街燈在。
它披着水的銀紗
在我的前路等待。

我想起一個沒有燈塔的風雨夜。

然後我想起波濤
和失蹤的水手
當我經過街燈的時候。

詩

詩送給人類的
不是白銀，不是黃金；
啊，它送給人類的
是一顆美麗的心！

《回聲集》選（一九六五—一九六九）

他

他是個孩子。
他和別的孩子們
不知疲倦地捉迷藏。

他是個青年。
明天他要遠行，
他的心像海潮一樣。

他是個老人——
寂寞嗎？
不。回憶坐在他的身旁。

一九六五年八月

歌（二首）

一

候鳥飛去了
樹木留下來
把綠分給青山一半

我的歌飛去了
我的心留下來
甘苦中永遠和你作伴

一九六五年八月

二

一年了，你天天經過我的身旁，
但是我不知道我們曾是朋友。

我不知道我們曾是朋友，
直到那一天你的歌經過我的身旁，
那首歌呀，小孩時你常常對我唱。

一九六五年九月

時鐘（二首）

一

我日夜不停用我的指針
量度人生的光彩，一秒一分；
雖然時間去了，永遠去了，
但是呀，今夜你會看見昨夜的星辰。

一九六五年十月

二

半夜裏我聽見河流的低語
和時間的腳韻，那滴答滴答聲……
我望着時間，時間也望着我；
哦，時鐘，你是時間的眼睛。

一九六五年十月

時間

我是時間。
從浩渺的天際到人間，
我不停地流。
我流過了銀河，
我流過了人類的童年。
雪的落下，冰的溶化，
雲的飄水的流是我的節奏；
那奔騰的瀑布，那不眠的海潮
日日夜夜
流着我的笑聲與歌調。
我穿過春夏秋冬的黃昏，
漫長的黑夜，風和雨，
蕭蕭的樹葉
和那閃着星光的昨夜的露珠。
啊，我流向新的一天
當幾萬年的岩石在默默地變化，
當一夜之間舊的死亡新的生長，
當早晨的陽光閃在飛鳥的翅膀，
當人類在回憶中聽見我的回聲。
我是時間，我一定要向前流。
河流奔向大海，啊，我流向永恒。

一九六五年十一月

流星

晚上，當流星落下，
落向渺茫的遠方，
蒼穹的眼睛一閃，

閃出了金色的淚光！

一九六五年十二月

童話

群山和樹木
能像飛鳥一樣飛翔；
南方的白蘭花
可以開在北方的冰上；
離開了水的魚會悄悄地流淚；
誰説沉默的石頭不會思想？
地球上一切的動物呀
會講着孩子們聽得懂的話；
被遺忘在一角的玩具娃娃
渴望有孩子關心；
你知道嗎？
一隻流浪的木馬會思家。
啊，它是孩子們的詩——
童話

一九六五年十二月

風（二首）

一

我把煙雲推過山嶺
踏破湖海的平靜
我捲起大漠的黃沙
在松林間留下腳步聲……

一九六六年九月

二

我悄悄地走過你的身旁
把五月的花香帶給你
然後我去了，不留下足印

我把十一月的樹葉搖落
而我自己也在哭泣了

一個嚴寒的早上我醒過來
看見大地荒涼，河流僵硬
哦，高山一夜白頭
於是我在曠野上呼喚——
尋覓綠色的春天

一九六六年九月

海邊的岩石

一

自從在海邊停下來
我不再漂泊了
我默默地聽風和浪花
訴説他們漂泊的一生

二

一萬年過去了
我望着月落星沉太陽升
又每天，每天
望着船與海潮歸來

一九六六年十二月

牆

我不曾經歷過牆的那邊
你的白天和黑夜。

我不知道你的日月星辰；
我不知道你的快樂與悲傷。

是甚麼委落於荒涼的塵土中？
哦，是時間和我那折了翼的想像！

讓我們把它拆下來吧，
那厚厚的冷漠，那高高的牆。

一九六七年五月

錨

錨把落日與黃昏
拋進海底下。船
停下來，睡着了，
明天甚麼地方也不去。
一個世紀前的星光
在遠方消失；也許
今夜有月亮從海上升起；
而百歲的幽靈將被埋葬，
將被埋葬於海洋深處。
那鬼船，在時間的急流中，
而今只剩下幾根枯枝破木。

錨落下來了。鐵灰色的海港

生鏽了。而有一天在日光中
在迷人的岸上，那生鏽的錨
將化成一座閃光的大理石。

一九六七年九月

復活

你知道嗎？
在迷濛的海天相接處的
緩緩地昇起的朝霞
是多少個世紀以前
採珠人的悲傷的血之迴光？

你知道嗎？
我從一個閃着幸福與微笑的
嬰孩的瞳孔裏
看見一萬年前被打得遍體鱗傷
然後被埋葬了的春天。

你知道嗎？
樹倒下來，樹倒下來死了。
我們有煤，我們有煤。

一九六八年二月

珍珠

當我那最後的一點淚滴
還帶着一海之鹹時
採珠人割斷了
我的波濤和綠色的夢

醒來時，我在何處？
哦，我在你的陸地上

而我那裝滿了星星的昨夜，和海
枯死了，在你的手上
哦，在你蒼白的手上

一九六八年三月

船

船
載着黑夜的沉重
輕快地
駛向遠方的黎明

它披風
它斬雨
它破浪，滑過
一千銀匙潑下的月光
接受一天中第一次
太陽投贈的億萬金盃

誰說是一片白茫茫的呢？
我們的世界有岸
啊，那綠色的岸

船
帶着人的淚與笑
來往於陸地和陸地之間

船
帶着我們的淚與笑
航行在我們的星球上

一九六八年四月

苔

遠行的草
不曾迷失
於樹於岩石於牆上

而疲倦的苔
在一塊足音杳然的石階上
擱淺了
和它那寂寞的青

一九六八年六月

回聲

我聽見它
當綠色的松濤響應山風
當沉靜的群山對我答話

當河流奏着千萬溪聲
當大海交響着無數的河流
我聽見它

我聽見它
當去年的雪，悄悄地

在今年的日光下溶化
當雨從天上回來
在溫暖的簷前
點點滴滴地落下

當美好的時光
在記憶的迴廊上滑過
當遙遠的夢想
在一千年外呼喚
我聽見它，我聽見它

一九六八年七月

雨傘

一

有人雨阻歸程
在淅瀝聲中羨慕
一個手中有你的行人

啊，你撐起滿天銀雨
在一個晴朗的日子前

二

在誰家沉睡的門外
雨傘，你在雨夜中綻開
如一朵水中的睡蓮

哦，你穿過燈下的迷濛
去時，越過路上的泥濘
歸時，攜着一個無塵的夢

一九六八年八月

書枱

我沒見過
屈膝的書枱，
雖然我見過
屈膝的讀書人。

一九六八年九月

賽馬日

上午，捧着一疊疊的馬經
這是最興奮的時刻——
他已經捉住了希望

而下午，一隻隻捉不住的馬蹄
踏碎了
他一個禮拜的好夢

然後黃昏
他離開快活谷[1]
過一個最不快活的晚上

1 香港的賽馬場所在地，一名「跑馬地」。

賽馬日，常常是這樣的：
騎師們騎着馬——
而馬群騎在他的背上

一九六九年一月

《長街短笛》選（一九四零—一九九零年代）

隔壁有個小阿寶

明天才玩，啊？明天！
現在　叔叔要把這個……寫完。

哦，真的？
你叫做小阿寶？
那麼——
你是誰家的小阿寶？
哦？你是你爸爸媽媽的小阿寶？
這個，這個，我知道。
哦？
你爸爸媽媽就住在隔壁？
哦！
昨天起你跟爸爸媽媽一起住在隔壁！
原來你是「新」搬來的小阿寶！

嗯，對了，
從前在別的地方也有個小阿寶；

他爸爸疼他，他媽媽疼他；
個個都喜歡他。
這個，這個，我怎麼知道？
叔叔當然知道！

你是個好孩子。
你說的
你今年四歲。
四歲，對！
四歲就該讓叔叔抱一抱！
那麼——
別走啊，小阿寶！

來來來，你看你！
臉上骯髒得一塌糊塗！

剛才跟誰玩來？
沒有跟人打架吧？
沒有！那就好。
你是個好孩子，小阿寶。

對了，這才對，
你看看這鏡子——
你看，你的臉現在又好看又乾淨！
是啊，好看、乾淨就是漂亮。
讓叔叔親親你的臉，小阿寶。

好！
現在叔叔要把這個……寫完。
小阿寶，我們明天玩吧。
怎麼，你不要明天？

你要現在——今天？
好好好，
就今天……現在。

這是墨水，這是……
這個這個可不能動哦。
小阿寶！
來來來，我再抱抱你，小阿寶！

我寫甚麼東西？
我寫……我寫她。
她是誰？
她是一個，一個大人，
一個大的女孩子。
一個我喜歡的人。

你好看還是她好看？
你好看，她也好看啊。
嗯，好看就是漂亮。
你漂亮，她也漂亮。

她會不會喜歡你小阿寶？
會喜歡的，我知道！
我怎麼知道？
讓我想想……
對了，叔叔喜歡的，她也一定喜歡！
甚麼？明天叫她到這兒來
跟你玩玩？
好……好！
明天我叫她來跟你一起玩。
不？

好，明天你——我——她——
三個一起玩！

好的
今天晚上我一定告訴她！
怎麼樣告訴她？
讓我想想……小阿寶……
叔叔這樣對她說，你說好不好？
我說——
我這樣對她說
我們隔壁有一個
可愛的、好好的小阿寶！

一九五六年十月三十一日

路

我曾經
走過這樣的路那樣的路——
雙腳陷進泥濘裏雪裏
但又走過泥濘走過雪
或者有時迷途
走了許多時間才走到那康莊大道

我曾經
走過這樣的路那樣的路——
在高原上
在萬山叢中
路帶我走進雲霧走過了雲霧
在南方

下雨天時
我帶着泥濘的雙腳在路上趕路
在北方
最嚴寒的日子
我踏着那二尺厚的雪三尺厚的雪
雪
鋪着我的前路
生活裏呀
我們這樣走路那樣走路——
但我們不能夠一次又一次的陷在泥濘裏
不能夠呀一次又一次的迷途！

今天，
讓我們互相扶持、指正
我們該走的方向吧

在愛情的路上
在人生的路上
路，曲折的路呀
是那樣長……

一九五七年五月二十五日

書

打開書一頁頁的揭過去，
一行行的字是一串串閃光的珍珠。
謝謝你送給我這樣的一本書，
謝謝你送給我快樂啊，
我看到我的快樂閃着光如同一串珍珠。

等待

我怕你搭錯了渡船，
一下子，我和你隔得更遠更遠。
我怕平靜的海港忽然起風浪；
沒有船開到這邊來——
我的期望會變成失望。

我怕晴天變作雨天，
路上你碰上了大雨怎麼辦？
怎麼辦啊？我約你來時沒叫你帶雨傘！
你快點來吧，快點來！
你知道嗎？我的等待是憂愁的等待。

黃昏

黃昏悄悄地來了。
他靜靜地坐在公園的長椅上。
而她卻從昨天起
靜靜地躺在山上的墳場。
他記得他冒着雨跑去探病
是她少女時的一個秋天的晚上：
他說很抱歉沒有帶給她一束鮮花
她向他點頭微微一笑。

此刻淚眼中他彷彿看見
那一夜的秋雨，和她的微笑。
他記得四十年前的一個冬日，
他第一次和她走在熱鬧的街道上，

默默地走着，走着。
他的濃黑的頭髮變白了。

而今她再也不在他的身旁了。
而他並不寂寞的。
他靜靜地坐在公園的長椅上——
回憶在他的眼前亮着，像那美麗的霞光。

一九六六年五月，香港

刊於一九六六年六月《文藝世紀》一零九期

那些日子

一

那些日子
他苦悶　他讀宋詞
在無可奈何花落去的
　低氣壓下
晏殊的長短句
彷彿在悄悄的勸他
「勸君莫作獨醒人」
然而他不能
「醉後不知斜日晚」
作閒雲野鶴的瀟灑
更不能
假醉於沒有花蔭的禿樹下
　聽飛上枝頭的一聲聲
　聒耳的烏鴉

二

而那些日子

他又何嘗「獨醒」於人間呢
他醒着
　像一切有良知的人一樣
血是熱的　心是痛楚的
他醒着　睜開眼睛
看嚴寒的世界　淚水成冰
　善良　正直　誠實
　　　　給蹂躪
邪惡與虛偽化身的毒蛇
　在祖國的大地橫行

三

那些日子
「樣板」的尾巴翹得高高
鼠輩的齒縫間
流行着咬倒一切的口號
那時節啊　棍影亂飛
柳絮隨風　爬蟲變「英雄」
毒草　香花　真真假假
甚麼叫是？甚麼叫非？
真理給丟在實踐的路旁
任歪風下的塵埃埋葬
歷史給形而上學的
歪曲的刀子
割得破碎支離
而在桎梏中憔悴
或含冤而逝的
是一個個可愛的名字
　黎明前的黑獄中啊夜沉沉
有無數靈魂的抑鬱　悲憤

那些日子啊　彷彿——
五千年沒有文化　四野茫茫
中國　變得那樣子陌生
是來自哪一個遙遠的星球上？
連三十年代　四五十年代……
也是遠古的蠻荒？

四

如今　那些日子
　連同在時間之流上
　是短暫卻又是漫長的黑夜
終於像惡夢一樣的過去了
然而在春風下　他閉着眼睛
流着解凍的熱淚時
還是看得見當時啊——

那一陣傾國傾城的歪風
　那一場青面獠牙的惡夢
　　……

家

租約又期滿了，租金又漲了
又一次要搬走了

我不是過路人
這裏是我生長的地方
但在這樣的城市裏
呵，我流浪又流浪

一九七三年二月
《長街短笛》

加價

甚麼甚麼都加價
衣食住行、婚禮、置家
真擔心，我們的愛情也會縮小
像菜市的豆腐、粥檔的油條

一九七三年五月
《長街短笛》

相遇

我們的腳步急急忙忙
在都市
在生活緊張的繁弦上
你沒有時間告訴我一些甚麼
我也一樣
於是你我相遇時
匆匆的點頭去了
在熱鬧的行人路上

一九七三年六月
《長街短笛》

「拆建」

往日　我曾經留下不少足跡
在這條街的這一段——
向報攤買報紙　糖菓店買香煙
雜貨店的隔壁
是一家開了多年的書店
皮鞋檔的附近

賣的王老吉涼茶夠苦
兩毫子一杯的豆漿夠香夠甜
再過去是那家經濟的
我和朋友常常光顧的咖啡店……

但是　有一天
震機聲響啊塵土飛揚
磚牆與一個個的招牌落下來了
連最後的
「拆樓清貨大減價」
與「不計血本」的白布條
也和那些店舖一同失蹤了

是的，「拆建」也是現代文明的
一種新的煉金術——
人們將要付出更多的租金
付出更大的「血本」和代價
當四層高的房子
翻成二三十層高的大廈

而此刻
走在「圍街板」[1]的長廊下
——夜忽然靜起來
我覺得這條街的這一段
是那樣熟悉　卻又那樣生疏

一九七三年七月
《長街短笛》

1 鬧市中建築地盤前所搭之板牆，習稱「圍街板」。

百葉窗

那時
住在這條街上
他曾是一個吹口琴的少年
在夏日黃昏的騎樓上

如今
一尺地方一尺金
騎樓不知何處去了
沒有欄杆，沒有盆景了
沒有盆景在欄杆上

在炎炎的七月裏
西斜的日光下

他經過時
只見一列守口如瓶的百葉窗

寫於一九七三年七月
刊於一九七三年九月《長街短笛》

「中間房」

有一陣子，他看見遠山
白雲、海鷗、來往的渡海船……

但是，那只不過是幻想
因為他們一家
擠在一個沒有窗的「中間房」

抬頭他盯着那一面

孩子們畫上了花呀樹呀的牆
然後，他的原子筆在稿紙上滑過
他的男女主角在露台上訴衷情了
而這時，在板房的外邊
那熟悉的聲音又忽然響起來了——
「喂！這個月的租錢你再也不能拖欠！」

一九七三年九月
《長街短笛》

特拉發加廣場

是倫敦名勝之一，鴿子特多，內有納爾遜紀念碑，高一百八十餘呎，上有雕像，下有各據一方的四隻座獅。此廣場位於西區的鬧市中，佔地頗廣。

鴿

這裏有寂寞的英國老人
與長頭髮的嬉皮士
坐在那疲乏的獅子旁
曬難得的太陽
在納爾遜的石碑下
而簇簇的遊人中
噴水池的那邊
飛動着水的銀花
千雙萬雙的翅膀
和鴿的喧嘩

哦，你遠道而來
只為了買一包粟米
餵你身前腳下的
飢餓的鴿子？

先生，拍一張照片留念吧
好讓日後回家
看看此地的風光

我抬起頭來又一次
看見那個面容憔悴的
街頭攝影師
他以顫抖的聲音
説着説着向我兜生意

拍一張照片留念吧——
特拉發加廣場
是鴿群的家鄉

《海洋文藝》

碑

當年為海上霸權
立下戰功的海軍名將
納爾遜
而今默默地站在
高聳入雲的紀念碑之頂上
隔霧看花
從倫敦遙望海洋
而大英帝國的艦隊

——像一切殖民主義的戰船
越來越少泊岸的地方了

啊，在時間的前行中
誰能當空挽住
日不落國的已落之斜陽？

《海洋文藝》

線，最好不要斷

——讀海辛的《風箏——天空的浮萍》後

一

他說的
　風箏，天空的浮萍
這句話在我聽來
是那樣辛酸，又那樣甜。

二

很久很久以前
在我們家後面的巷口
有一補鞋檔
兼賣自製的風箏
與特製的玻璃線；
那些三角或菱形的
將會騰空將會飛動的寵物
停在灰色的牆上；
打着鞋掌扯着皮鞋時
也不忘照顧它們的
是那個瘦瘦的補鞋匠。

那時在我們的街上
放風箏的季節
也是鎅風箏的季節；
在天高氣爽的秋日黃昏裏
巷尾對過的海邊
常常有好手們在角逐。

活躍於晴空上的
風箏，如果不幸給鎅斷了線
便往往飄落在海上
背着遠方的一抹斜陽。

而留在天空上的
威風凜凜的風箏
我們街上的孩子們
稱它做空中霸王。

倘若補鞋匠的風箏鎅贏了
第二天他的生意就特別好——
補鞋檔背後的牆上
掛着一個個的空中霸王；
　倘若鎅輸了呢
得想盡辦法
另製甚麼藥水魚絲犀利玻璃線。

風箏啊
　在生活的線上
竟是這樣奔波
　　這樣忙……

三

是的，很久很久以前
我們心愛的
那個瘦瘦的補鞋匠
他的風箏
線　最好不要斷
　　不要斷。

一九七七年七月十日
《海洋文藝》

郵簡上的詩

一

遠航的窗外，雲在天涯
踏千層白浪而來
人向東行，又是向西飛去
而西飛卻是向東行
誰知道我耳畔的機聲
響過了多少
鯉魚門海峽的潮聲

二

此時在遙遠的東邊
正是萬家燈火
這裏，客中的時間
已渡過了昨夜的銀河
但你可曾想到，我的思念
竟像星光一樣飛奔
向着前一夜陸地上

抬頭與我共看星星的人

一九七七年九月一日離港經東京後飛赴三藩市，寫於航機上
那時「西半球」也是九月一日晨

三

橙色的黃昏漸漸隱沒了
在暗綠的大平原上
遠處，向地平線直伸的公路
　急流着汽車燈色的
是去路抑是歸途？

告訴我，河邊的樹林
投宿的飛鳥
唱着那一邊的鄉音？

一九七七年九月三日寫於愛荷華
一九七八年刊於《海洋文藝》

這一天

一

這一天
他望着熟悉而又陌生的
河流　草地　陽光
聽着熱鬧的人聲馬達聲
忽然寂寞了
眼前廣闊的平原
美麗　可愛　牲口成群
是玉蜀黍的產地
但不是他的家鄉

二

這裏的河上

也有垂楊的倒影
遲來的新綠
掠過了春歸的燕子
掠過了他夢中的春雨江南
以及中國的　長長的柳絲

這裏的林中
也有醉人的楓樹
帶着金黃　在流浪的風中
落下了滴血的葉子
是深秋的時候呢
他想起了棲霞山上
拾取紅葉的少年時……

三

這一天啊　在異國
雪花飄過後
他踏着積雪
到一里外的郵局去
向萬里外的家
寄掛號的相思

一九七七年冬，愛荷華初稿
刊於一九七八年《海洋文藝》第五卷四期

記憶

一

能開啟自如的
記憶

是一個動心的錦盒嗎？
它內藏多少奇珍異采與秘密
連同少年的夏夜裏
一次劃過天際的燦燦流星
以及多年猶未散去的
春花落時的幾瓣幽香……

那一天，冷雨霏霏
我們相逢
於鬧市中熟悉的一角
我想向你從頭一一細說
何年何月，談笑間
我們曾有過的溫馨細節
而眼前疊疊的高樓下
湧來的疊疊噪音啊
使我心上的錦盒
一下子迷失
竟成為陌生的記憶了

二

十年前路過斑駁的牆外
常常　停下來細聽
園子那邊飄過來的
美妙的小提琴聲
十年後剝落的牆不見了
琴聲也沒有了
微風　掠過
爬滿蒼苔的小徑

《香港文學》

樹之歌

我不會悲哀——
如果你們今天
為了需要而把我鋸下來
一百年後，我的兄弟們
將伸出同樣歡迎的手臂
向着人類
即使驕陽的火舌逼近時
也會堅持留下
　　在原地生根
而且將以更多的綠蔭與清涼啊
送給你們的後來人

是的，如果你們今天
把我鋸下來
我是不會悲哀的
因為我的命運就是獻身——
成為人類的木材

而當我在出生的泥土上倒下來時
我的兄弟們，將仍然挺立——
伴着默默的流光

看雲來雨去，聽飛歸的鳥唱
將仍然挺立啊
在高山、平野、水邊、路旁
在春夏秋冬的足跡上
守望暗中換了新衣的葉子
和大自然在枝椏上的剪裁

更期待每一個黑夜後的黎明
和每一次雪後的花開……
更以樹的千姿萬態啊
為你們的世界添風采

寫於一九八零年八月
刊於一九八零年九月七日《星島日報》

「俗」與「雅」

我喜歡這樣的「俗」人——
他的優點、缺點
全擺在桌子上
讓你看個分明

我怕接近這樣的「雅」士——
你看得見他臉上的書
卻看不到他心裏
隨時出鞘的劍

一九八零年十一月四日
《新晚報·星海》

雁蕩山——一九八七年浙江行之片段

在少人尋幽探勝的
奇岩怪洞外
流泉格外清澈，淙淙而鳴
當飛瀑奔來
水珠散落
有白鳥穿過壁立的巨石縫間
投向那「一線天」的藍

（那些飄過群峰的雲
也化成片片的白羽嗎？）

每一塊或大或小的石頭
都應有說不完的故事

雖然在無數世紀的風霜裏
帶着傷痕，它們已慣於沉默了

那夜我們歇宿於山下
在賓館的窗前
我望着那無聲的雁群
凝固於月光中

一九九零年三月廿二日
《星島日報》

西湖外記

一九八七年遊杭州西湖後歸來，意寫一枝一葉，不及其餘，故名外記。

一

山上的亭子
有一個停下來的月亮
靜靜的
看花事的一夜滄桑
看枝上的雪梅
怎樣透露明日的春光
那一夜，當遠方的風笛吹來
寒枝在搖着，搖着
把雪抖落

二

曲院，在雨中
並不寂寞

它常常聽到
誰弄千古瑤琴
蕩過了串串的花鈴
一程又一程
當水榭前那快謝的荷花
在綠圓之葉上
猶帶着點滴的雨聲……

一九九零年四月
《香港文學》第六十四期

污染隨想

據説很久以前
香港的海港有瀑布奔來
自高山
海水藍色清澈，還有兩岸的花香
如今城市繁榮，經濟發達了
工業文明付出了代價
連偏遠海灘上的潔靜沙粒
也睡在廢水下
許多不知名的魚兒與貝類
枯死於惡夢中
誰曾想到，在污染層層的空氣裏
一隻斷了線的風箏，像雲一樣飄時
也比一隻白鷺的壽命長

但願萬千過境的候鳥不會啊
跟大群港產的飛鳥商量
擇地而棲，到萬里外合唱鳥語花香
真擔心，石壁水塘畔的長尾獼猴
有一天習慣吃現代的漢堡包
會忘了來時的路、綠色的山坡
和密林中的野果。

一九九一年一月八日

《都市詩鈔》選（一九七零—一九七五）

斑馬線

快一點，快一點
走過斑馬線
線外
是不能失足的峭壁深淵
在那喧嘩的
車輛的叢林中
連患着大腸熱的巴士
也殺氣騰騰
當心

不要給撞下去
你瞧，那臃腫的
漆着滿身廣告的電車
像喝醉了酒的紋身大象
晃晃蕩蕩地向你奔來
快一點，快一點
走過斑馬線
走過那市街的
狹窄的平原

廣告

無論你打開報紙看電視或者扭開收音機
無論你逛公園搭電車或者坐在渡輪上
無論你走路抬頭喝咖啡或者進了電影場
你都看得見啊聽得到　廣告　廣告
它伸開五花八門的觸鬚要把你纏住
從橡皮糖到手錶到穿的襯衣住的屋宇
從殺蟲藥到止痛藥到廁紙以及醫痔
從一包香煙到一瓶汽水到一枝牙膏
甚麼甚麼都是唯我獨尊我的最好
開個銀行户口儲蓄是未雨綢繆
但乘某公司的豪華噴射機旅遊才是享受
據說節儉是美德　花錢要第一流
安全　可靠　舒服　甚麼甚麼都是理由
這麼着　從街南街北到城西城東
你會迷失啊在廣告與廣告的八陣圖中

名與實——備忘錄

在這裏，賽馬日是賭馬日。
賽馬是合法的賭錢。
「兒童不宜觀看」
是色情電影的
「宜觀看」的宣傳。
「文藝」是愁雲慘霧的藝術。
「時代曲」把時代歪曲。
「自由」，一個美麗的花圈。
但願閣下不長壽的棺材舖

叫做「長生店」。

復活節四行

白天，她看見真理的道路
熱淚中浮起受難的耶穌
晚上，她夢見伯利恆的星光
和替她造十字架的金鋪

或人之家

當年他父親出殯的第二天
有一張報紙
描述「白馬素車」的熱鬧
說這太平山下的「功臣」
如何「生榮死哀」
一生為「皇家」盡忠效力

他津津樂道「先父」當年事
他自己呢，今年不過五十六歲
已經替隨時退休的自己
買下了最好的墓地
年青時他信科學現在信風水
從前他吃牛排講牛津英語
現在他喝參湯讀曾國藩家書

他的物業，銀行存款
加上他那三個青出於藍的兒子
可真給他帶來
很大的「名譽」和「福氣」——

他的大兒子在商場上
翻手為雲覆手為雨
二兒子買進了許多許多地皮
三兒子呢剛剛「學成歸來」
就能夠把非變是把曲扯直

戴福高傳

遠在牙牙學語時
他曉得喊「銀紙」「銀紙」
從小出入私家車
他不搭電車不擠巴士
五歲，別的小孩天真未鑿
他就「幼承庭訓」
做人，要做「人上人」
據說肯動腦筋才發達
他一生從未動過手
洗過一條自用手帕
二十五歲當經理蓄小鬍子
四十歲做董事長剃去鬍子
他的手肥肥白白的
在文件上，在支票上
簽一個又一個流利的
米高戴的英文名字
七十歲退休
他不澆花淋草不集郵
也不翻動一下年青時
讀過一陣子的武俠小說
坐在中西合璧的

「戴盧」故居之安樂椅上
他每天瞇縫着貪婪的眼睛
拿起放大鏡
研究動人的股票行情
但後來有一天，他連
抽雪茄煙的氣力也沒有了
病床前，送終的兒孫們
走馬燈似的打轉，打轉
他恍恍惚惚地看到
各路英雄向他殺奔而來
於是，他猛然想起
交易、計謀、買賣、黑店
和武俠小說裏的蒙汗藥
跟着，迷糊間他最後看見
眾好漢頹然倒下

而他，寶刀未老的戴福高
一個側身托起了
千噸萬噸的大額鈔票

都市人

他的肺裏
裝滿二氧化碳
昨夜失眠，今天打呵欠

他的心冰冷
腦是熱的
越琢磨越愛金錢

碧流清溪在哪裏？

綠樹紅花呢
離他很遠，很遠
他的風景
也不過是明信片，郵票
和扁扁的洋紫荊[1]

思古先生

他很悲哀
思古的幽情而今也漲價了
挾着內藏線裝書一本的公事包回家
在路上
鷓鴣不啼汽車啼
他自以為叩的是古代的銅環
　而且門上的銅環鏽了綠
但門開處　妻子提醒他
剛才幹嗎不停地按門鈴
很悲哀
他生錯了年代

無題

一

許多年前第一次
踏進「寫字樓」的升降機
他想到往後美妙的日子
步步高升

1　香港曾有一套洋紫荊圖案的郵票。

當個高級職員
或者甚麼主任，然後經理
身旁坐着女秘書
於是他摸摸白領上的新領帶
笑了，推開那刻板的大門
從此他每天早到遲退
拚命打字
在打字機單調的聲響中
歲月在枱角留下一點齒痕
他的青春卻匆匆過去
文件夾子舊的換新了
他還是停留在原來的位置
高升的梯子又陡又窄
當年的信心已變了心驚
如今，天天伴着他的是
老花眼鏡和胃病

二

回家
腦子裏漲滿了
分期付款的賬單
加上了水電油鹽醬醋茶
出門
人聲車聲銅敲鐵打
抬頭沒有風景
這邊高樓那邊大廈
城市越來越脹越大了
他呢，越來越縮越小了
而且被遺忘
像一朵枯萎的小花

「白鴿籠」

一

人住的「白鴿籠」
比白鴿住的白鴿籠擠
幸運的偶然看見
一點點變了色的陽光
有人一輩子對着牆壁不見窗
而且僅有的一點空氣
也越來越漲價了，一吋一吋

二

從木板到鋼筋水泥——
「白鴿籠」拆了還是「白鴿籠」
只不過木樓梯換上了擠擁的電梯

風景線外

一

前次我來時，這條路有林蔭
現在我來不見綠
林蔭路無樹啊更無林

高大的雙層巴士擠過來了
連圍牆外最後的一棵榕樹
也給排擠，失去它的土地了

二

而那邊那邊，「閒人免進」
「內有惡犬」的鐵欄柵，一扇扇
鎖住了多少嫣紅姹紫

和「私家重地」的春天

看三月的杜鵑花嗎
喘着氣爬上半山去吧

三

你看，即使是煙塵百丈
高處也有麻鷹翺翔
但可愛的鴿群呢，遠去了天涯
還是流落在酒家的菜單上？

蟬

即使隔着百葉窗
即使在睡夢裏
我也聽見長夏的蟬鳴
於綠葉成蔭的樹上
但喧囂中，醒來時
我看見那蟬字
只不過印在書上

十行

多少個深夜
我的稿紙上的燈光
映着母親的瘦臉，皺紋
在這個寸金尺土的地方

我們工作
於營養不良的空間

休息
於狹窄的床

這樣子，我的母親死了
她火葬

繁華

「羊毛出在羊身上」
繁華是一把金剪刀
它不會錯過
即使你傷口上的一根羊毛

「露天夜總會」

這裏，市區中的一塊空地上
從黃昏開始
小販們就準備開檔
有人盤算今晚
用多少豉油豆粉米麵糖
有人向籮中取炭
搬出風爐瓦罉鍋子鑊鏟
有人全家出動
托板搬箱挽水桶
連讀小學年齡的孩子
也挑起生活的擔子
整理碗碗碟碟、枱枱櫈櫈
天還沒黑齊

呵，已經爐紅火旺
然後百火千燈
聚光成環
亮着銅色的臉、汗濕的衣裳
亮着熱鬧的人潮
在一個不打風、不下雨的晚上

朋友，到這裏來吧
即使是大冷天，你也感到溫暖
價廉物美的煲牛腩、炆草羊
加點生菜怎麼樣？
隨叫隨蒸的生猛東風螺
來點甜醬兼辣醬
唔，兩三毫子的蘿蔔糕，也不錯
還有熱騰騰的魚片粥、豬紅粥
煎的炒的甚麼
燥熱嗎，有雪梨和別的水果
茅根竹蔗水、五花茶、馬蹄沙
潤肺的鮮椰汁，兩杯不嫌多

想買日用品嗎，一應俱全
從大褸鞋襪，到一針一線
商店裏沒有的東西
你可能突然在這裏發現
假如你要做一套經濟的新衣服
這裏地攤上的裁縫
會替你度身裁剪
到時交貨，放心吧
信用是他的老招牌
他的誠實就是保險

但唱片檔前面的那一個
指點迷津、指示前程的「星相家」
你可要當心他的話
因為他對自己的今夜、明天
也感到茫然

是的，生活有時是辛酸的
但朋友，你為甚麼
為甚麼愁眉雙鎖？
你瞧，那對賣唱的患難夫妻
江湖相遇
一個彈琴，一個唱歌
而那邊，那個戲班出身的
飽歷風霜的老藝人
沒有鼓，沒有鑼
也不怕它甚麼人生的坎坷
他賣膏丹丸散之前
興致勃勃地踢腳耍拳
而那個賣陳皮梅、「和順欖」的呢
先不忘說幾段笑話
他自己苦中作樂呀
觀眾們也笑呵呵

朋友，到這裏來吧
到這平民的「露天夜總會」來

它不是那些簾幕低垂的
燈紅酒綠的場所
那裏單調乏味
夜夜以哭喊的笙歌

消遣空閒，和太多的寂寞
那裏重門掩閉
是窮人的禁地
而這裏，這裏不設門柵呀
是大眾的
多采多姿的「大笪地」

隔

一

這並不是傳奇的故事
他打電話
　為了一件事
給一個住在鄰街的朋友
但朋友不在家
　已經三年了
躺在泥土下

二

對户而居
在同一的大廈裏
十年八載
不知道對方的名字
狹窄的走廊
相隔萬里
這是都市，哦，這是都市

提防

那不安全的四季

已使人變得鐵石心腸
於是在狹窄的電梯間
在曲折的樓梯上
我們相遇卻互相提防

中秋夜

這個天台還是昨夜的天台
被遺忘在後街的危樓上

他餓得把小小的食指啊壓着嘴唇
望着圓圓的那個不能吃的月亮
然後躺在板屋中的舊報紙上睡着了
他夢見魚燈　兔燈　楊桃燈
夢見月光光啊　照着爸媽的破衣裳

鬧市鳥聲

有人賣標價十六元的「電子雀聲機」於街上
因為我們難得聽見啁啾的鳥聲

鬧市中沒有雲雀拍翼於藍天下
更不用說那鶴唳與布穀啼了
從巴士站到巴士站
既有樹葉，也早已枯萎了
一排排的鋼窗面前
沒有歸飛的宿鳥。誰知道呢
放逐的雁群向何處歸隊？
而善唱的畫眉又躲在哪一片山林？

那麼，那麼，買一隻「電子雀聲機」回家吧

街上的蝴蝶

你，美麗的蝴蝶
為甚麼離家獨自飛行
離開那草木茂盛的山谷？

我怕你彩衣尚未褪色時
便憔悴地在市街裏飄落

回去吧，這兒不是你歇息的地方
不要把商店　銀行　電油亭……
錯認作青松　百合　紫丁香……

山頂纜車

它不能高飛
像那空中的鐵鳥
它羈泊於山上
戴着鋼纜的腳鐐
於是它爬行
在傾斜的歲月間
看腳下的滄桑
於是它爬行
在十里的紅塵邊
看摩天樓上的斜陽

無題

在人家的牆上
紫藤
攀得很高，很高

有一天牆倒下來了
紫藤
爬，爬在地上

《新晚報·踏街行》
一九七四年十月二十三日

籠

聽一個養鳥的人說的——
有時候，即使是一隻籠中的小鳥吧
牠也會把竹欄啄破的
如果牠要飛出去的話

《新晚報·踏街行》
一九七四年十二月六日

血書

他是司機
掙扎在生活線上的「白牌」司機
而且白天夜裏
無時無刻不提防
路上埋伏的、追蹤的、搶劫的
在這個城市裏

他是司機

即使走「白牌」犯了所謂「規」
但誰也沒有權利把他判「死罪」！
為甚麼向他背後開槍？
為甚麼向他背後開槍？

血，就這樣子流在街上
他那控告不平的血書
沒有時間由握過駕駛盤的手交出來
啊；沒有時間交出來
但寫在他的手掌上！

《新晚報．踏街行》
一九七五年一月五日

舊體詩詞

《詩國巷城》選（一九四零—一九九八）

詩集

題《萍踪俠影錄》

裂笛吹雲歌散霧[1]，萍踪俠影少年行。
風霜未改天真態，猶是書生此羽生。

二十世紀五十年代

編者按：梁羽生《無拘界處覓詩魂》載：《萍踪俠影錄》是我自己比較滿意的作品，也曾給我帶來一些虛譽，用世俗的眼光來看，梁羽生大概可算是已經「成名」了的。「風霜未改」「猶是書生」云云

1 「裂笛吹雲」句出梁羽生少年時所寫《水龍吟》詞。

則是舒巷城眼中的梁羽生。

好一句「猶是書生此羽生」，令我不禁大呼：「知我者，巷城也！」同時也令我明白，我和巷城不只是詩詞的同好，還有一樣我們都有的「書生」本色。正是這個「書生本色」，維持了我們五十年不變的友誼。

寄贈柏弟（三首）

一

鯉魚門峽匆匆過，一別機場隔海分。
莫個徘徊霜露下，只緣異國正冬深。

二

挾琴帶畫走天涯，兩載拿城[2]暫作家。

2 「拿」城而不納城，採其「平」音也。校園句，來信曾説其綠草想起某拙詩。母親喜説「趁熱」飲。煲滚「啜」也。

西雅圖中尋釣伴，舊金山內看秋霞。
校園草徑今猶綠？牆外冬枝尚有花？
切記加衣寒夜裏，揮弓研墨啜溫茶！

三（兼題二胡）

誰說其音薄似煙？幾重風雨出雙弦。
紅鬚碧眼驚疑夢，異國拉弓一少年。

一九七零年十月九日

編者按：舒巷城弟名王柏泉，拉二胡、繪畫俱佳，尤以奏《鳥投林》最為出色。柏泉當年留學美國，舒氏寫此詩時，還寫有《山花子》詞贈乃弟。詞見《詩國巷城》第七十八頁。

看羽毛球賽（二首）

一

鏗然一瓣蓮花去，如雪飄飄眼底明。
白羽翻飛千變化，橫風急鳥挾風聲。

二

峰迴路轉輕盈過，看似閒雲卻不停。
各挽天河分界上，龍騰魚躍撲流星。

一九七二年九月

編者按：梁羽生評：在舒巷城的「新詩」之中，往往也能咀嚼出「舊詩」的味道。如《雨傘》中的「啊，你撐起滿天銀雨，在一個晴朗的日子前。」「在誰家沉睡的門外，雨傘，你在雨夜中綻開，如一朵水中的睡蓮。」意象之美，令人一下子就會明白甚麼是「詩境」。就以詩中的蓮花為例，我們再看舒巷城寫的兩句舊體詩，那是詠羽毛球比賽的：「鏗然一瓣蓮花去，如雪飄飄眼底明。」「新詩」中那朵睡蓮是雨傘，「舊詩」中這瓣蓮花是羽毛球。前者是從動態中顯出靜態（撐起滿天銀雨是動態，水中睡蓮是靜態）；後者由靜態突變成動態（本是靜態的蓮花，加上「鏗然」二字，立即就變成「運動中」的羽毛球了）。同樣奇特的比喻，加上同中有異的構思，同樣能將讀者領入詩境。可知重要的不在於形式的新舊，而在於「詩心」的有無。

看乒乓球賽（三首）

一

橫星直斗當空轉，疑是銀河去復來。
忽見冰飛千雨後，暖虹閃處萬花開。

二

橫弓躍馬銀球轉，去也翩躚急箭催。
直到旋光奔似電，四方霹靂爆春雷。

三

乒乓齊放友誼花，訪客親嘗我國茶。
隔道人民抬望眼，紅霞照處是京華。

一九七二年九月三十日

致李向

是苦還甜嚼菜根，童年往事暗留痕。
牛車水熱人情暖，隔海遙牽赤子心。

一九七八年十月九日

按： 菜根亦《菜根小品》也，謹以此題贈。

編者按：《菜根小品》是李向寫的書名。李向曾任新加坡《聯合早報》副總編輯，也是當地著名作家，已辭世。

七律

記重訪惠州故地及前後聽小明星（薇娘）的《癡雲》曲事。

昔日東江秋氣盪，惠州船向水微茫。
少年簷下愁人雨，戰亂他方是我鄉。
回首癡雲行漸遠，情腔婉轉卻難忘。
餘音今夜從頭聽，一曲薇娘壓夜涼。

一九八六年十一月

編者按：一九四一年日寇侵港，翌年，作者離港赴桂林，途經惠州，在某户人家屋簷下避雨，聽到小明星所唱的《癡雲》，感極。一九八六年，作者三臨惠州，終於找到故地。後來，在港又購得小明星所唱歌曲的盒帶，因寫詩以記。

憶昆明

重讀《舒巷城卷》中少作後

一卷新書夜未央，無言心事似迴廊。
當年避難高原去，今日移民萬客忙。
香港風光原可愛，昆明異采卻難忘。
我從金馬碧雞過，雲向滇池水殿航。

一九八九年八月三日

編者按：《舒巷城卷》，一九八九年二月出版。卷中新詩部份，有《昆明的遊子》組詩，為一九四五年初夏寫於昆明的「少作」。

春寒霧夜（三首）

一

歸巢宿鳥半驚惶，百丈高樓也隱藏。
昨夜千行燈火燦，微光今夜薄如霜。

二

一片迷濛船靠岸，一街一巷也添寒。
喚兒慈母聲聲轉，尋去尋來仔細看。

三

那知春月缺還圓，抑或彎弓上下弦。
誰得蘭花清濁氣，有香有色有晴天。

附變奏（二首）

一

未知今夜春庭月，形是彎刀或上弦。
若我彎刀能破霧，與君同笑望碧天。

二

未明今夜月，是否有弓弦。
若有千枝箭，重霧射個穿！

一九九二年三月二十三日

羅浮山（五首）

粵之羅浮山多佳景。蘇軾、湯顯祖、屈大均等曾登臨其勝，留下名篇。奇者，李白、杜甫從未親臨，亦為之詩贊。余未嘗一遊，嚮往之餘，亦可作白日夢（想像）寫之也。

一

嶺南第一此山峰，萬里羅浮半夢中。
日出初光輕抹霧，群巒壯麗現姿容。
按：其間，觀日出，據云可比泰山。

二

飛雲頂上雲來去，浮似扁舟速若鷹。
猶有名泉喜作伴，共飛崖上但盈盈。
按：飛雲頂，嶺名。雲海變化多端，聲名遠播。羅浮泉水清甜，甚合煮茶。屈大均説蘇東坡認為：「實嶺外諸泉之冠。」

三

攀巖採得幽深處，鳥語春花蝶帶香。
夏日蟬鳴行足倦，卻疑泉石送秋涼。
按：蘇軾「羅浮山下四時春」一句觸動，遂翻其意另出「機杼」。

四

洞天奇景千般變，瀑布清潭照彩霞。
破寂飛雷簫笛後，悠閒白鶴已歸家。

按：白鶴洞亦此間名勝。

五

山勢雄深還旖旎，碧林過後見風光。
迷人最是黃昏色，人到羅浮入醉鄉。

一九九二年四月十三日

和友人（三首）

一

長江帆影遠，三峽未親臨；
黃鶴知何處，迷途直至今。

二

楚江雲暗度，夢後似登臨；
黃鶴樓前景，煙波古變今。

三

兩岸江風近，千帆眾鳥臨。
但愁三峽景，半是水中沉。

一九九三年八月二十八夜

編者按：友人詩《登黃鶴樓》：壯遊穿三峽，乘興此登臨。祖國河山秀，憑欄閱古今。

詞集

揚州慢

破板風吹，危樓坍塌，芳芳死裏逃生。是多年前事，暴雨淹山坑。夕陽照，斜坡劫後，住家何處？求宿艱難。請阿芳寒家暫住，木屋無柵。

街坊認識，已多時，燈下初談。說都是窮人，相憐同病，有難同撐。此夜芳芳和我，聽兒啼、半夜三更；叫爹媽夢裏：「哥哥爭着新衫！」

二十世紀五十年代

贈友人（二首）

長居南洋某大城的友人寄贈近作三章，透露低氣壓下苦悶之情；讀後有感，遂引申其意，填詞二首以報。

一、臨江仙

刺耳啼聲「時代哭」，啾啾麻雀心驚。誰家竹戰四方城？打樁機械震，街上葉飄零。
都市隔窗天籟少，抬頭何處鷹鳴？夜闌雲水送風聲。地球光彩轉，牽動滿天星。

二、鷓鴣天

急管繁弦歌舞濃，銀屏酒綠伴燈紅。血杯滿溢窮人淚，正是炎荒夜色中。
雲漠漠，路濛濛，蕉風椰雨洗長空。勸君遠望驚雷下，搖動三山第幾重。

一九七四年十一月二十五日

臨江仙

美京見北京相贈之熊貓

異國相逢喜上眉，園中竹葉青青，眼前一亮現「星星」[3]。分明華盛頓，卻見北京城。

---

3 星星：熊貓的名字，Hsing-hsing，雄性，英文說是 star。熊貓是中國送給美國人民的禮物。

憨態純真衣黑白，此身何用輕盈。隔鄰影杳睡「鈴鈴」[4]，思家她有夢？明日我登程。

一九七七年十二月二十七日深夜於紐約

編者按：作者於一九七七年應國際寫作計劃（I.W.P.）之邀，赴美國愛荷華參與盛會。會後到各地遊歷。在華盛頓乍見熊貓，欣然賦此。

臨江仙

過朝雲墓六如亭後

患難相依同苦樂，琵琶解慰東坡。合江樓上墨還磨。京華塵氣濁，南粵荔枝多。

花褪殘紅都去了，更誰低唱弦歌？朝雲如露滴清荷，錢塘千里遠，如夢奈其何！

一九八六年十一月

按：朝雲，姓王，錢塘人，出身歌女，蘇軾妾，美而賢慧。隨軾南徙惠州後，曾先後寓居合江樓一年多。

---

4 鈴鈴：熊貓的名字，Ling-ling，雌性，英文說明與 bell 有關。

三十餘歲病亡時，軾甚哀痛，文中嘗提及：王氏「且死，誦金剛經四句偈而絕」。據所知，其中有「如夢幻泡影，如露亦如電」之句，是上述紀念亭名「六如亭」之由來。「花褪殘紅」為東坡《蝶戀花》詞之首四字。朝雲生前曾歌此曲下淚。

漁家傲（次韻王安石之同名調）

鰂魚涌居即景

醒後何曾將夢抱，如今不見萋萋草。只見樓多山窈窕。深秋到，涼風迎面輕輕掃。
窗外不啼千百鳥，市聲熱鬧朝來早。但願能忘人漸老。應是好，悠然走過滄桑道。

一九八六年十一月

西河（並序）

宋之周邦彥有《西河》曲金陵懷古詞一首（詞共上中下三片）。今，次其韻，為余昔日曾居多載、常感親切之西灣河而作。該地在港島東區，無河，有街臨海。

懷舊地，兒時海角長記。東行縱目，鯉魚門，峽風乍起。遠輪從外帶潮歸，鷗霞常聚天際。
望殘照，山月倚，艇群泊岸誰繫？碼頭倒影，憶當時、尚存廢壘。[5]故居已拆二十年，匆匆如逝流水。
新街一轉是鬧市，看樓高遮二三里。止步但疑何世？忽同街舊侶近燈相對，如在從前燈光裏。

一九八六年十一月十七日刊出

摸魚兒（二首）

少年時

戰後返港與家人團聚之前，曾於內地南北，羈泊多時，期間於上海之外，更在南京生活經年。秦淮河畔夫子廟一帶，時見南北賣藝人家，流落其間，雖亦文亦武，但境遇坎坷。後讀辛棄疾（及別家）的《摸魚兒》，深喜其詞其調；遂倚聲填之寄意，抒發當時個人的一點感受，如此而已。詞是年輕時之作——一九八六年十一月修訂，並序。

5 「廢壘」，紀實也，為當年太平洋戰爭日軍侵港時英軍所留下者。

少年時天南地北，幾家歡樂曾見？大江帆影秦淮月，兒女欲歸途遠。歌與扇，只賣藝江湖，空令時光轉。風霜幾段？任書劍琴音，風塵落拓，鬧市客中倦。

蒼煙處，戰後離情未散。單衣驚對群雁。夜闌怕聽歌人哭，泠泠二弦聲斷。心事鑽，千萬里，客窗夢到誰家院？如何計算，看數點疏星，銀河遼闊，知寂寞深淺？

一九八六年十二月十五日刊出

少年時（初稿）

編者按：《摸魚兒．少年時》初稿有另一版本，謹附錄於此，供讀者參考。

少年時天南地北，幾家歡樂曾見？大江帆影秦淮月，兒女待歸途遠。書與劍，只賣藝江湖，空令時光轉。迴腸寸寸，有幾度離愁，斷鴻零雁，日暮鳥飛倦。

蒼煙處，總是啼痕片片。桃花不見人面。夜闌怕聽歌人哭，泠泠二弦聲斷。千百念，千萬里，客窗夢到誰家院？寒星點點，對碧落茫茫，銀河遼闊，知寂寞深淺？

浪淘沙（二首）

一、鰂魚涌某日

漁笛已難尋，樵曲無音。我家轉上有山林。常聚茶樓晨運客，倦後茶斟。
晏起是無心，昨夜披襟；鋼琴聽罷聽胡琴——難得蕭邦和瞎子[6]，意妙情深。

二、讀史有感

月落滿江愁，起舞吳鉤[7]。長安有夢夢難留。縱是洛陽花似錦，恨也悠悠。
醉裏自籌謀，畫角聲幽[8]。夜來何處泊歸舟？虎嘯龍吟山水冷，豪傑昂頭！

一九八七年一月

6 「瞎子阿炳」，原名華鈞彥，是二胡（即胡琴）名曲《二泉映月》的原作者。曾在江南一帶操琴流浪，一生坎坷，死後才揚名於世。
7 吳鉤，刀名，古之武器一種。
8 畫角，軍中所吹之號角。

高陽台

過銅鑼灣

艇作家居，雲帆聚散，避風塘上漁船。驚浪來時，潮頭水湧街邊。電車路上行人寂，利園山、孤立巍然[9]。到良宵，桅影燈光，棹曲爭妍[10]。

於今舊事隨波去，但沿堤新綠，笑指公園[11]。百貨相輝，層樓疊疊眼前。繽紛七彩銅鑼鬧，市聲中、地鐵無喧。逐前塵，幾度翻飛，譜入詞篇。

一九八七年一月

9 余童年時所見之利園山（無他物相比，特覺其高），早已變成市街——即今利園街及其附近一帶。

10 避風塘一度（有許多年，尤其夏夜）成為銅鑼灣最熱鬧的去處，其時人們黃昏後僱艇「遊河」，在水上消夜，聽輕舟上賣藝歌伶唱粵曲，等等。

11 維多利亞公園前身是海。

如夢令（四首）

一、讀納蘭容若詞[12]

月冷沙明風轉，輕拍雕鞍撫箭。牽馬欲尋河，水涸泥乾人倦。心亂，心亂，悵望路遙魂斷！

二、讀辛棄疾詞[13]

一夜花開枝燦，雪柳鶯聲如幻。眾裏去尋他，百轉壺光耀眼。無限，無限，何似稼軒絢爛？[14]

三

北望胡塵飛逐，燕舞江南苔綠。白髮為誰生？對酒金甌未足。千瀑，千瀑，難洗山河一辱！

---

12 納蘭容若，即納蘭性德，清之傑出詞人，騎術與箭法俱佳。生於滿清貴族之家；三十一歲身故，短短的一生寫下大量的詞；多悲涼之調，往往透露了他的矛盾、苦悶與「失落」感。

13 詞與北宋之蘇軾並稱「蘇、辛」的辛棄疾，亦稱辛稼軒。慷慨而尚節氣，胸藏萬卷，應是南宋良材、馬上將軍，但力主抗金，不為迎合，壯志未酬而歸。晚年專攻長短句，綿密而「雄深雅健」，亦能於雅俗之中妙趣橫生，如「敲碎離愁，紗窗外，風搖翠竹」，如「不恨古人吾不見，恨古人不見吾狂耳」等等。

14 編者按：梁羽生撰《無拘界處覓詩魂》有評語：「當然（舒氏）也還有功力深厚、氣韻生動的『雅詞』。例如這首《如夢令》（一夜花開枝燦）。辛棄疾有詠元夕的《青玉案》詞，膾炙人口。舒巷城取其詞意，作讀後感，別開生面。是可謂善讀辛詞者矣。」

四

可令蛟龍驚退，傾倒風前欲醉。豪氣也柔腸，亦雅還狂劍外。敲碎，敲碎，花月滿窗悲淚。

一九八七年一月

揚州慢

讀姜白石詞

吹角秋聲，朔風飛雁，冷飄十里揚州。按新詞度曲，更月下中流。想當日垂楊巷陌，馬嘶城破，爭忍回眸？似行雲，羈旅天涯，心願難酬。

渡前水驛，怕離人、憂患同舟。過苦雨黃昏，江湖意味，簑笠相投。雪裏閱人多矣，梅邊笛、譜入清幽。念年年寒碧，餘香疏影長留。

一九八七年一月

按：姜白石，即姜夔，南宋之卓越詞人，長於音律，常自度曲；終老布衣，身世飄零。其詞感情真摯，構思別致而用字精妙，另成一家。詠梅之《暗香》（中有「梅邊吹笛」句）、《疏影》及早年之《揚州慢》等，為其膾炙人口之名作。

望江南（《紫風書》變奏曲）

贈友人

春遠去，聲已落鐘樓。唐吉風車[15]尋舊夢，澳門煙雨帶離愁？天氣漸涼秋。

昔日事，墮馬足難收。人在風前仍未老，此心猶似那飛鷗。天外水長流。

一九八七年九月七日

編者按：《紫風書》是澳門詩人陶里的著作。舒巷城獲贈書後，曾寫信致意，並附七絕及此闋《望江南》。七絕見《詩國巷城》第三十六頁《贈友人》。

浪淘沙

讀韓牧詩集《急水門》、《分流角》、《伶仃洋》後

15 編者註：「唐吉風車」指的是唐吉訶德的故事。此西班牙「武士」，為追求「理想」，曾向風車開戰。《唐吉訶德》是西班牙作家塞萬提斯（一五四七—一六一六）所寫的長篇小說。《唐吉訶德》一作《堂吉訶德》。

白鴿舊巢傾，海角鵬程。背囊獵古野營升。急水旋螺驚裂石，夜聽風聲。
窗外是香城，飛渡伶仃。追蹤杜甫萬山情。鬧市高樓迴夢處，細數繁星。

一九八七年十二月四日

永遇樂（次韻辛棄疾《北固亭懷古》）

讀明末張岱《西湖尋夢》一書寫孤山林逋種梅等事後，有感。

尋夢西湖，孤山梅影，橫斜疏處。暗月黃昏，清清淺淺，水也浮香去。林間韻士，歸來放鶴，誰箇荷鋤同住？樹千花，蠻弓莫近，理應此地無虎。

重尋舊跡，西泠行客，煙雨六橋回顧。畫舫搖波，樓台倚翠，聚散長亭路。不知何日，堤邊垂柳，雪落如敲密鼓。問湖山，慇懃照料，夢能到否？

一九八九年十二月二十四日

編者按：作者以此詞寄友人時有按語：辛氏原詞寫「武」，我則寫「文」，一笑。

清平樂

鳳凰花影，鬧市喧中靜。灣畔魚涌長住定。還見木棉高挺。

移居何苦天涯？無須心亂如麻。似鳥乘風落葉，偶然飄入吾家。

一九九二年三月二十六日黃昏

離亭燕

又是斜陽如繡，愁織綠波微皺。約定依期來聚，最怕黃昏長候。隔椅伊人回首望，已在人離後。日影早思歸，還待半天星斗？

長椅客來人去，濱海小園依舊。唯我一懷傾吐意，未至憂同花瘦。對岸有船回，應是遲來老友？

一九九二年三月二十九日

南柯子

百卷書猶在，千燈夜未央。悠悠心事似迴廊，曲折前頭歸路費思量。
着意天涯近，無心草徑長。世途朝夕有滄桑，且為詞箋留下兩三行。

一九九二年四月一日

八聲甘州

飛雁

為恐南來北去孤單，願化兩三行。覓平沙汀上，蘆叢水影，幾度磋商。排成人字一字，何處是家鄉？投宿應趁早，獵箭難防！
喜見秋光晴日，怕頻頻風雨，天遠程長。但重山過後，莫誤闖華堂。料湖旁、水邊尋路，在蘆花深處可停航。寒冬後，也須重見，北國春光。

一九九二年四月十日寫
一九九六年二月一日發表

按：雁為候鳥，秋由遠北南飛避寒，春則北返，喜傍水而棲。

編者按：作者寫本詞後，將內容改寫為七絕，刊於《詩國巷城》第五十三、四頁。

卜算子慢

曹雪芹

紅樓夢斷，除夕雪飄，此夢倩誰能續？折翼風箏，正與雪芹同族。賣畫錢、買酒誰賒粥？字字血，辛勤十載，年年寶黛同哭！

一卷悲歡軸，是脈脈情懷，悠悠衷曲。翠管瓊筵，散若彩雲過目。嘆才華，燈滅何其速！說筆力，紅樓萬態，問捨君誰屬？

一九九五年七月

按：《紅樓夢》前八十回為曹氏創作，後四十回高鶚續。曹氏善畫；是喜紮風箏自放的高手，有風箏繪製之美術工藝論文存世。乾隆年間，除夕於北京逝世，享年僅四十餘。

念奴嬌

蟬

輕輕薄翼，化玄玄鬢影，重尋仙闕。誤落紅塵經蛻變，綠樹槐陰歌徹。啜露鳴琴，挨枝伴奏，那計弦音協。白蘭開後，送來長夏香雪。

獨惜謝了槐花，低吟淺唱，漸漸聲淒切。雨濕黃昏還斷續，細訴幽情難絕。留待天晴，亂絲重理，共對清秋月。但愁明日，急風吹散千葉。

一九九五年七月

西江月（三首）

一

又是綿綿春雨，柔絲萬丈千條。嫩寒窗下玉爐燒，縱是無聊也妙。

畫幅山重水疊，海棠氣定花嬌。與君同醉話漁樵，聽得輕風笛嘯。

二

差以毫釐失路，目迷五色忘真。天然不是綺羅塵，宜看前頭風韻。
難得中途漫步，偶逢綠草如茵。半山靜坐看閒雲，忘卻玉堂金印[16]。

三

眼看溪山飛雪，人間一夜白頭。小小麻雀也知憂，野地尋糧苦透。
庭樹遲來春色，寒枝葉落誰收？更無流水到前溝，歲月無聲依舊。

一九九五年七月

菩薩蠻（二首）

一

腰間羽箭彎弓影，幾曾下馬風波定？誰說止干戈？深閨紅淚多。

16 編者註：宮殿、官署、仙居均可稱為玉堂；金印：古代用金屬鑄造的官印。

平沙胡地雪，尚染征人血。詞客此時情，空山啼鳥聲。

二

斯人往日曾相識，一去如煙無從覓。重見在黃昏，相看歲月痕。
風霜三十載，猶未鄉音改。飛雁過重洋，鄉愁萬里長。

一九九五年七月

行香子

今古意

俯仰長橋，易水蕭蕭。舉離觴，今古愁消？關河夢冷，氣蕩魂搖。想蓬山渺，青山近，雪山遙。
一槳來時，笑向誰招？望煙波、一片滔滔。憂思欲止，意緒難饒。念灕江情，長江水，浙江潮。

一九九六年二月一日

偷閒雜寫

粵曲

悲秋

北風翻，有孤雁，一飛飛過萬重山。鳥知倦，思鄉關，夢裏思親不覺見慈顏。
飄零怕見雁失散，又怕逝去光陰不再復還。春歸遲，客歸晚，露冷風霜只覺歲月難。

二十世紀四十年代

編者按：作者一九四二年離開淪陷的香港赴桂林，經歷了一段飄泊的日子。期間依聲寫此曲。

詠《太陽下山了》對聯

愁霞疊疊，水逝茫茫，水流鯉魚門外黃昏去。愁到此間，思那夜小林江碼頭釣「銀光」談夢談詩話，夢易完時，有月未圓今夜夢。

苦霧重重，春歸寂寂，春帶獅子山前暗日來。苦臨斯境，念當時張七皮沙地敲「鐵罐」講情講古聲，情難已際，無聲還缺舊時情。

一九六零年九月二十二日

編者按：《太陽下山了》是舒巷城著的長篇小說，一九六二年出版，一九七九年再版。讀者、評家咸認為極具「鄉土」特色之作。張五常教授認為「只有在西灣河長大的人才寫得出來」。

南歌子

東坡在杭州時，與大通禪師素有來往。有一天攜風塵歌女去探訪禪師，「大通慍於色」——當然不高興，連面色也變了。東坡作《南歌子》詞，令歌女唱之（要和尚大師聽「時代曲」？）其詞云：「師唱誰家曲？宗風嗣阿誰？借君拍板與門槌，我也逢場作戲莫相疑。 溪女方偷眼，山僧莫皺眉。卻愁彌勒下生遲，不見老婆三五少年時。」抄至此我禁不住——擬東坡某日獨自遊山迷路黃昏時向寺門投宿詞，續《南歌子》故事。詞云：

誰及蘇公放，食齋講異經。大師無奈忍吞聲：（心想）為甚此人風貌遠馳名？
借宿還幽默，哈哈唱不停？山僧無計暗心驚：但願霎時天亮客登程！[17]

一九八六年十月二十七日

致友人

接打油詩能不揮筆回報，以博一粲？

喜獲燈油兩桶[18]，誰說燈火闌珊？飛電過河，欲再相邀，可惜又是緣慳[19]。詞情漲腹，似覺靈感潺潺。
抬頭望，夕陽風采，猶未下山。倚聲處，不彈西江月，不唱菩薩蠻。意識流時，效白石弦歌自製，一曲地北天南。

（那麼，此無題調就名之為「地北天南」吧？）

一九八七年六月十二日

17 編者註：末尾一句，在致友人信中為「『農』最好今宵睡水門汀」。（農，滬語，你；水門汀，水泥地。）
18 喻有內容之「打油」也。
19 今十二日下午三時五十分後，曾去電；對方尋了一會，甚有禮貌答道：「佢啱啱出去嚁」，故云。

談笑經——不是陋室銘

山不在高，家在太明[20]；水不嫌多，有錢則靈[21]。行貨不寫，文藝復興？[22]低頭看書卷，側耳聽琴聲。談笑最開懷，往來無搵丁。怎可棄打油，讀財經？賞東坡之得意（曠達），說太白之忘形（豪情）。力化「悲多憤」，天才「紮得」成。[23]一紙雲：風采獨有？

一九八八年三月十一日

編者按：此「經」為「戲贈老友」之作。舒氏家住太明樓，太太名月明，因有註二十之問。又「悲多憤」諧「貝多芬」，「紮得」諧「莫札特」。

---

20 問天何解？與「太」與「明」有緣。
21 其實「水也嫌多，搵錢不靈」才真——文藝稿費之「幣」，飄逸、輕盈，僅可支持香煙咖啡之重量耳。
22 大件事也，何不叫你去「復」，復者，「捱」（創作之艱辛）也。
23 不註一字。

戲集二詞

這是我讀宋詞時幻想的一個小故事：

一天，陸游穿過竹林之際，巧遇朱敦儒，相問近來消息。原來兩個老詞人，不當官，退休之後，最近常常行山練腿功，連「籃輿」（山轎）也不坐了。當下二人連忙向飄着酒旗的店子走去，一面談詩論文，互道仰慕之忱。陸游説：「很欣賞您的『愛他風雪忍他寒』之妙句……」朱敦儒説：「今天京劇《打漁殺家》，不是還在唱您的『家住蒼煙落照間』嗎？」於是雙雙大笑，喝過店小二送來的「玉瀣」酒後，把各自所寫的詞「集句」地吟唱起來。朱老是前輩，由他先唱《鷓鴣天》。

一

（朱）檢盡曆頭冬又殘，愛他風雪忍他寒。（陸）斟殘玉瀣行穿竹，（朱）上箇籃輿處處山。（陸）貪嘯傲，（朱）轉癡頑，（陸）不妨隨處一開顏。元知造物心腸別，（朱）紙帳梅花醉夢間。

二

（陸）家住蒼煙落照間，絲毫塵事不相關。（朱）拖條竹杖家家酒，（陸）卷罷黃庭臥看山。（朱）

添老大，（陸）任衰殘，（朱）謝天教我老來閒。道人還了鴛鴦債，（陸）老卻英雄似等閒！

一九八八年四月

西江月（二首）

一、懶化——戲贈老友

惜墨如金才子，拋開妙筆行街。靈思寶劍暫時埋。張張原稿變壞！
不是從前風月，電爐何用燒柴？閒愁「懶化」可安排，碎了詩情萬塊！

二

近來腦中多事，常忘着襪穿鞋。如何抽步上天階？應放腰圍皮帶。
歲月如風飄過，何妨享受抒懷。紅塵遠勝食長齋，莫笑斯人姓賴！

一九八九年十月十六夜寫
一九九五年七月二十日發表

編者按：梁羽生《無拘界處覓詩魂》評：這兩首詞讀來令人發噱，但亦可見作者性情。

編者按：作者以此二詞致友人，激勵創作。

夜夢東坡（對聯七副）

東坡曾謫居嶺南，稍懂粵語，為人曠達、幽默，但對世事亦不無感慨。忽邀我湖畔行吟，酒家買醉，作「聯句」之戲。以下四聯，上「句」由他先唱，我「對」之。

曲港跳魚，圓荷瀉露，寂寞無人見。
深山飛鳥，碧澗流音，歡娛有客知。
（我說完，他點頭。）

冰肌玉骨，自清涼無汗；
衰狗病貓，還誹謗有心。
（東坡瞪我一眼：「為甚如此？大失水準！」我說幸勿誤會。那是指烏台詩案害他的小人。）

草頭秋露流珠滑；
肚中腸轆食慾來。
（東坡會意一笑，同上酒樓，看見有人爭食甚麼蟹——）

又不道流年暗中偷換；
竟爭持水蟹忙裏猛吞。

以下我出句，他「聯」之。

夢遊西域飛還旋，碰着分明四壁；
夜飲東坡醉復醒，歸來彷彿三更。

搓完腳趾應當洗；（香港腳）
揀盡寒枝不肯棲。

可信人間樂園此時應有據；
不知天上宮闕今夕是何年？
（東坡吟罷去矣。我推窗遠望，惟見天際一星閃閃。）

一九八九年十一月十三日

神馳（二首附對聯二副）

一

夜與東坡醉，西湖共舉杯。
山亭觀皓月，水榭賞寒梅。
妙句憑情剪，佳聯着意裁。
醒來燈在户，北斗幾時回？

二

東坡千載後，我夢與同遊。

聯句從心出，雙溪繞石流。
幾聲湖畔曲，一脈水歸舟。
詞客飄然去，餘情紙上留。

由亭、榭而得靈感，遂即興擬此一聯：

枝上雪梅，慣看山亭停月冷；[24]
雨中曲院，常聽水榭謝荷聲。

但也可把它變奏如下吧——

枝上雪梅，山亭停月添枝冷；
雨中曲院，水榭謝荷帶雨聲。

一九八九年十一月十四日

24 編者註：由於此一「冷」字用得險奇，於是在作者抄寄此詩、聯給友人時，寫了如下的一首打油詩：才子話冷是形容，誤入山亭月色中。四字[25]略加姿態出，雨來荷動水叮咚。

25 編者註：指「停月」、「謝荷」四字。「亭停」同音，「榭謝」同音。「山亭停月」、「水榭謝荷」對仗極工整。

礦泉半枝

奇怪的夢，某夜竟與杜甫同枱「竹戰」起來。幸虧在夢裏，要不然就太唐突前賢了。也正因為在夢裏，所以他在我心目中由詩「聖」而回復詩「人」了。於是：

無邊落木蕭蕭下（杜甫）
出水荷包日日乾
花徑不曾緣客掃（杜甫）
四圈早已令人寒

跟着在棋盤上捉起象棋來。

（他說）香稻啄殘鸚鵡粒[26]
（我說）坐車轟落炮兵開[27]

26 有「鸚鵡啄殘香稻粒」之意。
27 有「炮兵轟落坐車開」之意。

（我說）應敲戰馬聲聲去
（他說）不盡長江滾滾來

然後，杜甫唱起歌來，於是他唱一句，我也跟着唱一句了：

香稻啄殘鸚鵡粒（杜甫）
亂鴉嘶破寶箋詩
青楓江上秋帆遠（高適）
細雨樓前筆意遲
長樂鐘聲花外盡（錢起）
更愁鼓響肚中飢
盤飧市遠無兼味（杜甫）
深夜礦泉剩半枝

一九八九年十一月十五日

讀《聊齋》箚記（之十八）

《口技》

自演「真神」[28]角色多：九姑七嫂與三婆；
小童嬉笑貓兒叫，動筆傳聲墨硯磨。
病者隔房傾耳聽，諸神投藥細吟哦。
高明口技應收費，何必行醫且騙訛！

一九九二年三月二十二日

讀《聊齋》後

寒夜聊齋寫大千，松齡妙想意翩翩。
談狐也是人間語，說鬼都非地獄篇。

28 人訝以為真神。

俠骨牢騷仍委婉，風姿儀采共爭妍。
其中諧趣悲歡事，惹得燈前笑淚連。

一九九二年三月二十四日

本地小景

仿元曲語氣、節奏寫此（用粵韻）

（甲登場唱：）他方街上也有鋪石板，不像這裏石板街。賣衣鈕的舊攤檔，對臨行的顧客說聲新的「拜拜」！如今你家裏燒氣爐，再也不燒柴。石板街一級又一級，都向山上排。到幾時，自動電梯啊往上「捲」，回堅道家去，還用走爛了鞋？

（乙唱道：）蘭桂坊昔日靜悄悄，有時停下幾隻歌鳥。過坊的貓兒三兩隻，偶然也「妙妙妙」。花不言謝，只因左樹右樹都會開花笑一笑。您老過路時，都會繞着香的白蘭多繞幾繞。今天並無水靜河飛並無鳥。飯館爭開，酒吧林立，洋漢洋女紮紮跳；把這裏當作樂土，從下午、黃昏，直到深宵。說錯了，如今蘭桂坊是鬼頭天下，到凌晨，鬧聲哄哄也停不了。

（丙登場唱：）你是閩南同鄉吧——來自石獅市？那是有名的「小香港」，你問我「知無知」？對了，管它是男人街女人街！大公司幾百元一件襯衣。這裏十元八塊就買到「便宜」。我建議你買條「法國」裙給老婆，一雙「意大利」鞋給兒子。還有幾款不同的衣物，好叫他們照樣子車縫，過幾天在石獅上市。那你們一家就是「新香港」，記得招牌上新添這三個字！

（事後一數句子，原來是「新十四行」！）

（丁唱道：）這裏快快快！人們趕路氣急敗壞。東家的小兒，西家的小女，都是如此這般長大！逼電車、搭巴士、坐地車，你擠我又擠。都是這般的快快快！溫、吐、飛、five，越了「四」級爭個「快」！（其中沒有「科」也）

一九九二年四月二日凌晨五時

滿庭芳

讀秦觀詞後戲擬「改韻」

錄秦觀《滿庭芳》詞：

山抹微雲，天連衰草，畫角聲斷譙門。暫停征棹，聊共引離尊。多少蓬萊舊事，空回首、煙靄紛紛。斜陽外，寒鴉萬點，流水繞孤村。

銷魂！當此際，香囊暗解，羅帶輕分。漫贏得青樓、薄倖名存。

此去何時見也？襟袖上、空惹啼痕。傷情處、高城望斷，燈火已黃昏。

東坡與某君遊西湖，遇善歌之阿琴；阿琴改韻唱此：

山抹微雲，天連衰草，畫角聲斷斜陽。暫停征轡，聊共飲離觴。多少蓬萊舊侶，頻回首、煙靄茫茫。孤村裏，寒鴉萬點，流水繞低牆。

魂傷！當此際，輕分羅帶，暗解香囊。漫贏得青樓、薄倖名狂。此去何時見也？襟袖上、空有餘香。傷心處、長城望斷，燈火已昏黃。

巷城夢中與蘇公、少游泛舟江上。蘇公笑曰：「試以『舟』韻唱之如何？」

山抹微雲，天連衰草，畫角聲斷中流。暫停征棹，聊對夕陽愁。多少蓬萊舊事，驚回首、煙散江頭。孤村外，寒鴉萬點，流水繞荒洲。

心憂！當此際，香囊暗解，羅帶分投。漫贏得名狂，薄倖青樓。此去何時見也？襟袖淚、空惹痕留。傷情處、桅檣望斷，燈火上蘭舟。

一九九五年七月九日夜

破陣子

以詞牌名戲擬

弄笛「河傳」聲遠，悄吟「水調歌頭」。「醉太平」時「三字令」，「點絳唇」邊「憶舊遊」，「暗香」溢小舟。
「粉蝶兒」飛夢外，「江南春」色難留。此夜似聞「更漏子」，「哨遍」時光滴滴愁，「淡黃柳」上秋。

一九九五年七月

蘇軾《水調歌頭．……中秋夜……懷子由》詞化詩

歸去乘風非我願，不勝高處在寒邊。
人間起舞知何夜，仙闕浮雲是那年？
天月陰晴圓或缺，悲歡離合古難全。
抬頭但願人長久，千里嬋娟共結緣。

一九九五年八月

原詞：明月幾時有？把酒問青天。不知天上宮闕，今夕是何年？我欲乘風歸去，惟恐瓊樓玉宇，高處不勝寒。起舞弄清影，何似在人間？　轉朱閣，低綺户，照無眠。不應有恨，何事長向別時圓？人有悲歡離合，月有陰晴圓缺，此事古難全。但願人長久，千里共嬋娟。

以詞化詩後記（四首）

八月間深夜，重讀宋詞，興之所至，曾將個別詞章化為詩篇以自娛。今以拙詩四首略記其事，亦僅記意而已。

一

典故遺蹤不易尋，如何涉足過叢林？
先驅鋪路通南北，遷客融情説古今。
豈敢提囊偷瑰寶，無非擊節賞清音。
宋詞多少悲歡事，夜半挑燈悄悄吟。

二

風聲雨夕彩霞朝，水色山光百態描。
婉約佳章情入韻，雄深妙筆意衝霄。
最難敍事翻新境，不使抒懷落俗潮。
昔日紅塵留錦句，詞人騎鶴去遙遙。

三

將詞裁剪化詩篇，但怕成章欠自然。
何若緣情翻意出，前賢海量可撐船。

四

強覓人間一謫仙，夜長猶恐未成眠。
為何不學知音鳥，各有花陰一片天。

一九九五年九月一日深夜

附錄

舒巷城自述：放下包袱，談談自己

創作是嚴肅的事，有人說。但不幸得很，不知從甚麼時候起，在人們的印象中，嚴肅往往不歸入「認真」之門，而跟枯燥拉上密切的關係。要是如此，我寧可不揹上嚴肅的甚麼這個包袱了。

不妨在此說出來，除了某些讀者所知拙作中的這本或那本的書外，其實，我過去寫過、發表過好些聊博一粲的小品或小說，如〈李逵怒吞三文治〉等等，等等；當然用的是另外的筆名了。同時為了稿費、鍛煉筆頭等等原因，我也出過《給珍妮的一束英文信》、《趣味英語會話》這樣的「中英對照」小書，雖不成器，但裏面的中文英文和每個小故事，非編非輯非抄襲，倒是自己「全力」而寫的。上述的後一本《趣味》，卻全文被隔海翻印了——那家台灣書店，除了把我原著的筆名改換外，翻印書上還注明：「版權所有，請勿翻印。」一偶然一天在此地書店看書發現這個「幽默」版本，是好些年前的事了。至於年青時寫的、曾一再被全文抄襲過的〈鯉魚門的霧〉，過去了，不擬在此「暢」提。多年來，私下裏，為了捕捉當時的一點甚麼，或者為了忙裏偷閒，鬆弛一下，我也寫過下筆時絲毫不存投稿之念的、新詩舊詩之打油雜作。說起來數目不少，有些保留下來，更多的是，隨時光之遠去而煙消雲散。

然而，一說到較為嚴謹的所謂創作，可就不會那樣輕鬆了。別人如何不知道，我自己一掉進裏面，就迷迷惘惘，好像變成另外一個人，連親人也對我陌生。一萬字的小說，寄出後，隔兩個星期，往往還能由頭到尾背誦出來。那並非因為我記性特佳，而是下筆過程中，我寫得太慢——包括在原稿上的一再修改。如此這般，就成為個人的不知是好還是壞的一種習慣：把已發表或未發表過的「已成品」出書時，最怕做的是修改工作，因為認為，「那時」要修的早已修了，若干年後再整理時，已不復當年筆下情。個別篇章或個別字句，還可酌情修改、增刪，而當年感受，則難以改動，除非把內容結構重建，翻舊為新。

因此，《香港文叢．舒巷城卷》中的拙作——包括早年的《十年片斷》——除略為修訂外，悉依其舊，盡可能保持當年筆下的「原貌」，和藉此留下當時當地、個人在某段人生路上的一些足跡。有些現在看起來，未免傷感，但由它去吧，那是我當日的情懷。

我出生於香港，長大於西灣河、筲箕灣，在那裏讀過幾年小學，進過中區半山上的英文書院，但也僅是如此而已。由於自知所學不足，便自修、學習，以迄於今。比起其時所見許多不幸的成年人與孩子們來，我的童年可說是偷快的。父親是商人，開了家店子於筲箕灣，為某某汽水的該區及附近一帶的總代理，家在西灣河，也算溫暖：有性情溫和的母親、活潑的弟妹。店子裏有各種各樣文呀武呀的人——包括汽水顧客，如出海捕魚的與「艇家」的水上人——來往、坐談，使我童年的生活，添上一層熱鬧。長大後，家裏也是門雖設而常開的。那時在家與店的內外，先後接觸過的人，有熟識的街坊，有來自他處而定居或落腳於這「灣頭」的。其中不乏江湖上傳奇、生活中近乎傳奇的人物，如拳師、說書人、街邊擺檔的落難才子、常替人家寫招牌字的甚麼先生，等等；都為我帶來日後記憶中的異彩，是當時課本上所無。一個平凡不過的中年人，你想不到他對一些唐詩宋詞能背得滾瓜爛熟，另一個對《水滸傳》、《紅樓夢》的人物，說出來如數家珍。奇的是，一個大冷天時也常赤膊在街上走動、當過司機的漢子，竟曾讀過《三國演義》十遍以上。一個常為衣食忙的琴師，除了曲藝以外，對外間世態知道得很多。出乎意料外的，是那些普普通通的海員，一年中常對寂寞的大海，而談起來（大概也是由於到過的碼頭多），內心世界竟如此豐富，生活裏充滿了詩，雖然那往往不是怎樣愉快而是辛酸的詩……難得的是，他們性格上雖有複雜的一面，但比起後來在他處我所見到的一些滿肚密圈的人來，質樸而單純得多了。往往這陣子吵架，吵得面紅耳熱，下一分鐘就沒事人般笑笑談談，共同應付生活去了。這些人當中，有觸角特別敏銳或天性敏感的，由於各種緣故（要好好的活下去、在苦澀的生活裏添點情趣，也是原因之一吧），就在日常生活中，也往往反應奇速，能即興地爆出一句令人忍俊不禁的幽默佳句、一段令人捧腹的笑話。

母親呢，同情心豐富，屬於讀「苦情」木魚書《金葉菊》而淚盈於睫的那類人，喜歡看廣東大戲，也喜歡聽與講故事；那些使人流淚或感溫馨的故事，加上上述的一切，自然或多或少感染過我，在心上留下影像或影子。每個人都有童年。而我童年時所見，鯉魚門的月亮最圓。後來有一天隻身在千里外，望異鄉那個月亮時，彷彿看見我當年心坎裏的影子，不過，卻帶點寂寞中的悲涼。就在望到鯉魚門海峽的那個「灣頭」，我參加過小足球隊；也參加過當地音樂社的粵樂訓練班，學「工尺」譜、「叮板」，學用椰胡拉《八板頭》，學唱粵曲。由於自己從小喜歡看戲劇、電影，那時便勤於練唱一「支」名為《一代藝人》的粵曲——是廣東撰曲家為悼念當年死於「人言可畏」的上海著名影星阮玲玉而寫的。因此，後來為應琴歌二藝俱精、但境遇坎坷的師傅之所需（他要唱新「度」的曲子），我也曾依音律填寫過「望關山，迢遞八千，峭欲嵯峨絕頂……遇崎嶇，誰悲失路，常自擎杯尋興。盡案前，淒涼寶劍篇，今欲再賦難成」這樣文字「典奧」的粵曲習作。然而，大概是一年後吧，我就開始以簡譜記下自己的口琴所奏、口之所哼的「新音樂」習作，寫了一些旋律與歌，其中有在某夜校班上為人「齊唱」過的，也有——另有故事的：一首名為《唱給旅人》的歌譜，連自己也覺驚異，多少年過去了，前幾天發現仍在我曾經風雨的「行囊」中：「艱苦的旅人，你……/風霜　一定刻上你的臉/陽光　也曾給你的心溫暖？/你奔走在長遠的旅途上/你有為過那些辛勞的/長遠的日子計算嗎？……」（好像預言自己日後會走上那段人生旅途似的）詩與曲都是當年自己同時寫成的。後來一個好奇的「外江」朋友，暗中把此習作拿去，給其時在桂林早已出名、如今仍健在的一位音樂家[1]看。他在我的簡譜空白處，寫下「此曲感情很好」——這六個字使我飄飄然，也差點讓我走上了「艱苦的作曲家」而非「旅人」之路。那音樂家從來不知道這《旅人》作者是誰，而我到今天也不曾見過他一面。上述的歌詞與曲習作之事，都是十九歲以前的事了。不過就在此之前我也曾爬上天台望街、學畫速寫，但更喜歡文學——遂燈下執筆學寫小說、學寫詩，同時讀了好些古典的和不少當時（三十年代）作家的作品，包括戲劇、雜文等（當時在廣州的艱苦情況下搞話劇，出身於戲劇研究所

1　梅子按：記得舒巷城説過，這位音樂家是李凌（李樹連，廣東台山人，一九一三——二零零三）。

的叔叔，也常寄一些中外名家的劇本給我看）。跟着在朋友的影響、鼓勵下投稿，發表了一些習作。說到投稿，我第一次還是第二次所得的喜悅，卻是遠從上海而來的：大約是讀英文小學期間，上海印書館所出版的《兒童世界》登出了「我鄰家的」甚麼一文，才幾百字，我高興得整夜失眠。至於上述的那些習作，已是寫於抗日戰爭爆發後，許多內地作家南來而使得香港文化事業蓬勃的時期，自然除了學寫生活短篇之類，我也發表過「七月是火的日子，是血的日子」那樣的詩。兩個較我年長的文藝青年朋友還拉我入「詩集」，在某學院出了本油印的、「半」仿宋字體的《三人集》，我那一輯，好像是《牆頭草》吧？裏面有社會諷刺詩，有為了遍體鱗傷的故鄉惠陽而寫的抗戰詩等等。話雖如此，我當時所接觸過或親聆教益過的，在文壇上稍有名望的作家，簡直數不出哪一位，直到多年以後，我所結交過的還是很少。假如今天要我寫文壇憶舊之類，我肯定交白卷。這大概是由於生活環境使然。令人憤怒的日本「皇軍」佔領香港後，像別的「投稿」青年朋友一樣，我忍痛把《三人集》和剪貼稿本燒掉——連同那些並非抗日的習作。目前尚存家裏的，算是「漏網之魚」了。

太平洋戰爭後，一九四二年秋天抵桂林，詳情不在此贅述（以邱江海筆名所寫的《艱苦的行程》曾細述過了）。四四年秋季碰上湘桂大撤退、大疏散，輾轉到了昆明，其後任美軍譯員，跑的地方更遠。東漂西泊，四八年十二月返港，經歷了六載多的風霜，與酸甜苦辣俱備的生活之後，又得重新忙於另一種生活了。戰後的那時，家境已不比從前（父親已於太平洋戰爭前不幸病逝）。從返港後那時起，我在這家商行、那家機構上班，每天幹那些與文藝毫無關係的、煩瑣的工作。過去幾十年間，除了失業、除了向任職公司請「停薪留職」之類的「長假」到歐洲等地旅行、應邀赴美參加愛荷華大學「國際寫作計劃」的文學活動等等外，我從未離開過在港的職業「崗位」——直至目前我仍未退休在家。那是說，由年青時「自入社會以來」，為了生計，只能時斷時續地在業餘時間內寫作——或說搞創作吧。可以想像，這樣子寫，曾花過多少心血，又浪費過多少精力？在這樣的情形下，我疲倦了，但誰又不疲倦呢？曾這樣想過：倘沒有理想支持，是不是早就倒下來（或放棄）？然而，「理想」究竟是甚麼，有時也很茫然。支持自己的，坦白說，長久以來，似乎是一份莫名的興趣，比理想易於親近的「興趣」（誠然此時此地，這份「創作興趣」是奢侈的，得用另外一份職業支持，甚至得靠家人或一個諒解的妻子來支持，但那是另一回事了）。假如搞文藝創作（或任何創作）是那樣艱苦，而又不迷人、吸引人的，那麼，誰還願意大半輩子跟它打交道，而又甘之如飴呢？

總括一句，童年時我對許許多多事物感興趣，一如其他正常的孩子。分別的只是，有些孩子特別喜愛這個，有些特別喜愛那個罷了。如果說，所謂創作，其實也包括了生活折射的某種藝術上的想法，包括了由此到彼的聯想、海闊天空的想像等等的話，那麼創作很早就曾令我傾心，而至於人迷了。不過現實往往如鬧鐘那樣驚醒你，叫你不要做那樣多的夢。

再說，創作背後，需要生活，還得讀書。打一個也許不恰當的比方：我傾心於蘇東坡，想把他所有的作品都看完，但在現實生活裏，此夢比月缺難「圓」，因為太實際的日常「柴米油鹽」之類不讓我進入夢境。沒辦法，我還得掙扎。

夢境與現實之間是永遠發生矛盾、爭執的。我知道。但是……

這裏我撇開哪些自己喜歡或曾喜歡過的中外作家哪些作品不談，回到我剛才所說的「創作興趣」上。我曾這樣問過自己：對生活裏的某些人，某些事，你先感興趣然後關心，還是先關心然後感興趣呢？抑或二者都可能同時出現？大概小說裏某些人物，詩裏某些感受等等，是由二者——或先或後或同時——帶來的吧？

對大題目的時代，對小題目的近於眼前的生活，在感受上，我快樂過、興奮過，我悲哀過、苦惱過，把這些這些化為小說，化為詩或散文……成為一個習慣時，在我，也往往成為一種「興趣」了——如果我不唱高調，說甚麼甚麼使命感的話。

當然，下筆時，若沒有感情，而能寫出動人的甚麼，那是不可思議的事。我想，同情被寫的對象（人或事），甚至感同身受，這是寫作進行中常有的事呢。

倘若我的某一篇小說或詩，還能感動讀者的話，那是因為下筆時，其中的人或事，首先感動了我自己。

略談了以上的「種種」後，我再不打算在這裏，具體而微地交代這篇那篇拙作，在怎樣的情形下寫成了。請原諒，因為那在我是最難通過甚而是「痛苦」的一關。我不是畏於回顧，但怕見感情的氾濫；更不願見此刻的我，沒入其中。或好或壞，現在，讓作品本身去「說」好了。原意是「略」談創作以外之甚麼的，跑得遠了，就把此野馬扯住吧。

一九八七年夏，於香港

香港三聯《香港文叢．舒巷城卷》代序

舒巷城作品分類目錄

一、長篇小説

1、再來的時候

花千樹出版有限公司，一九九九年十月初版；大三十二開，二四四頁。此版根據一九六零年香港新月出版社的初版本（《海外文學叢書》之一，署名「秦西寧」）重排，由序、正文十三章和尾聲構成，另加了作者的十三幀速寫畫作插圖。

2、太陽下山了

花千樹出版有限公司，一九九九年十月初版；大三十二開，二二二頁。這部長篇由正文二十三章和題詞（契訶夫語錄）構成，一九六二年一月在香港南洋文藝出版社初版（《南洋文藝叢書》之一，署名「舒巷城」）。一九七九年經作者親自校訂，於香港文學研究社重印，是梅子主編的《海外文叢》之一。一九八四年，廣州花城出版社易名為《香港大街的背後》印行中國內地版。花千樹的初版本根據作者親自校訂過的本子重排，有黃黑蠻的一幀畫作插圖。二零零八年六月，為紀念作者逝世十週年（二零零九年），花千樹又推出經作者夫人王陳月明女士親校的「紀念版」（大三十二開，二九零頁）。書前加了梅子的〈出版説明〉、作者照片、《太陽下山了》上述各種版本書影、作者親撰的〈《太陽下山了》內容簡介〉手跡副本兩頁；書後加了有關此著的訪談、評論等三個附錄和

〈舒巷城自傳〉（一九九二年），封面插圖為作者胞弟王柏泉所作。此版乃此著目前最完美的版本。

3、白蘭花

花千樹出版有限公司，一九九九年十月初版；大三十二開，四零八頁。此版根據一九六三年在香港海濱圖書公司初版本（署名「方維」）重排，由作者代序和正文四十八章構成。

4、巴黎兩岸

花千樹出版有限公司，一九九九年十月初版；大三十二開，一九二頁。此版根據一九七一年三月香港中流出版社的初版本（《中流創作叢書》之一，署名「舒巷城」）重排，由正文十六章和〈後記〉構成，另加了作者的十幀旅遊速寫畫作插圖。二零一零年七月，為紀念作者逝世十週年（二零零九年），花千樹又推出經作者夫人王陳月明女士親校並增改了部份註解的「紀念版」（大三十二開，二六八頁）。書前加了梅子的〈紀念版《巴黎兩岸》出版說明〉、作者一九六九年歐遊留影（一頁，兩幀）、《巴黎兩岸》上述兩種版本書影、作者一九六九年三月六日遊巴黎日記一則手跡副本兩頁；書後加了作者遊巴黎的散文三題、詩六首、〈舒巷城自傳〉（一九九二年）和有關此著的訪談、評論等三個附錄。作插圖的十幀旅遊速寫畫換了兩幀，全為法國背景。封面插圖改為作者的旅法速寫畫。此版乃此著目前最完美的版本。

5、艱苦的行程

花千樹出版有限公司，一九九九年十月初版；大三十二開，二三零頁。此版根據一九七二年十二月香港七十年代雜誌社的、經作者夫人王陳月明女士親校的初版本（署名「邱江海」）重排，由正文九章和〈前記〉、題詞構成，保留了此作在刊物連載時阿立的十六幀版畫插圖，刪去每章章目題圖，作者改署「舒巷城」。二零零九年四月，為紀念作者逝世十週年（二零零九年），花千樹又推出「紀念版」（大三十二開，二六零頁）。書前加了梅子的〈出版説明〉、作者照片（兩頁，四十年代的三幀，七十年代的一幀）、《艱苦的行程》上述二種版本書影；書後加了作者當年艱苦行程中的詩作十七首、硬皮本子的筆記手稿三頁等二個附錄和〈舒巷城自傳〉（一九九二年）。這個「紀念版」的版式重新設計，作插圖的版畫增加了同一畫家當年不曾編入的兩幀共十八幀，恢復了最初版本的每章章目題圖。封面插圖改為作者胞弟王柏泉再現昔日西貢海灣風物的遺作局部。此版乃此著目前最完美的版本。

二、短篇小説集

1、山上山下

花千樹出版有限公司，二零零零年七月初版；大三十二開，二零六頁。收入一九五三年二月由聯發書店出版、署名「秦西寧」的《山上山下》所有小説三十一篇和一篇原序。另加發表時均署名「秦西寧」的〈古怪〉（一九六零年二月十日）、〈字花和吃肉〉（一九五九年五月九日）、〈小提琴的故事〉（一九五九年四月二十七日）、〈錄音記〉（一九五三年九月二十三日）和署名「秦楚深」的〈燈下的故事〉（一九五三年一月）等五篇，合共三十六篇。書前有〈出版説明〉、〈舒巷城自傳〉（一九九二年二月）的七頁手跡副本和作者速寫畫稿副本（一頁，一幀）。

2、**霧香港**

花千樹出版有限公司，二零零零年七月初版；大三十二開，二一四頁。收入一九五六年四月由中南出版社出版、署名「秦西寧」的《霧香港》和《曲巷恩仇》的小說共十七篇。另加〈秘密〉（一九五九年一月一日—十六日，署名「舒文朗」）、〈這個地方〉（一九五二年冬，署名「秦楚深」）和〈明天再見〉（一九五七年四月，署名「秦西寧」）等三篇，合共二十篇。書前有〈出版說明〉、〈舒巷城自傳〉（一九九二年二月）的七頁手跡副本和作者速寫畫稿副本（一頁，一幀）。

3、**鯉魚門的霧**

花千樹出版有限公司，二零零零年十月初版；大三十二開，二一二頁。收入一九五零—一九九零年代，以不同筆名在香港各報刊發表的短篇小說共三十篇。（其中的〈鯉魚門的霧〉是作者名篇、香港短篇小說經典之一。一九九五年香港電台電視部將它拍成短片，在《寫意空間》節目中播放。又：浪人劇團將它改編為話劇，二零零九年至二零一四年間先後在香港、北京和深圳演出。二零一二年七月另由花千樹單獨出版彭健怡繪圖的圖文本。）書前有〈出版說明〉、〈舒巷城自傳〉（一九九二年二月）的七頁手跡副本和作者速寫畫稿副本（一頁，一幀）。

4、**玻璃窗下**

花千樹出版有限公司，二零零零年十月初版；大三十二開，二二二頁。收入一九四零—一九九零年代，以不同筆名在香港各報刊發表的短篇小說共三十二篇。包括失而復得的少作〈三才子〉和並不多見的故事新編。書前有〈出版說明〉、〈舒巷城自傳〉（一九九二年二月）的七頁手跡副本和作者速寫畫稿副本（一頁，一幀）。

5、倫敦的八月

花千樹出版有限公司，二零零一年六月初版；大三十二開，二二八頁。收入一九六七年八月由伴侶雜誌社出版、署名「舒巷城」的《倫敦的八月》所有五篇小說和〈後記〉。另加一九五六年由星星出版社出版、署名「舒文朗」的〈影子〉和一九五四年六月發表、署名「秦西寧」的〈鏡〉。書前有〈出版說明〉、〈舒巷城自傳〉（一九九二年二月）的七頁手跡副本和作者速寫畫稿副本（一頁，一幀）。

6、都市場景

花千樹出版有限公司，二零一三年六月初版；大三十二開，二二二頁。收入一九五零年—一九八三年，在香港各報刊發表的短篇小說共五十二篇，分為五輯：第一輯十三篇，一九五三年五—十一月原刊《新晚報．天方夜譚》的〈都市場景〉欄，署名「秦西寧」；第二輯十五篇，一九五四年四—八月原刊《大公報．小說天地》的「花邊小說」欄（每篇約五百六十字，也稱作微型小說），署名「沙水寒」或「釘胡蘆」或「何能阿」；第三輯十三篇，一九五五年四月—一九五六年三月原刊《文匯報．彩色版》的「小說」、「短篇小說」、「每日完小說」欄，署名「秦城洛」或「喬中橋」或「梁阿炳」或「秦西寧」；第四輯四篇，一九五九年五月—一九六零年一月原刊《大公報．大公園》的「天堂妙景」欄，署名「秦西寧」；第五輯七篇，一九五零年—一九八三年以筆名「余仍」或「何頻去」或「秦可」或「舒巷城」刊於其他報刊。書前有王陳月明的〈出版說明〉和〈舒巷城自傳〉（一九九二年二月）的七頁手跡副本。

7、劫後春歸

花千樹出版有限公司，二零一三年六月初版；大三十二開，二零四頁。收入連載於香港《大公報．大公園》的一月和半月完小說共四篇：〈劫後春歸〉（一九六零年七月一日—七月三十日）、〈隔牆之戀〉（一九五四年五月四日—五月十八日）、〈今夕又相逢〉（一九五四年十月五日—十月十九日）、〈手足情〉（一九五三年六月二十五日—七月九日）；前三篇署名「秦西寧」，末篇署名「阮汀」。（其中的〈隔〉、〈今〉兩篇，一九五六年五月，曾由香港中南出版社結集，取名《隔牆之戀》出版，署名「沙水寒」。）書前有王陳月明的〈出版說明〉和〈舒巷城自傳〉（一九九二年二月）的七頁手跡副本。

8、雁兒刺虎記

花千樹出版有限公司，二零一七年六月初版；三十二開，一六六頁。收入一九六零年一月三日—三月二十七日分別披載於香港《大公報．小說林》頭條的一天完武俠、滑稽武俠或滑稽小說共五篇：〈唐呵呵打虎記〉、〈玉麒麟失得記〉、〈文元大戰楚昭南〉、〈雁兒刺虎記〉、〈李逵怒吞三文治〉。首篇作者署名「鑪山人」，餘皆署名「秦中行」。書前有〈出版說明〉、作者手跡副本一頁、作者照片（一頁，兩幀）；書中有三十五幅插圖；書後有〈舒巷城自傳〉（一九九二年）。

三、詩集

1、我的抒情詩（中英文）

花千樹出版有限公司，二零零二年六月初版；三十二開，一八零頁。收入一九六五年六月由伴侶雜誌社出版、署名「舒巷城」的《我的抒情詩》第一、二輯共三十首中文短詩，再加四十首編為第三輯；三輯合共七十首詩。新加的同樣曾於一九六四—六九年間發表在《伴侶雙週刊》上，也署名「舒巷城」。書前有〈出版說明〉、〈舒巷城自傳〉（一九九二年）、作者對詩的〈一點想法〉和詩人中、英文詩稿手跡副本各一頁。

2、回聲集（中英文）

花千樹出版有限公司，二零零二年六月初版；三十二開，一八二頁。收入一九七零年二月由中流出版社出版、署名「舒巷城」的《回聲集》兩輯全部六十六首中文短詩（在刊物上發表時署名「陸思魚」）；但將詩人已親自英譯的其中六十一首，別為第一輯三十首、第二輯三十二首（初版的〈風〉，分為二首），中英對照排出，而把未曾英譯的五首編為第三輯。書前有〈出版說明〉、初版的作者代序〈一點個人的體驗〉與〈舒巷城自傳〉（一九九二年），還有詩人中、英文詩稿手跡副本各一頁。本書書名英譯 *Echo Lyrics*，是張五常教授手筆。

3、長街短笛

花千樹出版有限公司，二零零四年二月初版；三十二開，二九四頁。書分：第一輯「看海（四、五十年代）」

五十四首；第二輯「那些日子（六、七十年代）」四十首；第三輯「樹之歌（八、九十年代）》」二十九首，及一篇致「文匯報．文藝版．文藝信箱」編輯函〈偽現代詩的特徵〉作投稿附錄；三輯合共一百二十三首詩，輯名分別取自輯內詩題。這些詩作發表時，絕大部份署名「舒巷城」，另有一些署名「秦西寧」、「秦城洛」、「石流金」、「方河」等。書名沿用詩人當年在《七十年代》月刊上發表詩作時心儀的欄名。書前有〈出版說明〉、〈舒巷城自傳〉（一九九二年）和作者對詩的〈一點想法〉；目錄後有作者一九四三年在桂林創作的短詩〈風景〉的手跡副本。

4、都市詩鈔（增訂本）

花千樹出版有限公司，二零零四年六月初版；三十二開，二七八頁。書分：第一輯「都市詩鈔」，收一九七三年一月由七十年代月刊社出版的《戈壁叢書四．都市詩鈔》原著初版六十三首，另加同署名「石流金」、同刊於《七十年代》月刊上而初版未見的八首，合共七十一首。這部詩集前有原著初版〈出版說明〉和〈前記〉；後附錄〈前記〉所提「七五老人」梁嘉飴四封來函（手跡製版），以及初版問世後，陶融（何達）、韓牧、何華新、江風雪、秦西行（江思揚）、葉彤（葉輝）等人的評論節錄。第二輯「踏街行」，收一九七四—七五年以筆名「陸思魚」刊於《新晚報》專欄「踏街行」的二十五首。第三輯「雞尾詩」，收二十一首。前七首以筆名「香港仔」刊於早期《明報》「雞尾詩」欄；接着三首署「胡生」或「顧曲兒」，是一九五五年九—十一月間應《大公報》徵文的三連冠戲作；跟着八首署「阿深」等名先後載於《大公報》等報刊；輯末〈六月夜記〉三首，署名「方永」，是一九八九年六月四、十日含淚而就的〈感事詩〉。這個「增訂本」三輯共收詩一百一十七首，書前有〈增訂本出版說明〉，書後有〈舒巷城自傳〉（一九九二年）。

5、詩國巷城（黎歌（伍國才）編校。古體詩詞集）

花千樹出版有限公司，二零零六年十月初版；三十二開，三一零頁。書分：第一輯「詩集」（一九五零—一九九六），收古體、近體詩九十七題；第二輯「詞集」（一九五零—一九九六年二月一日），收詞七十三題；第三輯「偷閒雜寫」（一九四二—一九九八年十一月十五日），有信代序，包括對聯、集句、打油詩、宋詞改寫的詩、與古詩人「同遊」聯句、仿元曲寫景等等，長長短短共一百九十二題；三輯合共三百六十二題，各輯均依創作時間先後排序。書前有編者的〈出版說明〉、作者手跡副本一頁、編者的導讀〈平凡出異彩——舒巷城詩詞集序〉；書後有〈舒巷城自傳〉（一九九二年）。

四、散文集

1、夜闌瑣記

香港天地圖書有限公司，一九九七年初版；大三十二開，二八八頁。署名「舒巷城」。為香港藝術發展局資助出版的《鑪峰文叢》第二輯之一。收入作者一九八八年四月一日—一九九零年十一月三十日（期間，兩次春節的初一、初二均因報紙放假，共四天無文），曾以筆名「尤加多」在《香港商報》副刊「無拘界」專欄發表的二百七十七篇文字，別為五輯，內容大致是：生活讀寫雜碎、梨園人事點滴、神州南北遊蹤、詩畫古賢趣談、八旗子弟海外述奇等。書前有羅琅的〈《鑪峰文叢》總序〉、作者簡介和照片一幀；書後有作者的〈《夜闌瑣記》後記〉。

2、**燈下拾零（增訂本）**

花千樹出版有限公司，二零零三年七月初版；大三十二開，二九二頁。書分：第一輯「燈下拾零」三十篇，根據香港萬葉出版社一九七四年初版、署名「舒巷城」的同名散文集重排出版；第二輯「夜闌抒懷」三十三篇，蒐集一九四六—一九八九年二月，分別用秦丁可、阿寧、方行等筆名，零星披載於不同報刊的文字，因都成於夜間，遂取此輯名。此書書前有「出版説明」、〈《燈下拾零》原序〉和〈舒巷城自傳〉（一九九二年二月）的七頁手跡副本；書中分插作者旅遊英國、馬來西亞檳城、泰國曼谷和美國的速寫畫稿副本二十幀。

3、**淺談文學語言**

花千樹出版有限公司，二零零五年七月根據香港中南出版社一九五六年六月初版的《淺談文學語言》重排出版；三十二開，一七八頁。初版署名「秦西寧」；重版改署「舒巷城」，以求與重印的作者其他作品統一，並盡可能改正了初版本的手民之誤。全書共十六章，先談語言的本質來源、文學語言和一般語言的關係，然後舉例分析新舊體詩、民歌和小説、散文、戲劇的語言藝術，兼談抒情、感情。書前有〈出版説明〉、〈初版本內容提要〉；書後附錄〈舒巷城自傳〉（一九九二年）。

4、**小點集**

花千樹出版有限公司，二零零八年四月初版；大三十二開，三九八頁。乃從作者一九七五年十月二日—一九八二年二月十三日，以筆名「尤加多」在香港《新晚報》「下午茶座版」「小點集」專欄斷斷續續發表的約三百篇文字（每篇約二百至六百字不等）中甄選二百三十五篇編成，以發表時間先後排序。其中二十餘篇曾由作者另外選入（其中個別地方作了修改）香港三聯書店一九八九年二月出版的《香港文叢．舒巷城卷》，餘下的二百餘篇首次結集。本集書前有編者梅子的〈出版説明〉和作者手跡副本（兩頁），書後有〈舒巷城自傳〉（一九九二年）。

5、無拘界（上下卷）

花千樹出版有限公司，二零一一年七月初版上卷，四零六頁；十一月初版下卷，三一零頁。大三十二開。作者一九八八年四月一日—一九九零年十一月三十日（期間，兩次春節的初一、初二均因報紙放假，共四天無文），曾以筆名「尤加多」在《香港商報》副刊「無拘界」專欄發表了九百七十篇文字，每篇約四百字。他生前曾兩次擷選其中文字入集：一次是收錄二十五篇，加入《香港文叢．舒巷城卷》的散文、隨筆部份，於一九八九年二月由香港三聯書店出版；一次是甄抽二百七十七篇，編就《鑪峰文集．夜闌瑣記》，獲香港藝術發展局資助，一九九七年下半年在香港天地圖書有限公司出版。本書依作者遺留的剪報（部份發表日期失記），裁汰百餘篇記世界盃球賽或介紹電影梗概，時過境遷，今已矚者不多的文字，上卷收一九八八年的一百二十篇和一九八九年的二百五十篇，下卷收一九九零年二百八十篇，兩卷合共六百五十篇，以發表時間先後排序。內有九十餘篇與《香港文叢．舒巷城卷》及《鑪峰文集．夜闌瑣記》重複，為照顧類型的多樣和部份內容的相關性，仍予保留。兩卷書前均有編者梅子的〈出版説明〉和舒巷城生活照片（一頁，兩幀），書後均有〈舒巷城自傳〉（一九九二年）。上下卷書前分別有手跡副本兩頁、四頁。

6、水泥邊

花千樹出版有限公司，二零一四年六月初版，大三十二開，一六六頁。收作者一九九零年十二月一日—一九九一年四月十四日，以筆名「尤加多」在《香港商報》副刊「水泥邊」專欄發表的文字，計一百四十三篇（其中二月十五、十六日兩天，因正月初一、二報紙放假，無文），以發表時間先後排序，每篇約四百字。是作者最後一本報紙專欄的結集。書前有編者梅子的〈出版説明〉、舒巷城生活照片（一頁，兩幀）、速寫畫稿副本（七頁，八幀）、手跡副本（四頁，四幀）；書後有〈舒巷城自傳〉（一九九二年）。

7、我們相逢，我們分別，我們長相憶

花千樹出版有限公司，二零一五年六月初版，大三十二開，二五二頁。第一輯「拾掇」收文三十五題，基本上是一九五三—一九八三年分別署名「方成」、「阿成」、「王思」、「秦西寧」、「尤加多」、「阿寧」、「何頻歌」、「史名寧」、「舒巷城」、「方有期」等，先後發表於《新晚報》、《文匯報》、《香港夜報》、《伴侶》、《海洋文藝》、《南洋文藝》、《七十年代》等報刊而未結集的零篇散頁，分六小類：雜記十六題、記人三題、記影樂兩題、記遊蹤五題（插各地速寫十六幀）、記心詩三題、他山石六題。第二輯「鉤沉」收文十四題，屬短散文和小小説，署名「王烙」發表於一九三九年三月—一九四一年四月的香港《立報》等。書前有編者梅子的〈出版説明〉、舒巷城生活照片（兩頁，四幀）、手跡副本（兩頁，兩幀）；書後有〈舒巷城自傳〉（一九九二年）。

8、舒巷城書信集（馬輝洪編）

花千樹出版有限公司，二零一六年七月初版，大三十二開，三四四頁。甲篇收入舒巷城致三十六位友人函一百二十封（他們是：余呈發（五）、伍國才（二十九）、梁羽生（一）、羅孚（一）、陶然（二十一）、蔡欣（十四）秦林（五）、歐清池（一）、聶華苓（四）、章林（一）、林臻（一）、尤水明（一）、蔡其矯（一）、吳羊璧（一）、鄭德鏗（一）、姚永康（一）、易征（一）、許翼心（一）、袁鷹（二）、東瑞（一）、曾敏之（六）、陶里（三）、戴天（一）、犁青（一）、黃子程（四）、白舒榮（一）、李向（一）、劉以鬯（四）、彥火（一）、王彤（一）、羈魂（一）、黃維樑（一）、張詩劍（一）、黃繼持、盧瑋鑾、鄭樹森三人聯名（一）。除鄭德鏗、王彤二人因資料不詳從闕外，各人名下都有生平簡介）；乙篇收入舒巷城致家人函八封（他們是：母親、二弟王照泉、三弟王禮泉、四弟王柏泉），合共一百二十八封信。書前有編者的〈出版說明〉、舒巷城書信原件副本（九頁，九幀）、生活照片（六頁，十二幀）、速寫畫稿副本（九頁，九幀）。

以上主要依據香港花千樹出版有限公司、署名「舒巷城」版本。

五、選集

1、舒巷城選集

香港文學研究社，一九七九年三月初版，三十二開，一九九頁。為梅子主編的大型（四十餘種）《中國現代文選叢書》之一。由作者親選。分為三輯：第一輯收九題短篇小說；第二輯收九題散文（包括散文、散文詩各三題；創作漫筆三題，其中一題是中譯文）；第三輯收新詩四十首。書前有〈《舒巷城選集》前言〉由作家知交伍國才（黎歌，一九三二──二零零七）先生執筆，還有作者照片一幀。

2、香港文叢·舒巷城卷

三聯書店（香港）有限公司，一九八九年二月初版，大三十二開，三八八頁。為梅子策劃、主編的《香港文叢》之一。由秋明（舒巷城）親選。分為三輯：第一輯收十二題小說，其中一題是長篇小說〈巴黎兩岸〉，餘為短篇小說；第二輯收七十一題散文、隨筆；第三輯收九十六首新詩和二十一首舊體詩詞。附錄收：〈舒巷城自傳〉（無寫作時間）、〈舒巷城作品年表〉和評論舒作短篇、新詩、各體文字的文章（或其掇華）。書前有舒巷城的自述〈放下包袱，談談自己〉為「代序」，以及四頁圖版，包括舒巷城生活照片（三頁，七幀）、速寫畫稿和新詩手稿照片各一份（一頁）。

六、中外古典文學名著改寫本、節本及外國名著中譯本

1、死魂靈（俄國·果戈理原著改寫本）

星洲世界書局，一九五七年初版。署名「秦西寧」。

2、卡拉馬助夫兄弟們（俄國·陀思妥耶夫斯基原著改寫本）

星洲世界書局，一九五八年初版。署名「于燕泥」。

3、罪與罰（俄國・陀思妥耶夫斯基原著改寫本）

星洲世界書局，一九五九年初版。署名「舒文朗」。

4、紅樓夢（清朝・曹雪芹原著節本）

星洲世界書局，一九五九年初版，署名「舒巷城」。花千樹出版有限公司，二零零三年七月重版，署名不變。重版本大三十二開，二七二頁，節寫第一至三十七回，到寶玉出家為止。書前收編輯部〈出版說明〉、〈舒巷城簡介〉和于燕泥（舒巷城）撰初版〈出版前記〉。

5、橋邊的老人 *Old Man at the Bridge*（美國・海明威等原著）

香港南洋文藝出版社，一九六二年初版，署名「舒巷城」，入《南洋文藝叢書》。

舒巷城其他筆名及曾發表詩文的報刊名*

一、其他筆名

丁之曲　丁　可　于燕泥　尤加多　王　思　王思暢　王　虹　王　烙　方　永
方　成　方　行　方有期　方　河　方　維　白　水　史名寧　史溫尼　史溫漓
石流金　西　寧　向於回　阮　汀　阮西寧　克　寒　佘　仍　沙水寒　邱江海
邱西寧　何　以　何能阿　何頻去　何頻歌　阿　成　阿　深　阿　寧　香港仔
柏　山　秋　明　段　景　胡　生　陸思魚　釘葫蘆　秦丁可　秦丁呵　秦中行
秦　可　秦西寧　秦　呵　秦城洛　秦楚深　梁阿炳　舒文朗　舒　行　喬中橋
顧曲兒　鑪山人

二、曾發表詩文的報刊名

立報　東方報　申報　大公報　新晚報　文匯報　明報　香港商報　香港夜報
星島日報　星島晚報

兒童世界（上海）　天底下　生活樂園　南洋文藝　新語雙週刊　伴侶　文藝伴侶
文藝世紀　海光文藝　海洋文藝　七十年代　新晚報良夜週刊　博益月刊　學苑（港大）
香港作家報　香港文學　文藝雜誌季刊　明報月刊　詩雙月刊　呼吸詩刊

＊據編輯此卷過程中之所見整理，遺漏難免，容後補充。其中的《立報》、《申報》是指抗戰初期的港版。另外，上世紀四十年代下半期、五十年代以後，舒巷城還在上海、星馬、澳門等地發表過作品，除上海的《兒童世界》外，其他報刊名待查。

編者已悉舒巷城研究書目

一、思然編《舒巷城紀念集》

花千樹出版有限公司，二零零九年七月初版，大三十二開，三七八頁。收入七十六篇文章。包括：第一輯「歌聲遠去……」三十六題，取自作家逝世後，香港文藝刊物的相關特輯；第二輯「紅影樹下憶斯人」三十七題，錄自各報的零篇散什；第三輯「天長地久」三題，是舒夫人王陳月明女士的回憶錄；附錄兩首王陳月明女士親選的舒作新詩和一篇〈舒巷城自傳〉（一九九二年）；〈後記〉一篇（王陳月明女士於二零零九年四月二十三日執筆）。書前有梅子撰〈出版說明〉和十二頁圖版，包括舒巷城生活照片（九頁，三十一幀）、著作書影（兩頁）與手跡照（一頁）。

二、馬輝洪編著《回憶舒巷城》

花千樹出版有限公司，二零一二年十月初版，大三十二開，二六二頁。收入十八篇文章。包括：上篇「訪問舒巷城」四題；下篇「回憶舒巷城」十一題（受訪者：王陳月明、張五常、余呈發、李怡、譚秀牧、韓牧、羅琅、陶然、梅子、林臻、蔡欣、英培安、秦林等）；書前有王陳月明的〈序《回憶舒巷城》〉、梅子的〈好作家總讓人思念——序馬輝洪《回憶舒巷城》〉；書後有編者〈後記〉。書中插入三十餘幅舒巷城本人、夫人、作品封面和受訪友人的照片。

三、思然、梅子等編《舒巷城作品研究資料集》（暫名）

收入五十五篇文章。包括：一、作家的自傳、創作自述、著作自序、前言後記；二、中文世界重要評論文章，主要評論長篇小說《太陽下山了》、《艱苦的行程》、《巴黎兩岸》、《白蘭花》；短篇小說〈鯉魚門的霧〉、〈香港仔的月亮〉、〈賣歌人〉、〈吵架〉、〈熱〉、〈波比的生日〉、〈鞦韆〉、〈雪〉；新詩集《我的抒情詩》、《回聲集》、《長街短笛》、《都市詩鈔》；舊體詩詞集《詩國巷城》；散文集《夜闌瑣記》、《淺談文學語言》、《舒巷城書信集》及其他專欄小品等；三、內地的中國現當代文學史家與香港文學研究學者著作中有關舒巷城的論述摘要。書前有梅子撰〈出版說明〉以及十八幀舒巷城的生活、文學活動和手跡照片。此集尚待聯繫出版。

附註：香港三聯版《香港文叢．舒巷城卷》附錄〈舒巷城作品年表〉提到的：

1、散文集《拜倫與愛情》（一九五七年，香港中南出版社出版，署名「王虹」）；

2、故事集《給珍妮的一束英文信 *English Letters to Jenny*》（一九六六年，香港伴侶雜誌社出版，入《伴侶叢書》零一八，署名「王思暢」）；

以及年表未錄、曾被台灣五洲出版社盜印、在港台暢銷一時的《趣味英語會話》*English conversation for pleasure*（一九六五年，香港伴侶雜誌社出版，入《伴侶叢書》零零三，署名「王思暢」；一九七六年九月，香港中流出版社再版，署名「王思暢」），至今未曾再版。

（以上附錄，除〈舒巷城自述〉外，均由梅子整理。）

香港藝術發展局
Hong Kong Arts Development Council

藝發局邀約計劃
香港藝術發展局全力支持藝術表達自由，本計劃內容並不反映本局意見。

天地 www.cosmosbooks.com.hk

書　　名　香港當代作家作品選集・舒巷城卷
作　　者　舒巷城
叢書主編　孫立川
責任編輯　梅　子
封面設計　郭志民
出　　版　天地圖書有限公司
香港皇后大道東109-115號
智群商業中心15字樓（總寫字樓）
電話：2528 3671　傳真：2865 2609
香港灣仔莊士敦道30號地庫／1樓（門市部）
電話：2865 0708　傳真：2861 1541
印　　刷　亨泰印刷有限公司
柴灣利眾街德景工業大廈10字樓
電話：2896 3687　傳真：2558 1902
發　　行　香港聯合書刊物流有限公司
香港新界大埔汀麗路36號中華商務印刷大廈3字樓
電話：2150 2100　傳真：2407 3062
出版日期　2017年9月／初版・香港

ISBN 978-988-8258-13-0